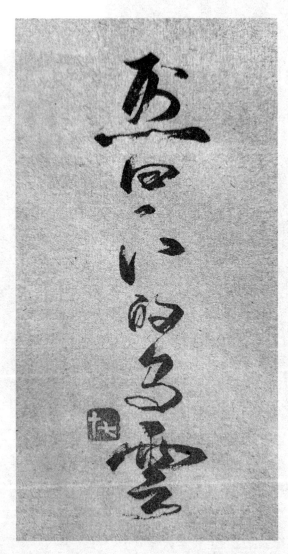

作者自题书名

烈日下的乌云

张十七 著

上海文艺出版社

图书在版编目（CIP）数据

烈日下的乌云 / 张十七著. —— 上海 ：上海文艺出
版社，2024. -- ISBN 978-7-5321-9142-0

Ⅰ. I247.5

中国国家版本馆 CIP 数据核字第 2024VT0708 号

责任编辑　徐如麒　毛静彦
特约编辑　长　岛
封面设计　马海云

书　　名：烈日下的乌云
著　　者：张十七
出　　版：上海世纪出版集团　上海文艺出版社
地　　址：上海市闵行区号景路 159 弄 A 座 2 楼　201101
发　　行：上海文艺出版社发行中心发行
　　　　　上海市闵行区号景路 159 弄 A 座 2 楼 206 室　201101
　　　　　www.ewen.co
印　　刷：苏州市越洋印刷有限公司印刷
开　　本：880×1230　1 / 32
印　　张：12
字　　数：248，000
版　　次：2025 年 1 月第 1 版　　2025 年 1 月第 1 次印刷
ＩＳＢＮ：978-7-5321-9142-0 / Ⅰ·7185
定　　价：68.00 元

（敬启读者，如发现本书有印装质量问题，请与印刷厂联系　T：0512-68180638）

第一章

一、心惊胆颤、亡命天涯，终是难逃恢恢法网！

时间：2005 年 12 月 9 日

北方的冬天格外的冷，那是在一个午后，虽然阳光明媚，但是气温也接近零下 20 摄氏度，午后的斜阳照射着银装素裹的大地，格外刺眼！路口的转角处，还算热闹，卖糖葫芦的大爷，烤地瓜的大娘（和大爷不是一家的），卖冻货的大哥（鳕鱼、带鱼），还有卖鞋垫的奶奶等（据说是纯手工）。大冷的天，街上也没什么人，但凡有别的出路，也不会为那几两碎银在这么冷的天出来摆摊（不开张也是常有的事）！生活的无奈，大多数人都有体会，然而，生存的艰辛，只有底层的人才懂！

就是这样一个普通的午后，本来各安其事的人们，突然被远处呼啸而来的十几辆警车吸引了注意力。在人们惊疑的目光中警车将旁边一栋破旧的六层居民楼围住，特警、刑警纷纷下车，快速分散开来，居然还有云梯，什么情况？众人简直惊呆了，谁见过这样的场面！越来越多的人聚拢过来，有的说上面有杀人犯，有的说上面是黑社会的据点，还有人说上面是聚众赌博的，总之，说什么的都有。这时从一辆警车上下来两名警察，押解着一男子，该男子戴着手铐、低着头，看上去二十五六岁的样子，一米七八的身高，中等身材，一双小眼睛惊恐地乱转，留着短寸头，上面还带个尖，国字脸，塌鼻梁，脸上有些粉刺和几根稀疏的胡须，着装还挺潮。这个人叫邱铭雨，他跟随着一队特警一起进了最西面的单元。特警以一种战斗队形交替地上到了顶层六楼，邱铭雨随后也到了门口，开始敲门，并喊："娜娜开门、子墨开门。"敲了几下没有任何反应，时间仿佛凝固了……

　　601是两室一厅，里面住了四个人，两男两女，两个月前来到这座小镇，租了这套房子，平时不见他们出门，偶尔下楼就是购物，各种蔬菜、水果、鸡、鱼、肉等。人们对他们有点印象，两个女的，一个是孕妇，看样子二十一二岁，一米六左右的身高，看身形怀孕应该有五六个月了，大大的眼睛，圆圆的脸庞，饱满的额头，齐肩的头发，很漂亮，毕竟有孕在身，加上穿着孕妇服，难免有些臃肿；另一个看着岁数不大，十八九岁，身高在一米六五以上，身材很好，细细的腰身，修长的大腿，圆圆的臀部被紧身牛仔裤紧紧地包裹着，大开领的蓝色网眼毛衣和短款夹克，露出雪白的颈部和若隐若现的胸脯，一张瓜子脸，淡淡的眉毛，粉嫩的嘴唇，高高的鼻梁，浓密的长发，一双清澈的眼睛忽闪忽闪的，透露着天真。这个女孩名叫桑红，和她一起的那名孕妇叫欧阳娜娜，欧阳娜娜的男朋友就是邱铭雨。

　　还有一名青年，二十二三岁的年纪，一米七五左右的身高，瘦瘦的身材，穿着深棕色运动鞋，藏蓝色休闲裤，白色的夹克衫衬托着白白净净的脸，有几分书生气，一双忧郁的眼睛，不时地看向远方。那一天，清风吹乱了他的头发，只见他扬起手向后捋了捋，这帅气的动作刚好被桑红看见，她的眼中充满了爱意、充满了柔情，仿佛有千言万语，诉说不尽的前世今生。可以看出，他是桑红的全部，他就是杨子墨。

那是在十一假期刚刚结束，一行四人坐着绿皮火车缓缓前行，由于是长途，加上没买到卧铺，难免有些无聊。邱铭雨说："子墨，咱们打牌吧？"子墨看向旁边的桑红问道："你想玩吗？"桑红抬起靠在子墨肩膀上的小脑袋，转过头，忽闪忽闪的大眼睛看着子墨说："我想打'五十K'。"邱铭雨轻轻地推了推身边的欧阳娜娜问道："打牌吗？"此时的娜娜，肚子微微隆起，由于坐了几个小时的火车，看着有些疲惫，说道："不想打，你们玩吧。"说完把头靠向座椅睡了……火车上的人并不多，过道那一侧的两排座位只坐了一个女孩，年纪不大，穿着很朴素，梳着马尾辫，清秀的面孔，眼睛炯炯有神，摆弄着手指看着窗外，一副无聊的样子。邱铭雨已经注意她有一会儿了，于是坐到她身旁问道："妹子，会打牌吗？凑个手儿。"女孩转过头看了看这边，邱铭雨也看了一眼子墨，一个坏笑。多年的哥们了，子墨了解他就像农民了解化肥一样，于是站起身拉着桑红坐到了对面，这时女孩说了句："我可以说不会吗？"说完笑了一下。邱铭雨紧接着说："那没事儿，我教你。"说完也看着她笑，小牌局就这样愉快地开始了……这时走过来一位大叔，五十多岁的样子，对着邱铭雨说："小伙子，这是我的位子。"邱铭雨连头都没抬说道："我们四个一起的，你换个地儿坐。"说完接着打牌。大叔没说什么，转身坐到了别处。四人一边打牌一边聊天，邱铭雨问道："妹子，你家哪儿的？"女孩说："大连的。"邱铭雨哦了一声又问道："来这边干啥？"女孩说："打工呗。"邱铭雨又"哦"了一声没有了下文。子墨心想就这两下子还泡妞呢，于是对邱铭雨说："你家不也是大连的吗？"邱铭雨抬了抬头接着说："妹子，咱俩老乡啊。"女孩说："是吗？你家大连哪的？"邱铭雨没抬头，心想子墨这货，瞎接话。只见子墨在那里坏笑，桑红一脸的懵懂，这时邱铭雨抬起头淡定地说："我家五大连池的，简称，大连。"子墨抬了抬眼皮心想，够完美！四个人一边说笑一边打牌，不知不觉火车进站停了下来，女孩说："我到了，该下车了，有机会再见吧！"说完站起身对着刚才的那位大叔喊道："爸，到站了。"远处的大叔应了句："知道了。"子墨看了一眼邱铭雨，嘟囔一句："人家才是一起的……"

　　十月份的北方一片苍黄，到处是秋风和落叶。桑红是南方的姑娘，刚到这里难免有些不适应，加上楼房还没到供暖期，屋里有些冷，相比之下，午后的室外倒是有几分暖意，于是总嚷嚷着出去玩儿。娜娜怀孕不愿意出去，邱铭雨也不能丢下媳妇往外跑，所以子墨偶尔带着桑红出去转转。附近有个公园，厚厚的落叶踩上去软软的，刚好适合他那还没有完全康复的脚踝，桑红扶着他，两人就这样慢慢地走着，每每看见超级大的落叶，桑红都会兴奋地跑过去捡起来和子墨玩"勒树梗"的游戏，当然每次都是必败无疑，无论她的树梗多么粗壮。每天的固定事项就是做饭，桑红负责洗菜，邱铭雨负责"改刀"。子墨也不知道在哪弄了一套厨师服，当然，这行头肯定是炒菜的，还自封大厨，每次菜炒好了居然还"叫勺"，桑红听到了就会一路小跑过来端菜，至于孕妇当然不用干活了。杨子墨和邱铭雨偶尔小酌一下，基本上一人一瓶啤酒，有时还喝不完。酒过三巡，邱铭雨经常对菜的色、香、味进行点评，当然每次都是好评，子墨难免有些得意，要不然也不会自备厨师服，看着子墨洋洋得意的样子邱铭雨心想：我不夸你，你也不做呀……

到了晚上，被窝有些凉，子墨总是紧紧地抱着桑红，第一次离家这么远，加上南北方的差异，夜晚的桑红和白天判若两人，经常想家想得偷偷流眼泪，子墨就像哄孩子一样哄她，讲故事逗她。看着她梨花带雨的小脸，子墨总是忍不住地亲吻，毕竟是两颗相爱、年轻而又躁动的心，每当这时，子墨总是不安分，而桑红总是推开他，娇滴滴地说："你的脚伤没好，'医生'说不行这个。"而此时的子墨哪管它"一声（医生）、二声"……毕竟桑红推得也没那么强烈，从半推半就到绝对配合，偶尔也会反客为主，一番云雨过后，桑红已是娇喘吁吁、香汗淋漓，被窝也不凉了，两个人相拥着睡去……

从出事到现在，将近半年的跑路生涯，整日战战兢兢，加上脚上有伤，子墨有些身心俱疲。到了这里本想着先安顿下来过个冬，养养伤，到了春天暖和了再看看能干点啥，可生活离不开柴米油盐，吵吵闹闹……邱铭雨和娜娜经常吵，起初子墨和桑红还会去劝架，可是频率太高，后来也就懒得劝了。有一次他们二人吵完架，娜娜直接摔门而去，边走边说："我去自首，让警察来抓你，有种在家等着！"邱铭雨也硬气地回答："赶紧去，我等着！"子墨听完娜娜的话，让桑红穿好衣服把她拉回来，可桑红下了楼却没找到人，于是子墨问邱铭雨："她不会真去自首吧？"只见邱铭雨叼着烟回答道："吓死她，借她两个胆儿，最多二十分钟就得回来。"听邱铭雨这样说，子墨也放心了，于是和桑红回到自己屋，半个多小时后，邱铭雨过来敲门，说道："子墨，你俩赶紧穿好衣服，咱们出去转转吧！"结果当晚三人在网吧待了一夜，第二天一早，桑红一个人悄悄上楼一看，娜娜躺在床上呼呼地睡着大觉。

　　桑红偶尔也会耍脾气，子墨都不和她一般见识，毕竟还没毕业就和自己跑路，总觉得亏欠她，但是作为一名"在逃人员"，每天紧张的神经，东躲西藏的日子，提心吊胆的生活，难免有时让人崩溃！这天晚上，因为一些琐事，桑红又耍起了小性子，按照惯例，子墨应该哄她，可是子墨下午出去时，在超市门口和警察擦肩而过，子墨当时很镇定，很自然地进去买东西，可是在结账的时候，看见警察又折返了回来直奔自己，步伐很快，就在子墨环顾四周，准备拼死一搏的千钧一发之际，警察同志拿起落在柜台上的烟，转身离开！事后子墨想想还是心有余悸！冥冥之中感觉被捕是早晚的事。晚上面对桑红的小脾气，子墨没搭理她，白天的一幕在脑海里挥之不去，回想近半年的日子，人多的地方从来不去，像老鼠一样整天躲在黑暗的角落里，难道就这样一直下去吗？这样的人生还活个什么劲，有时子墨真想去自首！

　　日子就这样一天一天地过着，娜娜的肚子一天比一天大，饭量也越来越大，邱铭雨的烟也从每天一包涨到一包半，桑红天真的眼神里仿佛多了几许惆怅，子墨还是一如既往的沉静。这天晚上，子墨像往常一样靠在床上看书，桑红洗完澡，湿漉漉的头发，穿着真丝的睡袍，酥胸半露地坐到床边，伸出修长的玉腿在那里擦身体乳，阵阵体香扑鼻而来。如果在平时，子墨早像狼一样扑上去了，可今天的子墨好像疲惫的将军，无心征战，扫了一眼桑红那珠圆玉润的臀部，挪了挪身体，继续看书。桑红站起身，扭动着腰肢走到梳妆镜前吹干了头发，回身的时候，腰间的丝带轻轻地滑落，也许是真丝过于丝滑，也许是转身过于急促，睡袍的前襟微微敞开，少女的春光若隐若现，短短的几步，桑红走得风情万种，走得婀娜多姿……子墨本无心应战，奈何敌军来势汹汹，已是兵临城下！既已攻我城池，犯我疆土，哪有不战之理，子墨放下手中的圣贤书，策马提枪……那一夜双方难解难分，不知过了多少个回合，子墨已是汗流浃背，赤身相搏。再看桑红、真丝的睡袍已被扯碎，红扑扑的脸蛋，半醉半醒的眼神，轻咬朱唇，强忍着不让自己发出声音（毕竟房子没那么隔音），此刻已被牢牢地压住，毫无还手之力，只有那双玉腿倔强地盘住子墨的腰身，仿佛在做最后的抗争。房间里回荡着呻吟声和喘息声，那一夜硝烟四起、那一夜春心荡漾、那一夜阴阳交错、那一夜无比的缠绵……

二、是劳燕分飞？还是惊弓之鸟？山盟海誓余音绕，
不知伊人在何方。

在一个昏暗的早晨，北风呼呼地刮着，漫天的飞雪不知下了多久，脚下的大地，除了厚厚的积雪，已没有其他的痕迹。如果不看时钟已分辨不出是早上还是傍晚，世界仿佛回到了混沌时期，天地初开，白茫茫的一片。朦胧中一个纤细的身影，穿着带有风帽的袄，由于风雪的侵袭已分不清袄的颜色，咯吱咯吱的，迎着凛冽的寒风一步一步地走着，渐渐地消失在风雪中，就连地上的脚印也很快被风雪无情地吞噬……

　　睡梦中的子墨翻了个身，手空空地落在了床上，并没有触摸到那细滑的腰身，上下动了动还是没摸到，于是睁开困倦的双眼环顾了一下，没看到桑红的身影，透过窗帘的缝隙，有一丝微弱的白光。他心想天亮了，也许桑红出去了，扭动了一下身体又进入了梦乡。恍惚中子墨觉得自己正和桑红在公园漫步，那天的落叶格外的厚，两人又玩起了"勒树梗"的游戏。这一次桑红赢了，赢得那样开心，她拿着树梗边跑边笑，子墨在后面追。突然桑红脚下的落叶像流沙一样慢慢下沉，转瞬间已经没到了她的腰间。桑红拼命地挣扎，哭泣、呼喊，身体越陷越深，子墨眼看着桑红只剩下一只举起的手，紧紧地攥着一片落叶渐渐地被淹没，可使出浑身的力气，腿就像灌了铅一样，怎么也跑不起来，只能眼睁睁地看着她消失在落叶中……惊恐的子墨一个冷颤，醒来，满头大汗，此刻已睡意全无，他起身拉开了窗帘。雪停了，窗外的天空灰蒙蒙的，隐隐约约能看见太阳的轮廓。他看了一眼时间，快十一点了，下床上了个厕所，还是没见桑红的身影，因为是跑路，所以不方便带手机，更何况那个时代手机并不是每个人的标配。在客厅没有目的地转了一圈，他回到卫生间洗漱，然后回到客厅一个人呆呆地坐着，感觉四周空落落的，虽然是白天，可还是有点担心桑红。邱铭雨和娜娜经常看电视到凌晨，所以起得也晚，接近下午一点的时候邱铭雨走出卧室直奔卫生间，出来后嘴里叼着烟，坐到子墨旁边看了一眼失魂落魄的子墨问道："咋的了？"子墨没吱声。邱铭雨接着又问："你媳妇呢？"子墨还是没反应，随后又问道："吵吵了咋地（吵架的意思）？"过了一会儿，子墨回道："起来就没看见她，不知道去哪了。"邱铭雨深深地吸了一口烟，随后吐出浓浓的烟雾，这时娜娜披头散发地挺着个大肚子出来，打了个哈欠，无精打采地说："早上谁出去了，我听见防盗门响。"说完拉扯拉扯（形容走路摇晃不利索）地向卫生间走去。邱铭雨狠狠地嘬了一口即将燃尽的烟屁股，然后在烟灰缸里掐灭，眯着眼睛看着屋顶，"嘘"的一声，又是一口浓浓的烟雾，然后说："出去溜达溜达，过会儿就回来了。"

直到傍晚，桑红也没回来，子墨实在坐不住了，穿上棉衣下楼直奔公园，转了几圈，除了树木干枯的枝干和地上厚厚的积雪，一个人影都没看见。子墨有些慌了，迈着急促的步伐走了很久，几乎走遍了所有他和桑红去过的地方……回来后，邱铭雨也刚上楼没多久，子墨看了看他，两人的眼神对视了一下，已无须多言。过了一会儿邱铭雨说："那么大的人没事，放心吧，没准明天就回来了！"

那一夜，子墨辗转反侧，孤枕难眠，透过窗帘的缝隙，看见玻璃上白花花的霜，那股寒气仿佛侵入了他的骨髓，任凭自己把被子裹得再紧，也无法控制每一寸瑟瑟发抖的肌肤！脑海里不时地浮现出各种不祥的画面，同时又矛盾地祈祷上苍眷顾，祈求桑红平安无事！连着一周，子墨每天早出晚归，街上没有什么行人，只有子墨那单薄的身影漫无目的地走着，看似坚定的双眼，又是那样的空洞无光，呼啸的北风像刀子一样刮着他裸露的肌肤，僵硬的脸上已看不出任何表情……

这一天子墨没有像前几天那样早早地起来，长期的高度紧张、恐惧、焦虑、无望、对桑红的牵挂和担心，加上连日来的奔波，终于病倒了。他沉沉地躺在床上，几乎连翻身的力气都没有，恍惚中听到娜娜在门口轻声地说："别开门，别出声。"子墨半睁着眼，隐约听到邱铭雨在喊："娜娜开门，子墨开门。"随即是咚咚的敲门声。子墨警觉地睁开双眼，呼地坐了起来，迅速地穿好衣服，蹬上床下的运动鞋，系紧鞋带，轻轻地推开屋门，悄无声息地走到娜娜的门口，门半开着，娜娜惊恐地蜷缩在床上，和子墨对视了一眼，子墨走到靠窗户的墙角处，通过窗帘的缝隙，闪烁的警灯十分刺眼……子墨轻轻地走到床边，小声对娜娜说："多穿点外面冷。"随后退了出来，还没等走进自己的房间，"砰"的一声，门就被撬开了，蜂拥而入的警察直扑过来，一个擒拿手、小腿绊将子墨摞倒。子墨看见背对着自己的邱铭雨背戴着手铐面向墙，子墨刚一挣扎，就被一个枪托重重地砸在头上，顿时热乎乎的鲜血遮住了左眼，紧接着不知多少双手死死地按住了他的头和脖子，将他的脸死死地压在地上，不留一丝缝隙，也不知多少双脚狠狠地踩在他的腰间，两只胳膊被反向扣住，咔、咔、咔，冰凉的手铐戴在了子墨的手腕上，那一刻子墨的眼中并没有恐惧，也没有紧张，有的只是解脱……

三、短暂的人间烟火，最后的殊死挣扎，接下来必是铁门铁窗。

四人刚住下来时就有过约定，每人一把钥匙，外出回来自己开门，平时有人敲门，四人都会默契地不发出任何声音，平日看电视的声音都很小，所以当听到邱铭雨敲门，子墨和娜娜就已经知道发生了什么。冥冥中知道这一天早晚会到来，可当它真的来了，还是有些难以接受，那一幕像做梦一样，梦得又是那样的真实！

　　这天中午，邱铭雨像往常一样起床后点了一根烟，想打开电视，发现没电了，于是走到防盗门前静静地听了一会儿，没有任何声音，推开门看见门上贴着欠费通知单。邱铭雨穿好衣服就去交电费，到了辖区供电所刚好是午休时间，如果回去，一会儿还要来，就在附近找了个网吧，挂上 QQ，看看留言。这是邱铭雨来到这儿第二次上网，上一次是 11 月中旬，玩了大概半小时。玩了一会儿，看时间差不多了，就去交电费，可刚走出供电所，手里拿着缴费单还没有读完，就被几名便衣抓住了。一名便衣说道："这孙子，我们来这二十多天了，下午回去的票都订好了，丫的可算上网了。"另一名说道："这丫够寸的（方言）。"

　　便衣看了看缴费通知单的地址说道："走吧，都抓了一块审吧。"这时陆续又来了几辆警车，邱铭雨被两名年轻的警察押着朝中间的警车走去。惊恐的他迅速冷静下来，由于警察的拉扯，衣服的前襟已经错了位，衣服的口袋刚好挂住了手铐，邱铭雨不动声色地将两根手指伸进口袋夹出钥匙，在上车推搡的瞬间将钥匙扔了，这也许是此刻他唯一能做的，由于路边的雪比较松软，掉到地上没人发现。一队警车疾驰而过……

第二章

一、初入囚门煞气稠，靠得三寸巧舌免灾殃。

既然能千里追凶，警方肯定是证据确凿，所以审讯的时间并不长。审讯室的中央有一把审讯椅，杨子墨坐了上去，由于是冬天，加上椅子是铁的，所以坐上去刺骨的凉，他的双手被固定在椅子上，对面有一张桌子，两名警察一脸严肃地坐在那儿。审讯本着坦白从宽，抗拒从严的方针，但是老实交代的没几个人，子墨也不例外。面对子墨的抗拒，警方自有审讯手段，只见监控的摄像头好似一个犯了错的孩子，垂头丧气地照着地面，寒冬腊月，桌子上放了一瓶"冻实了"的矿泉水，子墨心想，这应该不是用来喝的……

警察的一番震慑之后，又拿出部分可呈现的证据，告诉你证据确凿，零口供也可以判，接下来办理临时羁押手续（审判要回到犯罪所在地）。子墨被带出了审讯室，绕到房子后面，那里有一条红砖铺的路，迎面是一排高屋脊的平房，中间有两扇黑色的铁门，不时地传来犬吠声，门的两侧挂着一副对联：失足未必千古恨，回头依然满目春，没有横批。进了铁门有一间值班室，交接后，看守带着杨子墨和邱铭雨朝着东侧的走廊走去（娜娜因为怀孕而被监视居住了），一股酸臭的味道扑鼻而来。走廊两侧是一扇扇铁门，每个门上都有个脑袋大的、带有钢筋栏的口，下面也有个脑袋大的、还带一扇小门的"饭口"，门与门之间都有一个铁窗，子墨和邱铭雨被要求靠墙边走在看守的前头，不可以抬头。也许是发现来新人了，每个铁门和铁窗口都挤满了光秃秃的脑袋，看守眯着眼，挺着圆圆的肚子，迈着不紧不慢的步子，边走边吆喝："都回去坐好了！"子墨正走着突然被叫住："面向墙站好！"只见邱铭雨被安排进一个不到二十平方米的监室，看样子里面有十多个人，然后看守带着子墨接着走，到了走廊的尽头，子墨被关进一间只有四个人的小监室，大概十平方米的方形屋子，进门的右手边是个茅坑，没有任何遮挡，然后黑黑的水泥地，擦得发亮，靠着窗子是一排通铺，里面的四个人，穿着统一的黄色带有编号和看守所字样的马甲。子墨被解开手铐推了进去，"咣当"一声，铁门锁上了，随后看守嘶哑地喊道："临时羁押的'别瞎整'。"然后继续迈着不紧不慢的步子往回走。

那四人，都盘腿靠着铺边整齐地坐着，子墨不知所措地站着，第一次进来，真有点蒙，加上一下午的折腾，此刻脑子很乱。这时铺位末端一个瘦小的光头喊道："过来。"子墨走了过去，光头问："啥事进来的？""打架。""在哪犯的案子？""北京。""打啥样呀？""不知道，应该是砍残了。""家哪的？""冰城外县的。"这时，铺位头上的一个个头魁梧的光头说道："临时的，待不了几天，别折腾了。"瘦小的光头说道："鞋摆好了，坐铺上。"子墨学着他们的样子，盘腿坐到了铺的最末端。这时坐在第二位的瘦高个说话了："一会儿坐完板把茅坑刷一遍。"子墨没吭声，挨着他的瘦小光头说道："他妈的，说你呢，没听见咋地。"子墨急忙"哦"了一声。

房间里很冷，其他人穿得都很厚，子墨只穿了一件羊绒毛衣和保暖裤，坐在冰凉的板铺上，屁股都麻了。坐了半个小时，铁门再次开启，管教喊道："王军提审。"这时坐在第三位的老头，五十多岁的样子，答了一声"到"。几步远的距离却一路小跑，跑到门外，回身关上铁门。他在前，管教在后走出去。

听到两人走远了，魁梧的光头说道："大兵，讲个笑话。"旁边的瘦高个说道："没有了，就会那几个，都讲八百遍了。"然后又对小光头说："你讲。"小光头说："大哥，我哪会呀，我要是会早就讲了。"魁梧的光头说："你不讲就想想后果。"小光头抓耳挠腮地想了想，转头对子墨说："小孩，你会吗？"子墨说："会几个。"魁梧的光头接话说："还会几个？你讲吧。"于是子墨想了想，讲了起来：从前有个员外，家业很大，可惜就一个儿子，还有点傻。眼看着年纪不小了，托媒婆说亲，可是别人听到是员外家的傻儿子，都不乐意。于是媒婆就托外乡的媒婆找，外乡的媒婆又托外乡的媒婆，就这样不知道托了几手，终于在千里之外寻得一户人家。姑娘家境贫寒，幼年丧母，与父亲相依为命，媒婆介绍说男方家境殷实，房屋数间，良田百顷，牛马成群，孩子哪都好，就是有点过于实在。老头一听，嗯，条件不错，闺女嫁过去不用过苦日子了，至于"实在"不算毛病，咱庄稼人就是要老老实实、本本分分嘛。于是答应了媒婆，但是要去看看未来的姑爷啥样，毕竟就这么一个闺女，要替她把把关。媒婆把这个消息传到了员外家，员外很高兴，重赏媒婆自不必说。话说这一日员外受邀要去庙里和高僧下棋，可算着日子未来的亲家公也要到了，爽约又不合适，于是把傻儿子叫了过来说，儿呀，你未来的岳父大人要来了，倘若他进院夸咱家的马儿好，你就说小小畜生提它干啥，进屋进屋；他若夸咱家的房子好，你就说这都是老人一手建造的，小的就不知道了；他若问我去了何处，你就说和老和尚下棋去了，晚上不回来，和老和尚住了；他若问墙上的画是什么画，你就说是唐朝古画，我儿可记下了？傻小子说，记下了。要说这傻小子，记忆力还是不错的。这一日，姑娘的父亲来到门前叩响了门环，傻小子出门迎接说道：欢迎岳父大人。老头点头示意，说道，这门前的高头大马膘肥体壮，不错不错。傻小子答道，小小畜生提它干啥，进屋进屋。老头落座又说道，你家的房子飞阁流丹、雕梁绣柱，不错不错。傻小子答道，这都是老人一手建造的，小的就不知道了。老头又问，亲家公去哪里了？傻小子回答，去庙里和老和尚下棋了，晚上不回来，和老和尚住了。这时老头被墙上的画所吸引，说道，此画栩栩如生、惟妙惟肖，真是妙手丹青呀！敢问贤婿，这是什么画？傻小子答道，唐朝古画。一番交流，老头甚是满意。时光如梭，转眼姑娘嫁过来一年多了，刚刚生下个大胖小子，老头得到消息，很高兴，由于路途遥远，平时也不来，可是闺女生了娃，自己一定要去看看。话说这一日老头推门而入，边走边喊，亲家公。傻小子出门迎接，并答道，小小畜生提它干啥，进屋进屋。老头皱了皱眉头，没说话，进了屋里看见外孙，一把抱起来说道，这小子白白胖胖真可爱。傻小子说道，这都是老人一手建造的，小的就不知道了。老头一听强压怒火没发作，问道，亲家母呢？傻小子答道：和老和尚下棋去了，晚上不回来，和老和尚住了。老头实在是忍无可忍，一个大嘴巴扇了过去，喊道：什么话！傻小子说道，唐朝古画。子墨话音刚落，其他三人已经笑得前仰后合，魁梧的光头说："小孩，再来一个。"还没等子墨开口，"咣当"一声，铁门开了，刚刚提审的"王军"回来了，关上铁门含胸弓背，一脸的假笑，目送管教的背影一步一步消失在走廊的尽头。转身回来坐到铺上，向魁梧的光头汇报了一下提审过程，其余二人又帮忙分析了一下形势，预判了一下案子下一步的走向。原来"王军"是因为村里分地，受到了不公平的待遇，告到了县里，县领导和村主任又有亲戚关系，所以没人搭理他，"王军"一气之下弄了一捆雷管跑到县政府想吓唬一下楼内个别贪官们，结果被送进来了。说完大兵问："带蚂蚱了吗（烟头的别称）？""王军"说："他们给我烟，我也不会抽，就没要。"瘦光头骂了一句："你不会，我们会呀，都憋啥样了。""王军"红着脸支支吾吾地也没说出来啥。这时魁梧的光头说道："让他刷茅坑去吧，小孩啥也不用干，讲故事就行。"大兵笑着说："我看行。"这时走廊里又传来轰隆轰隆的声音和铁门叮当的撞击声，瘦光头"嗖"地下了地，说道："开饭了。"于是大家都整理一下铺面，瘦光头拿着小盆蹲在铁门饭口那里，打开下面的小铁门。不一会儿，饭车过来了，打饭的是个中年男人，瘦光头热情地打着招呼，赔笑地说道："加个人。"中年男人毫无表情地一勺子一勺子打着菜汤，接着又来个饭车，放下五个窝头。子墨以为和粗粮馆的一个味道，一口咬下去，有点硬，基本就是生的，嚼在嘴里面糊糊的实在咽不下去，喝口菜汤，没啥滋味，上面似乎漂着一两个油花，有几片白菜叶，子墨放下不吃了。大兵说："刚进来吃不下吧，过一阵就适应了。"吃完饭，"王军"开始打扫卫生，刷茅坑，其他人继续坐板，子墨又讲了几个笑话，大家笑得很开心，也许只有那一刻的灵魂才是自由的！通过交谈，子墨得知，坐在铺头的那一位魁梧的光头，是铺头，也就是号里的大哥，是个小有名气的混子，和人打架把人打死了，一审判死缓，现在上诉呢；大兵是号里的"二板"，持枪抢劫杀人罪，家里没少花钱，要不然早就冒烟（枪决的意思）了；瘦小的光头是个小偷，他吹嘘说自己不偷普通百姓，专挑当地的一些贪官，这些贪官家里现金、首饰多的是，而且事后还不敢报警。有一次在一个贪官家里的地板下面，发现了十万现金，还有金条，事后足足挥霍了好几个月，镇上的歌厅，漂亮的小姐玩个遍，那叫一个快活。至于被捕是因为踩点没踩准，偷到了一位清官的家里，偷到的钱不多，人家还报了警，警察很快就把他抓了……

二、铁窗内屡蒙恩惠，奈何无缘把情还，此一别即永诀，
只待他日杯酒祭孤魂！

　　到了晚上，走廊响起一阵铃声，九点钟该睡觉了，所有的监室都没了声音，铺头给了子墨一套被子。夜深人静，子墨怎么也睡不着！这一天发生的事好像做梦一样，到现在子墨还有些恍恍惚惚，不相信这是真的，总感觉一觉醒来一切就能回到从前，又想到桑红也不知去向，子墨觉得这辈子算是完了，一时间万念俱灰，真想一死了之……

子墨浑浑噩噩地感觉刚睡着，一阵刺耳的铃声响起，该起床。只听见外面一阵嘈杂，洗漱、上厕所、叠被子，各种复杂的气味在四周环绕，大概过了一个小时，又恢复了死一般的宁静，所有人又开始坐板了，几乎都是坐在板上打盹，子墨也不例外。一阵轰隆隆的声音打破了宁静，饭车来了。小光头揉了揉眼睛，拿着饭盆去等候，其他人开始收拾铺面。到了分饭的时候，子墨发现每人一个大肉包子（有那么一点肉），还有一个煮鸡蛋，心想，这伙食还算可以。这时小光头对子墨说："小孩，还不谢谢大哥，今天大哥过生日，哥几个订了包子和鸡蛋，大哥说给你一份。"子墨急忙谢过铺头。饭后听他们说这包子一个五块，鸡蛋一个两块。子墨心想：这地方真够贵的。

午饭过后，听见隔壁咚咚地响，一阵吵骂声，接下来是哀嚎声，整个监室好像炸锅了一样。这时走廊里铁门响起，一队人急促地走了进来，小光头凑到门边，见看守先是用警棍砸铁门，接着打开铁门，喝道："都蹲下。"还伴着电棍噼啪的声音，顷刻间外面安静了下来，接着，传来一阵铁链哗啦哗啦的声音，参与打架的都被戴上"狗链"（手链和脚链连在一起的刑具）。随着一阵喧闹，又安静了下来，到了晚上，就寝以后，子夜时分，隔壁传来痛苦的呻吟声，声音时强时弱，一直到天明。第二天，听他们说隔壁有人挂大角，就是把双人床那么大的铁铺立起来，把人的四肢绑在四条腿上悬着，吃饭的时候放下来，吃完饭接着挂，一般挂个两三天左右。子墨心想：这场景在电视里看过，原来现实中还真有……

三天后的下午四点多，子墨和其他人一样正坐在板上，铁门再次响起，管教喊道："杨子墨，收拾东西。"号里的人都明白子墨要转监了，虽然相处没几天，但是在这个特殊的环境里，人与人的情感也很特殊。小光头说："判完了好好改造，有机会外面见。"大兵看着子墨说道："咱俩恐怕没机会再见了，下辈子吧！"子墨一时不知道说什么好，铺头看着子墨，眼神很复杂，有三分凄凉，六分绝望，似乎还有一分羡慕，悠悠地说："我和大兵一样，走吧，别回头。"子墨走到门口背对着他们，双手抱拳举过肩头说道："哥几个保重。"说完头也不回地走了。

这里的白天很短，五点多天已经黑了，刺骨的寒风夹杂着雪花，子墨和邱铭雨被押解到火车站。又是绿皮车，还好这次有卧铺，子墨和邱铭雨每人一份盒饭，吃完了每人又给了一瓶可乐。邱铭雨接过来"咕咚咕咚"喝了起来，子墨看着桌子上的绿茶说，我不喜欢喝碳酸饮料，警察说了句："你丫还装孙子呢，过几天你自来水都不能随便喝。"晚上，子墨被安排在上铺，一只手铐在铺边的护栏上，另一只手铐在上下铺的梯子上，一整夜根本无法翻身，邱铭雨以同样的姿势被安排在隔壁。第二天早上，九点左右，子墨和邱铭雨下了火车，被送到冰城看守所。相对于小镇的羁押环境，这里更严一些，加上连日来一直阴天下雪，看守所灰色的走廊显得格外阴森恐怖，一股压抑感迎面而来。在办理羁押手续时，随身的物品，包括腰带、鞋带、拉链的铁头都被扣了下来，就连邱铭雨皮鞋里的铁条都抠出来了。子墨手提着裤子，跐拉着鞋被送进了一个有三十人的监室，铁门、铁窗和小镇的差不多，只是铁门打开后，门的中间多了一个横杠，人必须要弯着腰才能进去，子墨心想：这也许是一个警示吧，到此地必低头！一进门，只有两平方米不到的水泥地，剩下的都是通铺，子墨脱了鞋，被叫到角落，有人开始询问，也许这种地方规矩都一样，无非是姓名，哪里的，在哪儿犯的事儿，犯的什么事儿，年龄……听到了子墨家的住址时走过来一个人，四十多岁的样子，有人叫他三哥，三哥又问子墨家是哪条路、哪道街，子墨一一作答，三哥又问："王丹你认识吗？"子墨愣了一下，三哥又说道："二道街的王丹。"子墨想起来了，"哦，您是王叔。"原来这个三哥是子墨的同乡，他的女儿王丹是子墨少年时的朋友，不是很近的那种，只是一个圈里的，年龄都差不多，三哥和子墨有过一面之缘。看守所里的人分三六九等，地位高的犯人又分为铺头、二板、三板，三哥就是三板，有了这层关系，子墨免去了很多新人的"体罚规矩"。到了晚饭时间，小推车过来，居然四个菜：炒蒜苔、尖椒干豆腐、油炸小鱼、洋葱炒鸡蛋。子墨一看，可以呀，省城就是不一样。就在子墨感叹之时，又来了个大推车，窝头、萝卜汤，一桶一桶的。这时三哥一摆手："小孩过来。"子墨过去了，三哥让人每个菜给子墨盛点，还有米饭，子墨吃饭的时候，旁边的哥们告诉他，这是大哥他们订的小灶，每个人每月一千。子墨心想，一千块钱就吃这个，省城还真是不一样！（那个年代月收入一千多就不少了。）

吃过饭还是坐板，一排一排地盘腿坐着，子墨在最后一排，最前排是一面铁窗，没有玻璃，外面就是管教巡视的走廊。吹着过堂风，子墨冻得瑟瑟发抖，加上坐板必须盘起腿，几天下来，双脚的踝骨由于长时间地接触冰凉的铺板，已经红肿得破了皮，又不允许用手垫着，两个屁股蛋也是刺骨地痛，坐板时不能有大的动作，必须挺直身板，所以只能轻轻地左倾斜一会儿、右倾斜一会儿，转换重心来缓解疼痛，坐板结束时，盘着的双腿几乎没了知觉，要用手掰才能打开。那些羁押时间久的人，双脚的踝骨都有一层厚厚的老茧，屁股蛋也有两个黑黑的印记，至于所谓的大哥们，都有厚厚的垫子。

到了晚上睡觉更是等级分明，分东西两侧，西侧有二十多个人，每个人都侧着身子睡，是一个头朝墙，一个脚朝墙，拥挤得都无法翻身，晚上起来上个厕所，回来地方没了，挤也挤不进去，实在没办法，两个值夜班的把人抬起来硬往里砸。东边就不一样了，不到十个人，可以各种姿势随便躺。子墨被安排在东边，虽然很宽绰，可还是睡不着，长明灯太刺眼，又不允许蒙头睡，子墨翻来覆去地直到窗外泛白！

这里的生活千篇一律，起床、坐板、吃饭、坐板、吃饭、午休、坐板、吃饭、坐板、睡觉，每天这样循环，坐板的时候最大的心愿就是有什么理由或者事情，好借机会活动一下，哪怕挪动一下位置也好！还好这里可以抽烟，当然，也要象征性地躲避一下，蹲到茅坑，头朝墙，小口地抽。子墨的烟瘾不大，每次只抽几口，就把剩下的给了别人，区区半支烟，在这里可是莫大的恩赐。这里的铺头和二板都是经济犯，所以不缺"物资"，管教也都打点好了，管理上相对宽松一些，号里的人也都跟着沾光。

子墨来的第二天，号里又送进来一个，瘦瘦的，个子不到一米六，贼眉鼠眼的，一问正是盗窃罪，盗窃自行车，有自己的团伙。按规矩新人要脱光后洗个澡，美其名曰：检查身体，避免皮肤病传染，洗澡要用硫黄皂杀一下菌。屋里的温度也就三四度，新人被要求蹲在门窗相对的风口处，有专人倒水，先用两小盆凉水把身体浇湿，然后浑身涂上硫黄皂，接下来是细水长流，水流像撒尿一样，从头顶浇，慢慢地往下流，一盆接一盆地浇。开始的时候，人打着哆嗦，还冒着热气；二十几盆下去，热气没了，哆嗦的频率也加快了；三十几盆下去，也不哆嗦了，嘴唇发紫，身子都僵硬了。浇水的累了就换人，折腾了一个多小时，喇叭里喊话了："差不多行了。"于是铺头说，好了，给找身"干净的衣服"，穿上坐板吧。这时有人给送过来几件衣服，并拿起新人的衣服对一个中年人说："你去把他衣服洗了吧。"中年人开心地接了过去。所谓的给换身干净衣服，就是给几件破衣服，把新人的好的、暖和、厚实的衣服换下来，分给看着顺眼的人。晚饭结束后，是自由活动的时间，"节目"又开始了，按惯例，要给新人开"联欢会"，大家围坐在铺的四周，表演节目的在中间，当然，表演的肯定是新进来的，先是唱歌，也可以跳舞什么的，有"评委"打分，不及格不能停。表演"开飞机"是必备节目，就是向前弯腰，头和屁股一个高度，双臂展开向上翘，就好比飞机的一对翅膀，嘴里"呜呜呜"地模仿着飞机的声音，还要报机场的名字，如果报错了，就会以飞机出现故障为由进行修理，所谓的修理就是一顿拳打脚踢。到了就寝的时间，新人不允许上铺，睡水泥地，给两条薄薄的褥子，里面有棉花但不多，都透亮，理由是身上有疾病，避免传染。第二天起来，大家上完厕所，新人还要打扫茅坑，用牙刷刷洗每一个缝隙，不能有死角，不能有味道，一天要刷洗四五遍。三天下来，贼眉鼠眼就变成了目光呆滞，本就个头不高，现在腰也直不起来了，腿也一瘸一拐的，腿瘸是"维修飞机"的后遗症，至于直不起腰，睡几天冰凉的水泥地，还能站起来已经很不错了。

一般到了这个时候，铺头就会找你"谈心"了，问一下是否联系家里找找关系，正所谓县官不如现管，找本号的管教是最直接有效的办法，否则长时间下去，怕你是没命出去了。这时只需说出家里的联系方式，其他的就交给铺头了，至于后期家里办得怎么样，钱花得多不多，看效果就知道了。如果还是继续睡水泥地，刷茅坑，那就是家里钱没到位；如果上板铺睡觉了，茅坑也不刷了，厚被子也有了，不用说，家里钱到位了；如果隔三差五的管教还提你出去抽个烟，吃个小灶啥的，那就是不但钱到位了，还给你充了个"VIP"啥的。总之，效果是明显的，金钱的力量在这里会体现得淋漓尽致！

七天的时间对子墨来说比七个世纪还要漫长，这天喇叭喊话"杨子墨收拾东西"。又是一次告别，三哥给子墨拿了一双新棉布鞋，并叮嘱他好好改造。几天的相处，头板和二板也对子墨格外关照，这不仅仅是三哥的面子，子墨为人豪爽，也是性情中人，临别时头板送了子墨一些衣服、袜子，并意味深长地说："孩儿呀，判完了好好改造，刑期长着呢，会来点事儿！"子墨和号里聊得来的一一告别，随着铁门咣当声，子墨单薄的背影慢慢消失在大家的视线里。看守带子墨来到储藏室取自己的个人物品：都彭的腰带、雷达手表、手包等。只见一个大箱子，里面都是腰带，看守说自己找吧，子墨翻了翻，根本没有自己那条，一想：什么时候出去都不知道，还注重这些，随便拿一条吧，至于其他物品，都是单独存放的，直接移交给接管的警察了。

子墨戴着手铐被带到一个宾馆，远远地看见邱铭雨背个特大号双肩包，脖子上挂个旅行包，戴手铐的双手拎一个布袋子。子墨心想，这是赶集吗？拿这么多东西？进了宾馆，虽然警察用衣服盖住了子墨的手铐，但在电梯里还是被一个大爷发现了，问了句："这是犯了什么事呀？"警察说："我们闹着玩呢。"进了房间有一个特大号拉杆箱，让子墨背戴着手铐，拉着拉杆箱向外走。

原来这次抓捕，在冰城转个车可以直接回北京，没必要停留，但是警察几乎都带着家属来的，知道要来冰城，没看过冰灯，正好借着这次机会旅个游，玩了几天，还买了不少土特产，子墨和邱铭雨自然就成了搬运工。

十七八个小时的火车，还是戴着两个手铐无法翻身，这次连碳酸饮料都没有了，只给了一瓶矿泉水，晚上上个厕所，都要开着门，两名警察在过道里看着。第二天下午火车进站了，站台上停了几辆桑塔纳警车，子墨和邱铭雨戴着头套出了火车后，直接进了警车，还有录像的，采访的，估计这支队伍应该会受到嘉奖吧。

第三章

一、故地又重游，披枷戴锁入铁窗，白日苦中寻乐，夜里悔恨难眠。

时间：2005 年 12 月 19 日

警车出了站台直奔案发现场，警察再次确认了案发地点，随着警笛的鸣叫，子墨和邱铭雨被送进了看守所，灰色的铁门足有五米高，两人先被送到审讯室，做了笔录，又经过了受害人确认。在审讯过程中，还有人对子墨录像，子墨提出人权问题，要求打马赛克，结果遭到训斥。经过一番折腾，到了晚饭的时间，警察给了子墨一份盒饭，土豆炖牛肉，看子墨没什么食欲，警察说道："吃吧，这或许是你未来十几年里最好的一顿饭了！"

在办理羁押手续时，由于子墨额头有外伤（抓捕时枪托砸的），看守所拒收，子墨心想：不收才好呢！这时抓捕子墨的警察拿来一张单子，上面写着：不痛，无恶心呕吐等症状，该伤是自己擦伤。然后对子墨说：照着写了，否则对你没好处，这小伤几天就好，到时一样送进来。子墨一想也是，于是照着抄了一遍。

进来以后检查身体，当然，并不是医院的体检，而是对身体所有的疤痕、文身进行记录、拍照存档，然后是滚大板（所有的指纹、掌纹记录存档），还要提取DNA存档，最后子墨被送进了过渡号。看守所分三个区域，刚进来的送过渡号；下了逮捕通知的，就是所谓的"捕票"，送长留号；判决书下达以后送已决号，等待分配监狱，即所谓的"下圈"（quan 四声）。

这里的环境比之前的两处要好一些，进了铁门是个过道，过道的左侧是一面玻璃墙，墙上面写的是监规纪律，里面是卫生间，有蹲便、水盆、三个喷头，右侧是通铺，过道的尽头是个电门，电门的外侧是活动放风的场所，不是很大，电门上面是马道，警察巡逻走的。这儿的气氛不是很紧张，每个人都有些懒洋洋的，坐在铺头的是个大胡子，河南人，简单地询问了一下，就让子墨去后面坐着。还没坐热乎就到了开饭的时间，这时过来几个北方口音的人说："都是老乡，别客气。"边说边把一包方便面递给子墨，子墨说刚刚吃过。号里大概十几个人，都整齐地蹲在铺下面，塑料饭盒从前边传过来每人一份。子墨看了看，是土豆汤，接着有人发窝头，根据自己的食量拿，不可以浪费，晚餐很简单，充分地体现了勤俭节约的优良传统。晚饭过后是自由活动的时间，当然只是在号里活动。大家三个一堆儿，两个一块地聊着天，子墨的几个老乡叫他斗地主，输了做俯卧撑，做得子墨四肢发软，还有打牌喝水的，喝得直吐。七点整，所有人坐好，看新闻联播，电视在铺位上方凹进去的壁龛里，不允许换台，放什么就看什么，新闻联播结束看电视剧，一直到九点睡觉。留两个人值班，每两小时换一次岗，直到天亮。子墨买了一套被褥（被捕时身上的现金，直接转到内部卡里），但灯很亮，根本睡不着，又不允许蒙头，迷迷糊糊地到了五点钟。天还没亮，广播里准时播放莫文蔚的《电台情歌》："谁能够将天上月亮电源关掉，它把你我沉默照得太明了……"听着歌声所有人起床、叠被子、清扫铺面、洗漱、上厕所，在这里叫"放茅"，然后坐板，这里坐板都有垫子。七点左右，早饭开始了，每人一个馒头，一饭盒白开水，一块咸菜疙瘩，上面还有泥。子墨的老乡给了他一袋维维豆奶、一袋榨菜。吃过饭还是坐板，八点左右，有人带头背《看守所在押人员行为规范》：

1. 遵守法律法规和看守所管理规定，服从看守所民警的看管和执勤武警的看管。

2. 遵守看守所一日生活制度，按规定的作息时间和内容进行活动，接受看守所法制、文化、道德等教育。

3. 发现其他在押人员有预谋实施脱逃，行凶，自杀等行为的要立刻报告或阻止，不得隐瞒包庇。

4. 不准拉帮结伙、恃强凌弱，不准殴打、体罚、侮辱其他在押人员，不准打架斗殴。

5. 不准私藏刀具、利器绳索、香烟火柴和打火机等违禁物品。

6. 保持个人和监室卫生，不准随意刻画。

7. 爱护公物，不准损坏看守所公共设施设备和物品。

8. 不准占用他人财物，未经管教民警批准，不准私自馈赠衣物或钱财。

9. 不准抢吃多占，不准伙吃伙喝。

10. 不准擅自调换铺位睡觉，不准两人合盖被子，不准蒙头睡觉。

11．不准向其他监室喊话，扔纸条或者其他物品，不准托人或者为他人带书信口信等。

12．生病及时治疗，积极配合医生治疗，不准私藏药品，不准抗拒治疗，不准自伤、自残、绝食或者装病。

背完继续坐板，坐到九点左右，电门自动打开，所有人出去活动二十分钟，然后回来继续坐板。中午十二点吃午饭：一盒白菜汤，两个馒头，吃完饭收拾铺面，擦地，然后铺被子午睡，依然有两人值班。下午一点半广播准时响起："谁能够将天上月亮电源关掉……"起床、叠被子继续坐板，坐到下午五点，开始晚饭，依旧是土豆汤、窝头……每天都是如此。

到了第五个早晨，广播里的歌声依旧，不同的是吃过早饭不用坐板了，周六、周天自由活动，这天又是节假日，大家打着牌，吹着牛，吃着花生瓜子，有人还吃着苹果。这里每人每周允许采购一次，每人每次消费不可以超过二百元，在这二百元的范围里，日用品要在六十块钱以上，其余的是食品，食品的种类不多，方便面、豆奶、榨菜，节假日增加花生、瓜子、塑封牛肉、火腿肠、苹果。这时所有人都在听一个"长毛"在那里讲述自己的辉煌历史，此人四十多岁的年纪，头发很长像古惑仔一样（过渡号允许留头发），中等身材，本地人，犯盗窃罪。第一次盗窃被捕时只有十五岁，当时是少年犯，到现在进来多少次自己都记不清了，起码二十次以上，典型的惯犯。"长毛"在那里讲述自己曾经如何的花天酒地，过着纸醉金迷的生活，五星级酒店的床如何的柔软，大餐如何的好吃，还讲到自己的作案过程。当时四季青桥北的蓝黛迪厅开业，他带着自己的小女友，二人一曲下来，十几部手机，钱包，甚至女人的项链、手表，在跳舞的时候都能偷下来，更牛的是戒指都能撸下来。长毛讲得是眉飞色舞，嘴角冒沫，众人也听得津津有味。还有一次，一个身材妖娆的美女独自在舞池里跳舞，看样子有几分醉意，超低胸的紧身衣，半露的蕾丝豹纹文胸，超短裙短得几乎能看见底裤。就在他欣赏那对随着旋律微微颤抖的丰胸和深邃的事业线时，突然发现文胸里有东西，定睛一看，诺基亚7610，这在当时是比较牛的手机，二话没说，直接凑到后面贴了上去。随着DJ喊麦的高潮，直接尬舞，一曲下来，不但手机到手，还占尽了便宜。就在他还要讲述下一个案例的时候，喇叭里喊话了：你丫没完了吧，来管教室给我讲讲。不一会儿，来个管教，五十岁的年纪，花白的头发，说话公鸭嗓，大嘴叉子快咧到耳朵了，五短的身材，此人绰号"白毛神探"，号里的各种纠纷、谜团，他都能一一破解，因此而得名。铁门打开，白毛神探提走了长毛小贼，大概一小时后，长毛回来了，头发有些凌乱，脸型也似乎有点变化，两腮微红，嘴唇也比以前厚了。众人问怎么了？长毛低着头一句话不说，坐到角落处，直到很多天以后子墨调走，再也没听长毛讲述过自己的"辉煌"。

二、千奇百怪人间事，一是情关一是财，皆因难断、难舍、难抉择。

很快其他人又恢复了之前的状态，子墨和一个老乡、一个江西老表三人斗地主，这个江西老表为人憨厚，四十岁出头，身高一米六左右，圆圆的肚子、肥头大耳，绰号"金蟾"。要说他的案子也不寻常，他从农村老家来到城市，在一家小型工厂看大门，刚到这没几天，还没开过工资。这天晚饭过后一起出来的老乡过来看望他，二人畅谈到深夜，有些饿了，想请老乡吃个饭，但是囊中羞涩。忽然想起会议室里三米长的大鱼缸里有两条"带鱼"，和老乡一合计，直接捞了出来，切断儿，料酒佐料腌制十分钟，淀粉鸡蛋清挂糊，起锅烧油，就着两瓶啤酒夜宵走起！第二天老板来了发现鱼没了，一调监控直接报了警，据说这两条鱼名曰金龙、银龙，价格不菲，于是江西老表被送进了看守所。

　　一天的时间过得挺快，似乎每个人都没有忧愁。到了晚上，子墨值班，十一点至一点。子墨穿着号服来回走着，铺上的人，睡着的不多，几乎都是翻来覆去的，不时地传来叹气声，和白天截然不同，倒是有几个鼾声如雷的，还有磨牙的。看着这场景，子墨心想，这真是咬牙、放屁、吧嗒嘴，啥声都有。和子墨一起值班的也是个二十出头的小伙子，人很精明，加上长得瘦小，大家都叫他猴子。胖子的鼾声已经影响到其他人，子墨叫了他两次，每次都是翻个身，不到五分钟呼噜继续，子墨很是无奈。猴子过来，朝着子墨使了一个眼神，意思是你不用管了，看我的，只见猴子将手伸入裤子里，一个咧嘴，拿出一根毛，坐到胖子头边，把毛伸进胖子的鼻孔，胖子本能地揉了揉鼻子。猴子又把毛伸进胖子的耳朵，胖子又本能地抠了抠耳朵，就这样反复地弄，不一会胖子翻了个身，鼾声停止了。子墨看着猴子，竖起大拇指，猴子仰起头，一脸得意地站起来，两人交替着在过道上走来走去……

　　一转眼，元旦到了，又是不用坐板的日子，吃过早饭，大家懒洋洋地在铺上躺着，"咣当"，铁门开了，看守又送进来一个身材瘦小的男人，三十多岁，低着头，双目无光，面无表情，好似行尸走肉，直奔角落处蹲了下去，接着管教把铺头的大胡子叫了出去。不一会儿，大胡子回来，叫了号里几个比较活跃的人，包括子墨，传达管教的意思，盯着点这位，想办法开导他一下，防止自杀等行为发生。于是哥几个凑到他身边，有一搭无一搭地找话题，这哥们开始不说话，总是哭，子墨等人又是关心，又是安慰的，慢慢的这哥们开始和别人交流了。

原来，这哥们叫李北川，四川人，是个木匠，常年在外打工，靠手艺吃饭，收入比上不足，比下有余，老话说得好：家有黄金堆满楼，不如学艺在心头，南京招来南京去，北京找来北京游，不种精米吃白面，不点芝麻吃香油。夫妻俩有一个七岁男孩，妻子是十里八村比较漂亮的女人，前年又新盖了四间大瓦房，妻子在家看孩子，过的是别人羡慕的小日子。这年八月十五中秋节，在外漂泊了大半年的李北川提着大包小裹，怀着激动的心情回家看老婆孩子。到家已经是晚上了，孩子刚刚睡下，李北川放下包裹，到儿子的屋里，看了看儿子，照着肉嘟嘟的脸蛋亲了几口，悄悄地退了出来。回到自己的卧室，一把抱起老婆，疯狂地亲吻，毕竟三十多岁，正是血气方刚，如狼似虎的年纪。但是妻子并没有表现出应有的热情，相反，面对李北川似火的激情，她更多的是躲闪和应付，整个过程像木头一样还带有几分嫌弃，完全没有小别胜新婚的饥渴，甚至连文胸都拒绝摘，刚一结束，就马上下床去洗澡了。李北川靠着床头大口大口地吸烟，并没有因为刚才的释放而轻松，他眉头紧锁，表情凝重，目光晦暗。妻子回来直接躺在了床边，有意和李北川保持距离。李北川不善言辞，继续吸着烟，二人谁也不说话，最后还是妻子打破了沉静，说："川娃子，我们离婚吧！"李北川听了，好似晴天霹雳！多完美的一个家庭，曾经被多少人羡慕，这到底是为什么！李北川呆了半天只说了一句："你生是我李家的人，死是我李家的鬼，离婚不可能。"一夜无语，第二天李北川早早地起床，去找自己的发小辉娃子问个究竟，开始辉娃子支支吾吾，什么也不说，在李北川的再三逼问下，道出了实情。原来，李北川的媳妇和村里的一个地痞好上了，已经很长时间了。这个地痞名叫李大山，和李北川是同宗，四十出头的年纪，吃喝嫖赌样样俱全，偷鸡摸狗一样不落，打架斗殴更是家常便饭，还有一项本事就是村里的年轻寡妇、留守妇女，几乎和他都有一腿。人家还有个好姐夫，是村书记，姐夫的父亲是乡里的干部，姐姐又是个"扶弟魔"。李北川常年在外，妻子花容月貌，正是如饥似渴的年纪，刚好碰到李大山风流成性，两人可谓是"流氓妓女一相逢，哪管他人情世故"。有段日子，二人倒凤颠鸾，毫无顾忌，弄得满村风雨。

从辉娃子家里出来，李北川怒火中烧，直奔李大山家。快要到李大山家的时候，李北川又停住了脚步。毕竟，李大山是远近有名的恶霸，臭名昭著，加上他姐夫又是村书记，姐夫小舅子可谓是狼狈为奸，沆瀣一气，全村百姓是敢怒不敢言，奈何山高皇帝远，求告无门，村民只能忍气吞声！李北川回到家里，妻子冰着脸，执意离婚，李北川苦苦哀求，不惜双膝跪地，并承诺不计前嫌，两人去外地，重新开始。李北川太爱他的妻子了，爱得是那样的卑微！只可惜他妻子去意已决，一心只想着李大山，和他双宿双飞……甚至对李北川说道："嫁给你就是一个错误，你不够男人，李大山才是男人。"字字句句如刀一样戳进李北川的心里，恋爱时的海誓山盟，新婚时的你侬我侬，短短几年，一切都变了，七年之痒难道真的是一个魔咒吗！李北川想想这么多年，为了能让他们娘俩过上好日子，自己在外面吃了多少苦，受了多少罪，忍受了多少屈辱，可是只要想到他们娘俩，就觉得一切都是值得的，可如今，都成了笑话，妻子竟然说嫁给自己是个错误，真是"等闲变却故人心，却道故人心易变！"

吃过午饭，李北川带着儿子去了父母家，说要和妻子一同去外地打工，让父母照顾一下孩子，母亲满口答应，父亲没说话，只是一口接一口地抽着烟。告别父母回到家，李北川开始收拾东西，收拾完自己的又收拾妻子的，妻子极力反对，抢过自己的衣物喊道："别碰我的东西。"撕扯中还扇了李北川一个嘴巴，李北川怒火中烧，忍无可忍，随手拿起柜子边上的一把木工用的锤子，恰好妻子低头捡掉落地上的衣物的时候，李北川一锤子敲在她的后脑上。那女人一声没吭，直接趴在了地上，不一会儿，鲜血流了一地，李北川傻傻地杵在那里，任凭脚下紫红一片。过了近一个小时，李北川才清醒过来，看着倒在血泊中的妻子，早已没有了呼吸。李北川把西北屋的储藏间收拾了一下，撬开地板，挖了一个坑，把妻子的尸体拖进去埋了，还修了一个坟包，木匠出身的他，还给妻子做了一个祭台，立了一块墓碑"木板的"，然后封死了储藏室的门，又清理了血迹，烧掉了带血的衣物，子夜时分，背上行囊离开了家……

经过大家的开导，李北川的情绪好了许多，大家都对他说，你这个案子，不可能判死刑，也就十多年，下了圈再减减刑，七八年就出来了，李北川渐渐有了信心。十多天后，李北川被转到"七处"了，所谓"进了回字楼，不死也无期"。（回字楼是七处的别称）

在这期间，子墨和邱铭雨也被提审过几次，这天早晨，检察院下达了逮捕通知，就是所谓的"捕票"，子墨签了字。

第四章

一、同是阶下之囚，何必忍气吞声，该出手时就出手，

哪怕是镣铐缚身。

时间：2006 年 1 月 15 日

这天早上，杨子墨和邱铭雨从过渡号转到了长留号，接下来的日子就是等待法院的判决，邱铭雨在一号监室，子墨在七号，这里的气氛和过渡号截然不同，仿佛空气的流动都是慢的！随着"咣当"一声，铁门关闭，子墨感觉到一股寒意袭来，扫视了一圈，号里十二三个人，坐在前几位的，子墨心想，这应该是头板、二板和三板。只见头板盘着腿，坐着厚厚的垫子，穿着军大衣，衣领竖起，倚在墙上好像在打盹，肥头大耳，满面油光。再看第二位，四十不到的年纪，满面胡须，地中海的发型，身材魁梧，此刻还抬起眼皮斜视着子墨，那眼神透着十足的敌意！和他对视足足有十几秒，子墨心里明白，之前的几处都是过渡，大家互不干涉，得过且过，但是这里不一样，不待一年也得十个月，如果被人踩在脚下，就有罪受了。从被抓到现在一个多月了，子墨也接受了现实，当然，也是一点选择的余地都没有。这里鱼龙混杂，不乏烧杀抢掠等穷凶极恶之徒，或者是利欲熏心的经济犯、变态狂，跟这些人相处，只讲道义是不够的。抓到这儿来的，都不是善类，也包括子墨，如果能逆来顺受，也不至于到今日这地步。此刻号里的气氛仿佛到了冰点，现实唤醒了子墨消沉的斗志，此刻的子墨已是满面的杀气，目露凶光！

坐在第三位的是个胖子，年纪不大，应该不到二十岁，一条腿盘着，一只脚放在地下，歪着脑袋、抬着头问子墨："哪的人？"子墨说："冰城的。"胖子说："你他妈的不会蹲下吗？我还得抬头和你说话吗！"子墨面无表情地说："腰有毛病、太硬，不习惯蹲着。"他说的每个字都是清晰有力。此话一出，号里所有的人，无论是低头的还是打盹的，都齐刷刷地看向了子墨。再看子墨，目光坚定，表情凝重地直视着胖子。此刻号里的气氛可以说是山雨欲来风满楼！

只听头板说："让丫洗洗澡吧。"话音刚落，铺中间就站起来四个人进了卫生间。这里房间的布局和过渡号一样，对着铁门是个走廊，走廊的两侧，一面是铺，一面是防爆玻璃墙，玻璃墙里面是卫生间。不一会儿，玻璃墙上就满是肥皂泡沫，四人在里面奋力地擦着，子墨明白，这是在制造监控死角，接下来要发生的事不难想象。这时坐在第二位的"地中海"站了起来，个子比子墨高一头，用左手抓住子墨的右肩，说道：走吧，给你洗洗去。子墨二话没说，直接用左手掐住了他的手腕，向上一提，手腕一压，"地中海"本能地松开了手，这时子墨的右手向"地中海"的左腋下斜劈上去，重重地劈在了"地中海"的咽喉上，由于环境狭小，子墨无法施展过肩摔，只能后撤半步，趁着"地中海"因咽喉受到击打而低头的瞬间，从后面用右手勾住了他的脖子，左手压住他的后脑，顺势右手勾住自己的臂弯，用力向左一个半转身，同时左脚绊住"地中海"的腿，两人重重地摔倒在地，子墨将"地中海"压在身下，脸紧紧地埋在自己的臂弯里。整个过程不过几秒，可说是迅雷不及掩耳。这时号里的人才反应过来，拉扯着子墨，有踢的、有踹的、有掰胳膊的。子墨死死地锁住"地中海"的脖子，绷紧全身肌肉，任凭他们击打。过了好几分钟，喇叭里开始喊话，紧接着四名管教打开铁门，拿着警棍大声呵斥，让他们都抱头蹲下，所有参战的人都抱头下蹲面向墙。子墨感觉也差不多了，松开了锁喉的双手，站起身，还没等抱头下蹲，两警棍便重重地打在了他的肩头和腿上。再看"地中海"，脸憋得通红，脖子都紫了，凸起的眼球布满了血丝，躺在那里大口地干呕，喘着粗气，足足过了有五分钟才缓过气慢慢地坐起来！

　　管教喝令参与打架的面向墙，双手抱头蹲一排，管教从头到尾一顿警棍，"地中海"也不例外，然后单独把子墨提到管教室，询问他是否被人欺负了，子墨回答说没有，打架纯属个人冲突。然后在管教室抽了几根烟，管教严厉告诫他不许惹事。回到号里，子墨直接走到后面坐下来，号里鸦雀无声，有几个人一直盯着子墨，"地中海"还示威似的用手指指了一下子墨，子墨装作没看见，盘起腿坐在板上。经过这番折腾，已经到中午了，在"轰隆隆"的声音中送饭车来了。菜传到子墨这份儿，刚好是个菜底，都是一些土豆皮，馒头也是桶底部被水浸泡了的。子墨明白，刚来就"踢板"，这事儿肯定过不去。吃过饭，准备午休，有清扫铺面的，俗称擦板，有专铺被子的，有专擦地的，还有专刷饭盒的，一切收拾完，按顺序上厕所，在这叫"放茅"。一切都是井然有序，和过渡号的散漫完全不同。子墨走进卫生间，眼角的余光瞥见那几个人一直盯着自己，包括坐在第三位的胖子，卫生间的门正对着是洗手池，左侧是蹲便，高出一个台阶，右侧是一排三个淋浴喷头。子墨站上台阶，顺手把玻璃门拉过来，挡住自己的后背，门是地弹簧的，双腿叉开准备撒尿，这时胖子喊道："谁他妈让你站着撒的，蹲下。"子墨明白，号里的规矩是无论大小便都要蹲着，还得面向墙，避免溅得到处都是，只有所谓的"大哥"才可以站着撒尿，这样更能凸显在号里的地位，等级分明。胖子喊完就气势汹汹地走了进来，关上门，子墨压根就没解裤子，一下转过身，胖子刚一伸手，子墨就双手扳住胖子的头，向下一压，膝盖直接顶了上去，顿时，胖子鼻血横流，子墨接着又是一个窝心脚，直接将胖子踹出一米多远。这时卫生间又进来一个，由于门口处狭窄，这哥们体格很壮硕，手臂上全是文身，上来就抓住子了墨的两个肩头，那力量，子墨根本就无法挣脱。情急之下，子墨一个羊头顶，用额头用力地顶向对方的面门，又是一个鼻血四溅。同时子墨的额头也破了，鲜血直流，应该是对方的牙齿硌的。这哥们儿还是不松手，无奈，子墨使了一个双风贯耳，这哥们本能地松开了手。子墨一个箭步蹿了出来，紧接着一跃，直接跳上铺，站在铺中央，霎时间，围上来五六个，毕竟双拳难敌四掌，子墨被打倒后，弓着身体，双腿紧紧地夹着，护住裆部，双手抱头，浑身的肌肉绷紧，一阵阵剧痛传来，拳头、脚雨点般落在自己的后背上。这时，喇叭再次响起，铁门被打开，进来四五个管教，命令所有人抱头蹲下，又是一顿警棍。胖子满脸是血，半带着哭腔对管教说："我让他蹲着撒尿，他上来就打我。"管教问子墨："为什么打人？"子墨冷冷地说："他骂人，不会说人话，我教育教育他。"话音还没落，警棍已经落在了肩头，管教边打边道："我先教育教育你吧。"打了一会儿，应该是累了，才停手。又看了一眼满脸是血的"花臂"，问道："你咋回事？"花臂答道："我没事，自己摔的。"

这时一个熟悉的公鸭嗓开始讲话了，子墨抬头一看白毛神探，只听他说道："打今天起，连着一周，午睡取消，放风取消，晚饭后自由活动取消，周末自由活动取消，除了看新闻联播，一切看电视取消，除了晚上睡觉，其余时间全体坐板。"说完，几名管教押着子墨走出监室。

等子墨回来时，已经"趟上了"，所谓的"趟上了"，就是戴上了手镣和脚镣，手镣和脚镣之间还有一根串连的铁链，由于铁链很短，所以根本直不起腰。还有一种刑具叫"捧子"，也是将手镣和脚镣之间用铁链连接，区别就是铁链细一些、长一些，戴上以后要把长出的铁链捧在手里，不让它拖地，所以称之为"捧子"，这种刑具一般外出或者转监时戴。而死刑犯戴的手镣脚镣，铁链则更粗，重量还不一样，套在手和脚上的环是用铆钉铆死的，别的刑具都是用锁头锁上的，所以死刑犯戴的手镣脚镣称为"砸上了"。

二、道义之间，律法难容，以身犯险，万劫不复！

子墨戴着刑具走起路来哗啦哗啦的，心想：再有人找茬儿，直接用铁链勒死他几个算了，但是回来后发现，根本就没人搭理他。由于戴着铁链，日常生活也十分不便，放个茅要拿好，不然铁链就掉茅坑里了，洗漱也不方便，晚上睡觉，由于长时间直不起腰，弓着身体，那滋味别提有多难受了。想脱衣服更难，解开扣子，把袖子从铁环的缝隙往外拉，拉到手从袖子里拿出来，然后把衣服再从缝隙拽回去，再用同样的方式换另一只胳膊。裤子也是一样，得把裤子退到脚踝，先把一条裤腿从铁环的缝隙拉出来，脚拿出来以后再拽回去，再拉另一条裤腿，所以睡觉干脆就不脱衣服了。几天下来，手腕、脚腕都磨破了，尤其是踝骨，血肉模糊，还好有个老乡，用布条帮子墨把手环脚环都缠上了，多少还好受点。这个老乡三十多岁的年纪，坐在铺尾风场电门旁边，留着寸头，平时微闭双目，铁青色的脸，扇形的身板，穿着棉衣也无法掩饰他结实的肌肉，身高一米八左右，大名叫李彦辉，号里都叫他辉哥，几天的相处，辉哥很照顾子墨。辉哥是号里的二板，但是和头板的关系并不融洽，所以号里分为两派，辉哥为首一派，头板为首一派，子墨自然进了辉哥的队伍。那几天子墨戴着刑具，觉也睡不好，辉哥的烦心事也多，二人挨着睡觉，总是彻夜长谈……

辉哥在 S 区小有名气，罩着一些歌厅、迪厅等夜场，俗称"看场子"。这天，夜场来了三个人，一个光头，两个高个，玩了一会儿，因为坐台小姐窜台，扇了小姐几个嘴巴，服务生拉架，把服务生也打了，还砸碎了茶几，踹坏了门。辉哥接到通知带着一帮小弟赶来，把这三人团团围住，一顿暴打。三人中的瘦高个，见寡不敌众，情急之下拿出证件，喊道：我是××分局的×××，听到对方是警官，众人愣住了，辉哥一看，拎着镐把喊道：那我今天就他妈的扒了你的皮，说完继续打，小弟们一看，又一哄而上了。警官一看没震慑住，身份还暴露了，警察逛歌厅找小姐，这可是要受处分的，只得趁着混乱跑了，带走了一个，剩下个光头。这个光头原本锃亮的脑袋上，现在全是血，本以为和警察一起出来玩，是件很牛的事，没想到，逼没装成，还挂了彩，临走的时候，车的风挡还被砸。辉哥事后才知道，这光头在 F 区也是有那么一号的。因为这场战役辉哥名声大噪，但是，梁子也就结下了！

又过了几个月，小屯路开了一家夜场，老板慕名而来找到辉哥，说新开的场子怕有人闹事，想请辉哥过去压压场，钱的事好说，出门靠朋友，绝不会亏待兄弟。而且这位老板和辉哥还是老乡。这天辉哥带着一帮小弟过来"亮个腕"，老板安排了二楼最大的包间，上了洋酒和果盘。酒过三巡，辉哥出去接个电话，就在他挂断电话回包房的时候，发现走廊的尽头有个光头在看着自己，辉哥有几分醉意，只感觉光头有些面熟。

过了一会儿，老板跑进来说是有人闹事！辉哥等人出包间就看见一群人，辉哥的兄弟东子，一眼认出了光头，说道："哥，那个光头就是那天和警察一起的那个。"辉哥此刻也记起来了，心想，真是冤家路窄。这时对面的光头说道："呦，这不是 S 区辉哥吗？"辉哥道："你肉皮子挺和呀，脑袋好了……"两伙人打在了一起，慌乱中东子用半截红酒瓶子把对方一人的肚子给划开了，满地是血。辉哥透过窗户看见马路上闪烁的警灯朝着这边赶来，一把抢过东子手里的半截酒瓶，说道："一会儿趁乱你赶紧走。"东子说道："哥，你走。"辉哥急了，喊道："别他妈废话，都认识我，往哪走。"接着又说："晓峰，你把他拉走，咋回事不用我说了吧。"晓峰看了一眼辉哥，点点头。又是一阵厮打，混乱中晓峰扯着东子在大家的掩护下，从消防通道跑了。

几分钟后，警察围住了现场，受伤的被弄上了救护车，其余的全部带走。小屯路是 F 区和 S 区的交界处，属于 F 区管辖，所以辉哥等人由 F 区分局以寻衅滋事罪逮捕，审讯中，辉哥说是自己扎伤了人。而对方的口供也出奇的一致，都说是辉哥扎的。倒霉的是辉哥之前在别的区有几起伤害，当时花点钱压了下来，案子一直挂着，这次直接翻了出来，由于这边的案情，充其量轻伤，关键是辉哥在 S 区也有一点关系，所以在 F 区没关押几天就转到了 S 区看守所。

辉哥也是个情种，进来以后最放心不下的就是女友小兰，要说小兰和辉哥，可谓是情路坎坷。小兰和辉哥是小学同学，两人青梅竹马，两小无猜。那个时候，辉哥总是欺负小兰，上课的时候，小兰坐辉哥的前排，辉哥总是揪她的辫子，下课了，往她的文具盒里放虫子，尽管如此，小兰带点好吃的，总是偷偷放进辉哥的书桌里。中学，两人仍旧同校，辉哥的成绩一天不如一天，而且是匪气十足，混成了学校的一霸。再看小兰，女大十八变，豆蔻的年华，好比出水的芙蓉，娇嫩的花朵，少女的身姿凹凸有致，一根乌黑的辫子垂到腰间，学习成绩也很好，是学校的校花。上了中学以后，辉哥不仅没再欺负过小兰，还成了小兰的保护伞，遇到有人欺侮小兰，哪怕开几句玩笑，辉哥都像疯了一样，把人往死里打，有几次险些被学校开除，时间久了，同学都管小兰叫辉嫂。

那是在初三下学期的一个午后，小兰在前面走，辉哥在后面跟着，相距十米左右，二人走上一个小桥，桥下潺潺的流水清澈见底，依稀可以看见几条小鱼游来游去。走过小桥来到一片树林，微风吹过，树叶哗哗作响。小兰停下了脚步，辉哥远远地望着，不敢靠前，小兰双目注视着辉哥轻声说道："小辉，你过来，我有话对你说。"就是那个阳光明媚的午后，就是那个清风拂面的午后，小兰把自己的初吻献给了辉哥，辉哥宽厚的臂膀第一次紧紧地拥抱娇柔的小兰……自此之后，哪里有小兰，哪里就有辉哥的身影。初中毕业后，由于家庭原因，二人双双辍学，小兰的家庭条件不好，辉哥的家庭也不宽裕，二人也算是门当户对。那年冬季，十八岁的辉哥决定去当兵，他要在部队实现自己的抱负，给小兰一个幸福的未来。临别之时，小兰泪流满面，辉哥紧紧的将小兰拥在怀中，深情地说：等我回来娶你。怀中的小兰泣不成声，哽咽地说："好好当兵，报效祖国，我等你……"

艰苦的军旅生涯，小兰是辉哥的精神支柱，那是在当兵的第三个年头，辉哥接到了小兰的一封信，之前都是打电话，从未写过信。那天夜里，辉哥和几个战友溜出军营，来到酒吧，辉哥一瓶接一瓶地喝，烟一支接一支地吸，伴着叶倩文的《春风秋雨》或我知一天必可找着爱、就算兜兜转转仿佛永远等待、始终相信灰暗当中仍存缤纷、若在一生当中敢恋亦敢爱……辉哥喝得酩酊大醉。原来小兰在信中写道：

小辉：

　　第一次给你写信，提起笔真不知从何说起，还记得你参军走的那天，你一身戎装，胸前挂着鲜艳的红花，那一刻，天地都黯然失色。虽然是和平的年代，可在我心里，你就是身披战甲的将军，看着你飒爽的英姿，我胸中的小鹿乱撞，期待着你早日凯旋，为我盘起长发，披上红妆……怎奈事与愿违，母亲的病情越发严重，如不早日治疗，恐怕时日不多！看着父亲日渐消瘦的面孔，整日地长吁短叹，我心如刀绞，此刻真想靠着你那坚实的臂膀纵情地哭泣，然而冷静下来，还是要面对现实，身为家中长女的我，唯一能做的就是早日嫁人，两万块的聘礼，也许能挽救母亲的生命，相比之下，我个人的幸福又算得了什么呢！

　　此刻的我，已穿上别人的嫁衣，成为别人的新娘，我不奢求你的原谅，也无颜诉说歉意，只想告诉你，曾经的海誓山盟并非虚言，昔日的花前月下也都是真情，怪只怪造化弄人吧！今生相负已成定数，只能寄希望于来生，哪怕做牛做马也愿如影相随，不敢奢求与你共享天伦，只愿陪你繁华落尽，风雨兼程！

　　简短的一封信，使辉哥如坠万丈深渊！后来，辉哥原本有机会留在部队，但是选择了退伍，只身来到北京，从此过上了放荡不羁的生活，整日舞榭歌台，醉生梦死，面对身边如云的美女，辉哥心中再无波澜，在辉哥的心里，小兰从未离开，正所谓曾经沧海难为水，除却巫山不是云……

　　也许是上苍的眷顾，也许是命运的惩罚，茫茫人海中，辉哥再次遇到了小兰，此刻的小兰已离婚三年，在一家超市上班。再次的相遇，二人无比地珍惜，辉哥一改昔日浪子的习性，回归家庭，小兰也幸福得像个少女，春风满面。这天晚饭过后，小兰趴在辉哥的耳边小声说："我上个月没来，今天去医院检查，有了，咋办？"说完低下头。辉哥愣了一下问道："什么？"瞬间又反应了过来，抓着小兰的双臂激动地再次问道："你是说你怀上了？"又赶紧松开了手，生怕伤着小兰，然后又摸摸小兰的肚子，满脸的激动与狂喜，嘴里还嘟囔着："我要当爹了。"辉哥的反应超乎小兰的想象，看着辉哥开心的样子，小兰眼里泛着泪花。辉哥捧起小兰的脸，在额头上亲了一口，表情凝重地说："回老家领证，买房，办婚礼。"这一刻小兰的心彻底融化了，作为女人，还有比这更幸福的吗！然而……

三、兄弟情义薄云天，养育恩无以为报。

辉哥之所以把事扛了，因为当晚，对方所有人盯着自己，根本跑不掉，再说也不能跑。东子已经订好了回老家的火车票，回去见母亲最后一眼，就在打架的前一天，东子接到姐姐的电话，母亲肺癌晚期，估计也没几天了！

东子很小的时候父亲就去世了，母亲一人含辛茹苦地把姐弟三人养大，如今两个姐姐都结婚了，东子也长大成人，眼看着好日子要来了，母亲却要永远地离开了，心中最放不下的就是东子。得知噩耗，东子哭了一夜。辉哥明白，如果东子不回去，老人家必定死不瞑目，东子也会遗憾终生……

第五章

一、除枷卸锁一身轻，唯有往事压心头。

七天后，子墨解除了刑具，那感觉真是无比的轻松，走路都轻飘飘的，这几个回合过后，也没人再向子墨找事了。

子墨和辉哥坐在铺尾，靠着风场门，每天就是坐板、聊天、吃饭、睡觉，放风，背监规。白天过得还算充实，每当夜晚，看着灰白色的灯光，子墨总是辗转难眠，一幕幕往事浮现在眼前，难道今生就这样废了吗？会有奇迹发生吗？唉，想想也是可笑，铁一样的犯罪事实，除了蹲监坐狱，没别的，奇迹都发生在小说和电影里。

日子一天天地过着，这天走廊里乱哄哄的，管教带着几个人，往每个监舍里发材料，接着广播里开始讲话，大概意思就是看守所为了让在押人员过得更充实，让大家学习缝足球，同时也能掌握一项生存技能，为了鼓励大家，将给予适当的奖励。于是接下来的几天，大家开始学习缝足球，每人一个专用的小夹板，两根针，裁剪好的皮子都带眼的，两片对好，用夹子夹紧，穿线勒紧，每针还要打个结，一片一片地拼，放好球胆，最后一片才是技术活，大家学得还算认真，不为别的，就为每天能抽上那么几口烟。可是这个活儿很快就结束了，缝了半个月，交上去的几乎没有一个圆的，偶尔有几个接近圆形，但是缝隙处露线，总之没有合格的。厂家受不了了，这么多人，没有成品，损耗太大，于是终止了合作。接下来大家白天还是坐板，大概间隔了两周，又开始发材料，这次不是足球了，是半成品的塑料花，需要手工把花梗连接上，把花瓣串上。每人一个易拉罐，瓶底朝上，倒点儿食用油，放根灯芯，花梗用火烤一下粘起来，工艺不复杂，干得好就发烟，关键是点烟方便了，有油灯。每天收工后在卫生间的角落偷偷留一盏长明灯，晚上抽烟方便了许多，不用"搓火"了。所谓的"搓火"就是在棉花里面放点洗衣粉，用线缠紧，然后用塑料鞋底快速搓，一会就冒烟了，虽然很少能搓出明火，但是点烟是够用的。在这儿"喷子"（打火机）是违禁品，如果武警清监的时候发现了，全号是要受处分的。这次大家吸取了教训，担心活干不长久，烟又断了，每次发烟的时候都留点儿，用报纸卷成小炮存起来，以备不时之需。

自从干了这个活儿，食用油、火都有了，于是大家伙用易拉罐当锅，馒头切成条过油（刀是塑料的），方便面的油包当炸酱，一顿操作，无非就那么几样，也算是苦中作乐吧！但是好景不长，因为这个活不复杂，大家都很积极，所以每个号里每天几乎都超额完成，一段时间下来，产能过剩，厂家消化不了，暂时停止了。不过没几天新的项目又来了，"剥蒜"。每天，每个号里分几蛇皮袋子蒜头，让大家把蒜皮都剥掉，晚上上交。这个活简单，不用教，都会。但是几天下来，每个人的手指甲都疼得不敢碰，于是有人提议用水泡，浸泡过的蒜头剥皮就容易多了。由于只有一个水池，浸泡的蒜根本供不上大家剥，索性把蹲便池的下水口用抹布堵上，放满水浸泡蒜头。据说，这些剥好的蒜都是给各大饭店送的。这里的蹲便池不仅仅用来大小便，洗漱时也用，一个号里将近二十人，用一个水池有些紧张，所以挑出一小部分人用蹲便池洗漱。这里的人分三六九等，用蹲便池洗漱的几乎都是下等的，比如看着猥琐，不招人待见的，犯强奸、猥亵罪的啥的。每天早上起床，大家依次"放茅"结束后，由这一小部分人打扫卫生间，那打扫得真叫一个干净，擦得那个亮，毕竟接下来他们要用来洗漱嘛！

吃饭的时候，大家伙又是一顿忙活，有捣蒜泥的，有切蒜片用来夹馒头的，还有忙着用醋腌腊八蒜的，总之"靠山吃山，靠水吃水"嘛！当然，自己吃的蒜绝对没用水浸泡过。

大家最向往的自然是放风时间，不仅仅是因为可以呼吸新鲜空气，还因为风场是阶梯式的，楼上就是女号，上面扔东西直接掉到风场里。所以每到放风时，地下都有纸团，当然啥内容都有，中心思想就是交笔友，至于她们收到的回复基本都是污言秽语。再就是要蒜吃，她们做的是手工织品的活。有时候她们也会往下扔女人的"私密用品"！为了有口蒜吃她们也豁出去了，反正谁也见不到谁，全凭想象吧。

二、小人当道众不容，遇见不平一声吼。

这天大家正干着活，铁门开了，管教送进来一个人，中等的身高偏瘦，还有点水蛇腰，花白的头发梳着偏分，高高的颧骨，双腮塌陷，尖尖的下巴，稀疏的胡须，脸上的皱纹好似土地干旱出的裂缝，是那样的深邃，一双不大不小的眼睛滴溜溜乱转，看样子奔五十了。管教离开时还不忘打招呼，一脸的假笑，参差不齐的黄牙还少了一颗把门的，一看就是个老烟枪。目送管教离开后，这哥们转过身双手抱拳，说道："西北玄天一片云，乌鸦落到凤凰群，满屋皆是英雄汉，谁是君来谁是臣。"话音一落，只见头板被称作"邢哥"的抬头看了他一眼，这哥们挺有眼色，立马蹲下了。邢哥问道："几进了？"他答："三进宫了。""走哪条路的？""荣家门的。"邢哥对旁边的"地中海"说道："自家人。"小胖子把他叫了过去，简单地询问了一下，原来这哥们叫刘宝，是个老贼，本地人，曾经判刑过两次，都是盗窃罪，进看守所拘留已经 N 次了。

子墨这边小声地问辉哥说："邢哥说这哥们是'自家人'，啥意思？"辉哥说道："邢哥是因为聚众赌博进来的，在外面是'兰马'，而刘宝盗窃，是荣家的，所谓江湖路上一枝花，'金戈兰荣'是一家，以前混社会有四大家族，分别代表四个行当，金家，指的是算命玄学之术；戈家，指的是玩骗术的；兰家，指的是赌博、老千；荣家指的是偷盗，现在很少人提这些了。"

要说这刘宝，不愧是这里的常客，规矩门清，在邢哥跟前真的是鞍前马后，这哥们用塑封鸡腿的小骨头磨了一根骨头针，在号服上抽了点儿线，把邢哥的褥子重新加厚做了一遍，又给邢哥做了一个坐板专用的垫子，每天早起连邢哥的牙膏都挤好，晚上睡前将被子铺好，还弄了几个塑料瓶子装上热水放在被窝里，真的是无微不至。当然，邢哥也确实照顾他，刚进来，家里没人来存钱，啥都没有，在号里所有的日常用品都是限量的，牙膏挤黄豆粒那么点儿，上厕所手纸就给两节，洗发水都定量发放，饮食只能吃政府的，睡觉的被褥都是没什么棉花的。可是没几天，邢哥就给了他一套新被褥，每天早上豆奶、中午方便面、晚上榨菜从不间断。号里的规矩是新来的要刷厕所，这哥们一次都没刷过，直接负责擦板，整日在号里点头哈腰，含胸弓背，见人三分笑，一副猥琐的样子。也不知从啥时候起，这哥们开始管事儿了，对别人吆五喝六的，什么卫生间的死角、过道的地面卫生不干净啥的，一副小人得志的样子，带着几分嚣张。以辉哥为首的小东北、雷子、二全等人，看他越来越不顺眼了。

　　这天是号里每周一次的热水澡时间，卫生间共有三个水龙头，头板，二板和三板，各占一个，大哥洗完，自己派系的小弟陆续洗，时间有限。辉哥和子墨在最里面洗，另外两个水龙头由头板邢哥和"地中海"、胖子三人用，几个人虽然不和，但是面子上还过得去，有说有笑的。几人洗完后，后面的人都陆续进去洗，小东北、雷子还有二全猴急得一块儿进去了，其他人也进去了几个，里面闹哄哄的，毕竟在这寒冷的天气里，能洗个热水澡是件舒服又快乐的事。号里实行的是"计划经济"！刘宝在门口，负责给每人挤一定量的洗发水和牙膏，也不知是故意的还是赶巧，给雷子挤的洗发水太少，几乎没有沫，小东北调侃道：

"雷哥你这是干洗吗？沫都没有还搓个球呀。"于是雷子喊刘宝要求再挤点，刘宝却说："号里的规矩，都是定量的。"雷子走到门口瞪着刘宝道："你说啥？再说一遍。"刘宝眼睛看向邢哥，声音不高不低地说："都是定量的。"话音刚落，拳头已经落在了他脸上，紧接着被拽进卫生间，里面雾气蒙蒙，啥也看不清，只听见咚咚的拳脚声。这时邢哥和"地中海"、胖子都站了起来，辉哥和子墨见状也站起来了，邢哥看了看辉哥，谁也没动，接着号里的人站起来一多半，大战一触即发。过了一会儿，里面开始哭爹喊娘的，像杀猪一样地叫，邢哥喊了句："差不多行了，一会儿把管教招来了。"说完就坐下了，一部分人也跟着坐下了，辉哥看了一眼子墨，也坐下了。站着的那些人全坐下了，子墨走进卫生间喊了句："行了。"只见满地都是血水，刘宝像见了救星一样爬到子墨脚后，雷子和二全看着子墨笑了一下，小东北说了句："走吧，都洗完了吧。"几人陆续走了出来，再看刘宝，跟换了个人似的，脸肿得像个猪头，眼睛肿得像两个铃铛，嘴唇像叼了两根香肠，惨不忍睹。他以为邢哥会护着他，可邢哥有自己的算盘，判决马上下来了，接着就是下圈，所以待不了几天了，如果跟辉哥打起来，胜负可不好说，毕竟旗鼓相当，哪怕是打个平手，也是栽面子。这边雷子也和辉哥念叨："好悬，你要是和邢哥打起来，事就闹大了。"辉哥眯着眼睛说道："打不起来，老邢怎么会为一个奴才和咱们起冲突呢！"接下来的日子，刘宝像个哈巴狗一样，见谁都带三分笑，也不吆五喝六了。大概过了一周，邢哥的判决下来了，聚众赌博罪，判了四年，被调到了已决号。辉哥直接上位，成了头板，正所谓"一人得道，鸡犬升天"，雷子、小东北，二全等人的心态都发生了微妙的变化，之前是侠肝义胆，现在倒有点恃强凌弱的意思了。子墨还是一如既往地沉默，有时和辉哥在铺上摔个跤，当然不是所有人都可以有这么大的动作，两人全当是锻炼身体，时常弄得身上淤青，两人哈哈一笑。放风的时候子墨基本就是压腿，抻筋，偶尔秀个金鸡独立啥的。至于"地中海"和胖子，基本被边缘化了，只要不惹事，没人搭理他们。至于"花臂"，伤害罪进来的，为人耿直，爱打抱不平，和子墨有点不打不相识的意思。进来是因为路边卖水果的大娘，被城管掀了摊，扣了车，还要罚款，大娘身上的钱不够，苦苦哀求，结果被一个年轻的城管扇了嘴巴。"花臂"刚好路过看在眼里，和城管理论起来。城管哪受得了百姓和他们叫板，直接拿出收复台湾的气势进攻"花臂"。于是"花臂"和众城管军混战起来，时间不长，已经有几名城管军倒地不起，"花臂"倒是越战越勇，打得城管军嗷嗷直叫，但毕竟是寡不敌众，渐渐地"花臂"有些体力不支，被撂倒了，众城管军一拥而上，个个都显得那么神武，一顿拳打脚踢，再看"花臂"已是头破血流，惨不忍睹。这时110来了，拽起躺在地上的"花臂"，戴上手铐、塞进警车拉走了。众城管军也"雄赳赳气昂昂"地上了自己的车，扬长而去。吃瓜群众也散了，满地踩烂的水果一片狼藉，剩下头发凌乱的大娘独自瘫坐在三轮车旁发呆……事后，据说大娘还找到区里申诉，告城管扇自己嘴巴，素不相识的小伙子"花臂"上前理论，也是城管先动的手，才打起来的。后经区里调查，打人的城管是外聘的，出事以后就不干了，找不到了，后来也就不了了之了，"花臂"落了个妨害公务的罪。

三、逆旅度春秋，昔日平常事，此刻难于上青天。

羁押的生活，每天千篇一律，子墨又经历了几次提审，大概的刑期自己有数，但心灵的深处还是希望能有奇迹发生。等待的日子是煎熬的，这里的人都期盼早日下判决，早日下圈挣分以争取减刑，可自由却显得那么遥远，这也是他们为所犯错误付出的代价！

又是一个雪花纷飞的清晨，春节刚过，透过铁窗，风场的地上铺了一层厚厚的雪，这种天气，放风自然是取消的，大家一如既往地坐板，读《看守所在押人员行为规范》。忽然"咣"的一声，铁门开了，进来一个老头，管教说了句："岁数大，别欺负人家。"又看了一眼辉哥小声说："照顾照顾。"辉哥回了一个眼神，意思是"懂了"。再看这位，年近五十，中等身高，体形较胖，花白的胡须，看着慈眉善目的，经询问，此人名叫杨兆丰，被抓前是香港一家投资公司驻北京分公司的总经理，因合同纠纷被抓，既然管教交代了，所以"细水长流"啥的就免了。

经过几天的相处，子墨发现此人的学识很渊博，喜欢看书，对书法也颇有研究，于是子墨向管教借了几本书，两人一起看，一起讨论。有时子墨对书中的理解有偏差，老头还能给予指正，渐渐的两人成了无话不谈的忘年交，子墨亲切地称他杨叔。由于里面书的资源很匮乏，很多名著子墨都没看过，杨叔就给他讲，二人经常畅谈到深夜。到后来，不仅仅谈论书籍，还谈到彼此的家庭，经历，对生活的感慨，对命运的感悟……那是一个透过铁窗隐隐可以看见一丝月光的夜晚，二人又一次畅谈到深夜，杨叔谈到了自己的初恋，自己的妻子、儿女，谈到动情处，眼里含着泪花，念出了一首词：

　　静坐大铺恨天长，
　　一线光，照白墙；
　　满屋憔悴眼神淡无光，
　　得失忧喜多无奈；
　　拳脚重，镣铐凉，
　　最恼春风透铁窗；
　　花草香，九转长，
　　勾起乡愁，思亲易断肠；
　　但愿夜夜留好梦，
　　掩心伤，度青黄。

　　　　　　　　——《江城子·悔》

　　白天，子墨看书累了，就和辉哥"活动活动筋骨"，子墨自嘲地想，这算不算文武兼修！

　　这天，子墨正看着书，喇叭喊话了，大意是鉴于在押人员的真心悔过，为表示鼓励，大家接下来可以订盒饭了，每周五，每人最多两份，本周有红烧肉，需要的登记上报。这可把大伙儿高兴坏了，平日里最好吃的就是方便面、榨菜，赶上节假日能订个塑封食品啥的，而且都是定量的，几天就吃没了。现在每周能吃个盒饭，对于一个天天菜汤、馒头、窝头的人来说，那高兴的程度，没进来过的，真的无法理解和体会！

连着两天，没吃好、没睡好的，就盼着这顿红烧肉，听着挺没出息的，这就好比人在沙漠深处，暴晒了一天，突然有一瓶水喝，那种幸福感、满足感，胜过中了彩票……

在众人的期盼中，周五的中午终于到了，号里一片寂静，整个筒道也失去了往日的喧杂，仅能听见中央空调出风的声音。时间一秒一秒地过着……咣咣、当，筒道的铁门开了，随着饭车轰隆隆地被推了进来，筒道里的气氛变得好比年三十敲钟的那一刻，闻着红烧肉那"沁人心肺"的香味，恨不得一下子吃到嘴里。随着打饭阿姨喊的名字，一盒一盒的红烧肉被送进来，子墨极力地保持着绅士的风度，不用正眼看红烧肉，面对"美食"的诱惑，子墨那"轻描淡写"的表情，只能说太假了。名字念完了，盒饭也都码在了铺边，接下来开始分盒饭，账上有钱的能分到一盒。前面说了每人能订两盒，但是订两盒，不一定能吃两盒，号里的规矩是"统一管理"，毕竟头板、二板和身边的兄弟啥的，账上不一定都有钱，至于其他分文没有的，只能保证生活用品不断，什么牙膏、牙刷、手纸、香皂、洗发水啥的，混得差的，比如刘宝那样的，家里存了钱，啥时候没了才知道，然后让你上报，通知家里存钱。

吃红烧肉的时候，一个个真的是狼吞虎咽，就像猪八戒吃人参果，估计没品出啥味，一盒红烧肉就没了。辉哥和子墨他们几个，一大撂，可以说随便吃，人往往都是眼大胃小，原以为能吃个几盒，结果两盒没吃完，顶住了。有那么一小部分人没盒饭的，看着别人吃，闻着味，那叫一个残忍，本以为平时关系好的能分几块儿解解馋，可这会儿吃得连头都不抬，等抬头的时候，盒都舔得溜光，还假惺惺地说：呦，你没订吗？早知道咱俩吃呀。子墨看着这场面，心里五味杂陈，生活百态，这就是现实吧！看到角落处的"花臂"在那啃着馒头，喝着菜汤，一问打饭的小孩才知道，"花臂"账上没钱了，子墨叫人给送过去一盒，"花臂"推辞了一下，看向子墨，子墨一个眼神，示意他只管吃，"花臂"打开盒饭吃了起来。这天深夜，辉哥和子墨又吃了个宵夜，子墨还叫醒了杨叔……

四、新人新气象，当"头板儿"，号里旧貌换新颜，
唯小人欲壑难填。

有句话叫"铁打的军营流水的兵"，这里也流传着一句叫"铁打的号房流水的犯儿"。这天，辉哥的判决下来了，重伤害罪，判了七年，接下来就是调到已决号等待下圈。相处了几个月，子墨和辉哥都有些不舍，彼此都留了电话地址，临别的几天更是彻夜长谈，想着出去以后再聚！辉哥调走当天，管教找了号里很多人谈话，最后找了子墨，让子墨管号，即当头板，其实子墨真不愿意扯这个，自己又不挨欺负，管别人干嘛，但是管教都提出来了，也不能不识抬举。回到号里，大家也都明白，关系好的都表示祝贺，晚饭的时候，下面的人还把库存已久的火腿肠拿了出来。想想真是可笑，一帮阶下囚，管个号还庆祝，真是滑稽呀！开饭的时候，子墨把"花臂"从后面叫过来，告诉他，以后坐板吃饭在前面，花臂不善言辞，只用眼神坚定地看着子墨。

自从子墨当了头板，改掉了很多以前的"规矩"，首先从吃

上进行改革，毕竟，民以食为天，之前是没钱的看着，现在是没钱也能吃点，榨菜、豆奶、方便面，每天都能发上一样；周五的盒饭，没钱的两人一盒，也能解解馋；然后是日用品，牙膏从每次黄豆粒那么点儿改到够用；手纸从每次两节改到五节，毛巾、牙刷也定期更换；还把号里闲置的一些破被子拆改了，分给睡光板的，免得夜里硌得睡不着觉。当然，在待遇提升的同时，他们也要有相应的付出，号里的脏活、累活，几乎都分派给他们，晚上值班，他们基本都排在后半夜，对于这样的安排，也都心甘情愿，其他人心里也都平衡。子墨还提出财务透明化，每人的存款和每周的采买支出，做成表格贴在墙上，让所有人一目了然。

新人入号，也免去了"细水长流、才艺表演、开飞机"等流程，总之在号里，只要不欺负他人，不违反监规，基本没人搭理你。一时间氛围好了很多，不像之前那么压抑了，甚至可以说满堂和气，还被评为"和平号"（连续两个月无打架事件），这是很难得的，以前一周不打架都是少有的，大家的心情都有所好转。这一系列的改革，杨叔功不可没，杨叔对子墨说："哪里有压迫，哪里就有反抗，号里也要科学化管理。"然而还是有人不知足，有个叫毛立文的，绰号"毛里蹲"，因为络腮胡子和眉毛连成一片，几乎看不清脸，而头顶又光秃秃锃亮，所以大家给了这么一个绰号，广西人，满口的粤语，进来几个月了，家里也没人来给存东西，一直享受着号里的"恩惠"，本来老老实实的，话也不多。这天，筒道里念存款名单，有他的名字，这哥们兴奋坏了，接下来的日子，就像变了个人似的，张牙舞爪，异常地活跃，到了采购的时候，居然提出吃的、用的独自保管，不和大家掺和。子墨看了他一眼，冷笑了一下，心想，啥人都有，懒得用正眼看他，说了句："你之前吃的用的咋算？"毛里蹲说："那么多没钱的都没算，凭啥我要算。"子墨笑了笑说道："你想自己管理自己的物品，就一个条件，把之前吃的用的都吐出来。"然后看向身边的雷子说："你带他算算账去。"雷子站起身对"毛里蹲"说："走吧。"这时，小东北和二全进了卫生间，擦起了玻璃墙，很快，玻璃墙模糊起来，可这"毛里蹲"却说啥也不进去，花臂站起身和雷子两人像拽死狗一样把"毛里蹲"拽进了卫生间，紧接着有人带头领读《看守所在押人员行为规范》，一个个读的声音那叫一个洪亮，几分钟后，监规读完了，有人问还读吗？子墨说算了吧，再读就读死了。一会儿，雷子、"花臂"走了出来，小东北和二全也跟了出来，又过了几分钟，"毛里蹲"出来了。再看这哥们跟换了个人似的，狰狞的面孔，整个一《巴黎圣母院》里的"卡西莫多"，胸前的衣襟上还有血迹，脸上倒很干净，二全临出来的时候给他洗了把脸。"毛里蹲"扶着墙走到子墨跟前蹲了下来，子墨问他："账算明白了？"此时，这哥们嘴有些漏风，一口的粤语回答道："不算啦，听从号里的安排啦。"子墨说了句："回去吧。"看着他蹒跚的脚步，子墨想起了陆游的诗句："小人计已私，颇复指他事……"

　　一转眼，"五一"假期结束了，气温暖和了许多，虽然已经习惯了这里的生活，但毕竟是被管教和限制的，子墨想起裴多菲的那首《自由与爱情》，"生命诚可贵，爱情价更高，若为自由故，两者皆可抛！"是呀，多么可贵的自由啊！多么可悲的爱情呀！这一夜，窗外下着雨，又是一个不眠夜，尘封的往事再一次涌上心头。子墨想起了自己的初恋，一段短暂而又青涩的情感，想起了曾经的自由，那些再也回不去的岁月，想起了不知为何不辞而别的桑红，时光追溯到离开家的那一刻……

第六章

一、情窦初开，曾经那短暂的温情，如今成了永远的痛。

时间：2002 年 5 月 3 日，星期五，农历三月二十一

清晨，天空中下着蒙蒙细雨，东行的列车发出几声嘶鸣，子墨背着简单的行囊踏上了征程，无数次地回眸，可人来人往的月台上却没有自己熟悉的脸庞，也许她不会来了，也许这注定是一场孤独的旅行！随着列车缓缓地开动，子墨再一次看向这片他成长的土地，月台上熙熙攘攘的人群，一幕幕离别的不舍，婴儿的啼哭，母亲的抽泣，多少双手臂在雨中挥舞。就在这时，他看到了一个熟悉的身影正在雨中奔跑，乌黑的长发随风飘摆，蒙蒙的细雨打在她的脸颊上和泪水交织在一起，列车的轰鸣让人听不清她那撕心裂肺的呼喊，早已泪流满面的子墨，歇斯底里地喊道："苏彤，再见……"列车缓缓前行，看着渐行渐远的爱人，子墨只能无力地挥动着双手，任凭她在风雨中哭泣，心中默默地说道：既然无法给你一个深情的拥抱，就让这微风代替我的双手，

抚摸你的脸颊，替我擦拭你的泪水，愿这蒙蒙细雨拍打你我的双唇，传递我这最后的一吻，别了，我的爱人！

苏彤，一个活泼开朗，充满朝气的女孩，拥有着纤细的身姿，在一次朋友的生日聚会上和子墨相识。众多的男生里，子墨不是最优秀的，却是最幽默的，在之后的日子里，两人互生好感，渐渐坠入爱河。初恋总是美好的，两颗稚嫩的心天真地以为世间无疾苦，阳光永远灿烂，执子之手、与子偕老、比翼双飞、长相厮守……这些词汇和画面整日在脑海里闪现，此刻的子墨和苏彤，任凭这世间再美好的句子都无法形容他们的幸福与甜蜜……一个清晨，两人相约来到郊区的一片树林，子墨亲手种下一棵小树苗来作为两人爱的见证，苏彤也许下愿望：愿小树苗茁壮成长，早日成为参天大树，愿他们的爱情早日修成正果！可是好景不长，由于苏彤的家庭条件比较优越，苏父又极其势利，在其极力反对甚至武力相逼下，这段刚刚萌生的情感无疾而终！这无疑对子墨年少的心灵是个沉重的打击，这让他认识到原来爱情并不是坚不可摧！

二、初出茅庐挥汗如雨，尝得世间半点辛酸，终免不了竹篮打水。

颠簸了十几个小时后，子墨在次日的黎明下了火车，来到了北方一个以产煤为主的小城市。子墨是投奔叔叔来的，也是受姑姑之托，看看叔叔的境况。吃过早饭，又坐了几个小时客车，但是去矿区没有直达的客运车，几经询问，最后拦了一辆顺路的拉煤车。司机是北方的汉子，有一副热心肠，一上车，子墨立马拿出准备好的红塔山香烟递给了司机，又走了几个小时的盘山路，在傍晚的时候终于到了叔叔工作的矿区。叔叔是这里的木工，多年未见，叔叔已经认不出子墨了，叔叔询问了家中其他人的近况，子墨一一作答，那边婶婶也准备好了一桌饭菜。晚饭结束后，天已经黑了，这里的人们几乎掌灯就休息，唯一的夜生活就是熙熙攘攘的夜班矿工下井。子墨站在门外的平地上，周围一片漆黑，没有一处灯火，连日来的奔波子墨很疲惫，早早地就去睡了。天还没有亮的时候，窗外传来好似婴儿的啼哭声，十分瘆人，吓得子墨头皮发麻，后经询问才知道，那是一种猫头鹰的叫声。睡不着的子墨天刚刚亮就从炕上爬了起来，推开门，清新的空气扑面而来，还带着几分植物的芬芳。子墨爬上了附近一个较高的山岗，一望无垠的荒山（有的山头因为过度开采已几乎没有树木），再看每个山沟沟里都住着十几户或者几十户人家，每个人员集中地都有一个小煤矿，多数都是私人开采的。子墨叔叔工作的煤矿算是比较正规的大煤矿，一连几日，子墨每天都爬山，与大自然亲密地接触，倒也十分惬意，但是静下心来一想，叔叔也见到了，还是快离开这里，按照既定的目标，奔向北上广深，去闯一番事业，改变自己的命运。但是又一想，身上带的钱不多，到了南方开销一定很大，得想办法挣点钱才行，可这里穷乡僻壤的，能干什么呢？下井挖煤吗？据说收入还挺可观，嗯，体验一下也不错，不枉来矿区一回。于是吃饭的时候，子墨把想法和叔叔婶婶说了，结果二人都极力反对。叔叔说，下井是十分危险的工作，塌方、透水、瓦斯爆炸时有发生，这些都是要死人的，更何况井下阴暗潮湿，加上粉尘太多，会落一身病，这里的矿工大多是一些"盲流子"，还有的是来这里躲事儿的，但凡有别的出路，谁愿意下井呢！矿区流传着一句话：吃阳间的饭，挣阴间的钱。你来我这，万一出点啥事，我怎么向你爸交代。一番话说得子墨哑口无言。这时旁边的婶婶说道："想挣钱不一定非要下井，这个季节，菜园子的蔬菜水果都没下来，而矿区超市的菜不新鲜而且品种单一，可以进点儿菜去各个矿区卖。"婶婶说完，叔叔表示同意，子墨一想，可以试试，不行再说。说干就干，经过一番研究，确定了每两天进一次货。下午坐煤车出发，六十多公里，半夜就到了，事先找好货源，人到了验货装车，在车上眯一会，次日清晨再坐煤车回来，然后开叔叔家的四轮拖拉机进山，往各个矿区送各种新鲜蔬菜，还有时令水果。刚开始销量不大，毕竟万事开头难嘛！而且一边进货一边卖货也确实辛苦，但是子墨认为，这些困难都是暂时的，就当积累人生经验了。最令子墨头疼的是每天早晨启动四轮车，手摇的，特别费劲，有几次摇把子反弹，把胳膊都打肿了。慢慢地，跑的次数多了，和供货商建立了关系，个别的货品打个电话就解决了，省了一些力气和时间。矿区这边和大家也都熟悉了，尤其是年龄相仿的少男少女们，会预定货品，有时赶上货剩的多了，他们也都很捧场，直接包圆，尤其是那些小姑娘们。

　　这天，子墨开着四轮车进山，一路上总是有搭车的，一问，原来是上山采蕨菜的，有人定期回收，一斤七毛钱左右，有人一天能采几百斤，子墨心想，如果能找到销路，应该有得赚。晚饭的时候，子墨把想法和叔叔婶婶说了，婶婶说她以前不忙的时候也采过，如果晒成干儿赚得更多，就是麻烦，至于销路，采摘期过了，有上门收蕨菜干的，去年鲜的也是七毛钱收的，菜干十五块左右，分等级，一般十斤鲜菜出一斤菜干，处理得好，七八斤出一斤，但是一个人根本忙不过来。经过商量后决定，子墨每天卖菜、收蕨菜，晚上和叔叔婶婶一起处理，白天叔叔负责翻晾，至于本钱肯定要叔叔垫了。次日清晨，子墨早早地从炕上爬起来，装好车，信心十足地出发了，路上遇到上山采蕨菜的直接告诉他们自己回收，并将沿途的几个路口作为集合点。就这样一边卖蔬菜一边收蕨菜，还可以用蕨菜换蔬菜水果。刚开始收得不多，几天以后量越来越大，尤其是山里的姑娘们，知道子墨收蕨菜，没事的时候也采一些直接送给子墨，子墨怎么好意思白拿呢，反手送给姑娘们蔬菜水果，可姑娘们说啥不要，就是这么一群朴实、善良、黑灿灿的姑娘们……

子墨就这样每天早上拉着满满的一车蔬菜水果出门，晚上拉着满满的一车蕨菜回来，随着收的蕨菜越来越多，子墨和叔叔婶婶每天都要忙到深夜。晚上回到家，子墨先去坡下的辘轳井处挑两大缸水，院子里还有两口大锅也要挑满，架上煤火，然后去吃饭。晚饭后，叔叔负责把收来的蕨菜一锅一锅地用水烫一下，捞出来再用凉水过一下，然后放在筛子上控干。子墨和婶婶把控好水的蕨菜均匀地铺到院子里的木板上，进行搓揉，把多余的水分揉出去，这也是最为关键的一步，如果搓揉不到位，晒成干以后，颜色和干稻草一样，没人收。白天叔叔还要经常翻动，赶上阴雨天还要用塑料布盖好。就这样子墨每天起早贪黑，每两天还要进一次货，虽然很辛苦，但是对于二十出头、血气方刚的子墨来说都不算什么！

这里逢 3 赶集，每月的 3 号、13 号、23 号是集，每到这天子墨就不去收蕨菜了，基本没人采，都来赶集。子墨会到集市上卖菜，婶婶也一起来，一是集市上人多，子墨忙不过来，二是顺便买点日常用品，这天就像过年一样人挤人。集市上商品，百货、食品、小吃，种类齐全，只有你想不到，没有人家卖不到，那群可爱的姑娘们也会来，每人买件衣服，或买些日用品什么的，都寄存在子墨的摊位上。午饭的时候不太忙了，婶婶就自己看摊，子墨请姑娘们去吃"大餐"。集市上有很多小吃，子墨找了一个大摊位，买了点熟食、炒了几个所谓的硬菜，又买了点姑娘们爱吃的油炸食品，再来几屉蒸饺。本以为姑娘们喝饮料，结果都要求来啤酒，几轮下来，姑娘们面不改色，再看子墨，面红耳赤，眼神发呆，轻敌了！姑娘们把子墨抬回摊上交给婶婶，嘴里还嘟囔着：就这点酒量，真没劲。然后各自拿上自己买的物品，骑上自行车悠然地离去，留下子墨面向大地不停地呼喊着……

一转眼，一个多月过去了，山里蕨菜的采摘也结束了，而六月的下旬，自家菜园子里的菜也都成熟了，于是子墨的"买卖"也告一段落了。闲下来的几天，处理一下晒好的蕨菜干，几乎每天都有来收的，给的价格都不高，原因是质量太差。有的发黑，是因为烫的时候时间久了一点，烫熟了，晒成的干就是黑的。有的发黄，是因为搓揉不到位，还有的根部像干草一样，是因为收的时候没把老根掐掉，还有很多长毛的，是因为晒的时候没干透，或者是让雨淋了。子墨心想：终究是经验不足呀，下次一定能弄好，但是，估计也没有下次了。坚持了几天，价格越来越低，后来每斤以十三元的价格卖出，发毛的全都被扔出来了，收货商走后，看着满地的蕨菜干，子墨很是心酸，心想叔叔婶婶那么大的年纪，起早贪黑的一个多月白忙活了！

事后子墨仔细地算了一下账，卖菜挣了点，蕨菜赔了点，去掉每天的油钱，纯利润不过千，再去掉集市上请姑娘们的几次酒钱，还要赔一点，近两个月的辛苦付出，就当体验生活了，只是辛苦了二老！本想着挣点盘缠，可看看口袋，比脸还干净。之后的几天子墨一直琢磨，此地不宜久留，伸手管叔叔要钱是不可能的，还得想办法挣点路费，可是能干什么呢？一时间子墨陷入了沉思……

三、心在大山外，人在田地间，青春年少难免儿女情长。

七月，天开始热了起来，这天午后，子墨遇见邻居小龙和小二扛着锄头回来，子墨问了句："干啥去了？"他们说铲地刚回来，聊了一会儿得知，他们在给别人铲地，早上四点到中午十一点，每天三十五块钱。子墨眼前一亮，心想路费来了，真是无知者无畏。于是和小龙、小二约好明天出发的时候带着他。回家后和叔叔说了，叔叔看着子墨，满脸怀疑地说："你干过农活吗？需要技巧的。"子墨说："谁还没有个第一次，铲地有啥难的。"这天晚饭过后，叔叔从仓库里找了一把锈迹斑斑的锄头在院子里"嚓嚓"地磨了起来。第二天天没亮，子墨起来简单地洗漱一下，扛起锄头，拿上婶婶准备好的午饭和水就出发了，和小龙、小二一起到了汇合的地点。有几十人，上了两辆拖拉机，走了半个多小时，来到了一片一眼望不到头的土地。所有人下了车，站到地头，每人一根垄，摆开一字长蛇阵。小龙和小二把子墨夹在中间，还有几个姑娘和小龙是同学，问小龙："这是谁呀？没见过。"小龙回答说："我们矿上杨师傅的侄子，刚过来。"说话间，战斗开始了，这是一片玉米地，垄台上刚刚拱出土不久的玉米苗，嫩绿嫩绿的还挂着露珠。小龙告诉子墨，每个点留一棵苗，挑位置正，长得壮的留，其余的不管是草还是苗全部铲掉。人生中总有许多第一次，子墨开始了他人生中第一次铲地，一边铲嘴里还念叨着：留中间的、留粗壮的。可是手里的锄头不太听话，本来奔着边上的草去的，却铲掉了中间的苗，甚至把苗铲掉了，留下了中间的草（苗和草很相似），有那么几下了倒是铲到草了，可草就是不倒，最终草倒了，边上的苗也倒了。一时间子墨急得满头大汗，抬起头一看，自己又落在了后面，这时土地承包人过来了，一看，苗都被铲下来了，心想这哥们够狠的，于是问道："你干过吗？"子墨一看，瞒不住了，实话实说吧。那人也算是通情达理，他先给子墨普及了一下苗和草的区别，又给子墨示范了一下铲地的技巧，详细地讲解了一番，最后说："大老远来了，把你赶回去也不合适，你慢点我能接受，但是伤我的苗绝对不行。"就这样子墨按照那人传授的方法小心翼翼地铲了起来，慢慢地，掌握了基本技法。可抬起头放眼望去，都看不清其他人的身影了，只有自己孤零零地站在这大地中间。一时间子墨心急如焚，可是又没办法，快不起来，不能再伤苗了。铲着铲着他发现前面都被人铲过了，于是扛着锄头向前跑，远远地看见小龙和小二交替着铲自己这一垄。见子墨跑了过来，那几个姑娘还打趣地说："小哥，你是在后面给我们'打狼'吗？"话音一落，顿时响起一阵笑声。子墨面红耳赤，感激地看着小龙和小二，就这样在小龙和小二的帮助下，子墨艰难地完成了第一根垄。到了地头，大家伙直直腰，整体向西移，开始了第二轮。这次子墨明显快了许多，前半段小龙和小二帮忙，到了后半段，基本就能跟上大家了，偶尔还能和小龙、小二唠几句嗑，旁边的姑娘们管子墨叫"打狼小哥"，在一片欢声笑语中完成了第二垄。到了第三垄的时候，子墨彻底熟练了，跑在前面，到中段的时候还领先了一大截，但是子墨很快意识到这样不行，会惹众怒，于是放慢了速度，这时有人拿土块儿打自己，回头一看，一个姑娘笑着说："后上进，喊你咋不答应？"子墨说道："我也不叫后上进呀。"就这样这姑娘和子墨聊了起来，姑娘名叫沈怀玉，长得就像古画里的女子，一张白嫩的瓜子脸，柳叶弯眉樱桃口，杏核眼睛高鼻梁。一上午子墨只顾着观察苗和草了，心想荒山野岭的，居然还有这样一个美女。之后的劳动，沈怀玉主动和子墨挨着，两人一边聊天，一边干活，这样的搭配确实让人身心愉悦，时不时的子墨还要帮沈怀玉铲一段。当然，此时的子墨已经相当熟练，不再是上午的"打狼小哥"了。

接近中午的时候，烈日当头，由于之前没干过这活儿，长时间的弯腰劳动，此刻的腰像要断了一样疼，双手也全是血泡，加上太阳的暴晒，子墨感觉头晕目眩，真正体会到了什么是"锄禾日当午，汗滴禾下土呀……"此刻的子墨也顾不上形象了，干脆脱掉衬衫光着膀子，把衬衫缠在锄头把儿上，这样既解决了热的问题，手掌的疼痛也减轻了许多，一直坚持到收工，在田间吃了口午饭，稍作休息，拖拉机就来了，大部分人上了车，一小部分人留下铲剩下的几垄地。拖拉机又颠簸了半个多小时，在突突突的黑烟中回到了家，子墨下车后整个人跟散了架一样，小龙和小二问他："哥，你没事吧？"子墨咬着槽牙说："小意思，明天继续！"进了屋连脸都懒得洗，人直接倒在了炕上，本想翻个身，可后背刚一接触炕面，子墨就"啊"的一声坐了起来，婶婶听到问怎么了？子墨说后背像火烧一样疼，婶婶问："是不是干活光膀子了？"子墨说"是"。婶婶说"干这活没有光膀子的，多热都得挺着，不然就晒坏了。"说话间子墨脱掉衬衫对着镜子一看，整个后背通红，火辣辣地疼，心想，怪不得他们都不脱衣服呢。当天夜里，子墨始终侧着睡不敢翻身……

到了第二天早上，子墨浑身酸痛，两个手掌不敢打弯，那滋味，真不想起炕，但转念一想，吃得苦中苦，方为人上人，我们的革命先辈爬雪山、过草地、长征两万五千里，相比之下，这连九牛一毛的尖尖都算不上，于是抖擞精神，站起身，扛起锄头出了门。到了地里，活动一会儿好了许多，怀玉还是挨着子墨，两人说说笑笑，子墨也不觉得身上有多疼了，怀玉那垄地有三分之一是子墨帮铲的。通过聊天子墨得知，怀玉今年十七岁，是家里的老大，还有个十二岁的妹妹和一个不到两岁的弟弟，是典型的超生家庭，为了躲避罚款来到这里，父母都在矿上工作，自己刚刚初中毕业，平时在家帮妈妈照看弟弟，妹妹在上小学。子墨心里感叹：全国有多少家庭就为了要男孩，不惜二胎、三胎，甚至四胎、五胎地生，最后躲避超生全家过着居无定所的生活，超生的孩子上不了户口，多数也不能好好上学，早早地进入了社会，在底层为了生存而苦苦地挣扎，懵懵懂懂的没有方向，有的还没到法定的年龄，就早早地结了婚、生了子，自己还没弄明白如何身为人子就为人父人母了，于是父母的遭遇再次重演……

聊着天，铲着地，一垄、两垄……不知不觉到了中午，子墨和怀玉走到角落处坐下来，子墨拿出饭盒，米饭炒鸡蛋，再看怀玉直接拿出两个大肉包子，香味扑鼻，转手给了子墨一个，子墨不好意思地说道："给我你吃啥？"怀玉说："昨天一个我都吃撑了。"子墨问："那你今天为啥还带两个？"怀玉红着脸说道："给你你就吃，哪那么多话。"子墨一个大肉包子，一盒米饭，吃得肚子鼓鼓的。吃过饭怀玉说："我家附近有一片开荒地不太大，需要两个人，你去吗？"子墨说去，心想，赶紧挣路费，早日离开这里！怀玉站起身头也不回地说："领完工钱，地东头等我。"下午怀玉带着子墨在一个路口下了拖拉机，两人来到一处地头开始铲地，上午人多的时候二人有说有笑，这会儿只有两个人了，反倒是谁也不说话了，两垄过后，怀玉打破了沉默，问子墨："你什么时候走？"子墨说："多挣点路费，差不多就走。""还回来吗？"子墨说："不知道。"又问："你要去哪里？"子墨说："去厦门。"怀玉说："那里好吗？"子墨说："不知道。"怀玉又问："那为啥去？"子墨一本正经地说："收复台湾的时候，那儿离得近，我也好出把力。"怀玉抬起头疑惑地看着子墨，不知该说些什么。子墨笑着说道："傻丫头、逗你玩呢，我还没确定去哪儿呢。"怀玉瞪了子墨一眼小声说道："讨厌。"之后两人再次陷入沉默……快收工的时候，土地承包人来了，和怀玉熟悉，直接给了怀玉八十块钱，怀玉把钱都给了子墨，子墨说道："我怎么能要你的辛苦钱。"怀玉说："你帮我铲了那么多，就当我帮你凑路费吧！"子墨接过钱拿出四十塞给了怀玉。二人在山间的小路慢慢地走着，不知不觉怀玉到家了，走到家门口望向子墨喊道："明天在这等我。"子墨摆摆手，意思是知道了。之后的几天，怀玉带着子墨都是铲小块的地，干的都是整天的活，也不知怀玉哪里搞来的资源。二人累了就背靠着背坐在田野间休息，午饭子墨一如既往地带米饭炒菜，怀玉都是包子、蒸饺，有时还带熟食，子墨也不再客气，怀玉说了，这么热的天，剩了就馊了，帮忙吃完吧。

一转眼十几天过去了，铲地的活结束了，地里的庄稼不需要再伺候了，就盼着天公多降雨，今年是个丰收年。此时的子墨晒得黝黑，和刚来的时候判若两人，双手都是老茧，后背褪了一层皮，婶婶说看着倒比以前壮实了。

四、宏图壮志今方始，不负初心负佳人。

这天晚饭后，子墨正在屋里躺着，婶婶喊他说有人找，子墨起身看见窗外怀玉抱着弟弟来了。子墨带着怀玉和弟弟找个石墩坐下，怀玉说，周六，也就是后天，矿区的小学开运动会（运动会的时间开在暑假前，错开农忙季节），妹妹是运动员，问子墨要不要一起去看看热闹。子墨答应一定去。由于怀里的弟弟哭闹个不停，应该是饿了，怀玉不得不离开，子墨站在院子里看着怀玉的背影，走远的怀玉回过头喊道："后天早上路口等你！"子墨点点头。婶婶走过来对子墨说道："这姑娘相中你了。"子墨慌忙解释说："一起铲地认识的，就是朋友，您可别乱说。"婶婶说："从眼神就看得出来，错不了，这姑娘不错。"子墨看着远处光秃秃的山心想：我既然没打算留在这里，又何必招惹人家呢！

再说自己还没从失恋的阴影里走出来呢。

周六的清晨，子墨远远地看见怀玉站在路口用力地向自己挥手，矿区的学校不太远，看得出怀玉很高兴，也许一年一度的运动会在矿区算件热闹事吧，说话间，二人到了学校的操场。操场四周坐满了人，都是学生和家长，怀玉带着子墨坐到五年级的位置。不一会儿，怀玉站起身挥手，一个身穿运动服，身材瘦小的小姑娘朝这边跑来，黑黑的脸蛋，和怀玉一点也不像，怀玉指着子墨介绍说："这是小哥。"小姑娘那清澈的眼神看着子墨喊道："小哥好。"子墨笑着答应，小姑娘说："我们要彩排了，小哥一会儿见。"子墨说道："加油！"很快彩排结束了，运动项目依次进行，从低年级到高年级，上午跳远、跳高、短跑，四百米接力，下午中长跑，铅球，最后是拔河，项目不多，毕竟是矿区小学，设施设备有限。

小姑娘看着瘦瘦的，居然还是全能型运动员，跳远有她，跳高有她，四百米接力还有她，小小的身影灵活地跳跃在操场上。整个操场没有一寸草坪，四周的跑道上也是尘土飞扬，观众都席地而坐，烈日炎炎，运动员个个汗流浃背，但是他们那不服输的劲头仿佛自己参加的是奥运会！跑完了接力，已接近中午，小姑娘大汗淋漓地跑了过来和子墨打了招呼。稍作休息，这时广播开始播报年级排名，小姑娘跳远得了第一名，接力小组获得第二名，为了表示祝贺，子墨叫来旁边卖冰棍的大娘，对小姑娘说："哥请客吃冰棍，管够，把你的好朋友都叫来。"转过头又对大娘说："数一下多少根，包圆了。"孩子们开心地跳了起来，怀玉抢着付钱，被子墨拒绝了。午休的时候，子墨又带姐妹俩下馆子，刚好遇到了小龙和小二，子墨把他俩都叫了过来，点了一桌子"硬菜"，酒足饭饱后，子墨结了账，心想：一顿饭加冰棍，四天的锄头白抢了，但是开心就好。告别了小龙和小二，小姑娘也回了学校，因为太热，怀玉提议去山岗上走走，那里的树荫比较清凉。二人肩并着肩走上了林间的小路，彼此的话语不多，怀玉有意靠近子墨。子墨看着身边的姑娘，想起了苏彤。曾经，他们是那样的甜蜜，而结局又是那样的痛断肝肠！眼下和怀玉在一起的这种感觉，是那样的温暖，那样的轻松，就将这份情感深埋在心底，今生给彼此留一份美好的回忆吧！

这一夜，子墨久久不能入眠，窗外猫头鹰那熟悉的叫声回荡在夜空，子墨对自己说，我该走了，他此刻的脑海里浮现的都是北上广的高楼大厦、车水马龙，那是在梦里去过无数次，现实却从未踏足的繁华与璀璨！

第七章

一、在家千日好，出门一刻难，都市耀眼的霓虹，无法温暖游子之心。

时间：2002 年 7 月 27 日

这天，子墨早早地起来，背上行囊，辞别叔叔婶婶，要去奔向那未知的远方，临别时婶婶硬塞给子墨五百元钱。子墨并没有告诉怀玉离开的时间，因为不想重温那份离别的伤痛，车窗外明媚的阳光，渐行渐远的一个又一个山岗，子墨默默地看着，一时间心里五味杂陈……

由于囊中羞涩，子墨没有直接去北上广，而是就近选择了一个北方的二线城市，准备先过渡一下，一是攒点钱，二是体验一下打工的生活，毕竟长这么大，还没有在举目无亲的地方独立生存过。坐了几个小时的火车，于深夜十二点多到达了终点，虽然是午夜，但是出站口外接站的人还挺多，子墨想找个旅馆先住下，他站在台阶上放眼望去，一切都是那样的陌生，心中一阵酸楚。

这时走过来一个大汉，满脸的络腮胡子，一脸横肉，问子墨："兄弟，住店吗？就在附近。"子墨回答说不住，有人接站，于是装出在人群中寻找什么人的样子。过了一会儿，又走过来一个中年男人，尖嘴猴腮的，问道："小伙子住店吗？就在附近。"子墨依然回答有人接站，说完继续用眼神在人群中寻找。几乎每隔几分钟就有人来问一次，于是子墨躲到了一个角落。之所以没选择住他们的店，是因为子墨在家的时候，曾经听长年在外的人讲过，出门在外要注意的事项，说有的人以住店便宜为名，哄骗外地人上车，拉到郊区，把身上的钱全部抢走，然后赶下车，如果是女孩子更危险。还有的专挑单身男子，哄骗到偏远的旅店，等你睡下时会有女子以送水或者加被子的名义敲门，更有甚者直接拿钥匙开门，进屋后就脱衣服，紧接着警察就破门而入，全部带走，然后以嫖娼的名义罚款，给钱就放，没钱就拘。所以当络腮胡子过来时，子墨看他不像好人，再说看那人体格子，若真有啥事，子墨也打不过他，所以拒绝了，之后的几个也都不像好人。渐渐地出站口的人几乎都走没了，子墨还一直在那站着，这时一位大姐朝子墨走来，亲切地问道："小孩，住店吧？"子墨随口说有人接，大姐笑了笑说："有啥人，我都看你半天了，走吧。"子墨看看周围没啥人了，再看看大姐不像坏人，就算是坏人，对付一个女人也没问题，于是问道：多少钱一宿？大姐说：有十块的多人间，有五十的单人间，还有一百的，带卫生间能洗澡。子墨心想，出门在外不能露富，要装穷。于是说道：大姐，我这是来找亲戚的，结果没人来接我，也不知道咋回事，身上也没什么钱了，有没有再便宜点儿的，环境我不挑。大姐笑着说："十块钱还不便宜啊，哪有这么便宜的旅馆了，看你是孩子，没管你多要，平时都二十起步，今天都这个点儿了，所以就不多要了。"子墨又问有多远？大姐说很近，拐个弯就到了。子墨一想就这吧，于是跟着大姐走了，结果走过大街，又穿过小巷，左拐、右拐、七八拐，巷子越走越黑，子墨有点害怕了，渐渐地和大姐拉开了距离，大姐似乎看出了子墨的心思，站下来，回头对子墨说："孩子别害怕，姐不是坏人，再说你一个大小伙子，姐还能把你咋地了，马上就到了。"子墨一想，豁出去了，爱咋咋地吧！于是对大姐说道："我就是有点累了、走不动了。"大姐提出帮子墨拿背包，子墨婉拒了，心想，全部家当一千多块都在这呢，咋能给你拿！边走边和大姐聊天，大姐问："小伙子，找个小妹陪你吗？都是你这个年纪的小姑娘。"子墨脸一红说："我一个学生还没毕业呢，咋能找小姐，再说也没钱呀。"大姐说："不贵，一次一百。"子墨接着说："住店这十块钱强凑出来，别说一百了。"大姐又说："现在的学生住店都找……"就这样一路闲聊着终于到了旅馆，如果没人带路，这地方是打死也找不着呀！推开旅馆的门是一个小吧台，吧台后面有一个长条的软包条椅，角上的皮革坏了，露着里面的海绵，上面坐着一个小姑娘，留着焗成了黄色的短发，十七八岁的年纪，眼睛直勾勾地看着子墨。子墨跟着大姐穿过一个狭窄的走廊，昏暗的灯光下依稀能看见斑驳不堪的墙面布满了岁月的垢痕，走廊的尽头是一个关不严门的卫生间，只有一个蹲坑，去掉双脚的踩踏之处，其余的地方堆满了各种颜色，各种品牌的纸巾！大姐推开了一扇紧挨着卫生间的门，顿时一股浓烈的脚臭还夹杂着几许汗臭扑鼻而来，完全掩盖了卫生间浓浓的腥臊味。

霎时间，子墨困意全无，再看屋里，六七个上下铺睡满了人，一条条大腿附带着臀部，一双双手臂半裸的胸膛，各种鼾声，高中低音此起彼伏，偶有屁声作为伴奏。大姐一看满员了，再推开对门也没有空床，随后查了一下记录，对子墨说：现在只有一间双人床的单间了，一晚上五十，于是子墨说：大姐，说好的十块我才来的，走了这么远，你不能坐地起价呀，再说我浑身上下也不够五十呀，大姐无奈地看了看子墨，说了句算了吧，便宜你了，就按十块算吧，但是先说好，再来人我可往你屋里塞，子墨答应了。进了房间，一张双人床，已经发黄的白色床单上面布满了"地图"，整个房间充满了"年代感"，一股股发霉的味道沁人肺腑，瞬间，久治不愈的鼻炎变得畅通无阻。子墨关上门，心想，也别洗漱了，这时听见门外短发的女孩和大姐的谈话，女孩说："这小伙挺好，问了吗？"大姐说："不找、没钱。"这一夜，子墨没脱衣服，枕着自己的背包昏昏睡去……

又是一个阳光明媚的清晨，子墨脱下褶皱的衣服，精心地洗漱了一下，换上了一件崭新的衬衫，毕竟今天是有生以来第一次应聘，出了旅馆的门，直接朝着繁华的街道走去。由于起得有点早，很多的店铺还没开门，没有经验，不懂得买招聘报纸，只知道沿着街道走，看企业门前粘贴的招聘广告。子墨找了一条街道，这里的楼比别处的高，人流也格外密，走着走着，看见一个大酒店贴着招聘服务生，子墨兴冲冲地跑到门前，却没有勇气推开门，在门口徘徊了许久，忽然一个保安走了出来，子墨站在远处，喊着问道："这里还招人吗？"保安看了子墨一眼没搭理他，子墨一想，算了，再找吧！于是继续走，没走多远，又看到一个酒店招聘，门口有门童，子墨壮着胆子问道："你好，还招人吗？"门童说："你进屋里问吧。"子墨想了想，又没进去。继续朝前走，又有一家酒店，比之前的都大，子墨心想，得找管事的问，不然别想找到工作，在门口站了一会儿，鼓足勇气推开了酒店的门，径直来到吧台，问道："你好，这里还招人吗？"站吧台的是个小姑娘，拿起对讲机喊道："经理经理，吧台有应聘的。"不一会儿，一个身材高挑，气质优雅的女子走了过来，身穿黑色职业装，高跟鞋，满头黑发整齐地盘起，高高的胸脯上戴的胸牌上写着"大堂经理"，对方询问了子墨的籍贯和一些基本信息，当问到工作经历时，子墨的履历一片空白，没任何打工经验，对方以没时间培训新人为由，拒绝了子墨的求职。碰壁的子墨无比地失落，沮丧地走了出来，心想，要尽快找到工作，不然晚上还要住店、吃饭，身上的盘缠能维持几天呢！想到这里，振作精神，继续朝前走，看见有招聘的直接就进去问，心想，用就用，不用拉倒。不知不觉到了中午，肚子开始叫起来，本来早上就没吃东西，加上一上午的奔波，早就饿了。于是来到一家牛肉面馆，要了一大碗牛肉面，两个卤蛋，一根香肠，勉强垫了个底。走出面馆，刚好对面有个公园。子墨找了个条椅坐了下来，抬起头，看着似火的骄阳，子墨又想起了铲地的时光，低下头，手上的老茧犹在。稍作休息，继续前行，又走了好久，也不知问了多少家企业，有的也是因为缺乏工作经验不要，有的让等通知，可是子墨没有联系方式，心里琢磨着，说没经验吧，人家不要，如果撒谎说有，一上手肯定就露馅了。又不知走了多久，天边已出现晚霞，藏在后面的夕阳射出无数道绚丽的光芒。此刻，子墨的步伐像他的心情一样沉重，背上的行囊也重似千斤，看着川流不息的人群，行走在纵横交错的街道上，真不知自己的路在何方，仰望天空，已是华灯初上，都市的霓虹光彩夺目，傍晚的微风吹拂着饥肠辘辘的胸腔，一时间，子墨感到这看似繁华的都市是如此冰冷，而荒野的山村是那样的温馨……

二、几经辗转驻足他乡，机缘巧合初露锋芒。

失落的子墨沿着路边的人行道漫无目的地走着，想着今晚找个什么样的旅馆。这时，前方醒目的霓虹灯牌匾映入眼帘，"红苹果歌厅"，门厅的落地窗上贴着陈旧的招聘广告，正好一位保洁阿姨出来擦拭台阶上的水渍，子墨上前问道："阿姨，这里还招人吗？"阿姨说："不知道，你上二楼问问。"子墨看着已经褪色的招聘广告，心想算了吧，谢过阿姨正准备离开，阿姨却说："你这个小孩，上去问问呗，不用再走呗。"子墨一想，上去就上去，于是顺着楼梯上了二楼，来到一个大厅，靠墙是半圈沙发，左手边是个吧台，灯光昏暗，还有五颜六色的球形灯在滚动。吧台里坐着一位女士，看样子三十多岁，画着精致的妆容，手指夹着一根细支的香烟，衣着前卫，但很是得体，子墨走上前礼貌地问道："您好，请问这里还招人吗？"女人说："招人，是你自己吗？"子墨说是的，女人又问了籍贯，年龄等，子墨一一作答，女人接着问都干过什么工作？鉴于之前应聘失败的原因，子墨在心里总结了一下，回答说："姐，我刚从家里出来，相关的工作确实没什么经验，但凡事都有个开始，我相信自己的能力，也请您给我一个尝试的机会，给我一周时间，如果我不能胜任这里的工作，我会自动离开，分文不取。"女人听子墨说完，轻轻地吸了一口烟，又看了他一眼，磕了一下烟灰，再次看向子墨，微微地笑了一下，说道："你都把话说到这份上了，我没有拒绝的理由，明天来上班吧。"子墨听完如释重负，很快又面露难色地说道："姐，情况是这样，我昨天深夜到这里，现在举目无亲，而且囊中羞涩，您看能不能今天上班。"女人右手夹着香烟托着腮，眼睛一直注视着子墨，听子墨说完后，抬起左手一招，过来一名服务生，"带他去宿舍安排个住处，找一套工作服。"就这样子墨走上了打工之路，换好了白衬衫、黑马甲，准备上岗。这时有人喊开饭啦，于是随众人来到食堂，一共七八个人，长方形的桌子，菜都摆好了，茄子、土豆、豆角等，饥肠辘辘的子墨找个角落坐了下来，见大部分人都动了筷子，子墨也迫不及待地吃了起来，尽可能地保持着儒雅的吃相。饭后，所有人来到二楼小厅，由领班简短地开了个会，子墨也做了自我介绍，然后领班把子墨分配到二楼走廊，负责卫生间和走廊的地面卫生，要保持干净整洁，尤其是卫生间地面不能有水，以防客人滑倒。领班是个大个子，本地的，退伍军人，长相比较粗犷，比较有棱角，大名叫孙海军，大家都叫他军哥，据说他奶奶是俄罗斯人，所以他长得像欧洲人。老板就是刚刚招聘子墨的那位女士，大伙都叫她梦姐。歌厅共有三层，一楼是大厅楼梯口，二楼一上来是音像室，转过来是吧台，小客厅，里面是小包间，三楼全是大包间，整个歌厅的装修略显陈旧，但是从设备和风格上，不难看出昔日的辉煌。

走廊里回荡着零点乐队的《相信自己》："只因为始终相信，

去拼搏才能胜利，总是在鼓舞自己，要成功就得努力……"

七点左右，客人陆陆续续地来了，看着其他人忙碌着，子墨想帮忙，又不知从何入手，再看包房里的男男女女，有着父女一样的年龄差，却举止亲昵胜似夫妻，朦胧的灯光下，时而翩翩起舞、时而紧紧相拥、时而推杯换盏、时而引吭高歌，都市的生活真的是纸醉金迷。子墨在走廊里不停地徘徊，偶尔驻足倾听包房里那胜似原唱的歌声，心想，如果给她一个舞台，也许就能问鼎歌坛。不时也有野兽般的哀号传出来，令子墨百思不得其解的是人类的哪个器官能发出这样的声音。几个小时过后，随着一箱一箱的啤酒、红酒、洋酒端进去，一箱一箱的空瓶端出来，客人去卫生间频繁起来，一个个步伐摇晃，眼神迷离，冲进卫生间后，有的搜肠刮肚，有的翻江倒海……走廊里穿梭的客人，子墨看不出他们在社会上的身份和地位，但是此刻他们高傲的神情、嚣张的气势，好像自己是一代君王。

随着客人的进进出出，子墨变得异常忙碌，刚刚擦干净的地面，瞬间又被吐得一塌糊涂，子墨只有不停地擦，尽力地保持地面的整洁……时间已过了午夜，也不知迎来送往了多少人。音响的轰鸣、闪烁的灯光，子墨的脑子里乱哄哄的，随着客人一拨一拨地离场，歌厅也渐渐安静了下来。凌晨2点的时候，送走了最后一拨客人，今天的工作终于结束了！

回到宿舍，子墨像一摊烂泥一样重重地倒在了床上，连日的奔波，终于可以踏踏实实地睡个觉了，他很快进入了梦乡。这一夜，子墨梦见一棵小树苗以肉眼可见的速度疯狂地成长，然而就在它即将成为参天大树的时候，天空中突然飘来了厚厚的乌云，遮天蔽日，乌云越来越低，直到压在了树梢上。任凭小树拼了命地生长，使劲儿向上蹿，可那厚厚的乌云好似一座大山，纹丝不动，它压得地上的生灵喘不过气来。眼看着乌云即将压断小树的枝干，子墨醒了，大口大口地喘着粗气，险些在睡梦中被憋死。子墨揉了揉眼睛看向窗外，一缕阳光从窗帘的缝隙中射进来，再看一眼墙上的时钟，接近中午十二点了，又扫视了一眼周围的同事，都在熟睡中，不时传来轻微的鼾声。歌厅的规定是下午两点开门，两个人值班，其他人五点上岗。子墨蹑手蹑脚地起了床，生怕把别人吵醒，洗漱后来到室外。沐浴在阳光下，今天的天空仿佛格外的蓝，阳光也比昨日温暖了很多，站在这万里晴空下，他的脑海里却再次浮现出那梦中的乌云……

今天的工作和昨天相似，起床后所有人收拾自己的卫生区域。当然，子墨还是打扫卫生间，吃过晚饭后正式上岗，但是今天子墨不再孤独地在走廊上徘徊了，而是闲暇时和同事聊聊天，渐渐地和大家熟悉了起来，这个时期的子墨是一个幽默、风趣、真诚、热情的大男孩，和所有人都聊得来，与人相处坦诚相待，几天下来，子墨已成为这个团体中的一员。每天下班，大家都去吃宵夜，经常吃到天明，喝得酩酊大醉，子墨也不例外。这里的工作基本工资不高，每月三百，收入全靠看包房客人给的小费。由于歌厅的规模一般，所以来这里的客人消费水平也都不高，小费也是几十块钱居多，而子墨刚来，看不了包房，也没小费可拿，所以吃宵夜的时候同事也都不让子墨请客。

初次打工的子墨感觉眼前的一切都是那样的新鲜，无论多晚下班，从不觉得辛苦，每天都早早地起床，去附近走走，看看，毕竟这里比家乡要繁华得多、大得多。在家乡，从城东骑自行车到城西，用不了二十分钟，而这里，一不小心就会迷路。

　　一转眼，七天的试用期过去，子墨被录用了，悬着的心终于可以放下来了。这天下午没什么客人，大家坐在小客厅的沙发上聊天，梦姐也在，聊着聊着聊到了歌厅的装修问题，梦姐有心重新改造一下，但是考虑到装修不仅要停业，还要投入大量资金，所以一直没实施。这时子墨说了句："不停业也可以装，投资也不用太大。"梦姐问："你懂装修？"子墨回答说在家干过几年。"那咋不干了？"子墨回答说："出来闯闯，各行各业都想体验一下。"梦姐说："那谈一下你的建议。"这时所有人都看着子墨，子墨侃侃而谈，毕竟这是自己的专业范畴，子默说道："第一，装修可以一层一层地装、一间一间地装；第二，装修的时间定在凌晨2点至次日中午，避开营业的时间，这两点会造成施工成本有微量的上升，但是比起停业带来的损失就显得微不足道了。至于说投入大量的资金大可不必，歌厅的灯光昏暗，所以对材质的要求不是很高，我们可以在现有的基础上，重点对灯光进行调整、颜色重新搭配、造型上加以设计。对于材料，选一些个性一点的，比如带树皮的木板、普通的白鹅卵石、玻璃、五金管材、麻绳、废旧车胎等，打造田园、金属工业风。这样下来，既不需要停业，材料相对也便宜，同时施工速度也快，拼豪华，我们拼不过，毕竟豪华的场所太多了，但是凸显个性，也许能维持一阵子。"梦姐听子墨说完，拍手叫好，并详细地问了一些事项，子墨一一回答，对歌厅的改造具体方案还做了一个框架性的概括。当晚，梦姐决定重新装修，具体工作由子墨负责。从明天开始，子墨不需要擦地了，开始准备歌厅翻修的前期工作。

三、夜以继日不负重托，辞别梦姐再踏征程。

第二天开始，梦姐给子墨配了一辆踏板摩托车，子墨骑着它开始忙活起来，首先要对装修材料的品种、价格进行对比和了解，同时还要找一伙可靠的施工队。采购材料可以去各大建材城，可是施工队去哪里找呢？毕竟在这个城市，子墨所有的熟人就是歌厅里那几位。连着几天，子墨骑着摩托车穿行于各个街道，主要寻找一些正在装修的酒店、宾馆、大一些的门市等，收集了一些施工队的电话，对他们的施工地点、工艺水平，人员规模等都做了标注和排名，然后打电话邀约到歌厅，勘查现场，拟定施工方案，让他们报价，最后对他们的工艺、设计方案、价格进行了综合对比和筛选。子墨整理出施工周期，整改方案，整体预算，做了一个歌厅综合整改计划方案上报给梦姐，这一系列的操作，让梦姐及所有人对子墨刮目相看！

接下来就是装修，子墨每天凌晨两点起床，和施工队一起在现场。毕竟是旧房改造，比新房装修要麻烦一些，有些方案，需要根据现场研究决定，装修图纸基本都是平面图，拿到现场，有些比例需要微调，而子墨正是这些事项的决策者。一段时间下来，梦姐对子墨非常认可，施工队的队长也对子墨很是佩服，心想：小小的年纪，对装修竟然这么精通！这天，施工队进场后，队长对现场做了具体的分工，然后拉着子墨去吃个宵夜，二人还微醺了一下。队长姓王，不到五十岁，瓦工出身，子墨称他为王叔。酒过三巡，王叔问了子墨目前的工资、对未来的规划等，总之，中心思想就是想让子墨和他一起干装修，子墨精通木工，弥补了自己的短板，挣钱对半分。子墨委婉地拒绝了，说自己的志向是去大城市闯一闯、看一看，最后王叔对子墨说：出去长长见识也好，什么时候想回来了，王叔的大门永远向你敞开！

就这样，装修紧锣密鼓地进行着，子墨也是兢兢业业，从小，父亲就教育子墨：受人之托，必办忠人之事！所以对于梦姐的信任，子墨也是竭尽所能！在这期间，梦姐有空就带子墨出去吃饭，品尝各种地方美食，还给子墨买了一些衣服、鞋子，不得不说梦姐的审美确实前卫。子墨还处了一个哥们，一起上班的，叫高亚东，和自己同岁，下午的时候经常带子墨出去玩，网吧，台球厅等，偶尔出去撸个串啥的，两人无话不谈，并约好攒点钱一起去南方闯荡！

时间一晃，已到了9月中旬，一个多月的时间，装修已接近尾声。这天下午，施工队的一位带工的，姓刘，是队伍里的骨干，来找子墨吃饭。盛情难却，两人来到一家烧烤店，当然，微醺是免不了的。刘工请子墨吃饭的意思很明确，他来这是帮王叔的忙，王叔这里人手不够，歌厅的工期又紧，找他带几个人来抢抢工期。刘工的弟弟承包了一个度假村，几千万的工程。刘工向弟弟介绍了子墨的情况，他弟弟希望子墨能过去，做一名管理人员，工资、奖金、待遇绝对优厚。子墨还是委婉地拒绝了，初衷不变，还是想去北上广闯一闯！

时近中秋，子墨想着过了节就南下，一个多月的工资，梦姐又多给了几百，加上之前的，凑了一千多块钱。首站广州，如果买硬座，剩下的钱应该能维持到找着工作，一想到即将南下，子墨的心激动不已！就在9月18号的这天，子墨的好友高亚东和梦姐因为工作吵了一架，梦姐一气之下把他开除了，当晚高亚东就离开了歌厅，去附近的网吧包夜。子墨下班后去找他，两人吃了个宵夜，高亚东提议去他家过中秋，然后南下，子墨一想也好，次日向梦姐辞职。起初，梦姐百般挽留，最后说："我知道你在这里只是过渡，但是没想到这么快，人各有志，愿你前程似锦吧！"子墨收拾好衣物，向众人辞行，于9月20日和高亚东一起去了他家，他家在附近的一座小县城。初次登门，又赶上21号就是一年一度的中秋佳节，子墨买了很多水果、月饼等，这时才得知高亚东几乎身无分文，于是又买了一些礼品、衣物等，交给亚东，随手又塞给他几百块钱，亚东再三推辞，子墨说："别让二老看出你的窘迫，回家了该花就花，老人看着欣慰！"过完中秋，子墨规划了一下，对亚东说："以现有的资金，去广州，两张车票都不够，还是就近打工存点钱再去吧！"亚东想了一下说道："去广东的目标不能变，我是这样计划的，第一步去沈阳我大舅家，我从未去过，到了一定会热情款待，玩几天，走的时候让我舅给咱俩买两张到北京的车票，不出意外还能给点钱。到北京以后找我小舅妈，三年前我去过，小舅妈的条件很好，对我也很好，那会儿给我零花钱都上千地给，咱俩在北京好好逛逛，然后让小舅妈给咱俩买两张到广州的机票，临走时也会给钱，而且小舅妈很大方，给得不会太少。这样下来，到了广州生活一段时间没问题。"子墨听完笑着说："此计妙哉！"于是向亚东父母辞行，临别时子墨买了很多肉、蔬菜，亚东让父亲做了拿手的红烧肉，只是吃饭的时候，红烧肉没看见几块，土豆倒是不少……

　　子墨和亚东坐上了火车，到沈阳的时候已是晚上，舅舅和亚东的表妹来接的站，走出出站口上了出租车，舅舅坐在前面指路，表妹是个高中生，戴着一副眼镜。一路拉家常，舅舅问这问那，到了家门口，舅舅下了车，对亚东说："我没带零钱，车费你付吧。"子墨听了赶紧掏钱，进屋后，舅妈早已做好一桌饭菜。一夜无话，次日清晨，舅舅叫起床，早饭时，亚东问沈阳有什么旅游景点想去逛逛，舅舅笑着说："刚好你小妹放假，让她给你俩当导游吧，去故宫、怪坡转转，导游费就免了，给买点学习用品算了。"说完全家哈哈一笑。小妹带着亚东和子墨转了一天，最后给小妹买了个书包。晚饭结束后，子墨和亚东商议，今晚就坐车走，此地不宜久留，再不走去北京的路费就不够了！亚东心想，这可真是个舅舅。于是当晚向舅舅辞行，哪料舅舅说道："要走也是后天走，明天我过生日，我早点下班，让你舅妈多做点好吃的，全家热闹一下。"子墨和亚东相对无言。次日下午，舅妈准备了一桌好菜，子墨和亚东又买了水果和蛋糕，毕竟长辈过生日，晚辈也不能两手空空。晚饭结束后，子墨和亚东拒绝了舅舅全家的再三挽留，直奔火车站，买完车票，子墨的口袋里已不足百元。亚东安慰他说：到北京就好了，放心吧！

第八章

一、初到京都受尽饥寒，计划落空分道扬镳。

时间：2002 年 9 月 26 日

坐了一夜的火车，由于比较仓促，没买到座，子墨和亚东在座位下面铺了几张报纸躺了一夜。下了火车，二人都饥肠辘辘，强忍着走了好久，找了一个离车站比较远的面馆（听人说车站附近贵），叫了两碗牛肉拉面，一个炝拌菜，反正一会儿找舅妈，先吃饱再说。出了面馆，子墨掏出一张 IC 卡递给了亚东，在路边找了一部公用电话，亚东开始拨打舅妈的电话，一连拨了几次都是空号，亚东双眉紧锁、表情凝重，额角渗出细微的汗珠，从包里翻出电话本，再三核对号码无误，又连着拨了几次，依然是空号，此刻，两人的心情从激情似火直接落入万丈冰川！面对首都繁华喧嚣的街道、青砖碧瓦的千古遗风，二人已无心观赏。子墨问亚东："多久没和你舅妈联系了？"亚东说："三年前离开后就没再联系过。"子墨抬起头，看着那灰蒙蒙的天空，说道："没事，这么大的首都，这么多人，不可能没有咱哥俩的立足之地，找工作，管他什么行业，只要管吃、管住就行，先落脚再说"。于是买了一份北京地图，看着地图，一路打听，从北京站步行到天安门，二人就奔着繁华的地方去，整个下午，几乎都在东单、西单、王府井、金鱼胡同转悠，心里还纳闷，这地方也算繁华了，居然没有张贴招聘广告的。这会儿，已到了日月交替之时，二人走得筋疲力尽，于是在王府井步行街的椅子上休息，有心躺一会儿，但是看着熙熙攘攘的人群，又恐被人笑话。行人奔走带起了一阵阵微微的风，随之飘来小吃街那混杂的香味，实难抵挡，二人不由自主地走了过去，各种美食出现在眼前，卤煮、烧烤、油炸、南北名吃、东西特色，一时间叫人难以取舍。问了几家后得知，以二人目前的财力，无论选择吃啥，都只够尝尝，实难果腹！无奈，二人继续转悠，也不知走了多久，路过一个小吃摊，买了两屉小笼包，吃了个半饱。无处可去的二人又回到天安门，广场上亮如白昼，城墙外有一排排椅子，这时已过十二点，子墨和亚东各找了一处椅子枕着行囊，披着衣服，准备睡下，可是刚躺下几分钟，过来一辆依维柯，闪烁着警灯，喇叭里喊着"椅子上躺着的赶紧起来"，这可把子墨和亚东吓坏了，闪电一般坐了起来，看着警车，心想难道要把我俩带走吗？躺着也犯法？可就在子墨和亚东不明所以的时候，警车走了，二人你看看我，我看看你，起身继续徘徊于城墙脚下。走了一阵儿，饥肠辘辘加上整日的奔波，实在是疲惫，于是找了一处树木浓密、相对僻静的地方，见四下无人，又躺下了。说来也怪，椅子还没捂热乎，警车又来了，又把二人喊了起来。惊魂未定的二人沿着城墙又转了几圈，最后得出结论：这地儿，坐着可以，躺着不行。这一夜，二人互相倚靠着坐了一宿，首都的秋风不停地侵袭着二人，似乎在争夺那冰冷的椅子……

9月27日一早，两人找了一个公厕，洗漱了一下，经过一夜的"冷静"，亚东想起了舅妈公司的大概位置，又经过了一天的辗转，最后还是动用了仅有的几块钱坐了公交，下车后走街串巷，终于在下午近五点的时候找到了舅妈公司所在的大楼。由于这栋大楼的造型比较有特色，正面是锯齿的形状，所以亚东凭记忆找到了，亚东望着大楼对子墨说："只要舅妈还在这里工作，咱俩一切按原计划进行，如果不在这里了，那就听天由命吧！"看着亚东的背影，子墨在心里暗暗祈祷"神灵保佑吧"！时间一点一点地过去，每一分钟都是煎熬，一天没吃东西的子墨瘫坐在马路边，期盼的眼神一动不动地盯着对面，这一刻的心情，焦急、渴望、担心、饥饿和疲惫……

快一个小时的望眼欲穿，终于看见了亚东的身影，这五十多分钟，仿佛走过了前世今生……随着亚东渐渐清晰的脸庞，看见他依然双眉紧锁，子墨刚刚燃起的希望又一次幻灭了！亚东说："见到舅妈了，说了此行的目的和咱俩的现状，舅妈说她现在也不宽裕，新买的车，小妹（舅妈的女儿）又刚刚出国留学，每个月还要还房贷，也是节衣缩食。三年前我走后，连一个电话都没打给她，很让她心寒。这次来，既然找到了她，也不能完全不管，但是人还是要靠自己，当年她来北京也是一无所有，全凭自己的努力才有了今天，最后给了二百块钱，并说——不要再找她了！"

子墨听亚东讲完，说道："这二百你不该拿。"亚东说："不拿咱俩得饿死！"就这样二人沉默了一会儿，亚东说："走吧，先吃饱了再说。"于是来到一家包子铺，两屉大包子一上桌，风卷残云就吃完了，本以为每人还能再吃一屉，可能是吃得太急，居然吃不下了。二人走到一个天桥下坐了下来，亚东说："怎么办？"子墨说："大丈夫应该纵横四海，偌大的首都，如果咱俩连生存的能力都没有，那就是垃圾，舅妈她一个女人都能站住脚，更何况咱两个四肢健全的大男人，明天继续找工作。"亚东接着说："如果钱花完了还是没找到工作咋办？"子墨说："如果真的饿死街头，说明咱俩真的是垃圾！"一时，二人再次陷入沉默！

　　车水马龙的街道，纵横交错。发动机的轰鸣声，震耳欲聋。高楼大厦鳞次栉比。马路两侧的路灯，依次点亮，而浩瀚的夜空，却寻不见点点繁星……亚东打破了沉默，说道："我怕了。我怕死在这儿，我想回去。"子墨说："你走吧，我不怕，我相信自己！"就这样二人来到北京站，亚东买了一张到沈阳的火车票，临别时，硬塞给子墨四十块钱，并记下了子墨的银行卡号，说道："我明天到了就借钱给你汇过来，我等你在这里混好了去接我。"看着亚东离开的背影，子墨无比地失望！

二、风餐露宿求职难，几缕秋风几许寒。

　　亚东走后，子墨一个人在北京站不停地徘徊，对这里他有一种亲切感，当初两个人来到这里，如今只剩下自己孤零零的！夜深了，子墨找一个角落躺了下来，一会儿又不得不坐起来，这一次不是警车，是冰冷的大理石地面冰得子墨浑身发麻。北京站的候车室不允许无票者过夜，无奈、只能在深夜四处游走，等待天明！那种茫然、那种无助、那种孤独……

9月28日清晨，依然是在公厕洗漱，早餐吃了馒头、榨菜，然后背起背包，开始沿着街道走，看见饭店就进去问是否招工。走着走着，抬头一看，"城乡贸易中心"，子墨心里嘀咕，楼是挺高，但是"城乡贸易"不就是城市和郊区的交界处吗？来首都一回，怎么也不能在郊区混呀，于是转头继续走，饿了就吃馒头、喝矿泉水。就这样，不知不觉又走到了"北京西客站"，子墨一看，心想，老家是一个火车站、一个客车站，北京也一样，这肯定是客车站了，不愧是首都，客车站比火车站还大！这时已是夜幕降临，奔走了一天的子墨找了一个台阶坐下来休息一会儿，刚好那里铺了一张报纸，子墨直接坐到上面。过了一会儿，屁股发麻，于是站起来走动走动，顺便把报纸捡了起来，想着一会儿坐哪好继续铺上，顺便看了一眼报纸，上面全是招聘信息，工资过万的工作多的是，还有几万十几万的。子墨心情顿时好了，心想，太难的、技术性的工作干不了，饭店、宾馆、洗浴中心啥的还是没问题的，工资都不低，于是小心翼翼地把报纸折起来装进口袋。

后半夜，子墨又收集了不少报纸，有招聘的都挑了出来，剩下的报纸，子墨找了一个挡风的地方，西客站机动车上二楼送站的坡道和地面的夹角处，既挡风，又安静。子墨铺上了厚厚的报纸，躺了上去，心想，真是块儿风水宝地呀！那一夜子墨睡得很香、很沉！

9月29日，又是一个秋风拂面的清晨，在公厕里洗漱一番后，今天的子墨精力充沛，对接下来的面试信心满满。看着凌乱的头发，子墨拿出洗发水想清洗一下，就在子墨满头是泡沫的时候，被看公厕的大爷硬拽了出来，大爷说："这里不许洗头。"子墨看着大爷，指着自己的脑袋说："我下次不洗了，可你总得让我把沫子冲一下吧！"大爷看着满头泡沫的子墨，勉强点了点头。洗漱完的子墨神采奕奕，拿出昨晚收藏的报纸，又认真地看了一遍，找适合自己的职位，又对照地图找距离较近的，按着报纸的信息打电话询问，然后按提示坐公交……

连着去了几处，都是中介公司，需要交押金，开始要几千，子墨说没钱，又降到了几百，子墨还是没钱，最后只能失望地离开。这次去之前先询问是否要押金，确定不要以后才出发，又连着应聘了几家，押金是没要，但是要交五元钱，然后给两张A4纸的表格，填写简历，还要身份证复印件，填写完以后让回去等通知。由于子墨没有联系方式，只能第二天来问结果。这一天下来，坐公交花钱，每个中介又交五块，子墨花光了仅有的几十元钱，于是找到了一部ATM自助取款机，查询了一下余额，0元，心想：也许亚东还没借到吧！

夜幕再次降临，子墨吃完最后一个馒头，单薄的身影继续徘徊在黑夜里，首都绚丽的霓虹，也无法清除子墨心中的孤寂！夜晚的秋风格外的凉，和白天形成鲜明的对比，子墨只穿了一件外套，白天奔波了一天，到了夜晚，寒冷、饥饿、疲劳，子墨只想有个温暖的地方躺下，可这个愿望在此时也难以实现！走着走着，又到了ATM机玻璃亭旁，子墨眼前一亮，再次走了进去，关上门，心想：这不就是单间吗。于是坐到背包上，虽然有点漏风，但是比起空旷的街道，这里简直就是豪华包房。得到缓解的子墨，一扫脸上的愁容，对明天的应聘结果充满信心！心想，那么多家，总有一个能成，更何况自己的要求又不高。想着想着，困意袭来，身体不由自主地靠在了玻璃上，一阵刺骨的寒气侵入骨髓，令他顿时困意全无。站起来活动活动僵硬的四肢，又坐下，熬了一会儿，又靠上了玻璃，就这样反反复复地挨到天明……

9月30日，子墨早早跑到中介公司，人家还没开门，子墨就蹲在门口等，门开了第一个进去问结果，工作人员让他下午再来，几个中介都没有音讯，都让子墨等……

中午的时候烈日炎炎，子墨来到了公园，找了一个阳光充足的椅子躺了下来，枕着背包，用衣服蒙着头，在阳光的照射下，体内积累了几日的寒气顷刻间被蒸发了，身体由内向外流淌着一股暖流，子墨美美地睡去。几个小时后，一阵凉风把子墨吹醒，由于起得过猛，加上饥饿，子墨感到天旋地转，缓了一会儿，咕咚、咕咚喝了一瓶自来水，暂时缓解了一下饥饿，再一次来到中介公司，得到的答复依然是等，除非交押金，可以立刻上岗。无奈，子墨只能离开，又去了路边的 ATM 机查了一下余额，依然是0元，此刻，子墨对其他人已不再抱有任何希望，看看手中的 IC 卡，想给家人打个电话，转念一想，算了，还是靠自己吧！

第二天是国庆节，子墨也想看看天安门广场那隆重的升旗仪式，于是拖着饥饿、疲乏的身体走向了天安门。

三、穷途末路寻短见，只因卧轨时，风来早、车来迟！

广场上等待看升旗的人很多，还有的直接在角落处支起了帐篷，子墨在广场上转了几圈，人们大都是结伴来的，很少有像子墨一样形单影只的。一天没吃饭的子墨又饿又累，于是走到天安门东地铁口，出口的四周有黑色的大理石台，子墨想，坐这儿休息一会儿吧，升旗还有十几个小时，这一坐不要紧，黑色的石台经过一天的暴晒，这会儿有些发烫，和老家的火炕差不多，子墨二话不说，直接躺下，衣服往身上一盖，不一会儿，就出汗了。如果说西客站的拐角是风水宝地，ATM机亭是独立包间，那这里简直就是家乡的"热炕头"。想着想着子墨昏昏睡去，这一夜子墨又做了乌云压顶的梦，与上次不同的是乌云还伴着狂风，吹得子墨瑟瑟发抖，从睡梦中醒来，已是后半夜，石台已经凉了。

子墨背起行囊奔向广场，这时的人比之前的还要多，用"人山人海"来比喻，都不足以形容！子墨依然在人群的外围徘徊，偶尔抬起头看一下夜空，没有家乡的天空那么清澈，除了月亮，周围全是雾蒙蒙的黑，几乎看不见星星。累了就席地而坐，终于熬到了升国旗的时间，天微微亮，国旗护卫队迈着整齐的步伐来到高高的旗杆下，人们一阵欢呼。随着升旗手潇洒地一挥，鲜艳的五星红旗伴着国歌激昂的旋律冉冉升起，人们行注目礼，此时的子墨在《义勇军进行曲》的旋律下，完全忘记了饥饿，体内的血液也开始沸腾，脑海里浮现出革命先辈浴血奋战的画面，整整一个上午，原本虚弱的子墨变得激情万丈，背着行囊，继续自己的求职之路……

这时的子墨求职范围从二环已扩展到三环外，毕竟几天下来一无所获，他意识到市中心的工作并不好找。夜幕再次降临的时候，子墨物色了一个有石台的地铁口，喝了整整两瓶的自来水，子墨躺在了温暖的石台上。两天没吃东西，白天靠顽强的意志力坚持，到了晚上，虚弱得好似一摊烂泥，说话的力气都没有了，连呼吸都变得短促，他必须趁着石台余温尚存之时，好好地休息，养精蓄锐，以应对后半夜冷冷的秋风……

　　10 月 2 日，凌晨两点多，子墨告别了体温犹存的石台，踏上征程，瘦弱的身影在黑夜里前行，每迈一步都要咬紧牙关，背上的行囊好似万吨重，心里不停地告诉自己：吃得苦中苦、方为人上人。一切的困难都会过去的！黑暗的尽头永远是黎明！再厚的乌云也会被阳光驱散……

　　刚刚升起的朝阳照亮了大地，那迎面而来的清新，带给人无尽的希望。新的一天又开始了，随着晨露的消散，一股股暖流从大地升起。子墨心中那微小的火苗继续顽强地燃烧着！年轻的心脏依然强劲有力，带动着全身的血液高速流淌，以确保这疲惫的身躯踽踽独行！

　　子墨来到一个公厕，三天没进食的腹腔，除了尿已别无他物。刷牙、洗脸、洗头（这里没人阻止），用湿毛巾擦去衣服上的灰尘，整洁的外表是面试的基本条件。洗漱完毕，子墨看着镜子中的自己，眼窝深陷、双腮塌瘪、肌肤无光，只有那双眸依然坚定如初！

　　子墨沿着长安街一路向西，连日来的奔走，鞋底已经磨薄了许多，偶尔踩到石子硌得慌。每天的睡眠不超过三小时，子墨已经虚弱到了极点，精神有些恍惚，感觉天旋地转，开始不停地干呕，却没什么可吐之物，浑身冒着虚汗，像自己要被蒸发掉一样，四肢也开始发抖，已是寸步难行！子墨坐下来，喝了几口自来水缓了一下，思维渐渐地清晰，环顾四周，想看看有没有什么招工的店面，这时才注意到眼前有些荒凉，回头看时，愣了一下，路边的不远处，有一座大门，庄严而肃穆，门里的苍松翠柏，散发着阵阵寒气！再看大门上的字"八宝山革命公墓"，子墨的心里一阵悲凉不由喃喃道："大丈夫、生而何欢、死而何惧！连生存的能力都没有，何必苟活于世间呢。"抬起头，看向天，心中默念：如果日落之前能找到工作就活着，找不到一死了之算了！

子墨咬咬牙，拼尽全力站起身，朝着东南的方向艰难地继续前行！感觉走了很久很久，子墨一阵眩晕，萎靡在地，午后的斜阳暖暖地照着大地，子墨却浑身发抖、牙齿打颤，举步维艰！于是又坐了下来，看了一眼路牌"青塔西路"，此时子墨的精神已到了崩溃的边缘，举目望去，旁边有个桥，上面是铁路，铁路的护坡上修着台阶，子墨再一次拼尽全力，心中默念：这将是此生最后一次拼搏！他顺着台阶爬上了铁轨，枕着背包躺下，手一挥，把身份证抛向桥下，既然选择了死亡，就做无名的孤魂吧！别让家人收到这个噩耗了！子墨躺在铁轨上，感受着夕阳的余晖，昏昏睡去！

夕阳已落入云层之中，红霞光芒四射，傍晚的秋风肆意游荡，不时侵扰着子墨那呼吸微弱的躯体。睁开眼，看着晚霞，恍惚间不知是在天上还是人间？轻咬了一下那干裂的双唇，痛感犹存，难道我命尚在？睡了这一觉，子墨的体力恢复了一点，坐起身，望向桥下，双目游移间，突然发现，有个小面馆贴着招聘，求生的欲望顿时涌上心头，扛起背包慢慢地走下桥，回忆着方向，找到了丢掉的身份证……就在这时，一列火车呼啸而过，带起一阵狂风，吹得子墨摇摇欲坠！

到了面馆，子墨如实地说了自己的情况，老板是位来自河北承德的大姐，人美心善。先吩咐后厨做碗面，然后对子墨说："兄弟，先吃饱了再说，慢慢吃，管饱！"子墨狼吞虎咽地吃了起来，那吃相，恨不得把碗都嚼了……

这是一家前厅加后厨不足五十平方米的小吃店，主要是各种面食、炒饭、炒饼等家常快餐。前厅有七张长条桌，每桌可坐四人，就招一个服务员，负责接待安排，点餐、上菜、结账、收拾桌子。饭店不大，但每到饭点的时候，都是满员，往往一张桌挤满五个人，还不是一起的，点的东西也不一样，有炒饭，有炒饼，还有点炒面、拉面、担担面的。子墨刚来，面的品种还没认全，价格也不一样，上菜的时候经常搞混，客人要的炒面，结果给上了汤面，要的盖饭，结果给上了炒饼。有的客人刚来就上菜了，有的等到最后还没吃到嘴，每天投诉、抱怨声不绝于耳。

第三天午饭结束后，承德大姐找子墨说："我的店小，需要一个熟练的服务员，你刚刚干这行，需要一个熟练的过程，而我这里又没法给你磨合的时间。"子墨明白大姐的意思，说道："大姐，我可以不要工钱，等到熟练再说。"大姐接着说："这不是你要不要钱的事，而是我店服务质量和口碑的问题，你也不用担心，你的情况我了解，看你小伙子也不错，这样吧，你白天出去找工作，在没找到之前，你还在我这里吃、住，直到找到工作，咱家开饭馆，不差你这一口吃的！"子墨听完，心里既温暖又酸楚。

第二天，子墨早早起来，收拾好前厅后，再次踏上求职之路，连着吃了三天的饱饭，此时的子墨已一扫当初卧轨的窘态，又是一个精神抖擞、动力十足的小青年了，毕竟心里有底，吃住不愁！

这是一个风和日丽的上午，在子墨看来，首都的天空从未这样蓝过，同样的秋风，四天前还刮肤刺骨、寒气逼人，如今却丝丝惬意、阵阵含情。子墨一边走，一边寻觅，顺便欣赏首都的繁华，那道路上密集的车流，似乎连尾气都带着几许芬芳！

几经询问，子墨找到了一个大众浴池，这里招聘收银员，男女不限，子墨去面试，老板拿出当日的流水账，让子墨抄写，看见子墨拿起笔如行云流水，且字迹飘逸，很是满意。又让拿计算机把流水算一遍，子墨一番操作也核算无误。老板又问了年龄、籍贯等，最后告诉子墨可以来上班了，月薪五百，两班倒，试用期一个月。子墨强忍住内心的狂喜，一路飞奔回到小吃店，和承德大姐告别。临别时，大姐又给了子墨二十块钱，让他买一些日用品，一时间子墨百感交集、热泪盈眶！

四、三顿饱饭吃回了血气方刚，战顾客、战厨师，到头来再度失业。

来到大众浴池，子墨在前任收银员的带领下，很快熟悉了业务。前厅共三人，一个门童，是个刚满十八岁的小兄弟，子墨负责收银，吧台里还有一个负责拿鞋的，还是子墨的老乡。前厅有一排沙发，老板没事的时候经常坐在那里，几天下来，对子墨的工作非常满意。老板是北京人，为人豪爽、匪气十足，据说在这条街的方方面面都小有名气。

　　这天，来了一名醉醺醺的顾客，进门的时候自己撞到了玻璃上，于是在大厅开始骂门童，把小孩吓得快哭了，子墨和另一名吧员上前解释，同样也遭到辱骂。子墨一冲动扯着他的衣领直接把他拽到门外，回手关上了门，顾客在外面开始踢门，子墨一看还没完了，冲出去就要揍他，被其他人拉住了。事后，老板狠狠地批评了子墨。大概过了一个星期，这名顾客又来了，进门的时候恶狠狠地看了子墨几眼，洗完澡出来，结账的时候，嫌鞋擦得不够亮，拒绝买单，子墨说擦鞋费免了，心想：五块钱，不和他计较了。可是顾客还是不依不饶，居然要求洗澡、搓澡、修脚全部免单。子墨实在是忍无可忍，对他说：哥们，你那鞋是革的，又不是真皮，根本擦不亮，出来讹人，好歹弄双好鞋。顾客一听，奔着吧台过来，就要打子墨，子墨也没客气，跳出吧台，上去一个过肩摔，直接撂倒，随后一顿扁踹，顾客疼得嗷嗷直叫，几个同事上来拉住了子墨。随后顾客报了警，这时老板来了，不多时警察也到了，只能说老板确实有面子，子墨上了警车，开到一个拐角处，警察就让子墨下了车，告诉他过一个小时再回去。等子墨回去的时候，一切如常，据说那顾客只是免了单，其他的什么事都没有……

　　老板又把子墨一顿臭骂，气消了以后，对他说："你的脾气不适合在前台，后院烧锅炉的大爷要回老家了，你去学学烧锅炉吧，工资六百，那里适合你，只有你和锅炉，没人找事儿！"就这样，子墨开始每天与锅炉为伴。锅炉是一台老式烧煤的炉子，每天上班先清理炉灰，填满煤块，看好水温表、水压表、水位表，人多的时候保证炉火旺盛，三表正常，人少的时候填满煤，炉门一封，可以睡觉、看书。每天定时吃饭，大锅饭吃得很香。每12小时一换班，生活很有规律。一转眼，已是漫天飞雪，年关将至，此时的子墨红光满面、神采奕奕，浑身散发着活力与朝气，仿佛时刻准备着要去征服世界！

2003年2月1日是春节，子墨和几个留守值班的人一起看店，老板给过年在岗的员工每人发了一百元的红包。大家一片欢声笑语，而内心深处的孤独又有几人能体会呢！若不是怀揣梦想，谁愿意风雨兼程！若不是生活所迫，谁不想守护妻儿！双亲尚在，谁不想膝下承欢！故土情深，谁又愿意背井离乡！

除夕之夜，万家灯火、鞭炮齐鸣。子墨站在院子里，望着夜空不停升起的璀璨烟花，想起了远方的家乡，此刻的心情，如果说是思念亲人不够全面，如果说是留恋故土又不够具体，如果说是远在他乡的孤独感，这种感觉子墨小时候就已经习惯了，总之，五味杂陈吧！

春节期间京城的街道上车马零落，而此刻，返城的潮流席卷整个京城，五湖四海的人纷纷汇聚而来！到这片土地寻找自己的梦想，实现自己的抱负，也不枉青春一场！当然，也有一部分人，远赴他乡，只为生存！

子墨作为一名北漂的最底层，一没学历，二没特长，只能靠一双手，靠挥汗如雨，才勉强糊口，虽然有雄心万丈，却不知路在何方！初入社会，有如盲童学步，跌跌撞撞，未识路之宽、未行路之远，虽已遍体鳞伤，却仍奋力前行！而这样的人又何止子墨一个！

经过近半年的休养，子墨又有些蠢蠢欲动，年少的轻狂、对现状的不满渐渐地展露，也许好高骛远是人之常情吧！

　　上午时，浴室几乎没什么客人，洗浴一般都是下午和前半夜人多。这天子墨封好了炉门，对前台的哥们武英雄说，自己去附近的网吧上个网。子墨并不打游戏，只是看看外省网友的留言，毕竟，他一直想去沿海地区闯闯。可今天浴室不知怎么了，人很多，而锅炉又处于封火状态，赶巧凉水箱又没水了（平时都是自动上水），有个客人被热水烫伤，吧台买单时投诉了，武英雄跑到网吧找到了子墨，子墨飞奔回来后，赶紧开风加火，水箱蓄水。事后又挨了老板的批评，一整天，子墨闷闷不乐。晚饭的时候，好哥们吕子风主动帮子墨打饭，结果厨师说每人一份，不许代打。子墨一听，顿时怒了，厨师平日里仗着是老板的远房亲戚，骄横跋扈，经常克扣大伙的伙食费，子墨早就看他不顺眼了。晚饭结束后，子墨找到厨师问道：“既然饭菜不允许代打，大厅的女技师你怎么都代打，而且分量十足，每周的伙食改善，你都把她们的菜提前打好，并盖得严严实实。”子墨一边说，一边扯着他的衣领：“走，找老板，问问你表哥咋回事，女技师菜里的肉多得吃不完，大家伙儿的碗里却见不到一块。”厨师面红耳赤地挣脱了子墨，说道：“我愿意，我有这个权利，你管不着。”子墨随口说道：“难道都是你小妈！”厨师一听，火冒三丈，拿起勺子朝子墨的头打去。子墨抄起菜板一挡，打掉了勺子，失去理智的厨师又抄起菜刀，朝子墨砍来。子墨一看，直接把菜板扔了过去，厨师本能地用刀一挡，子墨眼疾手快，一把扯过大号的炒菜耳锅，朝厨师的脸扣了过去。锅边砍到了厨师的头，顿时血花四溅，慌乱中，子墨踢掉了厨师手中的菜刀，又一脚把刀踢出门外，拎起耳锅朝着厨师一顿狂砸，厨师倒地嗷嗷直叫。这时，来了几个倒班的同事拉架，再看厨师，满脸是血、满头是包。老板也来了，先是叫人把厨师送去附近的诊所，然后询问事件的缘由，众人纷纷诉说厨师平日的劣迹，都帮子墨说话。过了一会儿，厨师包扎完回来，众人一看，满头的纱布，包裹得像个木乃伊，厨师嚷嚷着要报警，被老板阻止了，但辞退了子墨，并扣了他三百元作为医药费。

　　失业的子墨在附近租了间房，每月租金二百元，屋子很小，十几平方米，唯一的物件就是一张用砖头搭建的床铺。屋外就是一条狭窄的走廊，布局有点像鸽子笼，一排排的。房屋的门窗都是拆迁下来的旧物，砌墙的砖颜色斑驳，参差不齐，屋顶就是一层屋内可见的石棉瓦。下雨时，雨滴拍打着房顶，整个屋内清晰地奏起噼啪的旋律，刮风时，风经过门窗缝隙的挤压，形成各种笛声、箫声，贯穿全屋。如果赶上下雨又刮风，那可谓是丝竹管弦、鼓乐喧天，恰似一场音乐盛会！

第九章

一、无视非典袭京都，踌躇满志开面馆。

时间：2003 年 3 月

闲下来的子墨每天都在思考再找个什么样的工作，以自己的履历，烧锅炉六个月工龄，歌厅擦地两个月工龄，小吃店传菜三天工龄。关键是这些行业收入都不高，听说做业务底薪少，提成多，上不封顶。他打算约几个好哥们研究一下，都是浴池的工友，有前台的武英雄、更衣部的邢刚、浴区的吕子风。自从租了房子，几人没事就凑一起喝点，今天约好下班都来，子墨想着买点熟食、炝拌菜等。晚上七八点钟，子墨买菜回来，走到路边转角的路灯下，一名女子问子墨："大哥，玩吗？"子墨看了她一眼，看不清长啥样，脸白得像涂了面粉一样。女子见子墨没说话又问："玩吗？"子墨左右看了看，没别人，确定是和自己说话，于是问道："玩啥？"女子接着说："五十，就在附近。"这时子墨明白了，之前听别人聊天时说过，"路灯下的女人"都是一些打工的妇女，下班做兼职，也是生活所迫。据说有的区更便宜，二十、三十的都有，只是年纪偏大了点。子墨明白后迅速离开了。

　　不久后，四人聚在子墨的出租屋里，边喝边聊。酒过三巡，四人都开始诉说着自己的雄心壮志，一番畅所欲言的谋划后，一个"上市集团"就诞生了。后经"董事会"研究决定，子墨去跑业务，因为前两个月不一定出业绩，所以房租、吃喝、交通费等开销，由"集团"负责。第二天，经邢刚的朋友介绍，子墨去了一家科技公司，该公司主要的经营项目是销售一种能预测股票走势的软件，主要目标客户是一些年纪大的，刚进入股市的初级股民，子墨的工作就是每天到股票交易大厅寻找一些目标客户，约到公司，再由经理对客户进行洗脑，交钱培训，两千元到八千元不等，最后给一套光盘教程。只要客户交钱，就有百分之四十的提成。子墨干了三天，这天下班后，哥几个来看他，子墨向大家介绍了工作的情况，说："看着那些老人被骗，于心不忍，不想干了。"聊着聊着，吕子风提议干个小买卖，小吃啥的。邢刚也说做小吃可以，子墨也回忆当初承德大姐的面馆，天天爆满。于是四人决定开面馆，大家一致要求子墨负责经营管理，子风的一个表哥会抻面，在老家闲着，可以叫来帮忙。接下来就是资金问题，除了子墨，其他三人出来打工多年，手里都有点积蓄。第二天，武英雄是夜班，白天和子墨一起骑着自行车开始找店面，走街串巷，三天的时间，看了几个店面。几人综合考虑，最后选定石景山区重聚园小区边上的一间，因为重聚园刚刚交房，入住率不高，所以周围的平房租金便宜，位置也合适，将来住满了人，生意错不了。每月两千元的租金还押一付一，能承受。厨具、桌椅都买二手的，便宜，餐具买新的，再架上一个烧烤炉子。四人动手又把屋里重新粉刷了一遍，面积比承德大姐的店还大，能多摆几张桌子，就这样，在四人的共同努力下，短短一周的时间，一切准备就绪，就等子风的厨师表哥到岗开业了。店的名字叫"四人行小吃——景山店"，子墨说这样叫显得有规模。那个年代，像这种小店基本都没有执照，打点一下城管，晚上在路边还可以摆摊。子墨特意买了一本万年历，想选个黄道吉日开业，大家对未来充满希望！

这天，武英雄过来，说有一种传染病叫"非典"，挺严重，晚上，吕子风过来说他表哥不来了，害怕北京的"非典"，几人一顿分析，最终的结论是，"非典"，就相当于每年春天的"流感"，一个多月就过去了，不碍事！当时的他们不知道无知是多么的可怕！

接下来的日子，就是等待"流感"结束饭店开业。武英雄也辞职了，准备和子墨一起忙活饭店。在等待的日子里，子墨和武英雄每天骑着自行车四处转，发现街上戴口罩的人很多，而且越来越多的打工族成群结队，大包小裹地结伴离京，那阵势有点像蚂蚁搬家。到后来大街上冷冷清清，基本没什么行人，公交车上也就几个人。有一次坐地铁一号线，好像是二人的专列，偌大的地铁站，除了工作人员，只有他俩！而且时常见一些胡同被拉上警戒线！二人意识到了问题的严重性，开始买《北京晚报》关注疫情，随着感染人数不断增加，子墨和武英雄也减少了出门的次数！

二、未曾开业便关张，弹尽粮绝抗非典。

这天，邢刚来和大家道别，父母强烈要求他回老家避难。又过了几天，吕子风也辞职了，本打算回老家，可家里告诉他说村里通知在京人员，不要回来，即使回来也不允许进村，留在外面隔离区！就这样，三人每天在出租屋里无所事事。满院的租户都走了，就剩他们仨。物价也在上涨，顺天府超市的米、面、油等严重缺货，就连消毒液都脱销了，一时间人心惶惶……

一个月的时间很快过去，门店房东催着交房租，而三人几乎没什么钱了，签了一年的合同，没到期退房属于违约，押金不退，子墨多次和房东协商无果，无奈，三人只能卖掉厨具、餐具、桌椅等，几乎都是废品的价格。看着还没开业的买卖就这样腰折了，三人的沮丧难以言表！

变卖完之后，交了出租屋的租金，又买了两袋米、一桶油、十几包盐，当时的物价一棵白菜都要几十块钱，又买了几包昂贵的口罩，当时说板蓝根能预防非典，市面上更是一药难求！消毒液买不到，食用的白醋涨到几十块钱一瓶，即使如此，超市几乎十室九空，任凭你拿着钱也买不到物资！以三人的实力，仅仅维持了几天就弹尽粮绝了。武英雄每天把米饭焖熟，然后用油盐炒一下，炊具就是蜂窝煤炉子，院子里邻居剩下的蜂窝煤倒有不少。一连数日，三人即使腹中饥饿难忍，可看着炒饭却难以下咽！这天，房东十几岁的孩子问正在炒饭的武英雄："叔叔，你们怎么天天吃炒饭呀？"武英雄回答说："炒菜都不会做，我们就好这口儿。"孩子走后，武英雄嘟囔着："这倒霉孩子。"后来子墨带着他俩去附近的苗圃挖野菜，回来后用开水烫一下，拌点盐，味道还不错，吃腻了凉拌就炒一下，对于许久没吃到青菜的他们来说，这简直就是美味！

但连日的野菜、炒饭，吕子风还是撑不住了，决定回老家，哪怕是在隔离区，也比现在的伙食要好得多。他找同乡借了买车票的钱（多了也借不到），送子风的时候，一路的公交车上几乎没人，但是到了车站，进站口的队伍，好似一条条长龙。面对子风的离开，回想那一次次的送别，子墨心中有一种后会无期的悲凉！看着身边的武英雄，真不知他还能坚持多久！"患难与共"四个字，写起来轻松，做起来真的挺难！但是，自己绝不会向困难低头，绝不回家！

在之后的一段日子里，武英雄认识的朋友，都陆陆续续地离京了，每次武英雄都会带着子墨去送别，那情景好似难舍难分的故友，语重心长地诉说着临别寄语，千叮咛、万嘱咐，就差泪流满面了。当然，免不了要在朋友家吃顿践行的饭，临走的时候，米呀、面呀、油呀等生活必需品，也都在朋友的建议下拿回来，一时间，家里的扫把有好几把，电饭锅两三个，炒勺、铲子更是一大堆。还多了一只波斯猫和一缸金鱼，还都自带口粮。毕竟主人走了，子墨看着这些小生命，就收留了它们，因为子墨深知流浪有多难！

进了五月份，街上更加冷清，城市基本停摆，子墨和武英雄的生活也进入了"计划经济"，每天大米的食用量以保证不死为标准！就连看报纸都要等房东看完扔到门口，再捡着看。这天，子墨想叫武英雄一起出去转转，武英雄躺在床上，有气无力地说："躺着是节约体能，减少进食最好的方式！"子墨说道："保持这个姿势别说话了，也别翻身，咱没那条件让你做这么奢侈的运动！"看着懒洋洋的武英雄，子墨转身独自去了苗圃，采点野菜，顺便呼吸一下新鲜空气，回来时路过房东门口，拿起一沓报纸，进了屋，把野菜往桌上一扔，说道："老武，你做饭吧，我躺会儿，节约一下体能。"过了一会儿，武英雄慢悠悠地起了身，朝子墨嘟囔了一句"国粹"，拿起野菜，向外面走去。

子墨躺着翻看几天前的报纸，看到祖国仅用了七天的时间，就在小汤山建起了一座功能齐全的医院，瞬间子墨心潮澎湃，叹服祖国的强大，大声告诉了武英雄，同时还遗憾地说道："早知道工期这么紧，咱俩也去给医院添块砖、加片瓦呀，贡献一份力量嘛！"

五月中旬，"非典"人数仍在增加。穿防护服的已由原来的白衣天使变成如今的白色幽灵，人们对战胜"非典"的信心越来越小，而子墨和武英雄最大的敌人倒不是"非典"，而是房东的催租。几天前武英雄就给表弟打电话借钱了，但是迟迟没到，已经拖欠十多天了，房东下了最后通牒，三天，不交房租就搬走！如果是从前，子墨倒是不害怕，大不了睡几天马路，但如今，只要睡了马路，基本就死路一条，要饭都没处要，找工作更是遥遥无期！三天的时间很快到了，房东还算讲情面，答应二人的物品可以暂时寄存这里，但是人必须离开！

二人游走在宽阔的马路上，面对毫无生气的城市，心想：感染上"非典"也不错，起码医院管饭，不至于做个饿死鬼！到了夜里，在武英雄的带领下，二人来到一个老旧小区的楼道里，一楼台阶下的斜角处，有两把旧椅子，平日里，大爷、大妈晒太阳时坐的。这会儿，子墨和武英雄可以互相依靠坐在这里。楼道里还算暖和，加上二人穿得厚，长时间的食不果腹，他们早已习惯了饥饿的感觉，就这样，静静地靠在这里，除了不得不做的呼吸，二人连说话的力气都没有。半夜的时候，武英雄看了看表说："子墨，睡了吗？"子墨借着吐气的劲带出一个字："没。"武英雄喃喃地说："十二点多了，我今天过生日。"子墨一听，微弱地说道："祝你年年有今日、岁岁有今朝。"武英雄听完，吐了句"国粹"，然后嘴角微微地动了动，应该是在笑，只是除了嘴角，面部无任何表情，也许是想节约体力吧！子墨接着说："许个愿吧，靠谱点的，如果能过了这关，哥们给你实现了！"过了片刻，武英雄说："我想吃烤腰子，管够的那种。"子墨说："行，能活着挺过'非典'，哥们请你吃到吐。"稍作休息，子墨又问道："你能吃几个？"武英雄说："感觉十个没问题。"子墨说："我五个就够，再来一串烤大蒜，就着外焦里嫩的肥腰，再来几串肉筋溜溜缝，再喝一瓶北冰洋……"武英雄用手无力地打了一下子墨，说："别说了，越说越饿！"子墨笑了笑，二人继续沉默……

天刚刚亮，二人被一位大妈叫醒，大妈问："你俩干嘛的？"武英雄说等人。大妈又问等谁？武英雄说老刘家。大妈接着说："这栋楼里就没有姓刘的，你俩到底干嘛的？再不说我报警了！"子墨说道："大妈，求你了，赶紧报警，号码110，别按错了。"大妈一听急了，说："小伙子，怎么说话呢，跟你说，我还真不是吓唬你。"说完，转身上楼了，估计回家打电话去了……

二人你看看我，我看看你，也不知哪儿来的劲儿，站起身嗖、嗖、嗖，消失在小区里，子墨边走还边说："你咋不说姓李的或者姓赵的呢，姓张估计也能行，偏偏没啥姓你说啥。"武英雄说："就大妈那劲头，估计我把百家姓背下来都没用……"

　　临近中午，子墨带武英雄来到公园，找了两把椅子，躺下来，晒着暖融融的太阳，沉沉地睡去。这一觉，子墨又梦见了巨大的乌云，砸向自己，瞬间周围雾蒙蒙的，什么也看不见，嘴里喊着老武、老武……然后醒了，武英雄真的不在，举目望去，看见他在路边的 IC 电话亭那儿，只见他挂了电话，面带笑容地朝子墨走来，边走边挥手，子墨明白，表弟汇的钱到了！

　　当天下午，子墨和武英雄重新租了间房，搬了家。第二天，二人依然节衣缩食，虽然交了房租，还有点钱，但是"非典"遥遥无期，所以还是要细水长流。每天逗逗猫、喂喂鱼、看看书、逛逛苗圃，倒也充实，毕竟天命难违，在自然灾害面前，人类渺小得好似尘埃！

　　进了六月份，"非典"基本得到控制，但还没有全面放开。这天，子墨去对面的超市买菜，超市的老板是一对四川的夫妇，超市的规模不大，男的负责进货，闲暇时骑三轮在地铁口拉客，女的看店、带孩子，夫妻俩和子墨的关系很好，子墨称二人川哥、川嫂。川嫂对子墨说有个工地招保安，他若是想去就给问问。子墨想都没想就答应了。第二天面试，第三天直接上岗，管吃管住，月薪四百元，虽然工资不高，但好歹有个收入，先减轻一下生活压力，"非典"过了再说！

　　工地之所以招保安，是因为工人害怕"非典"，总是偷偷地往家跑，由于工人越来越少，严重影响施工进度，承包方怕不能按时交工。招保安负责二十四小时绕着围墙巡逻，看好大门，进出人员检查证件，对进出车辆进行消毒等。子墨领了一套保安服，大盖帽，每天负责站岗，按军人的姿势站立，每八小时一换班。由于子墨刚去，基本就是白班时临近中午站岗，晒得头昏脑胀，夜班时凌晨后站岗，受尽蚊虫叮咬。子墨倒不以为然，曾几何时想当兵，家里不同意，如今每天站岗、巡逻，就当圆了当兵的梦了。

这天凌晨三点多，子墨正在站岗，突然听到远处传来"嗷嗷"的叫声，子墨和队友顺着声音找过去，看见围墙下一对夫妻，女的在那里抽泣，男的躺在地上呻吟，旁边还有散落的行李，询问后得知，是逃跑翻墙的时候，把腿摔断了。对讲机一阵嘈杂后，来了一辆救护车把夫妇二人拉走了！

又过了几天，子墨白班时，又遇到一对夫妇，背着行李，从大门硬闯，态度十分强硬，要回老家，结果和保安发生冲突，被一群保安打倒在地，鼻血直流，妻子跪在地上磕头求饶。这一幕，子墨看着很心疼，心想，同在异乡，这是何必呢！转念又想，保安也很无奈，工地跑人，保安队有直接责任。这件事情过后，子墨经过激烈的思想斗争，最后决定辞职，看着每天外逃的农民工，想制止吧，又于心不忍，农民工也不容易。不管吧，又对不起保安队给发的工资，所以干脆不干了！

七月初，子墨揣着四百块钱的工资，回到了出租屋，续了一个月的房租。晚饭的时候，子墨做了红烧肉，和武英雄每人一瓶啤酒，二人已经很久没这么放松了，"非典"已基本结束，各行各业都在复工，经历了这场疫情，再看北京，又是一幅生机盎然的景象！

三、西装革履装精英，汗流浃背当板爷，终是水中月、镜中花！

这天，子墨和武英雄骑着那辆破二手自行车，顺着石景山路一路向西，到了厂东门。之前在浴池一起上班的哥们王凯住在庞村，二人来时，刚好王凯外出了，他的父母在家，聊了一会儿，王凯骑着摩托车回来了。三人好久没聚了，王凯很热情，准备了丰盛的午饭。酒过三巡，王凯得知二人没事做，于是提议跟着他一起干，每天几百甚至上千。二人一听，半信半疑，询问干什么这么挣钱，王凯压低声音说："运铁。"子墨问运什么铁？王凯神秘地笑了笑，说道："吃完饭细说。"很快三人吃完了，王凯带着子墨和武英雄出了门。

庞村，位于首钢厂区内部，该村历史悠久，据说唐代就有了。王凯带着二人走上了一条厂区的内部轨道，两侧都是掉落的钢材，有的掉在水沟里，清晰可见。掉得最多的是一种被称为"王八铁"的钢材，其形状似乌龟壳，几个连在一起，一节一节的，王凯指着王八铁说："这一节几十斤，一天弄几块就比上班强。"子墨听完问道："这么简单吗？"同时顺手想拿起地上的一块王八铁，结果没拿动。王凯笑着说："能拿动的早就被人拿走了，村里多数人都靠这个吃饭！咱仨每人搞一辆踏板摩托，减震器改装一下，每天往外拉几块，出了村就有收的。"武英雄问道："没人管吗？"王凯说："当然有，首钢有自己的巡逻队，抓住了就拘留，多则几个月，咱们弄得少，没啥大事儿，也就罚款！"子墨看了看武英雄，对王凯说："回去研究研究。"

告别了王凯，武英雄问："咋样，干吗？"子墨说："这不叫运铁，这叫偷铁！每天提心吊胆的，不如上班踏实。偷多了抓住判刑，不值当！"

二人商量着继续找工作，子墨还是想找一份正规的、富有挑战性的工作。三天后，武英雄找了一家洗浴中心做服务生。又过了两天，子墨找到一家公司，该公司据说是解放军原总后勤部的一个下属单位，主要是编辑一本工具书，书中包含各种涉及民生的产品、器械等，可以说是包罗万象。该书在部队内部配发，各个军区根据该书的推荐，面向社会招标、采购各种军需用品。子墨的工作就是查黄页（一种工具书、登记企业电话号码的），联系各家企业，介绍该书的功能，让企业出钱在上面介绍自己的产品，费用不等，封面是七万元，扉页三四万元，内部相对便宜些，几千元不等。只要企业交钱，业务员就有很高的提成。公司对业务员只提供一部座机电话，无底薪，不管吃住。子墨对这份工作很感兴趣。但是问题出现了，与客户沟通需要一定的技巧，需要一个熟悉过程，而且挨骂是常事儿。子墨刚入行，在还没掌握技巧的这段时间里，无任何收入，每天吃饭，坐车，都是开销，自己根本没有积蓄，武英雄又刚刚上班。思来想去，子墨想到了一个办法。这天晚饭后，子墨和川哥川嫂聊天，子墨提出租川哥的三轮车，下班后去地铁口拉客，不耽误川哥的使用时间，没想到川哥川嫂为人很仗义，告诉子墨不要钱，骑坏了给修好就行。瞬间，子墨感觉心里暖暖的！

就这样，子墨每天五点多起床，洗漱、做早饭，六点多出门，坐公交，中途倒两次车，八点之前到公司。公司要求是八点半到岗，子墨提前半小时到这查查资料，做做准备工作，周末的时候再去首都图书馆翻阅资料。每天中午一个半小时的午休，简单地吃个盒饭，还能小憩一下，好养足精神晚上蹬三轮。下午五点下班，到家六点多，吃完饭七点左右，川哥回来"交班"，然后他就蹬上三轮直奔地铁口，开始趴活。刚开始的时候，子墨对路线不是很熟，有些没去过的地方没法要价，基本都让乘客看着给。有一次，乘客从玉泉路地铁口上车去衙门口村，问多少钱。子墨说看着给，乘客说都是五块。子墨心想：既然在这里下车，应该就在附近。然而在乘客的指挥下，足足蹬了十几公里，累得汗流浃背，进了村七拐八拐的才到终点。子墨问乘客为啥不在石景山游乐园下地铁，怎么在玉泉路就出来了？乘客说，下早了，然后扔下五块钱头也不回地走了。结果子墨回来的时候，由于村里的小路太多，还迷路了，等转出来的时候都半夜了！还有一次赶上乘客是两个大胖子，夫妻俩加起来没有四百斤也有三百七八，压得三轮车"吱吱"直响，子墨真担心爆胎，赶上上坡，子墨站起来蹬，咬着牙，脸上的青筋暴起，还担心链条别断了！好在结账的时候对方挺大方，多给了五块。就这样每天在地铁口等到十一点多，然后再去夜场，争取拉个顺路的回家，免得跑空车。每天对付个二十元、三十元的，如果赶上周末白天下雨，川哥就不出了，子墨还能多挣点。一天下来，浑身都湿透了，赶上晚上下雨，到家嘴唇冻得发紫！一个月下来，去掉每天的开销，不仅攒了个房租钱，还有剩余，最关键的是还练就了一身的腱子肉！就是这活儿有点费鞋，一个月蹬坏三双！

　　也许是上苍的眷顾，也许是命运的捉弄，经过子墨的努力，终于签单了，而且是一单接一单。回想这段日子，每天起早贪黑、风餐露宿，蹬烂了多少双鞋，磨破了多少副手套。每逢周末，一个馒头、一瓶水，在图书馆查阅资料一坐就是一天。赶上下雨，他骑车飞奔在街头，敞开胸怀，任凭冰冷的雨滴拍打着肌肤！平时在公司，也是一刻不停地打电话，在同事眼里，子墨是幸运的，可只有他自己知道这背后的辛酸！

　　这天，子墨和武英雄在出租屋里，吹着风扇、喝着啤酒，子墨高兴地说："老武，我这个月提成加起来近两万了，过几天发了工资，给你从里到外换套衣服。"武英雄听了高兴得合不拢嘴，一个劲地碰杯，不知不觉，二人都有些醉意，东倒西歪地倒在了床上。这一夜，子墨又梦到了连绵的乌云扑面而来，伸手一挡，却又什么都没有，抬头再看，却是一片漆黑！

　　这段日子里，子墨每天都像吃了兴奋剂一样，早晨起得很早，晚上吃过饭，早早地和川哥接班。每天都凌晨以后才回来，一天只有几个小时的休息，但是毫无倦意，心想：再过几天就发提成了，一切的付出都是值得的！但是现实往往是残酷的。这天上午，子墨像往常一样在公司上着班，经理来了，站在前面喊："所有人停下手中的工作，到会议室集合。"几十名业务员都聚在会议室议论纷纷，只听老业务员说"又完一家"，再看窗外，有工商局的，还有警察，两个单位在联合执法，工商局的人拿走了所有的电脑主机，警察带走了老板。过了一会儿，经理站在会议室的门口喊道："所有人放假，回去等通知。"说完转身就走了，只听见老业务员边走边嘟囔："通知个茄子，回去找工作吧！"

回到家，子墨心里七上八下的，本来想睡个午觉，可是翻来覆去地睡不着，于是起身去苗圃转转，看着一排排的小树苗，呼吸着带有草香的新鲜空气，心情好了许多，心想：随它去吧，吃野菜的日子都挺过来了，这点小事算个啥，大不了等几天重新找工作。晚上武英雄回来，子墨把情况和他说了一下，老武直接告诉子墨别等了，赶紧找工作吧，在北京，这种虚假项目海了去了。子墨问道："那我的提成咋办？"老武抬头看看子墨说："没把你抓进去都是万幸，还提成呢，有的公司出事，连老板带员工都抓进去了！"子墨听完，犹如一盆冷水从头到脚浇了个透心凉，一个多月的辛苦难道就这样付之东流了？从这之后，子墨晚上一如既往地蹬三轮，白天出去找工作，有时走累了，就去家附近的大钟电器城待一会儿，那里经常搞演出活动，偶尔回答个问题，还能领一条空调被啥的。连着找了几天，也没遇到合适的工作，心里还是念念不忘那近两万元的提成！幻想着公司能通知自己去上班（子墨的联系方式是房东家的座机），更何况每天晚上还有收入，所以找工作也没那么急。

时光一晃，已到了八月中旬，公司一直没动静，这时子墨对提成彻底死心了，准备尽快找工作。这天武英雄下班，拿回来好多东西，一问才知道是辞职了，原因是跟领班发生冲突。子墨安慰地说道："这样也好，明天咱俩一起找工作。"晚饭的时候炒了几个菜，算是庆祝二人都是"自由职业"了。晚上子墨一如既往地蹬三轮，白天和武英雄一起骑着那辆破自行车找工作。子墨想去中介问问，武英雄说中介几乎都是黑中介，去了先让你交押金，给你安排的工作都是常年和他们合作的单位，干不满一个月就会找各种理由辞退你，而且试用期没有工资，所以近一个月白干。你找中介押金也不退，如果碰上没钱交押金的，就让你交个十块、八块的表格费，虽然钱不多，但是每天应聘的人多，一个月下来，攒个水电费没问题。子墨听完心里想：我还交过表格费呢，感叹道，出来闯真不容易，中介介绍的工作是假的，公司的项目是假的，这大北京水真深呀！

四、入歧途遭追捕，拼命奔逃险被擒。新职场遇桑红，
一眼定情把手牵。

这天，武英雄吃过晚饭出去找同乡玩，子墨出去蹬三轮。半夜子墨一回来，老武就兴高采烈地告诉他找了个好活。同乡的邻居是江苏的，专门办假证，手下有几个专门给他写手机号的人。每天晚上拿着记号笔、自喷漆、名片贴，找人多热闹的地方，看情况，找合适的位置写手机号，一般马路边的墙上用自喷漆喷号码。后面加上"办证"二字，公交站牌用记号笔写，赶上站牌上的号码太多了，就用名片贴，贴上还能盖住一个别人的号码，每天步行几条街，写到凌晨以后，一天能给个一百块钱，接到大单了还能给点奖金，每天给他打电话的人多，说明号码写得多，每隔几天还请写号员吃个饭。就这样，老武也不张罗找工作了，白天睡觉，晚上写号，子墨还是一如既往地晚上蹬三轮，白天找工作。

这天，子墨出门，碰见川哥在家门口坐着，子墨问道："川哥、没出车吗？"川哥说三轮车被一辆小货车撞废了，把你嫂子吓坏了，以后不让我骑了。子墨安慰他说："人没事就好。"转身回到屋里，叫醒了老武，垂头丧气地说："我又失业了，川哥的车撞坏了……"武英雄听完，说道："没事，还有我呢。"子墨接着说："我晚上和你一起去写号吧。"老武想了一下，说道；"暂时写一下也行，但不是长久之计，我给老板打电话说一下。"到了晚上，子墨跟着武英雄一起出去，来到了人多的地方，子墨还有点不好意思写，二人走着走着来到老山骨灰堂，这里相对人少，于是二人顺着长安街，朝着复兴门方向，沿途站牌、马路牙子、地铁的"石台"地等，一处不落地都写上了办证。大概凌晨刚过，二人正写得起劲，一辆巡逻的桑塔纳警车追了过来，下来两名警察，奔着子墨和武英雄就过来了。二人一看，撒腿就跑，两名警察都是大肚子，跑得慢，追了几步就气喘吁吁了。但是警车却一直在追，子墨一看，人怎么能跑过汽车呢，朝着老武喊了句："这边。"然后朝着车尾的方向跑去，穿过马路，手一搭，跨过马路中间的护栏，到了马路对面。警车想追得开到远处的路口掉头，子墨跑到一个小路口，一回头却没看见武英雄，往远处一望，刚好看见武英雄被塞进警车，一时间子墨脑袋一片空白，猜测不出这种事情会是什么后果。子墨穿过小路，七拐八拐的，没敢回家，而是去了苗圃，一直待到天亮才回出租屋，观察了一下，没有人来过的痕迹，才进了屋。子墨已是筋疲力尽，加上惊魂未定，双腿一软，倒在了床上，刚躺下没多久，武英雄回来了。原来，武英雄没来得及掉头就被两名警察包围了，后来被拉到一个院子里，给了一把小刷子，一桶油漆，抽掉腰带，脱下鞋子，就这样光着脚，一只手提着裤子，还要拎着油漆，另一只手拿着刷子，沿着长安街，凡是有写的号码，不管是什么，一律用油漆盖上，后面警车慢慢地跟着，一直到天亮。

经历了这次惊心动魄的追捕，二人知道不能再写了，不然非把自己写进去不可。于是继续找工作，几天后，武英雄又找了一家洗浴中心的工作。子墨蹬三轮的时候，在夜场趴活，认识一位叫芳姐的，每次下车都多给几块车钱。后来熟悉了还给子墨留了电话号，让子墨有事给她打电话，她说歌厅的服务生能拿小费，收入可以。当时子墨也没当回事，如今想多挣点钱，于是拨通了芳姐的电话。芳姐很热情，等了几分钟就回话了，告诉子墨可以去石景山的一家歌厅上班，已经和经理打过招呼了，保底工资五百，小费凭本事。

第二天下午，子墨按着芳姐给的地址，来到了这家"大欢园娱乐城"。这是一栋四层的老式楼房，一楼是老北京烤鸭店，二楼是歌厅，三楼是网吧，四楼是韩国料理。歌厅看样子开业不久，经理和子墨是同乡，所以对子墨很照顾，来了没几天就让子墨独自看包房，而通常，起码要一个月才可以独自看包房，只有独自看房才能挣小费。歌厅的规模在北京不算大，仅三十几间包房，但是生意还不错，每天下午上班，基本都到凌晨两点以后下班。每名服务生看三间包房，加上每包几乎都能翻一次台，小费从几十到上百不等，也有少数不给的，总之每个月下来能挣个三千元左右，这在当时的收入还算可以。

在大欢园娱乐城上班的日子里，子墨认识了两位好哥们，李文东和严福威。三人情同手足，李文东年长一些，为人特别讲义气，严福威和子墨同龄，生日比子墨小一天，都是性情中人。有一次歌厅来了一帮小混混，嗨到凌晨，买单的时候故意找茬儿，刚好是子墨看的包房，便和他们理论，结果发生了冲突。还没等子墨开口叫人，李文东和严福威拎着镐把就冲了上来，一番激战，有人报了警，所有人都被带到派出所。双方都有伤员，小混混伤得重一些，子墨这边基本就是擦伤，但是娱乐城的老板很有背景，小混混得知后也不敢再追究了，最后不了了之。经历了这次事件，三人的关系更加牢固了。

这天下午，子墨刚上班，严福威说楼上料理来了一个小吧员，挺漂亮。子墨并没有在意，但是严福威非拉着他上去看看，子墨勉勉强强地上了四楼，来到大厅，本能地朝吧台看了一眼，结果就是这一眼便让子墨一见倾心、欲罢不能……这个女孩就是桑红，白嫩嫩的脸蛋，吹弹可破，一双天真的眼睛是那样的清澈，像潭水一样明净！严福威笑着问子墨："咋样？"子墨直接说了句："我的，这姑娘我必须追到手。"严福威笑着说："刚才拽你还不愿意上来，咋样，没白来吧。"接下来子墨哥几个开始对桑红进行调查，所谓知己知彼、百战不殆嘛。桑红，十七岁，河北石家庄人，现就读于北京外国语学院，来这打工，算是勤工俭学吧，目前单身。接下来的日子，子墨每天约桑红吃饭、出去逛街，刚开始小姑娘不出来，子墨几乎把料理所有的服务员都约出来了，桑红才跟着出来了，慢慢地收缩阵容，最后一约，就剩桑红自己了，连着几个月的进攻，最后是在 2004 年 1 月 22 日春节这天，大家一起去八大处爬山，才确定了恋爱关系，这一天，桑红刚好十八岁。

五、遇四哥、入商海，仗义疏财，接济八方兄弟。

春节过后，子墨被提升为经理，在这期间，认识了一位叫"四哥"的北京人，四十多岁，据说挺神通，交际很广。四哥对子墨说：干夜场吃的是青春饭，想混出个样来，还是要做生意。不久后，四哥拿到了一个老牌白酒的全国总代理权，要在全国范围内设立代理商，需要帮手，于是向子墨抛来了橄榄枝。子墨辞去娱乐城经理的工作，和四哥干起了白酒的生意，子墨主要负责东北地区和华北地区的业务。一时间，子墨在四哥的带领下，混得风生水起，每天穿着笔挺的西装，拿着最流行的三星T108手机，腋下夹着鳄鱼皮的包，开着一辆黑色的奥迪100轿车（公司配的），俨然一个崛起的新贵。桑红也不做兼职了，子墨对她说：你只管好好上学，别的不用管。就这样风风火火地过了几个月，每天和四哥还有下面的代理商，吃吃饭、喝喝酒、唱唱歌、洗洗澡、按按摩，出入一些风月场所，当然，子墨有自己的底线，也是对桑红"忠诚"。

在这期间，李文东接替子墨做了娱乐城的经理，严福威也辞职了，和一个大哥，绰号叫"B哥"的混起了社会。这个B哥，是北京本地人，高高瘦瘦、白白净净的，媳妇在娱乐城做"三陪"，据说每天挣的钱要如数上交给他。B哥还有个职业是警察的线人，就是因为这个职业，很多道上的人都不愿意得罪他，但是背地里都瞧不起他，说他是北京人里的败类，给北京爷们丢脸，完全没有北京男人的那股子"局气"！

严福威自从和B哥混上以后，可以说是吃了上顿没下顿，经常连房租都交不上，子墨经常接济他。有一次，子墨和李文东去看他，三伏天，严福威穿着一条冬季穿的厚西裤，长袖衬衫，一双革的鞋子，把脚都捂烂了。子墨看着心疼，出门给他买了大裤头、半截袖、凉鞋，又买了几条红河牌香烟，并给他交了房租、水电费，临走时还给了几百块钱。严福威生性好赌，所以也不敢多给，就这几百块钱，没准子墨前脚刚走，后脚他就"炸金花"去了，再说子墨看着光鲜，其实也没什么钱。打这以后，几乎每个月子墨都以这样的方式来看严福威。

至于武英雄，春节时就回了老家，和媳妇已结婚多年，一直没要孩子，老家的乡里乡亲都开始说闲话，有说武英雄有病的，有说他媳妇不能生的。老武的父母承受不了舆论的压力，要求他在家待着，什么时候媳妇怀上，什么时候再出去打工，就这样老武每天在家"挥洒着汗水，辛勤地耕耘，为家族的未来，实施着伟大的计划"！

秋日的骄阳灼红了香山的枫叶，萧瑟的微风夹杂着几许乡愁！子墨带着桑红爬上了香山，看着桑红连蹦带跳的身影，听着她那爽朗的笑声，回眸间，如雪的肌肤在漫山红叶的衬托下，是那样的冰清玉洁。回想两年前的今天，自己还露宿街头，以水充饥，再看看眼前的桑红，不由得让人感慨世事的无常！

这段日子，子墨的内心有一丝隐隐的不安，总觉得四哥的经营策略有问题，作为全国的总代理，四哥似乎并不着急卖酒，只是催厂家一车接一车地发货。而厂家，身为 20 世纪 70 年代的国营知名品牌，因近年来的市场经营问题濒临破产，后转为私企，面对白酒品牌混杂的市场，接手后的个人并没有投入资金打广告战，而是依靠企业昔日的品牌情怀做文章，降低营销成本，给了代理商丰厚的利润，让代理商自行营销，厂家以大量的铺货作为对代理商的扶持。而四哥面对厂家多次催收货款问题，给出的理由是商品铺设面太广，过于分散，下属各经销商的销售额未达到返款额度，厂家应继续铺货，以加大各经销商的销售量，从而加大市场占有率，提高产品知名度，唤醒人们对老牌企业的情怀！

此时的厂家已是进退两难，真正体会到了什么是"货到地头死"，如果停止铺货，之前的货款代理商不会返还，即使打官司胜诉了，无非就是把分散在全国各地的货自行收回，那样成本太高，如果继续铺货，眼前就是一个无底洞，返款仍遥遥无期……

而四哥这边，把大量的精装白酒转移到郊区仓库，只给下面的代理商少量的样品，同时还告诉子墨，可以低于进价的百分之十到二十进行销售。子墨终于想明白了，从开始这就是一个局，一场赤裸裸的诈骗，四哥根本就没想过给厂家返钱。利用代理商条款的宽松政策和法律漏洞，能骗多少是多少，等厂家明白过来了，无非终止合作，但是酒根本无法返还，自行追回对厂家损失更大。但是作为一个实体企业，想办法营销是必然的，一次的失败只会让它更成熟，只要品牌不倒，几年，哪怕十几年，等厂家营销成功之时，四哥库房里的酒已成为陈年佳酿、琼浆玉液！

多年以后，事实证明，子墨的猜测完全正确。

想明白的子墨不由得一身冷汗，第二天以回老家有急事为由，向四哥辞行，尽管四哥百般挽留……

闲下来的子墨重新思考就业问题，毕竟手里的积蓄不多，出门在外，每天都需要用钱，北京的房租就是一笔不小的开销。

这天武英雄来电话说过几天回北京，造人计划已初见成效，结果只待时间。子墨想桑红经常回来，还是给老武单独租间房，那样方便些。吃过晚饭，子墨去网吧坐了一会儿，打开 QQ 看到一条留言，是刚从叔叔家出来时，在红苹果歌厅认识的领班孙海军留的。子墨留下了电话号，第二天孙海军就打了过来，大概意思就是在青岛惹了点事儿，混不下去了，想来北京投奔自己。子墨也是热心肠，再说之前在红苹果时关系处得也不错，就答应了。刚好严福威又来电话说房租快到期了，子墨静下心来一想，干脆租间大一点的，让老武、严福威和孙海军一起住，反正都是哥们，这样方便照顾，又节约了租金。很快子墨在自己和桑红的住所附近租了一个套间，严福威先把自己的房退了，搬了过来，老武和孙海军也陆续到来，一时间很是热闹，子墨每天买菜、买酒，时不常地再买几条烟。三人都需要子墨的接济，严福威几乎零收入，孙海军到北京，浑身上下找不出一百块钱，老武从家里出来带的钱也不多，而三人又都是烟民、酒鬼，所以每天的开销不小，桑红有时背地里嘟囔几句，但是子墨为人比较讲义气，笑着脸和桑红解释说："这都是暂时的，谁都有个难处，能帮一把就帮一把，如果当初自己来北京有个朋友帮一下，也不至于沦落街头、忍饥挨饿的！"

子墨看着三人，每天吃饱了睡，睡醒了吃，毫无找工作的意思，心中很是焦急，又不好直说，只能隐晦地表示自己没什么钱了，要找工作了。

三天后的一个早上，睡梦中的子墨接了一个电话，是老武打来的，说他们三个出趟门，过几天就回来。子墨问干什么去。老武说：你别管了，回来给你买辆摩托车，然后挂断了电话。子墨特别喜欢摩托车，那种大赛，武英雄一直记着。之后的一周，三人杳无音讯，直到第八天的中午，孙海军来电话了，说他们出了点状况，让子墨给汇点钱。子墨一听问道："他俩呢？"海军说："里面呢。"子墨一听"里面呢"，第一反应是抓进去了。赶紧问海军发生了什么事，海军含糊不清地说道："回去再说吧。"子墨说："我过去一趟吧！"海军说也行，于是子墨问清了地址，是保定市的一家旅馆，临行前给李文东打了个电话，让他准备点钱，越多越好。文东问发生了什么事，用不用一起去，子墨说不用。几个小时后，子墨来到海军所说的旅馆，看到三人都在屋里躺着，子墨问海军："你不是说他俩在'里面'吗？"海军说："对呀，我当时在前台打电话，他俩在屋里呀。"子墨说了句"操"，真想给他一脚。

　　经询问，原来三人看子墨开销太大，估计也没什么钱了，所以想弄点快钱，替子墨分担一下。这时，严福威的那个 B 哥说保定有笔账，如果能追回来，给他几万。于是和老武、海军一商量，三人就出发了，但是到保定整整一周，连人影都没看到，更别提要账了，想回北京，但是欠旅馆的房钱，每天的方便面钱，所以被扣在这里了，只能向子墨求助。海军打电话时觉得丢人，所以也没说清楚，害得子墨提心吊胆跑过来。就这样，子墨付了三人的房钱，一起回到北京。至此，一场乌龙结束！

　　回来后，子墨和三人研究了一下，建议先找份工作干着，一步一步来。海军说刚来北京，人生地不熟的，不好找。于是子墨又联系了李文东，把海军和老武安排到娱乐城上班，海军当保安，老武做服务生。至于严福威，继续和 B 哥混他们所谓的社会！几个月以后，海军傍上了一个"小姐"，然后就辞职了。老武也因为媳妇肚子越来越大，再次回了老家照顾媳妇。

第十章

一、入夜场、获心得，风生水起。识新友、搬新家，路径坦途。

　　安排好了他们之后，子墨也待不下去了，在朋友的介绍下，来到海淀区的一家新开的"君临宫阙娱乐城"上班。这里的规模很大，有上百间包房，老板实力雄厚，黑白两道通吃。娱乐城共分为三层楼，每层都有独立的超市，有近六十名服务人员和保安。几百名"坐台妹"，统一穿着高跟鞋，新式旗袍，超高的下开露出蕾丝底裤，超低的前胸露着深邃的乳沟，一个个浓妆艳抹，长发飘飘，呼之欲出的酥胸此起彼伏，放眼望去白花花一片，让人看后眼花缭乱，此情此景，子墨想起了一首打油诗：

　　　　玉峰耸耸颤巍巍，少年垂涎老汉推。
　　　　思来想去细琢磨，不过赘肉两大堆。

　　第一天上班，子墨是领位，就是在电梯口旁边站着，客人来了，喊"欢迎光临"，然后根据人数带到相应的包房，再用对讲机呼叫"妈咪"派台，紧接着就是看着"一堆一堆的赘肉"涌进包房。连续三天，子墨都是领位，到了第四天，才被调到里面看包房，每人两间。没客人的时候，服务生就聚在一起闲聊，算上子墨，有三个人是老乡，邱铭雨、高翔，三人年龄相仿，邱铭雨比子墨大一岁，高翔比子墨小一岁。三人一见如故，很快结成死党，上班时互相帮助，下班后同吃、同住。当时都住宿舍，三人的团结，加上北方人与生俱来的彪悍，很快在娱乐城拥有了一定威望！

随着时间的推移，子墨渐渐地熟悉了娱乐城的工作，这里与之前小场子的工作方式截然不同。从前，只要踏实、勤劳、眼疾、手快，就会受到重用，每天都很顺利。而在这里，在具备以上条件的同时，还要学会审时度势、刚柔并济、善于谋算！

首先，要掌握的是各种人际关系，平时能妥善处理与客人的各种纠纷，善于调解员工之间的各种矛盾，从而取得管理层的高度信任和认可。

面对强硬有背景的同事，要以德相交、以恩相处，平日里吃吃喝喝，抢着买买单，对方有事主动帮忙，但是要掌握好度，不能卑躬屈膝，更不能趋炎附势。

面对阴险狡诈的同事，要以利相交、以短相持，平日里工作处事，适当地让利，同时善于发现对方的短处，给予适当的暗示，点到为止，绝不说破。

面对争强好胜的同事，要晓之以理、动之以情，降伏其心，平日里，时而避其锋芒，时而挫其锐气，做到相互尊重。

面对软弱可欺的同事，要时而为其撑腰壮胆，时而批评教育，在对方心里树立家长老大哥的形象。

面对头脑简单的同事，要恩威并施，时而武力压制，时而肝胆相照，平日里时常推心置腹地聊聊天，让对方感受到你的热血豪情，从而真诚相待。

娱乐场所中多数是性情中人，门派情节很重，都善于拉帮结伙。不像都市的白领，冷漠、独行、薄情寡义。熟悉以上人际关系的处理方式，工作起来自然如鱼得水。

在工作中，所看的包房位置很重要，离大厅近的，客人来了先接待，往往第一拨客人都离场了，开始接第二拨了，里面的才开始接第一拨，这样翻台率高了，服务的客人多，得小费的机会自然多。同时，包房的规模以中包为最佳，大包间多数是团体聚会，几乎没有小费，服务起来还特别累。而小包房多是一个人来玩，身边没什么朋友，不需要摆谱装阔，也很少给小费。而中包，人数适中，请客办事的居多，所以小费有保障。但是如果想长期占有优质的包房，娱乐城里上下的关系都需要处理好，下面没有太大的意见，上面也会顺其自然，不做调动。

其次，来玩的以老顾客居多，所以哪位慷慨，哪些吝啬，大家都知道，巧妙的人际关系，能让领位把慷慨的顾客领进你的包房，有效避开那些吝啬鬼，从而降低小费的流失率。

最后，控制包房的消费也是一种技巧，比如包房消费四百元整，买单基本都给五百元，多出的一百元是小费。如果消费四百六，客人一般会给六百元，这样小费就是一百四。如果消费四百二，给五百元，那么小费就有可能是八十元。总之要对客人有一个初步的判断,当消费的钱数不合适的时候,找个关系好的,包房里的坐台妹,让她点几瓶啤酒或者零食等,从而达到自己想要的金额。

所以和坐台妹也要处理好关系,有的甚至可以处成肝胆相照的哥们。有的保持一种暧昧的关系,双方始终有一种朦胧感。如果是老乡,就要注重乡情。总之,和她们的关系处理好了,不仅能控制消费,买单时还能帮你要小费,这也是一种手段。

当然,服务的水准也要跟上,手脚勤快,嘴要会说,让客人有一种自己是上帝的感觉,虚荣心得到极大满足,自然挥金如土!

人生在世,大到治国安邦,小到居家生活,各种为人处事,都要充满艺术感。和高情商的人交往,处处顺心,与低智商为伍,事事添堵。

子墨还发现一件有趣的事,有的坐台妹,要身材有身材,要脸蛋有脸蛋,客人选台的时候,却总是一次次落选,有时一天坐不上一个台。相反,有的人身材一般,相貌平平,却逢选必中,每天还得窜台,忙得不亦乐乎。

通过观察,子墨发现了问题所在,每当坐台妹站成一排的时候,有的妹子像电线杆子一样,昂首挺胸,目光始终看向屋里的某一个角落,当客人说换一批的时候,立刻转身,走出屋去。而有人则不同,进屋后,扫视一周,迅速锁定几位客人,要么四目相对、眉目传情,要么低首垂眉,以余光相交,时而目光羞涩、时而暗送秋波。当客人的目光锁定自己时,往往会下颚微收,双目含情,双臂交叉下垂,用力挤压半露的双胸,躯体娇柔扭捏,搔首弄姿,倾斜半胯,露出侧身,一条腿微微弯曲,旗袍高高的开衩,时而半收半放，时而半遮半掩，往往这个时候就被选上了。即使偶有落榜，临走时，也是一步三摇，腰肢扭动，走到门口时，颔首抬肩，最后来个回眸一笑，经常在这个时候又被叫了回去……

子墨、邱铭雨、高翔，三人所看的包房连着，这样忙起来便于相互帮忙，同时包房里的客人和坐台妹，和谁熟悉，买单的时候谁去，这样小费更有保障。

由于工作得心应手，收入自然颇丰，子墨先是搬了家，海淀区有个"后街"，附近的迪厅、酒吧、桑拿洗浴，娱乐城等有几十家，在这些娱乐场所上班的人员几乎都住这里。放眼望去，街上的年轻男子，几乎都是满身的刺青、怪异的发型。而女子，几乎都是妆容厚重、衣着暴露。狭窄的街道，路面坑洼不平，肮脏的公厕，臭气熏天。街道两旁的自建房，参差不齐，用料不一。一条条弯弯曲曲的羊肠胡同，四通八达，好似迷宫。路边的无照商铺，有一些小型超市，有几家成人用品店，剩下的空间布满了小吃，各种口味的麻辣烫，鸭货，各种拉面、板面、刀削面，桌椅都摆到了路边，让本就拥堵的街道更加杂乱不堪。夜晚的灯光下，蚊蝇乱舞，路边的垃圾堆，鼠蚁成灾。二十四小时喧嚣永不停歇，这破败中的繁荣，让人无论如何也无法与繁华的首都联系到一起……

二、筑爱巢、送钻戒，情定三生。遇变故、展拳脚，再度失业。

子墨搬过来以后，邱铭雨和高翔也陆续搬了过来，之所以都搬出宿舍，原因有二：第一是因为冬季宿舍太冷，所谓的宿舍，就是一排简易房，每间屋十几平方米，四个上下铺，门几乎关不上，毫无防盗可言。墙角和窗户的缝隙使屋里始终保持着良好的通风，从而使空气更加新鲜，早晚的温度室内外高度一致，只有中午，由于没有阳光的照射，室内依旧保持着早晚的状态，有效地避免了忽冷忽热的温差变化，从而保证感冒的人病情稳定，始终处于感冒中。

第二是因为都有女朋友，总是两地分居不合适。只是桑红自从搬到这里，始终无法适应环境，除了上学，其余的时间几乎都闷在家里。邱铭雨的女朋友欧阳娜娜，在一家餐厅做前台，开始也住宿舍，后来和邱铭雨在了墨对面租了间房，高翔在二人的楼上和亲戚合租一间。娱乐城的很多员工都住这一片，关系比较好的还有王宇和川娃子，川娃子和邱铭雨已经认识了好多年，来娱乐城也是邱铭雨叫过来的。王宇租房是因为交了个女朋友，娱乐城的啤酒推销员，大家都叫她"啤酒妹"，是一位瘦瘦高高的湖北妹子。王宇今年十九岁，刚从老家出来，第一次打工，没什么社会阅历，和啤酒妹也是一见钟情，二人下班后如胶似漆，和川娃子住隔壁。大家租的都是十几平方米的单间，一排排的像鸽子笼一样，墙板很薄，隔音不怎么好，隔壁放个屁，这边都能听得清清楚楚，赶上太响的，还能震落屋顶的几粒尘埃！川娃子说，王宇和啤酒妹几乎夜夜"征战"，而且不止一个回合，每天床架子和墙壁的碰撞声中夹带着二人的嘶吼和喘息声，走廊里不停地回荡着啤酒妹那醉人的叫声，时而细腻悠长，时而短暂急促，时而高声欢快，时而低声悲鸣，导致门厅的声控灯，几乎一直亮着，根本无法熄灭！

这天下午刚上班，还没来客人，几人在一起闲聊，川娃子说啤酒妹每天叫得都扰民了，邻居都无法睡觉。王宇自豪地说没办法，哥们就是这么强。邱铭雨接着说没有耕坏的地，只有累死的牛，悠着点吧。王宇说哥们是铁牛，永不磨损，紧接着又说："别小看我媳妇，在老家也混过，社会上有一号。"高翔问："你咋知道呢？"王宇说："我媳妇后腰有文身，一只大蝴蝶，胳膊上还烫了一排烟花，肚脐下面还竖着一条十几厘米长的刀疤，她说是打群架被人拿刀划的，当时肠子都快出来了。"听到这里，川娃子问道："什么刀划的？"王宇说："是尖刀。"邱铭雨说："你确定不是手术刀。"川娃子又接着说："你媳妇是和妇产科医生打起来了吧。"听到这里，子墨也听明白了，笑着说："医生也是为了救人才划的他媳妇吧。"高翔又接了一句说："救的还是他媳妇的亲戚。"几人你一言，他一语的，搞得王宇丈二和尚，摸不着头脑！

　　不久后高翔也处了女朋友，娱乐城里的坐台妹，叫小雅，于是搬到了邱铭雨隔壁，和子墨斜对门。二人下班后也是形影不离，那黏糊劲，好像恨不得把对方吃到肚子里或者钻到对方身体里才过瘾！同时二人也是争吵不断，好在每次都是床头打架床尾和，怒气来得快，消得也快。有一次吵得很厉害，子墨和邱铭雨过去劝架，进屋后，子墨说："都消消气，冷静冷静。"邱铭雨接着说："又是因为啥呀？"只见小雅脸气得通红，眼睛瞪得老大，指着高翔，眼睛看着邱铭雨，气愤地说道："她嫌我跟他时不是处女了，因为这，和我就吵了起来。"邱铭雨听完后，想笑，又强忍着，张嘴想说什么，又什么都没说出来。子墨看了看高翔，无奈地说了句:"谁还没有个过去,既然爱她就包容嘛。"说完,实在忍不住,扭过头笑了起来……

　　子墨和桑红每周都回石景山一次,找上李文东和严福威,请他俩吃个饭,聊聊天,临别时还是免不了接济严福威一点儿。桑红也会看看曾经的朋友。二人之所以对这里有特殊的感情,不仅仅有朋友在这里,还因为二人在这里相识,相知,相爱,有很多美好的回忆,那份甜蜜将永远停留在二人心间!

　　一转眼,到了2005年元旦,子墨倾其所有给桑红买了一枚钻戒,还买了一捧娇艳的玫瑰,又精心地布置了一下屋子,准备给桑红一个惊喜。这天桑红放学后回到家,一推开门,就见屋内灯光闪烁,子墨手捧九十九朵玫瑰站在屋中央,深情地说:"新年快乐!"虽然剧情很老套,但是桑红很感动,二人紧紧相拥,子墨又趁机拿出钻戒给桑红戴上。此时的桑红已是双目含情、泪花闪烁,看着手上的钻戒,虽然钻石很小,但是桑红却无比地开心,视若珍宝,嘴上还嘟囔着子墨乱花钱,眼神却从未离开过手上的戒指,脸上笑得好似盛开的鲜花。这一刻,子墨的心里无比宽慰,觉得几个月的积蓄花得超值!

　　这一夜,窗外的烟花璀璨,屋内也是"战火纷飞"。一簇簇烟花腾空而起,火光四溅,绽放出万丈光芒,照亮了整个夜空,那一刻,连银河都黯然失色!子墨也是一次次冲锋,挥洒荷尔蒙,散发着雄性的气息,征服眼前这座皎洁的双峰,那一抖,连天地都为之动容!窗外的烟花爆破声响彻云霄,屋内的呻吟喘息声也是余韵绕梁,二者合一,好似一场盛大的交响乐,旋律是那样的雄浑激荡,声音是那样的铿锵有力!

美好的生活总是短暂的，意外总是突如其来。1月3号，也就是元旦假期的最后一天，娱乐城里人声鼎沸、歌舞升平，一个个客人喝得走路扶墙、发音不详、目光呆滞、分不清爹娘！

　　人在酒精的作用下，往往会大变身，邱铭雨所看包房的客人，来的时候斯斯文文，一套洋酒、十几箱啤酒下去后，就在包房里打了起来，砸断了茶几、踢碎了门玻璃。邱铭雨进去协调，刚推开门就被骂了出来。于是邱铭雨通知了经理和保安，经理进包房后很有礼貌地进行问候、劝解，对方说他们可以自己解决，当提到损坏物品的时候，直接拒绝赔偿，还摆出一副天大地大，唯我独尊的嘴脸，指着经理的鼻子放出狂言：分分钟就让你关门信吗！说完，扭头就要走。经理用对讲机通知保安，关闭电梯、封锁后门，随后告诉邱铭雨，看好客人，别跑单。客人见电梯不能用、步梯门推不开，转头气势汹汹地奔经理去了。就在这时，邱铭雨上前点个头拦住客人，露出一个牵强的微笑，不亢不卑地说："哥，茶几和门玻璃都坏了，我没法向上面交代，咱们出来玩儿，都图个开心，别为难小弟，赔个成本价就行。"四个人高马大的客人围住邱铭雨，其中一个客人指着邱铭雨的鼻梁子喊道："赔你妈赔，就他妈为难你了，怎么的！"这时，川娃子也走向邱铭雨，高翔和王宇也都围了上去。邱铭雨继续说："损坏物品，照价赔偿，合情合理，出来玩儿，玩儿得起就玩，玩儿不起就别出来。"这时又一个客人喊道："你他妈和谁说话呢。"抬手就扇了邱铭雨一个大嘴巴。邱铭雨用胳膊一挡，随即踹出一脚。子墨在远处一边看房，一边观察这边的动静，一看打起来了，随手拎起一个灭火器就跑了过来，照着一个客人的头就砸了下去，直接把那人干翻在地，顷刻间头颅和地砖的接壤处就有鲜红的血液流淌出来，慢慢地向外扩展。川娃子也从后面抱住一个客人直接摞倒，然后骑在对方身上开始左右挥拳，对方双手抱头毫无还手之力。王宇和高翔也以拉架的方式控制住了一名客人，对方见两个人拽他一个，想还手，却又力不从心，这时川娃子打着打着被反骑了，被人家一顿狂锤，邱铭雨也处于下风，被子墨打倒的也站起来了。子墨环视四周一看，四个人个个身强体壮，虽然刚刚受了点伤，但是不影响战斗力，再看娱乐城的保安也只是观望，不敢上前，如果战局这样发展下去，势必被警察抓个现形。于是子墨拎着灭火器朝着客人挨个砸，砸得几人都有点晕，哥几个趁乱扭转了战局，最后打得几个客人嗷嗷直叫，鼻口蹿血。这时经理接到一个电话，说警察快到了，随后叫子墨几人停手，赶紧从消防通道离开娱乐城。三人出了消防通道一路狂奔，几经辗转，来到邱铭雨的一个朋友阿海家。大概凌晨两点的时候，娱乐城的经理来电话说被打的三人已经送往医院，伤势不详，但是三人有点背景，其中有个人的父亲是别的区的一个领导，娱乐城的老板也在托人调解，让子墨几人暂时别上班了。三天后经理再次来电话说老板已经摆平了这件事，三人已出院，当时的监控录像第一时间就删除了，但是这几个人出院后仍在追查子默等人的下落，只是当时喝得有点多，加上事发突然，没记住子墨几人的样子，经理说不要回娱乐城上班了，免得日后麻烦。最后，事情就这样不了了之了。

三、再失业、识新友，又入歧途。混街头、走歪路，挥霍青春。

三人失业后，每天形影不离地在后街闲晃，渐渐地和后街的大小流氓都混熟了，每天走在街上，见人都打招呼。就这样，人们把子墨等人也列入流氓的行列，于是一个新的职业产生了。由于后街的"社会闲散人员"居多，一度被列为海淀区最乱的一条街。

当时的社会上有一股风气，当两股势力或个人产生了纠纷，却无法用正规的途径进行协商时，这种情况下，就会找黑势力介入，各自出钱找一伙儿黑恶势力，聚集一帮马仔进行对峙。往往这种时候，黑势力很少真正的火拼，双方会说出自己的人际关系、社会等级、摆出自己的社会背景进行盘道。如果这样，双方还是不服，只能根据所聚集的人数进行对决，因为聚集人数的数量也是实力的体现，最终一般以人多的一方获胜。还有一种情况，双方势均力敌、僵持不下，这时就会出现一个更高级别的"黑道大哥"进行调节，两股黑恶势力会以"给大哥面子"为由，自寻台阶离场，而"大哥"的出现，也是某一方金钱的作用。

江湖上称这种行为叫"码人"或"码点"，而后街称之为"办事"。由于后街特殊的群体结构，北京哪里需要码人，首选几乎都是后街。往往这时，"资方"首先会找一名所谓的黑道大哥，告知所需人数，大哥会按照每人五百以上的价格收费。双方达成协议后，大哥找一个小弟，也就是矮一级别的大哥，以每人三百的价格，让其找够所需人数，而这个"小大哥"再找一个自己的小弟，以每人二百的价格让其去聚人，而这个级别的只能算得上混混，不能叫大哥，混混会通知身边所认识的资源，以每人一百的价格进行聚人，谁找得多，凑够一车，单独再给五十或一百不等，作为奖励。

子墨等人在这一片儿混得久了，认识了几位"大哥"，在一段时间里，倒也混得风生水起，生活还算过得去。

当时，拆迁的很多，那个时代，北京的四环外，五环内正处于拆旧建新的开发阶段，当时的六环还没有开通。各大开发商针对拆迁钉子户，一般都会找一伙人震慑一下，强行拆迁。

有一次，子墨、邱铭雨，高翔等出去办事，来到了一个拆迁现场，有几家钉子户稳坐屋内，拒绝搬迁，而开发商的钩机等设备已经开进院子里。有个老板模样的人手一挥，一个领头的混混带一帮人砸开房门就闯了进去，只见一名老妪手持菜刀，坐在厅中，几名混混上去夺过菜刀，连人带椅子直接抬了出来，其余的人开始将屋内的家具等物品向外搬。子墨、邱铭雨、高翔三人抬了一个餐桌，很轻，三人窃喜，以为玩了一把小聪明。当三人再次回到屋中时，被眼前的一幕惊呆了，只见众人正翻箱倒柜，恨不得挖地三尺，屋内一片狼藉，好似电视剧里鬼子进村，子墨心想：这哪里是搬家，分明是入室抢劫。将翻出的现金，直接揣进兜里，金银首饰，手机等也直接拿走！子墨三人简直看傻了眼，很快屋内被搬空，所有人撤出后，钩机开动马达，冒着黑烟，瞬间，房倒屋塌。老妪被人按着，眼看着居住几十年甚至几代人的家被夷为平地，那撕心裂肺的哭声被马达的轰鸣掩盖。房子拆完，众人一哄而散，留下老妪在废墟中哭泣，尘土落满了她那历经沧桑的面庞。

当然，读者读到此处，对开发商的行为一定无比地憎恨，但是大可不必为老妪日后的生活担忧，一笔丰厚、数目惊人的拆迁款，将会使她的生活产生一个质的改变，也许她的子女会在这一瞬间成了人上人，由原来的寒门之子成为小姐阔少！

　　还有一次，有个鞋城，两家老板争地盘，需要大量的人，子墨和邱铭雨分别接到通知后，都各自找了很多人，天不亮就出发了。结果到现场，上方为了对两伙人进行区分，分别发了白手套和黑手套，子墨发到的是白手套，邱铭雨和高翔发到的是黑手套，高翔还开玩笑地说："一会儿打起来，咱们几个找个角落在那假打，不和他们掺和。"大家听了哈哈一笑。天亮以后，来了一辆小货车，拉着满满的一车镐把，后面跟一个背着一把大砍刀的"壮士"，给大家伙儿发，每人一根。临近中午的时候，又来了一辆小货车，这次拉的不是镐把，而是满满一车盒饭，还是那位背着砍刀的壮士给大家分，每人一盒。而邱铭雨那边，没发盒饭，接到的通知是去大墙外的小吃摊，随便吃，老板结账，一时间人们纷纷翻墙而过，由于人数众多，还发生了墙体坍塌事件，所幸并无人员伤亡。

　　一连数天，每天聚集近两千人，110警车时而停在路边，时而开进鞋城，穿过人群巡视一圈儿，仅仅是巡视，并无其他动作，也许是出于无奈，也许是其他原因吧！

　　由于是临近春节，天气比较寒冷，有的人撬开鞋城的商铺（整个鞋城停业了），拆了装修的木板生火取暖，有的在商铺里找合适的新鞋换上，有的干脆能拿多少拿多少，也不管男鞋还是女鞋。事后，现场一片狼藉，损失难以估量！

那几天，整个后街的人连拉黑活的司机、开摩的的大哥、各企业的保安、服务人员，连烤地瓜的大爷都去了。如果"资方"知道自己花重金请的"社会人"居然是这些人，不知会作何感想！

在这段日子里，邱铭雨还干了一个兼职。后街过的基本都是夜生活，邱铭雨只要不出去"办事"，每天中午起床后准时去网吧，一待就到午夜。开始子墨以为他就是上网打游戏，后来发现他只是聊天，经询问，原来他每天就在区域聊天网站，有个叫"皇城根"的聊天室，以女孩的身份与陌生男人聊天，网名一般都叫"美女兼职做……"等等，寻找一些空虚、寂寞、有需求的男性，谈好价格、留下电话号，而他的哥们阿海，手底下有几名小姐，就是网络卖淫的，阿海接到电话后（让小姐接电话），约陌生男子到指定地点，到达后先不见面，在旁边观察，以确保不是警察钓鱼执法，然后接头，带到指定场所卖淫。每成功一次，给邱铭雨一百元好处费，这个行业叫"拉皮条"，也叫"网络皮条客"。

当然，每个行业都有一定的技巧，作为"网络皮条客"，首先打字要快，同时与多人聊天，思维要敏捷，语言要丰富，极具挑逗性，还要足够的机警，能够敏锐觉察并避开警察的线上钓鱼。在众多聊天对象中，迅速锁定目标客户后，再进行重点沟通，争取建立双方的供需关系，从而达成协议。邱铭雨几乎每天都有成交客户，加上经常外出"办事"，每月的收入比一般的打工族都高，他还让子墨和他一起兼职干这个，被子墨委婉拒绝了，他心里不屑于这种行业。

自从子墨、邱铭雨、川娃子离开娱乐城以后，川娃子卖起了光盘。当时市面上卖光盘的有两种，一种是怀里抱着孩子的妇女，一般出现在花鸟鱼市场门口，或夜市口的路边，遇见行人就问"要盘吗"，如果你搭话，她就会从婴儿的襁褓里拿出一两张光盘，一般都是一些盗版的大片或新上映的电影，如果这不是你想要的，她就会带你去附近一个相对僻静的地方，那里有人接应，接应的人一般都背一个背包，里面有各种光盘，以 A 级片、二级片、三级片居多，选中想要的，然后讲价、购买。

还有一种就是川娃子这样的，一般在人流量比较大的天桥上，来往的行人较多，两侧都是小贩，有藏族小伙儿卖藏刀的，有新疆大哥卖军刺的，有大妈卖针头线脑的，大爷卖蟑螂药、老鼠药的，还有牛皮现割腰带的……而在天桥上售卖的光盘几乎都是假的，回去什么都放不出来，除非价格到位，偶尔也有真的盗版光盘，回去能放几次。而这里的客户群几乎都是车站附近的流动人口，所以几乎不必担心有回来找事的。唯一担心的就是城管和警察的双重管制，会时常被他们追得狼狈不堪，有时赶上联合执法，天桥的四个出口一堵，就无路可逃，被抓后，批评、教育、罚款，赃物没收，但是事后找人托托关系，能以进货价一半的价格把没收的光盘再从他们手里买回来，继续售卖！

王宇和高翔自从子墨几个走后，觉得没意思，也先后从娱乐城辞职。王宇在后街认识了一个所谓"有头有脸的大哥"，每次"办事"聚人，他都是三百元从大哥那里接手，再给下面一百元、二百元地找人，子墨、邱铭雨等人也都跟着沾了光。大哥还给附近的几个歌厅看场子，收取保护费。有一次，一个小歌厅，有一帮客人找茬儿，闹得很凶，歌厅老板给大哥打了电话，大哥派王宇过来看看，王宇找了邱铭雨、子墨等人充场面，凑个人数，但是对方气势汹汹，根本不拿王宇当回事。最后大哥出面，才震慑了对方那嚣张的气焰，后经协商，歌厅老板出点钱，息事宁人，而对方也表示给大哥面子，不然绝不是钱的事，事后，歌厅老板还对大哥千恩万谢的。当晚，大哥请兄弟们吃饭，带上了子墨和邱铭雨等人，结果到了饭桌上，发现在歌厅闹事的几个领头的也在，酒席宴间，和大哥推杯换盏，称兄道弟，酒过三巡，还高谈阔论京城的黑道风云、江湖轶事，瞬间，子墨明白了，原来都认识，只是一起做个局，骗歌厅点钱而已！

王宇的学习能力很强，如法炮制。这天，王宇让邱铭雨和高翔到他指定的一个烟摊，买了两条玉溪烟。回来后，王宇将事先准备好的两条假烟换上，让邱铭雨带着人去找烟摊，称在这里买烟送礼，托人办事，结果烟是假的，被对方退回，事也没办成，造成了重大的损失，让烟摊负责。不然就报警，打"315"，等官方处理完，再找烟摊老板以私人的方式解决，烟摊的老板一听吓坏了，明知假烟不是自己的，但是百口莫辩，加上对黑恶势力的恐惧，于是找到了王宇，想让其出面平息。王宇到来后，带着一帮人，呼哈一顿喧嚣，然后和邱铭雨"盘道"，互相提人，发现彼此大哥的大哥是哥们，最后各退一步，烟摊老板出点钱，事件就此平息。老板对王宇感恩戴德，激动的心情难以言表，临别时还用崇拜的眼神目送王宇出门！当天，大家分了点儿钱，吃喝了一顿。

四、入会所、看嗨房，高翔大变。忆当初、观眼下，百态人间。

高翔的女友小雅和她的妹妹阿珠，都在娱乐城坐台，这天阿珠过生日，高翔和小雅都去了，还有一起上班的一帮姐妹。大家前半夜吃饭喝酒，后半夜去了夜场，每人找了一个"少爷"作陪。一般的歌厅，只有坐台妹，而高级一点的，分上半场和下半场。上半场和其他歌厅一样，到了十二点以后，也就是下半场，有"少爷"，也就是所谓的"鸭子—男妓"，所以一些富婆和一些下了班的坐台妹，下半场也过来消遣一下。富婆的心理好理解，花钱找个小鲜肉乐和一下，人之常情。而坐台妹的心理则不然，她们每天下班已是凌晨三四点，喝得酩酊大醉，回到家里倒头就睡，一觉醒来，梳洗打扮、浓妆艳抹一番，走出家门，已是夜幕降临，生活可以说是暗无天日。只要双脚踏进风月场，哪怕心中有千般苦、万般难，也要藏在灵魂深处，表露出来的只能是万种风情、笑靥如花！面对客人，使出浑身解数！不由得想起那首经典的"舞女泪"，舞女也是人，心中的痛苦向谁说，为了生活的逼迫，颗颗泪水往肚吞落……

　　这一刻，尊严、贞洁、名誉，与她们统统无关，什么时候脱离这种生活，再重拾那曾经放下的一切吧！

　　长期处于这种生活状态，她们的内心难免有些扭曲，就好比奴隶一旦翻身做主，会比昔日的主人更加残暴。所以，她们每天上班受尽蹂躏，偶尔去夜场找个"鸭子"，对其也是百般地摧残，以此来释放内心的不满。酒后又哭又闹，尽情地宣泄，这一刻，她们不必强颜欢笑，短暂地做一回自己！

　　高翔，作为一名旁观者，心中五味杂陈，心想如果自己不来，小雅是否也要找一个"少爷"来发泄呢？其实，男人和女人在某些方面是一样的，有些男人沉迷于吃喝嫖赌，而有些女人又何尝不想放纵一下呢？只是碍于传统思想，压制了内心的躁动。当今社会，虽然一直提倡男女平等，但是几千年流传下来的文明，男尊女卑的观念已在人们心中根深蒂固。从最早的妇女解放运动到今天，已过去了一百多年，但男女却从未真正意义上实现过平等，我们新时代的今天依然是男权的社会，可见，妇女解放之路任重而道远。但愿在未来的某一天，能如广大女同胞所愿吧！

这一夜的包房里，仿佛回到了远古的"母系社会"，女人们高声呐喊，纵酒推杯，亢奋的神经使她们忘乎所以，而男人们则唯唯诺诺，笑脸相迎。这一刻，一向大男子主义的高翔，居然感到自己是那样的卑微！

临近天明，曲终人散时，高翔和一个"少爷"互留了电话，这个少爷叫阿哲，以前也住在后街，和高翔见过几次面，二人一见如故，有一种相识恨晚之意。

在交谈中，阿哲告诉高翔，来找"少爷"的，很少有年纪大的妇女，几乎都是三十左右的少妇，个个都姿色不凡，风韵犹存。她们要么是老公常年不在家，要么是被包养的二奶，要么是事业有成的女强人，衣食无忧、生活富足，只是在这如狼似虎的年纪，常年独守空房，饱受寂寞的煎熬，又不能在自己的圈子里乱来，所以偶尔出来寻求一下刺激。她们出手阔绰，只要你服务到位，她们绝不吝啬金钱。而作为我们，既抱得美人，又获得金钱，同时又填补了她们内心的空虚，这样一个双赢的职业，何乐而不为呢！

几天后，高翔在阿哲的介绍下，来到一家"会所"当起了"少爷"。会所位于五环边上的一片树林中，马路旁有一条几十米长、可通车的小路，小路两侧，一排排杨树直入云端，小路的尽头是一个可容纳近百辆车的停车场，停车场的四周草木苍翠、绿树成荫，在停车场东边的一个角落，隐约可见一条由碎石铺成的林间小路，可以说是曲径通幽。小路的尽头，是一座单层的新中式建筑，占地面积有上千平方米，放眼望去，既有古代建筑的青砖灰瓦，雕梁画栋，又有现代工艺的金属线条，玻璃幕墙，错落有致，重叠有形，既体现了现代建筑的避繁就简，又保留了古香古韵。

再看建筑的四周，东侧有一条弯弯曲曲、细窄而绵长的水渠，水渠的两端已越过山墙，有半抱楼阁之势。西侧有一座低矮的假山，岩石叠搭，山根宽大而厚重。南侧有一座影壁墙，墙体的四周有镂空的砖孔，正中间是一个凤凰涅槃、浴火重生的浮雕。北侧是一座真正的山丘，山上苍松翠柏，郁郁葱葱，整个建筑依此山而建。再看建筑的整体，包括周围的树木，是左高右低，后高前低，风水学的角度讲左青龙、右白虎，不怕青龙高万丈，就怕白虎一探头。而且前有踏，后有靠，后面的高山也是有靠山之意。

而这座建筑的整体布局是，左边的水渠为青龙池，右边的矮山为白虎山，影壁的凤凰为朱雀墙，后边的山丘为玄武山，意寓就是：左有青龙来相护，右有白虎振明堂，前有朱雀挡风煞，后有玄武定乾坤。需要说明的是，民宅的影壁墙为实墙，有挡煞之意，而做生意的影壁墙有镂空，是进财之意！

来到门前，有三层台阶，两扇青铜色的门直达檐下，甚是庄严。推开门，紫红色的地毯铺满整个大厅，大厅的左侧是一排KTV包房，里面的装修，精工巧做、金碧辉煌，大厅的右侧是一排用餐的包间，里面的桌椅，朱漆彩绘、古韵十足，而大厅的北侧是一排紫檀的屏风，直通屋顶，精雕细琢的祥云图，可谓巧夺天工，看那云卷云舒、千姿百态，看那如烟如雾、来去自如。屏风的后面是一条走廊，走廊的北侧是五间包房，门上分别写着，金、木、水、火、土，每间包房里都配有棋牌室、汗蒸房、洽谈室、按摩间，还有一个超大的客厅，三面电视墙。包房内，音响的重低音震得心房发颤、双耳轰鸣，一股股声浪让人神经亢奋，而包房外却悄无声息，可见包房的隔音效果已做到极致！

高翔，作为夜场的"少爷"，于每天午夜后上班，这里大概有十几名"少爷"，他们几乎都打着耳钉，皮肤细腻，画着精致的妆容，头型犀利，穿紧身衣、塑形裤，裆部高高隆起，这也是他们身上唯一的雄性特征。

高翔则不同，如果从审美的视角去评价他，挺帅气，有男人味，但是他的帅是北方汉子特有的粗犷、豪放、富有棱角，还略带几分沧桑。女人见了，就会有一种想依偎、想被其呵护的欲望。而其他的"少爷"则是那种柔性满满、媚气十足、文文弱弱的形象，女人见了，立刻产生保护欲，甚至母性泛滥，在他们面前，能让女性感觉自己特别高大，特别有存在感，虚荣心会瞬间膨胀，把他们搂在怀里，能让女人有一种君临天下的感觉！

连着数日，别的少爷都忙得不亦乐乎，而高翔却从未被选中过，天天闲在包房里。这天，包房里的少爷又都走空了，只剩下高翔，实在无聊，心里想着过了今天，明天就不来了，也许自己不适合吃这碗饭。出了包房，一个人在走廊上徘徊，发现走廊里多了名保安，手里还拿着对讲机，平日里只在大厅的门旁才有保安，而且今天看房的服务人员也都带着对讲机。高翔又来到院子里，见也有保安巡逻，停车场平时只有一名指挥车辆的大爷，今天也加了一名保安，就连马路边的路口都停了一辆车，里面也坐了一名保安，房后的山丘，是这一区域的制高点，也有保安，所有保安都带着对讲机。高翔有些纳闷，一边疑惑、一边走回大厅，准备回包间。这时迎面走来一位南方客人，个子不高，瘦瘦的，一边走一边打电话，后面还跟了一个女的。只见南方客人环视一下四周，然后走到高翔面前，叽里呱啦地说了一堆，大概意思是我不认路，你带我去附近找一个 ATM 机。高翔听完一想，闲着也是闲着，就跟着他们出去了。三人来到停车场，客人开了一辆凌志 LS430，在高翔的指引下，找到了一个 ATM 机，女的下车去取钱。上车后，男人又打电话，说了半天，后来把电话交给高翔，电话那头说："你带他到后街街口，能找到吗？"（那时没有智能手机）高翔听完回答说："是经理强哥吧，我能找到，我就住在后街。"对方又问道："你谁呀？"高翔回答说："我是新来的小高、高翔。"这时对方说："你听错了，我不是。"于是挂断了电话。高翔把客人带到后街街口，男的下车一边打电话一边朝胡同里走。高翔心里还琢磨，明明是强哥的声音，怎么可能听错呢？

　　三人回到会所，客人回了包间，高翔也回到少爷房。这时一名叫阿兵的少爷下了台，喝得醉醺醺的，二人在包房里闲聊。高翔问阿兵："今天和往天有些不一样呢，怎么多了一些保安呢？"阿兵随口说道："有'嗨房'呗。"高翔瞪着空洞的双眼、露出不可思议的表情，问道："哪包呀？"阿兵说："就是那帮南方客人。"说完脑袋一歪，靠在沙发上睡了。

高翔回想着外面的变化，之前在娱乐城总听老服务人员说什么嗨房、嗨房的，但是自己没见过，今天算是见识了。

　　所谓的"嗨房"，就是一群男女在包房里，吸白粉、溜冰毒、抽麻古，偶尔也吃摇头丸（摇头丸一般在迪厅玩得多）。嗨房里的女孩基本都是陪嗨妹，所谓的陪嗨妹，就是陪吃、陪喝、陪玩的妹子，只要你提供毒品，她们就提供你所需要的一切服务，收费也不算高。

　　而作为瘾君子，无论他们通过什么途径沾染上毒品，初期，经济条件允许，通常几人聚集在一起，找个可靠的包房，或宾馆，找几个陪嗨妹，连着数日，享受毒品带来的瞬间快乐！那如梦如幻、似神似仙的快感，那仿佛飞出三界外、不在五行中的缥缈感，让人欲罢不能、回味无穷！

　　时间长了，有的吸垮了身体，荒废了事业。有的吸掉了全部家当，妻离子散、家破人亡。还有一部分，由原来的吸食转变为以贩养吸来维持那难以戒除的心魔，最后干脆职业贩卖，其结局只能是化作一缕青烟，随风飘散……

　　作为会所的老板，居然堂而皇之地容留他人吸毒，可见其实力和背景！想到这里，高翔明白了经理强哥为何刚才拒绝承认自己，也许强哥在给客人提供毒品，所以……

　　到了凌晨四点左右，强哥来到少爷房，叫高翔出来一下，高翔的心脏怦怦地乱跳，脑海里浮现各种影视剧的画面，什么杀人灭口、挟持家人……二人来到包房，经理强哥镇定自若，微笑着让高翔坐下，说："小高，你的情况呢我了解了一下，刚入行，连着几天空台，总的说你的形象、气质可以，但不适合当少爷。咱都是东北老乡，出门在外都不容易，我看你小伙子也不错，我呢比你大几岁，这屋也没外人，当哥的给你指条路。你找几个精神帅气的小伙子，形象适合当少爷的那种，你带着他们来我这，你当领班，挣台费（少爷、小姐、每坐一个台，都要给领班一定的提成），在我这我保你吃穿不愁，起码比那些少爷挣得多，你考虑一下！"说完，掏出一盒软中华，扔给高翔一根，自己叼了一根，"啪"的一声，金灿灿的都彭打火机喷出柔和的火焰！

一个月以后，只见高翔衣着华丽、气势高昂，每天带着十几名少爷出入各大高级夜场，称呼也从之前的翔子变成翔哥。有时叫子墨和邱铭雨等人聚聚也是挥金如土、慷慨豪气，但是子墨却觉得和他渐行渐远，再也找不到昔日的那种手足之情！回想起刚认识的日子，有一次邱铭雨的女友欧阳娜娜在单位因为琐事被经理骂了，回家后就一直哭，邱铭雨了解了情况后，叫上子墨和高翔，三人每人背了一把砍刀，找到经理的出租屋，踹开门，冲进卧室，那经理和媳妇正赤裸裸的在床上躺着，三人直接把人从床上拉下来，拽到院子里，一顿圈踢，最后经理一丝不挂地跪在院子里，他媳妇在院角脸色苍白、瑟瑟发抖！还有一次，高翔的小舅子（小雅弟弟）也是被人欺负，找到了高翔，那会儿高翔和小雅刚处，正想趁着这个机会表现一下。当晚，高翔、子墨、邱铭雨、川娃子、王宇五人来到小舅子上班的保安队，当时保安队有二十多人，一个大宿舍，一个小宿舍，要找的人在小宿舍，子墨和邱铭雨一人拿砍刀，一人拿镐把，进了大宿舍。保安住的是上下铺，子墨拎着砍刀，站在屋中央警告所有人，把头蒙上，躺在床上别动，谁动就打谁。结果有个大个子不信邪，坐了起来，喊道："你们想干啥。"还没等子墨说话，邱铭雨的镐把已经抡了上去，哐、哐、哐地一顿暴打，瞬间满床是血。接下来所有人都躺在床上蒙着头一动不动了。小宿舍那边，高翔找到了要找的人，也是一顿暴打，打得那人哭爹喊娘，王宇的新皮鞋鞋底都踢掉了，最后打得人躺在地下一动不动了，高翔也不想把事情搞大，于是迅速撤离。那会儿，类似这样的事情经常发生，哥几个从来都是一人有事全部到场，打起架来也是共同进退，哪怕是挨打，也不会单独逃跑，而现在，这样的事情高翔是不会参加了。当然，子墨等人也成熟了许多，也不会再干这样的傻事了！

提到傻事，子墨想起了后街的一个哥们，叫"豆芽子"。这天，子墨和高翔正在路上走着，经过了一排"发廊"，每个发廊的玻璃门里都坐一位"美丽的女人"，穿着十分性感，手里拿一把梳子。每当有行人经过，"美丽的女人"都会拿梳子敲玻璃，只要你抬头看她，她就会双目勾魂、风骚无限地看着你，超短的裙子，双腿微微叉开，露出底裤，那表情、那姿态，完全像一条发情的母狗。如果你进屋真的想理发，恐怕翻遍整间屋子，唯一和头发有关的物品，也就是她手里的那把梳子。子墨和高翔边走边对这些"美丽的女人"进行点评，正讨论着，迎面碰到了豆芽子，只见他精神萎靡、面如死灰，一副苦大仇深的样子。询问后得知，原来在一个月前，别人找他"办事"，让他去吓唬一下地下通道的小商贩。豆芽子带了两个人就去了，到了现场，豆芽子展开双臂，喊了句"给我上"，三人刚要动手，就被一帮便衣给擒住了，拘留了一个多月。豆芽子出来后找到"上线"要个说法，上线态度很好，带了几个哥们，找了一家比较有档次的饭店，给他接风洗尘。

酒过三巡，上线出去接一个电话，其他几人陆陆续续也走了，只剩下豆芽子自己，等了近两个小时，最后自己买了单。过了几天又联系上线，对方说上次家里有事，走得太急，很抱歉，今天再好好安排一下。于是当晚去了一家歌厅，几人都找了妹子，两套芝华士下去，豆芽子又晕了。后来歌厅下班，工作人员把他叫醒，让买一下单，豆芽子坐起来一看，又剩自己了，包房费加小姐的台费，两千多块！自那以后，再也没找到过上线。所以说出来混，脑子很重要，有的几年混成大哥，有的混到死都是小弟！

第十一章

一、识军哥、走兰道，初入赌局。

时光的流逝，消耗着每个人的似水年华，邱铭雨还兼职做皮条客，川娃子继续卖他的盗版光盘，王宇依然混着他的社会，梦想着有一天能混成大哥，高翔仍旧每天带着一帮少爷，做着"鸭头"，而子墨又踏入了一个新的领域。

一次出去"办事"，子墨认识了一位大哥，江湖上绰号"将军"，关系好的都叫他军哥。军哥是混"兰道"的，在古代，杀人越货、抢劫绑票的土匪叫"响马"，专业要钱、以赌博为生的叫"拦马"或"蓝码"（赌场上蓝色的砝码）。而发展到今天，人们口中常说的只有黑道和白道，而"兰道"是介于黑白两道之间，既有白道的人脉与关系，又有黑道的势力和手段，以开局涉赌为主业的人，被称为"兰道"，而军哥可以说是京城兰道的翘楚。军哥有几次找人办事，子墨都在场，见子墨办事机警、果断、讲诚信、重义气，所以对他很赏识。那一阵子，有事无事天天带着子墨吃吃喝喝，熟悉了一段时间以后，开始带着他出入赌场，所谓的赌场，北京称为"放局"。在这里先大概介绍一下"放局"，我们所熟知的一般都是港台片上的场面。在我国，赌博是被禁止的，所以"放局"是一个地下产业，它没有固定的地点，一般会选在很私密的场所，比如郊区废弃的仓库、停业的歌厅、洗浴城、夏季时的果园，有时也选在山上的农家乐，农家院什么的，偶尔也去河北、天津等地，都是很隐蔽的地方，不容易被发现，又方便逃离，关键是还要有足够大的停车场。一个地方放不了几场就要换，或者几个地点轮换着使用。放局的地点交通要方便，最好是四通八达，万一被人举报了（行里称为"响"了），选址的重要性便显现出来，方便的交通利于局上的人迅速撤离。

子墨第一次上局是在一天夜里十二点以后，地点在石景山区五里坨的一个山上。在山脚下的入山口，树丛里就设有暗哨，车辆一进山，车牌号被对讲机上报到山顶，山顶局上回复是谁家的车，是否认识等。弯弯曲曲的山路，每个岔路口都设有暗哨，随时报告车辆的动向，整条上山的道路都在放局者的视线之中，以防警察抄局，放哨人员都不能吸烟，以免出现火光被人发现，一个局到底有多少个暗哨，只有放局的人自己知道。每隔一段距离，路边还会停一辆车，车里也是放哨的，这是明哨。明哨还会根据上面的指示，给找不到地点的玩家指路或者直接带路，然后仍回到该地点。所以明哨和暗哨绝对不可以睡觉，还有巡哨的，开车山上山下来回走，检查放哨人员，避免睡觉脱岗等。放哨人员在局上是最苦的差事，夏天蚊虫叮咬，冬天天寒地冻，即使在车里，也不允许着车，避免暴露。一旦被巡哨的人员发现违规行为，一顿大嘴巴那都最是轻的。如果赶上局"响"了，警察最先端掉的也是放哨的，当然，真出事了，放哨人员的罪行也是最轻的！

"局"分老板局和社会局，老板局就像电视上演的，几个大佬在公海上或者几个有钱人在相对安全的私人别墅里，拿着高脚杯、喝着红酒，左右还有长相妖娆、身材性感的美女作陪，不吵不闹，安安静静地、悠闲地玩着。而"将军"本身就是社会顽主，所以放的基本都是社会局，局上有职业的"耍子"，所谓的耍钱鬼、赌棍，常年以赌博为生的。还有一些道上有头有脸的大哥，带着一帮兄弟过来捧局的，也有专业放贷的，给各大玩家应个急，有时局上有上百人甚至更多。一般玩的都是推筒子，偶尔也玩百家乐。筒子局分为两种，一种叫"转锅局"，一种叫"敞锅局"，各地的叫法不一。

转锅局，一般都是一个大圆桌，轮番坐庄推锅，赢了可以随时切锅，输了就由下一个推。锅底有一千元、两千元、三千元、五千元不等，大小再讲，最低不能低于五百元，总之，多大的锅底就叫多大的局。转锅局讲究"冒杀不冒赔"，比如推三千元的锅，三门下注，天门、地门、初门（有的地区叫天门、地门、暗门，还有叫人门、鬼门，叫法不一），加起来超三千元了，如果庄家赢了，无论多少，全部收回，这叫"冒杀"。如果庄家输了，赔注的金额不能超锅底的钱数，三门按牌面的大小顺序，先可着大的赔，最后剩下的，有多少算多少，没有了也正常，这就是"不冒赔"。

筒子牌的大小顺序为对九、对八、对七，以此类推到对一，然后是二八杠，再往下是比点，九点大，如果同样是九点，一八最大，然后是二七、三六、四五，也就是说同样的点数，比单牌的大小。每个局都会设立一个水箱，"水箱"也就是装钱的箱子，根据局的大小，箱子的体积也有所不同，它装的是组局者，也就是"局头"的抽头。抽头，也叫抽水或上水，一般抽百分之十，分"上十""下十"和"毕十"，具体怎么抽事先讲好。比如推两千元的锅，先将百分之十，也就是二百元放进水箱，三千元的锅放三百元……这叫上十。

如果庄家赢钱以后，不想继续推了，可以随时终止，这就是所谓的切锅，然后拿出这一局赢的总钱数的百分之十放进水箱，这叫下十。如果推输了，那自然也就不抽了。至于毕十，是在玩牌的过程中，三门中有出现十点的，如一九筒、三七筒、四六筒，要把这门所下注的一半交到水箱，这叫毕十。而出现二八筒则不叫毕十，二八叫杠（有的地方也算毕十），除了对，单牌里它最大。在玩牌的过程中，如果牌和庄家的牌一样，永远是庄家赢，因为庄家的牌比玩家大半个点，这是规矩。转锅局的人员配置，首先要有一个看水箱的，负责监管并确保每一笔"上水"都放进水箱。还有两个洗牌、码牌的，推锅者，也就是所谓的庄家是不可以自己洗牌的，都由局上专门洗牌、码牌的人员操作。洗好后，庄家可以随意地倒牌，然后"开好门"，所谓的开好门就是把码好的一条牌倒完以后，任意分出一摞作为第一摞，然后从这里开始发牌，这就算开好门了。同时还要配有一到两个监台的，负责监管赌台，避免有人作弊，同时发现哪门出现毕十，及时拿出一半的注放进水箱。还要有一台验钞机，以便更省时省力地下注、赔注。

还有一种是敞锅局，首先和转锅局不同的就是桌子，一般用长方形的，一头是庄家，两侧和对面是玩家。玩家想押多少就押多少，上不封顶，押多少赢了，庄家就赔多少。庄家什么时候不想推了，随时换别人推，每一局的抽头是下十和毕十，没有上十。敞锅局的金额相对较大，有时一圈下来，就是上百万的输赢，甚至更多，所以需要二到四台验钞机，分别放在桌子的两端，一头负责过注，一头负责赔注，同时配有三到四个洗牌、码牌的，五六个监台的，甚至更多。监台也是防止有人出千，所谓的"老千"，行内还称之为"上活儿"，在局上也叫耍手艺的，但在军哥的局上还没出现过，并不是没人会，而是没人敢。放眼望去，满屋的赌徒，会"手艺"的大有人在，但是想在军哥的场子靠手艺赢钱，他们可能连想的勇气都没有，毕竟军哥混迹兰道多年，社会地位和江湖影响力在那摆着，所谓常在河边走，没有不湿鞋，一旦发现了，以军哥的威望和手段，不剁他双手都对不起众多玩家，这也是给军哥捧场的玩家多的原因之一。军哥的场子，赌的就是运气，比的就是胆识，输赢的就是个痛快！

还有局上最重要的水箱，起码要三个人以上负责看管，那是一个局的利润，因数额比较大，一是怕走水，再就是怕有人输急了抢，所以看水箱的人都是局头的嫡系。而且场内的工作人员要机灵、嘴要巧，当玩家下注不够猛的时候要喊一喊，让各家多下注。谁赢钱了要说几句恭维的话，比如"大哥精神""大哥像样"等，赢家高兴了自然会打赏，也叫"喜儿钱"。如果有输钱的萎靡不振，情绪低落的，也要说几句好听的鼓励一下，总之就是要让场上的气氛热闹起来，玩家都猛下注！

局上还有一个重要的行业"高利贷"，根据局的大小，局越大，放贷的越多。一般每伙儿放贷的两到三人，有背包的（背钱的），有记账的。管高利贷借一万，直接给你九千五，息钱扣掉，俗称"砍头息"，而且局上放贷局下还，按天计算，如果输光了还不上，可以押车、押房本或者其他有效抵押物等，还有的借款人有面子的，也可以打借条，再就是局头担保。总之，放贷的要保障自己的资金能够收回。

现场还有专人负责烟、水、牌的，在场的无论是玩家还是捧场看热闹的，一律免费享用，后半夜还有夜宵、烧烤等，烟一般都是玉溪，局大一点的也有中华，也有别的品牌的高档香烟，但是唯独没有提供苏烟的，"苏"烟的谐音是"输"烟。

局上的骰子也有讲究，有的管骰子叫"刀"，每次打出骰子，大家伙儿都跟着喊"杀"，寓意是用刀杀对家，而且打出的骰子必须碰到牌，碰不到牌得重新打，骰子碰到牌称为"上墙"，防止作弊。如果骰子掉地下了，可以捡起来重新打，如果骰子被人挡了，点数也出来了，玩家可以算，也可以不算，继续打，也可以换门，重新押。总之就是骰子没打之前，随便换门，一旦骰子打完了，就不能变了！

局还分单股局和多股局，组一个局，来捧场的人有多少，全靠局头的社会影响力和组织能力，所以有些局头觉得自身的影响力不够大，就找几个人合到一起，组个多股局，每个人都充分利用自身的社会关系，组织玩家聚到一起，当然，最后的利润也是按股分红。每当牌局结束后，局头一定要清场，只剩下局头和工作人员，然后开水箱"分水"，也就是分利润。之所以清场，是因为大部分玩家都是看局头的面子来捧局的，赢钱的自然高兴，可那些输钱的如果看见局头成堆的钞票，免不了张口要点，局头碍于情面，又不好拒绝，最后给了，自己损失，不给又伤了和气。毕竟，社会玩的就是人情世故，我看你的面子满载而来，你又怎么好意思见我两手空空的去。还有个原因就是怕有的玩家见一场局下来这么多利润，起一些歪心思，自己输得债台高筑，免不了见他人之财而心生歹意，如果明抢，局头反倒不怕，既然敢开局涉赌，自保的能力还是有的，关键是人心叵测、暗箭难防，向有关部门举报，就是一个电话的事！人性的丑恶、心灵的扭曲，在金钱面前暴露无遗。既然在赌场上无法随心所欲，那就让灵魂纵马脱缰，正所谓：我无财，尔等皆贫贱，以此来寻求心理上的平衡！

因为子墨是军哥带去的，所以算是内部人，军哥又是最大的局头，所以散局清场后，局上"分水"的时候子墨有幸见识过几次。如果不是军哥罩着，以子墨的资历，估计两年以内都不一定留他在场。只见他们打开水箱，把所有的钱倒在桌面上，然后再抓点放回水箱，所谓的水箱不能空，必须有底儿钱，这是规矩（最后也都被收场的兄弟拿走了）。然后所有的工作人员用点钞机把钱清点好，都整理完毕以后，给屋里的工作人员、兄弟们，还有外面的哨卡人员发工资，再刨去场地费等，最后剩下的钱按股分红！

烈日下的乌云　*159*

二、观牌局、品人生，十赌九输。

这天，子墨跟随军哥来到局上，一进门，一片蓝色的烟雾扑面而来，还伴随着浓浓的烟草味，几十号人，有一多半吸着烟，一个个吞云吐雾，室内乌烟瘴气、一片喧嚣！赌桌的四周，涌动的人群中，一半剃着光头，剩下的几乎都是短寸，还有一部分带着刀疤，脖子上挂一根手指粗的大金链子。再看地下，蚂蚱一样的烟蒂伴着各种潮牌的鞋子，有带钉的、有镶钻的，还有带着大 LOGO 的。抬起头再看，有赤身的、有裸臂的，暴露的部分都有文身，过肩龙、下山虎是常态，有的文满背的"降龙关公"，有的胸前文着"燃灯古佛"，有的文半身的"酆都大帝"，有的双腿文着日本的"艺妓拖桃"，有的左臂文着"青面獠牙兽"，有的右肩文着"魑魅魍魉妖"，总之，三界之外的妖魔鬼怪在这里齐聚一堂！

穿过人群，长方形的赌桌，码得像小山一样的人民币，以子墨的认知根本无法估测它们的数量。再看桌子周围的玩家，有的眉开眼笑、满面红光。有的口吐芬芳、面目狰狞。小小的筒子牌轻如鸿毛，可看他们拿起来的样子好似重于泰山。有那么一瞬间，所有人屏住呼吸，屋内鸦雀无声，只顷刻间，又如山洪暴发，叫喊声四起。再看人群，有的顿首捶胸，一副追悔莫及的样子，有的拍手庆贺，摆出运筹帷幄的姿态，每一场下来都是几家欢喜几家愁！前一秒还称兄道弟、好似生死之交的两个人，只一局牌的功夫，已成为不共戴天，有你没我的仇敌！

子墨站在桌子的末端，面向庄家，只见庄家面色铁青，双眉紧锁，连着推几把，每把不是赔两门就是赔三门，场面一片哗然，连外围的"撒子"都挤着下注，庄家已是青筋暴起、额角冒汗！四周站在高处的监台也趁机摇旗呐喊，场面几乎沸腾，有的嘟囔着"骰子低头了"，有的大喊"开锅了"。骰子代表庄家，"骰子低头了"意思就是庄家向玩家低头了。庄家推的是锅，而锅开了，意思是钱都冒出来了，综合的意思就是庄家的点子背到了一定程度！在这里我们再解释一下"撒子"，"撒（一声）子"，就是一帮注头子（下注的额度）不大的小玩家，整场下来如蜻蜓点水，涉足不深、下注不猛，但是赌瘾十足，因为他们注头子下得太小，所以没资格坐到桌前，只能在外围站着观望，下注时只能把钱撒（三声）到桌面，久而久之，被人们叫白了，叫成了（一声）"撒子"。这个群体比较复杂，有的是小混混、有的是小商贩（烤毛蛋、卖早点的也有），有的是刚踏入赌博的新人，还有的是过来听风探水的赌棍，总之形形色色。他们上面还有组织者，一般局头开局初期，为了拉个人气，会找到他们的头儿，给一些车马费，带几个人过来，不管注头子大小，主要是捧个人气，有的带个三五个，有的能找十几个甚至二十几个，他们对赌场初期的人气和宣传也起到了一定的作用。

　　整个晚上，子墨都在观察一个人，庄家左上手的位置，此人四十多岁上下，戴着金丝眼镜，穿着笔挺的西装，小背头梳得一丝不乱，整个晚上都坐在那里，气定神闲，无论别人如何喧嚣，他都面不改色，连着赢了几把，也是稳如泰山，连着输了几次，仍是波澜不惊，一副看淡输赢，只求从中取乐的态度！

　　在观察他的同时，子墨总是闻到一股一股的鱼腥味，最后锁定末端桌角上的一位，此人年近知命，穿着朴素，表情凝重，注意力高度集中，每一局都好似泰山压顶、不堪重负。后听人说这位是在"海鲜批发市场"卖海鲜的，生意红火的时候，有十几间店铺，也是身价不菲，风光无限。后来沾染上赌瘾，经常往返澳门与北京之间，短短的几个月，家财散尽，并负债累累，如今守着一间小小的店铺，还是租的，每天艰难度日。逢年过节，摊上的流水多一些，便来局上碰运气，心里总想着有朝一日能在赌桌上东山再起，恢复昔日的荣光！

局上的人可以说是形形色色，有社会上混的，有经商的、有以赌博为业的、有家里开矿的、家里拆迁的、啃老的，还有政府的公务员。尤其是那些国家的蛀虫，赌起来更是挥金如土，眉宇间透露着一股挥洒自如的神情！短短的几天，子墨看许多人倾家荡产，又听说许多人妻离子散，当然，也有很少一部分人一夜之间拥有了富贵荣华，至于富贵有多久、荣华到几时，就不得而知了！局上还流传着一句话：吃、喝、嫖都是赔，只有赌博有来回！

在局上的这段日子，子墨始终无法融入这个行业和群体。首先，子墨天生对赌博不感兴趣，少年时和表哥学习打麻将，表哥手把手地教，可是子墨怎么都学不会。

再看这个群体，都是混迹于赌场多年的赌徒，凡事利字当先，当自身利益受到侵犯时，可以说是分毫不让、唯利是图，人们说赌场无父子，他们在赌桌上，真的是铁面无私、冷酷无情。如果有些法官在法庭上能拿出这个态度，深牢里会减去多少宗冤假错案，司法的枪口下又会留下多少条枉死的孤魂！相比之下，混黑道的更重情重义，虽然也免不了出一些亡人自存之辈，但两肋插刀之事也屡见不鲜。至于白道，碍于规章制度和道德伦理的约束，大多数还能够坚守初衷，少数人徘徊于灰色地带，只有一部分人突破底线、越过鸿沟，为违法犯罪推波助澜，成为党和人民的蛀虫！所以说，黑道大多数人"重义"，白道部分人"向理"，而兰道的人基本"看利"。衡量再三，子墨决定换个行业，毕竟"偏门非长久、正道是征途"！

第十二章

一、桑红大病，寻医问诊，子墨无钱，东借西凑。

时间：2005 年 7 月

又到了酷暑时节，北京的天气闷热、潮湿，让人无法入睡。这天夜里，子墨一人爬上天台，铺上凉席，身旁点上一盘蚊香，仰望着灰暗的夜空，看着厚厚的雾霾，想象着银河的浩瀚，天边一弯新月，努力地发出微弱的光芒，试图照亮整个夜空，然而人们却更加向往都市的霓虹，只有走在阴暗的小路时才会想起皎洁月光的美好！同样的一轮明月，古往今来，曾为多少游子指引归途，曾为多少士卒照亮沙场，见证了多少爱恨情仇，看惯了多少生离死别，无论世事如何变迁，它都是夜空中的霸主，而如今，却被雾霾遮住了光辉！此刻的子墨心中五味杂陈，曾几何时，胸怀凌云壮志离开故土，想靠自己的双手在这偌大的城市博得一席之地安身，可几经辗转，到今日仍无立锥之地，理想与现实背道而驰，渐行渐远，未来好似那当空的新月，越来越模糊，望着头顶的夜空，只看见无尽的黑暗，一时间，子墨陷入了迷茫。

　　这日清晨，子墨醒来翻了个身，见桑红还没起，按理说今天有课，再不起就迟到了，于是顺手搂住桑红，准备叫醒她。在平常，每当子墨的手臂搭上桑红的腰身，她都会有一个甜蜜的回应，时而将脸贴在子墨的胸膛上，时而闭着眼睛露出一个微笑，有时也会紧紧地抱住子墨，而今天却没有任何反应，还浑身发烫。子墨本能地摸了摸桑红的额头，更加烫手，而且满脸通红，子墨摇晃着她的肩头，桑红半梦半醒地说着胡话。一看这情形，子墨立即起身三两下子穿好了衣服，又帮桑红把睡衣的扣子全部扣好，就在这时，电话响了，子墨一接，是邱铭雨打来的，问吃不吃早点，他在楼下，子墨回了句"吃个屁，我媳妇高烧，浑身发烫，你赶紧看一下路口的诊所开没开门"。邱铭雨一边接电话，一边往诊所方向跑，上气不接下气地回答说开着呢。子墨抱起桑红，踢开门就往外跑，还好是下楼，而且楼层也不高，刚到楼下，邱铭雨就跑过来了，于是在他的帮助下，子墨由抱改成了背，又是一路小跑，跑到诊所，邱铭雨在前面推开门，大声喊："郎中、郎中，我哥们媳妇高烧，快点出来。"话音刚落，只见一中年男子，身穿白大褂，头顶微秃，瘦瘦的脸上戴一副近视镜，胸前挂着听诊器，快步从里屋走出来。之所以叫他郎中，是因为西医他懂、中医他也会，诊所也不挂牌，自然也没执照，更别提行医资格证了，但是一般的病吃点他开的药就好，而且不复发，收费也不高，所以后街的混混有个头疼脑热地都过来找他，他看病时习惯先给病人把脉，久而久之大伙就都管他叫郎中了。几人把桑红放到床上，郎中先是拿出体温计放到桑红的腋下，又将听诊器放到桑红的胸前，然后又询问桑红近一天的饮食情况和活动轨迹。看时间差不多后，拿出体温计一看，41度，听到这个数字子墨吓坏了，郎中甩了甩体温计又放回桑红的腋下。邱铭雨在一旁说，赶紧打退烧针吧！只见郎中紧锁眉头，又把了把桑红的脉，过了片刻，拿出体温计一看，还是41度，摇着头郑重地说："我这儿治不了，赶紧去大医院吧，别耽误了，这不是普通的感冒发烧。"子墨听完，二话没说，拉住桑红的胳膊顺势背起，就向外走，邱铭雨也飞快地跑到前面帮忙开门，随后跑到路边拦了一辆"黑出租"。三人上车后，在司机的建议下，就近找了一家三甲医院。子墨背着昏迷的桑红，气喘吁吁地进了大厅，邱铭雨跑去急诊找到医护人员，几名护士拉来了一张平板床，众人合力把桑红放到了床上，随后医护人员把桑红推到预检分诊台，并告知家属办理入院手续。子墨办理手续时，院方告知要先交五千元押金，当时子墨和邱铭雨二人身上加起来不到两千元，子墨恳求院方的工作人员，先检查病因，赶紧退烧，这边回去取钱，晚一会儿补齐押金，可工作人员说院方有规定，不交齐押金不能检查用药。子墨担心不及时退烧，烧坏了留下后遗症，急得满头大汗，二十出头的小伙子，说话都带着哭腔，好话说了一大堆。只见院方的工作人员，一名三十岁左右的"白衣天使"，全程没有一丝表情，始终仰着下颌，双目下垂，目光游移于电脑屏幕和键盘之间，连看都没看子墨一眼，对于子墨的苦苦哀求，回答简单明了，全程就几个字，"嗯""对""是的""不行"。子墨面对"白衣天使"那冷若冰霜的脸，浑身如坠冰窖，无奈之下，留邱铭雨在这照应着，自己回去取钱。到家后，找出银行卡，卡里刚好五千元，这钱是子墨应急用的，平时轻易不动。又翻了一下柜子，还有不到两千元的现金，这钱是留给桑红上学时每天拿着打车、吃饭用的，加上兜里的一千多元，一共凑了八千多元，心想，应该够了，锁好门，转身飞奔下楼，拦了一辆黑出租直奔医院。交完押金，接下来就是漫长的等待，接近中午的时候，桑红已做了一大堆检查，什么磁共振、CT，验血、验尿等，午饭的时候挂上了点滴，此刻的桑红已有些虚脱，虚弱地躺在病床上，任人摆布。子墨向医生询问病情，医生说是肾脏的问题，详情要等检查结果，并告知子墨赶紧办理住院手续，病人需留院观察治疗。听着医生的话，子墨如遭雷击！邱铭雨在一旁安慰他说："没事，人到了医院就没事了，放心吧！钱不够大家想办法。"子墨冷静了一会儿，心中默默地祈祷：愿桑红能平安度过！

下午的时候，桑红的烧退了，也清醒了，子墨问她想吃什么，桑红说嘴里发苦，什么也不想吃，过了一会儿，又昏昏睡去。今天的太阳似乎无比地眷恋晴空，久久地不愿落去，子墨守在桑红的床边，仿佛过了半个世纪那么久，终于熬到夕阳西下！晚饭的时候，护士推着小车过来，测量体温37度多，又挂上了点滴。这时，邱铭雨来了，问子墨想吃什么。子墨又问桑红，桑红说想吃过水的打卤面，于是邱铭雨出去买面。子墨继续守着桑红，怜惜地看着她，桑红也深情地望着子墨，微弱地问道："花了不少钱吧？咱家床垫子下面有六千块钱，都是平时你给我的，我没怎么花，攒的。"子墨抚摸着桑红的脸庞，微笑着回答道："这都是小钱，你不需要考虑这些，安心养病，尽快好起来才是你该做的。"桑红双目湿润，颤巍巍地说："送我回家吧，让我妈给我治好了，我再回来，我不能拖累你！"说完，两行清泪流淌到枕边。子墨听后心里一阵酸楚，双目盯着桑红，严肃地说道："既然和我在一起，我就有义务照顾你，患难见证的不仅仅是真情，也是对责任的一种考验，如果此时我丢下你，余生让我怎么面对你，怎么面对你的家人，即使你想要离开，我也要把你治好了再说……"说话间，邱铭雨拎着打包好的面条回来了，桑红只吃了小半份，就吃不下了，也许是药物的作用，桑红又昏昏睡去。子墨为她整理好床铺，和邱铭雨来到外面，邱铭雨递给子墨一支烟，平日里子墨很少吸，今天一口接一口地连着吸了两根。邱铭雨踩灭烟头，吐着烟，说道："钱不够吧，我这凑了三千，你先拿着，不够再想办法。"子墨看了邱铭雨一眼，什么也没说，接过钱揣进兜里。

对于桑红的病情，他心里一点儿底也没有！掏出手机，走了几步，拨通了高翔的电话，简短地说了一下情况，高翔说刚刚买了一辆起亚千里马，手里也不宽裕，拿两千先用着，不够再想办法，让子墨过去拿，他那边走不开。子墨回到病房，看桑红在那躺着，一双大眼睛呆呆地望着屋顶，子墨轻轻地坐到床边，用手背碰了碰她的额头，顺势又抚摸了一下她那发红的小脸，小声地问道："感觉咋样了？"桑红摇摇头，轻声说道："没事了，好多了。"子墨接着说："我陪老邱出去一趟，一会儿就回来，你好好躺着，不舒服就叫医生。"只见桑红露出不舍的眼神，又听话地点了点头。子墨看着病床上的桑红，咬紧槽牙转身走出屋去，和邱铭雨拦了一辆出租车，去了高翔上班的夜场，三人在大厅的角落里坐下，只见高翔衣着华丽，发型炫酷，浓浓的香水味让人直打喷嚏，脸色也比以前白嫩了许多，只是眼圈发黑。三人简短地聊了几句，高翔把钱交到子墨手里，腰里的对讲机一个劲地喊他，见他太忙，二人起身告辞，临别时高翔说道："别着急，不够和我说，三五天我就能攒点。"在回来的路上，子墨一句话没说，快到医院的时候，邱铭雨看见路边新开了一家文身店，下车后让子墨陪他过去看看。邱铭雨有三大爱好，抽烟、泡妞和文身，尤其是抽烟，每天睡前、睡后、饭前、饭后，还有就是蹲坑的时候都必须叼着烟，其余的时间也几乎是烟不离手。子墨曾经问过邱铭雨：烟和女人，只能选一个，你选啥？当时邱铭雨深吸了两口烟，嗤地一声吐出浓浓的烟雾，然后目光深邃地看着远方，表情凝重地说道："我从十几岁就开始抽烟，为了让我戒烟，我爸打过我无数次。最落魄的时候，两天饭没吃，但是烟没断，心情不好的时候，一根烟能让我愁云散去，高兴的时候，来一根烟，能让我飘飘欲仙，十几年下来，烟瘾已深入骨髓，烟已是我生命中不可缺少的一部分，如果非要让我在两者之间做一个选择，那对不起，我只能戒烟了！"子墨全神贯注地听到最后，骂了句国粹，转过身，懒得看他。

二人来到文身店，邱铭雨被眼前的一张张图片惊呆了，每一张都称得上是艺术品，可以说是妙手生花、美轮美奂，满背的、半臂的，还有私密部位的，看得邱铭雨眼花缭乱，询问后得知，开业期间，全场五折。邱铭雨听了蠢蠢欲动，不停地翻看着图册，左挑右选，势必要文一个，最后选了一颗比较小的鬼头，文在肩部，之所以选个小的，并不是满背的不好看，也不是怕疼，完全是因为资金有限，一个满背文下来要上万块，后期还要补色、打雾，需要一到两年才能完成，而这颗鬼头，打完折只需几百块，用时也较短。只见文身师拿出画笔，根据图片上的图形，按比例开始在邱铭雨的肩头手绘，子墨看这情形估计时间短不了，于是回到医院，见桑红仍然在睡觉，感觉空调有些凉，给她盖了盖被子，然后走到外面，先是给海军打了电话，说明情况后，表达了借钱的意思，海军听完说道："你早几天找我，别说几千，几万也不是问题，只是刚巧最近家里有事，刚汇过去一笔钱，要不再等一段，我这有笔账要回来多给你拿点，不用还，只是眼下真没办法！"子墨强忍着听他说完，回答道："没事，我再想办法。"挂断电话后，心想，平日里打电话三吹六哨的，真有事了白扯。想了想又拨通了李文东的电话，说明情况后，文东说下班后过来，挂断电话后，又思索了片刻，拨通了严福威的电话，接通后聊了起来，严福威还是一如既往地一贫如洗，本月的房租还没着落，不想和 B 哥混了，子墨让他有空过来拿钱，先把房租交了。严福威不好意思地说道："帮不上你也就算了，还管你拿钱，不合适。"子墨说："三百五百的，对治病没啥影响，给你打电话也没指望你能帮上什么忙，就是心里憋得慌，找个人唠叨唠叨。"挂断电话后，子墨回到桑红的床边，静静地看着她熟睡的样子，心里稍有些安慰，随后又去找医护人员问具体病情，医生说明天出结果，具体情况不好说，听完医生的话，子墨心中又是一阵忐忑！看了看时间，感觉邱铭雨那边应该差不多了，于是出了医院，低着头，心事重重地走到文身店，只见文身已结束，文身师正给邱铭雨涂抹药膏，涂完以后用保鲜膜贴上，并告诉邱铭雨一小时后用矿泉水清洗一下，两周以后过来补色、打雾。二人走出文身店，子墨仔细观察了一下，只见这颗鬼头，狰狞的面孔双目无珠，锋利的獠牙裸露在外，血盆的大口嘴角滴血，稀疏而凌乱的头发散落在邱铭雨的肩头，整个画面，煞气十足，让人看了心生恐惧。子墨对邱铭雨说文得不错，立体感很强。邱铭雨露出得意的笑容。二人来到一个小超市，邱铭雨拿了几瓶矿泉水，准备一会儿清洗用，子墨又买了点水果、黄桃罐头，都是桑红平时爱吃的，结账的时候，收银大姐看了一眼邱铭雨的肩头，惊讶地说了句："呦，兄弟，刚文的，你这文的是你自己吗。"邱铭雨听完回了句："大姐，你啥眼神儿呀，赶紧配副眼镜去吧。"子墨也接着说道："大姐你是该配副眼镜了，再仔细看看，他有那么帅吗？"

二人回到医院，桑红已经醒了，静静地躺在那里，见子墨回来，勉强地挤出一个微笑。子墨问她想吃什么，她摇摇头，子墨还是开了一个黄桃罐头，这是她平时最爱吃的，可今天就吃了几口，又喝了点儿汤，就吃不下了，此刻的桑红已经完全退烧了，只是很虚弱，邱铭雨见桑红稳定下来了，便向二人告辞。邱铭雨走后，子墨搬了一把椅子坐在桑红的床边，桑红有气无力地说："你回家睡觉去吧，我没事，再说有医生在。"子墨摇了摇头，深情地看着她，就这样，二人谁也不说话，互相看着对方，那彼此相爱、相惜的眼神，胜似人世间的千言万语，不知不觉中，桑红又睡着了。子墨一会儿仰头靠在椅子上，一会儿压着双臂趴在床边，昏昏沉沉的，大概深夜一点半的时候，李文东来电话，"呜呜"的震动将子墨惊醒，迅速起身来到走廊生怕惊醒桑红，刚好看到李文东和严福威走过来，文东拎了一兜子水果，子墨接过来轻轻地放进屋里，随后三人来到院子里。询问过桑红的病情后，李文东拿出两千块钱塞给子墨，子墨接过钱什么也没说，文东说，先用着，不够再想办法。子墨带二人到附近的小吃摊，找了家麻辣烫，请他俩吃了个宵夜，吃完后，二人又随子墨回到医院看了一眼熟睡中的桑红，临别时，子墨偷偷塞给严福威五百块钱，严福威歉意地看着子墨，面色绯红，子墨一个手势送别二人。

夜深人静的时候，子墨靠在椅子上，看着眼前的桑红，听着四周微微的鼾声，脑海里一片混乱，心中思绪万千，既渴望明天的检查结果，又惧怕医生给出的答案，更犯愁的是兜里的钱，东挪西借的现在还剩一万元左右，加上桑红攒的六千元，不知道够不够，周围的朋友能力有限，能帮的也都尽力了，剩下的只能靠自己了，思来想去，家里的雅马哈音响和 DVD 应该能卖点儿钱，和桑红刚刚成立小家时，子墨租了一间宽敞明亮的房子，又买了一套新家具，桌椅、梳妆台、沙发、茶几等，因为子墨爱听音乐，桑红又爱租光盘追剧，当时手里也比较宽裕，于是买了这套设备。再看周围的朋友，他们租房，除了餐具是新的，其他的东西能省就省，能对付就对付，毕竟身在他乡，指不定哪天离开，能带走的不多。当时包括桑红在内，都劝子墨不要买这么多东西，尤其是家具，子墨听了只是一笑，继续布置自己的小家，入住前还全屋重新粉刷了一下，所有的物品，包括被褥都是新的。

那是一个月朗星稀的夜晚，白天的大风吹走了雾霾，夜晚的星空格外的深邃，月光透过窗帘的缝隙照进屋里，子墨和桑红可以清晰地看见彼此的脸庞，桑红枕着子墨的臂弯，娇声说："你买这些东西干啥，将来搬家咋弄。"子墨抚摸着桑红的头，郑重地说道："我们搬进来的那一刻，这就是你我的新房，眼下我没能力给你一场隆重的婚礼，这全新的摆设是我唯一能做到的，今生，这就算娶了你了，等将来我们有钱了，我再给你补办一个轰轰烈烈的婚礼，风风光光地把你娶过来！"桑红的脸庞紧地贴在子墨的胸膛上，幸福得像个孩子，嘴里还嘟囔着："美得你！"那一夜，二人不负春宵，一直到黎明……

二、桑红病榻卧，家中遭洗劫，老邱出诡计，一念毁终生!

清晨，病床上的桑红睁开双眼，看见守在床边的子墨，只一夜的时间，整个人就憔悴了许多，眼窝深陷，原本就瘦削的脸颊又瘦了一圈，她心疼地对子墨说："你回家好好睡一觉吧，我好多了。"子墨看了看时间，不到六点，于是问桑红早上想吃什么，他回家洗个澡，换换衣服，身上都是汗味，顺便给桑红拿洗漱用品和换洗的内衣，回来刚好带个早点，到时医生也该上班了，结果也该出来了。子墨说完，桑红眼含泪水地点了点头，目送子墨走出病房。出了医院的大门，打了个出租车，直奔家中，上了楼梯，刚踏进走廊，看见家中的门开着，心想走的时候明明关门了，正疑惑间，走进屋一看，一片狼藉，衣柜的门子大敞四开，里面的衣服凌乱地堆放着，床上的被褥翻落满地，加上散落一地的光盘，几乎无处下脚，很明显，家里被盗了。在那个时代，这种筒子楼的出租屋被盗是常事，子墨看着扔得满地的被褥，拎起来使劲地抖，恨不得把棉花都抖出来，又把床板的缝隙仔细地检查了一遍又一遍，床都挪了个地儿，看来桑红省吃俭用的六千块钱白省了。接着猛地一回头，看见电视柜上，除了笨重的彩电，其他位置空空如也，顿时，子墨再一次感到五雷轰顶，真希望眼前这一切是幻觉。但事实终究是事实，子墨坐在凌乱的床上，很快冷静了下来，开始清点丢失物品，现金六千，一套音响和DVD，包括遥控器都拿走了，衣柜里的一套名牌西装也拿走了。子墨拿出手机想给邱铭雨打个电话，可手机居然欠费了，一个人默默地收拾这不堪的局面，收拾完冲了个澡，换了套衣服，正当要收拾带走的物品时，听见有人敲门，走过去开门一看是房东。子墨马上意识到房租到期了，该续租金了，还没等房东开口，子墨抢先说了家里被盗的事情，请房东帮忙报警。房东见怪不怪，答应一会儿回去就报，随后向子墨催收房租、水电费。子墨以家中被盗，财物丢失为由，让房东延缓几日，房东勉强答应了。如果不是家中被盗，租户不交房租，立马搬家走人，毫无情分可言，在部分本地人眼里，外地人根本不值得可怜。房东走后，子墨呆呆地站在屋中央，摸着兜里的钱，心想，能拖几天算几天吧，桑红的病要紧，更何况又不是没睡过马路！

子墨拿着洗漱用品和衣物，途中又给桑红带了小米粥和茶叶蛋，自己此刻是什么也吃不下。到了医院，看着桑红吃完，家中被盗的事只字未提，然后去找医生，询问桑红的检查结果。医生说桑红得的是急性肾盂肾炎，比常规的严重一些，如果不及时治疗，容易引发血液病或者肾脏衰竭，后果不堪设想，起码要住院一周观察治疗，如果病情得到控制，一周后有可能出院，但回家后还需服药，定期复查。子墨听医生讲完，再一次如坠冰窖，接二连三的打击让子墨有些难以承受，但是一想到病床上的桑红，立马振作起来，心中无数次地告诫自己，挺住，一切都会过去的！

随后又被告知交押金，子墨一看清单，一天一夜，五千元所剩无几，几乎都用于各种检查、化验了。子墨来到交费窗口，又是那张冰冷的面孔，开始让交三万，子墨说只有一万，"天使"说一万也行，子墨真没想到这次"天使"这么好说话，一时间竟搞不懂她究竟是"天使"还是"魔鬼"！交完押金，兜里还剩几百块钱，想想这短短不到两天发生的事情，真是屋漏偏逢连夜雨、船迟又遇打头风！

午饭过后，邱铭雨来到医院，和子墨在病房里待了一会儿，就去院子里抽烟，子墨告诉他说家里被盗的事和早上又交了一万元押金，医生说　万元肯定不够，赶紧准备钱！邱铭雨听完说了句："你家也没啥呀，钱都给医院了，别的东西没人拿。"子墨接着说："桑红攒了六千块钱放在床垫子下面，音响和 DVD，本来想卖掉的，这回别人替我卖了！"邱铭雨深吸了几口烟说了句："这医院真他妈烧钱！"一时间二人沉默不语，这突如其来的一系列事情，让子墨都想去卖肾了。最后邱铭雨打破了宁静，对子墨说："我有个'道儿'，来钱快，就是有一定的风险，不知道你敢不敢干？也似乎违背了你的原则。"子墨听到这儿问："有'割腰子'风险大吗？"邱铭雨说两码事。子墨接着说："只要能把屋里那位治好，什么风险不风险的，都人命关天了，跟我一回，摊上了咱得管，去他妈的原则吧！"邱铭雨接着说："一直以来你们只知道我在给阿海拉皮条，在网上给他找嫖客，也都认为阿海带着几个女孩卖淫，其实你们不知道，阿海干的不仅仅是卖淫，他主要玩的'仙人跳'。"子墨问："啥是仙人跳？"邱铭雨深吸了几口烟后开始娓娓道来。所谓仙人跳就是利用女的，以卖淫为由头，把人骗过来，然后进行敲诈勒索。自己每天在网上给他寻找目标，一般以女白领的身份，下班无聊，找人聊天，或者装作刚从老家出来的清纯女孩，在北京没什么朋友，孤独无助等，基本策略就是欲擒故纵。首先通过聊天对对方有个初步判断，感觉差不多的，对方又多次提出要见面，假装勉强答应，但是要让对方来到指定的地点。这个要求对方基本都同意，毕竟女孩子不敢去别人家都能理解，等对方到了约定地点后，女孩不会直接出面，先观察一下，看看是不是警察钓鱼的，确定安全以后，女孩再出现。有的直接去事先租好的房子，有的在附近先喝个咖啡再去。进屋后，一般男方都很猴急，这时女方会要求男方洗个澡，或者让男方先脱衣服，等男方脱完衣服，屋内事先藏好的人打开门，进来三五个同伙，或者外面的人直接拿钥匙开门，进来的人手里都提着家伙儿，以捉奸为由，或者干脆直接要钱。现金、首饰，随身各种值钱的物品，如果有银行卡，逼问出密码，然后派个人伪装一下，去提款，能提多少提多少，有时赶上晚上就多扣押一会儿，过了12点，提款机还能提一次。如果对方反抗，就是一顿毒打……子墨听着，眉头紧锁，深吸着烟，心想：这他妈不就是赤裸裸的犯罪吗！邱铭雨继续说："如果点儿好，一次就够给你媳妇看病了，最多两次。"子墨听完长出了一口气说："咱们的问题是解决了，但是得伤害无辜的人呀！"邱铭雨吸了两口烟说道："无辜谈不上，来的都没安好心，正经人也不会来，咱们居心不良，他们心存邪念，说难听点，这是黑吃邪，往好了讲，他们破财买个教训，咱们拿钱治病救人，也算是两全其美！"此刻的子墨正邪只在一念间，脑海里两个声音在博弈，一边是父亲从小到大的教诲:这辈子不能偷、不能抢、违法的事千万不能干!而另一个声音却重复着医生的话:赶紧准备钱吧,这病得尽快治疗,现在病毒在肾脏,如果转移到血液里就危险了!最后,子墨狠狠地吸了两口烟,然后将烟头用力地摔到地上,伸出脚用力地踩灭,然后说了句:干,先把病治好再说,随后转身进了病房!

这天夜里,天气依然闷热,桑红打完针睡着了,子墨和邱铭雨来到马路边,找了把条椅坐了下来,连着几天在医院里,天天闻着消毒液的味道,此刻在路边,仿佛汽车的尾气都是清香的!既然决定了,那就趁早行动,毕竟最多三天,医院又要交钱了。但问题来了,首先是人员问题,邱铭雨说阿海他们五六个人,我们两个是不是少了点,缺少震慑力?子墨稍加思索回答道:"咱俩没啥问题,毕竟对方就一个人,咱俩二对一,足够了,如果遇到反抗的,必须绝对武力压制,必要的时候不惜一切代价,先砍倒再说,更何况人越少风险就越小,分赃就越多。"第二个问题就是"诱饵"谁来当,这种事情不可能找外人,既然咱俩干,那这个角色只能是桑红或者娜娜之间,桑红是不行了,先不说她有病没病,就她那胆子、心理素质就不行,真的打起来,吓也把她吓傻了。所以目前娜娜是唯一的人选,娜娜跟邱铭雨这么多年了,打打杀杀的场面见多了。二人经过深思熟虑,最后分工如下:今晚回家,邱铭雨必须说服娜娜加入,并全力配合,明天一天上网必须找到目标,两个以上,约后天见面。子墨这边,明天必须找到合适的房子。第一,租房不能用自己的身份证,避免暴露。第二,事后便于撤离,交通要便利。第三,房子隔音要好,打起来避免邻居报警。第四,一个房子也就用一次,所以租金要便宜。分工明确后，邱铭雨早早地回了家，子墨也转身回了医院。

　　第二天子墨早早地起来洗漱，给桑红买了早点，又找医生交代了一下，骗桑红说出去办事要一天，告诉她有事找医生，桑红爽快地答应了，并明确地表示自己完全能照顾自己，让子墨不用惦记。子墨走出医院，先是给办假证那哥们打了电话，告诉他急需一张身份证，信息看着弄，相貌和自己接近就行，关键是快，哥们让他等电话。这哥们就是以前武英雄给他写号的那位，后来由于应聘工作，子墨还找他办过学历证书。联系好以后，子墨开始关注路灯杆、小区的墙面、展示板等上面的租房信息，经过一天的奔波，最后在一处老旧的小区找到了一个一居室，二楼，位置偏一些，加上不能做饭，房租偏高，所以一直空着。但是在子墨看来，这些都是优势，偏僻的环境，人流相对较少，楼层也刚刚好，不高不低，至于房租，以房子的自身条件去衡量，是偏高，但是跟子墨的预算相比，便宜多了。房东是一位大叔，人看着比较懒散，因为是短租，签合同也简单，子墨交了定金，称身份证忘记带了，回去拿，然后给办证的哥们打电话，哥们说下午四点过去拿。等子墨到的时候，哥们把假身份证递给他，还是热乎的，那会儿是第一代和第二代身份证交替期间，大部分还是第一代，子墨办的也是第一代塑封膜的那种，所以速度快。就这样，子墨拿着假身份证签了租房合同，一天的时间，房子解决了，子墨还买了一些廉价的床单、被罩等简单地布置了一下，毕竟也不能太假，起码人来了进屋一看差不多。到了晚饭的时候，子墨给桑红买了一些她爱吃的甜品和水果，连着三天的打针和吃药，桑红的胃口好多了。子墨坐在桑红的床头，看着她几天下来，整个人瘦了一圈，心疼不已，正拿着水果刀给她削苹果时，邱铭雨和娜娜进了病房。娜娜直奔桑红，二人嘘寒问暖，而子墨和邱铭雨只对视了一眼，便明白了双方一切顺利，可以按计划进行了！

这一夜星光璀璨，皓月当空，雾霾已随风散去，桑红睡下后，子墨一个人站在院子里，一想到明天要做的事，心中一阵不安，感觉无颜面对这苍茫夜色、点点星河，想想自己堂堂七尺男儿，虽不能安邦治国事，但起码也要守纪度余生，如今却要为区区几万块的医药费，挥刀抗法、与民为敌，难道这就是所谓的人在江湖，身不由己吗？思前想后，如今的处境，可谓是一文钱难倒英雄汉，总不能置桑红于不顾，只要桑红能平安度过此劫，哪怕自己坠入万丈深渊也心甘情愿！

三、手提屠刀行不义，余生从此心难安。

次日上午，邱铭雨带着娜娜来到医院，娜娜和桑红聊着天，子墨和邱铭雨去院子里吸烟，邱铭雨说：昨天聊了一个，约的今天下午两点见面，先看看，如果不行，后天还约了一个，子墨只是听着不说话。临近中午，子墨早早给桑红买了饭菜，看着桑红吃得挺香，子墨心中安慰了许多，同时心里也七上八下的，从商议决定要"干"的那一刻起，子墨心中始终无法平静，始终犹豫是否真的要走这一步，但是另一个声音又在提醒着子墨：押金快没了，赶紧给病人续费，否则停药了！想到这里。子墨把心一横，不再犹豫了。

安顿好桑红，子墨、邱铭雨和娜娜走出医院，找了一家面馆，三人各吃了一碗面，外加了两个炝拌菜，席间，几乎都是邱铭雨在安慰娜娜，毕竟是一个女孩子，第一次干这个，难免有些紧张，邱铭雨对娜娜说："你踏踏实实的，不用害怕，你们进屋最多三分钟，我俩就进去，等我们进屋后，你就迅速出去，剩下的事就不用你管了。"娜娜紧张地点着头，吃完饭，三人去了邱铭雨家里，邱铭雨拎出来一个袋子，里面放了两把砍刀，一把七星、一把开山，都用报纸缠着，袋子底下还有一捆绳子、一块抹布和一卷胶带，子墨看了看袋子，抬起头和邱铭雨对视了一眼，又看了一眼身旁的娜娜，此时的娜娜紧张得面色发白，嘴唇发干。三人走出家门，走出去一段才招手拦了一辆出租，之所以不在家门口打车，是因为家门口几乎都是黑出租，而且都认识。三人坐上出租车也没有直接到出租屋，而是提前下了车，又走了一段，到达地点后，看了看时间，还有近半个小时，于是三人进了出租屋，检查了一遍，邱铭雨又叮嘱娜娜："记住，我们进屋你就出去。"而子墨此时则拿着钥匙反复地开着锁，以确保门锁没有问题，待会儿能顺利打开。

　　下午两点整，娜娜拿着电话在小区的一个角落里等着，子墨和邱铭雨在小区门口的报刊亭后面站着，透过小区的栅栏可以和娜娜相互看见。大概两点十分左右，娜娜的电话响了，她一边接电话一边朝邱铭雨和子墨走来，挂了电话，隔着铁栅栏，告诉二人就是那个穿衬衫的大背头。三人同时看向小区门口，只见一个三十多岁的男人，大腹便便，深色西裤，天蓝色衬衫，锃亮的黑皮鞋，梳着大背头，焦急地在原地踱来踱去，时而向小区里张望，时而抬起手看表，手里还攥着手机，脸上一副迫不及待的样子。

观察了大约十分钟，子墨说道："看这猥琐样，肯定不是警察钓鱼的。"邱铭雨眼睛盯着大背头"嗯"了一声，然后转身向娜娜挥了挥手，意思是可以出来了，不一会儿，只见娜娜从小区门口走了出来，拿起手机拨通了对方的号码。娜娜有意站在大背头的后面，只见大背头接起电话，然后迅速转身，刚好和娜娜四目相对，二人相视一笑。于是娜娜在前，大背头在后，朝小区里走去，跟在后面的大背头双目发光，紧盯着娜娜那丰满的臀部……

二人进了单元门，顺着狭窄的楼梯上了二楼，打开了那扇锈迹斑斑、贴满了各种小广告的防盗门，由于门的铰链严重缺油，随着防盗门的开启，一声刺耳的金属摩擦声撞击着耳膜，迎面而来的还有房间内的那股子霉味。娜娜率先进了屋，大背头在门口迟疑了片刻，还是跟了进去，"吱呀"一声，门关上了。此时的子墨和邱铭雨已到了一楼和二楼的缓台处，邱铭雨左手拿着钥匙、右手提着砍刀几步跨上了楼梯，迅速地拿钥匙打开了房门，子墨左手提着袋子，右手拎着砍刀紧随其后，大背头进屋还没来得及坐下，听见开门声一回头就看见有人拎着砍刀奔自己过来，顿时吓得呆若木鸡、面色苍白、颤抖着嘴唇不知该说什么，瞪着惊恐的眼睛站在那里。子墨刚进屋，娜娜就跑到了门边，和子墨对视了一眼后迅速出门，吱呀一声，门再次关闭，片刻过后，邱铭雨首先打破了宁静，用砍刀指着惊魂未定、不知所措的大背头，吼道："你和我媳妇干啥来了？"只见大背头近一米八的个头这会儿快缩成了一米七了，弓着背，想赔笑又不敢，想哭又哭不出来，还带着几分僵硬，声音颤抖地回答道："我们只是聊聊天，啥都没干！"说话的同时，一双眼睛看着邱铭雨的刀，然后又迅速地看向地面，额角冒着虚汗，那样子，好似封建社会的平民接受官府的询问，不敢抬头又不得不抬头，不敢说话又不得不说话！邱铭雨用刀身轻轻地拍打着大背头的脸颊，一边拍一边说道："大白天的你们孤男寡女共处一室，你告诉我只是聊聊天，你糊弄鬼呢？"话音一落，朝着大背头的肚子就是一脚，直接把人踹倒了，躺下的大背头惊恐地一翻身坐到地上，双手作揖，哀求地说道："大兄弟，我俩刚进屋，真的啥都没干，这你都看见了，求求二位，饶了我吧，你们说，咋的都行，就是别打我！"邱铭雨和子墨对视了一眼，感觉差不多了，这时子墨拎着刀走上前，慢条斯理地说道："不管发生没发生什么，孤男寡女共处一室都让人难以理解，换作是你媳妇和别的男人单独在一个房间里，你心里会怎么想？这样吧，我做个和事佬，你出点钱，让他心理平衡一下，这事就这么过去了，至于出多少，就看你的诚意能不能让他心理平衡了。"子墨说完，看着大背头，只见大背头连连点头，嘴上不停地说着："应该的、应该的、明白、明白……"同时把裤兜里的钱包掏了出来递给邱铭雨，说道："全在这里了。"为了表示诚意，还把裤兜的衬布也翻了出来。邱铭雨接过钱包，打开一看，只有一千多，随口喊道："就这点诚意，你打发要饭的呢？"子墨又接过钱包，翻了一下，里面还有一张银行卡，问道："这是什么？"大背头惊恐地说："卡里还有五千。"子墨问："密码？"大背头犹豫了一下，低着头说道："197014。"于是子墨走到门口推开门，娜娜就在门口站着，子墨把卡递给了娜娜，告诉她密码，转身回来用刀指着大背头，恶狠狠地说道："如果密码不对，今天就把你卸了！"大背头坐在地上，露出诚恳的表情，颤巍巍地说道："我保证，绝对正确！"子墨把砍刀递给邱铭雨，随即拿出袋子里的绳子走向大背头，让其伸手，大背头一边配合地伸出双手一边用哀求的眼神看向子墨，弱弱地说道："兄弟，有这个必要吗？"说完又用同样的目光看向邱铭雨，只见邱铭雨嘴上叼着烟、手上拎着刀，一脸煞气，慢悠悠地说道："只要你配合，没人伤害你。"说完深深地吸了一口烟并吐出浓浓的烟雾，大背头卑微地连声说道："配合、配合，绝对配合！"接下来所有人都沉默着等待，房间里死一般的宁静，几乎能听见大背头那剧烈的心跳声，他被捆着手脚依然坐在地上，子墨拎着刀侧坐在床上，眼睛一直盯着已把脑袋垂到两腿间的大背头，邱铭雨则站在屋中央一支接一支地吸着烟，手中的刀一刻也没放下，就这样过了半小时左右，邱铭雨的手机铃声打破了宁静，是娜娜打来的："卡里一共五千，已全部取出。"挂断电话，邱铭雨和子墨对视几秒，然后邱铭雨用刀指着坐在地上的大背头说道："算你识相，自己老实儿待一会，我们出去一趟，马上就回来。"说完，子墨便一手提刀、一手拎袋子推开了防盗门，邱铭雨紧随其后，出来后，二人迅速将砍刀装进袋子并用报纸包裹好，快步向小区的大门口走去，娜娜早已在那里等候，三人步行了一段距离后拦了一辆出租车……

　　三人先是回了邱铭雨家，放好刀具等物品，又各自换了一身衣服，子墨换了一件邱铭雨的短袖，三人坐定后，子墨看着桌上的六千多块钱，心里多少有些失落，心里盘算：去掉房租等开销，剩五千左右，每人分不到两千，还不够医院交押金，想到这些，脸上不免露出惆怅的神情，这一切都被一旁吸烟的邱铭雨看在眼里，吐了口烟，说道："哥们，别上火，这钱你先拿五千把押金交上，剩下的再租个便宜点的房子接着干，这个房子应该是不能用了，既然干了，干脆一不做二不休，先凑足了看病的钱再说！"事到如今，子墨也想不出别的办法，也只能如邱铭雨说的"一不做二不休"了。

三人协商后确定，"干"是必然的了，但是要看准，不能来了就见面，先在外围观察好了，争取一票就把看病的钱搞够了，所以邱铭雨要多约几个，把时间错开，来了观察一会儿，感觉不行就让娜娜关机，等下一位。方案商量好以后，接下来就是房子的问题，子墨认为，房子未必就不能用了，第一，弄的钱不算多，对方不至于报警，毕竟这种事报警了，家里人就知道了，为了那么点钱弄得家庭不和睦，没必要。第二，咱们又没伤害他，就损失点钱又不算多，权当买个教训了，综合分析，不报警的概率大一些。

子墨想了一个办法，让严福威去侧面打听一下，顺便看一下房子，如果警察去了，会留下痕迹的。邱铭雨听了表示赞同，于是子墨和邱铭雨打车去找严福威。二人来到严福威的住处，进了走廊，推开房门，迎面一股浓浓的脚臭味，再看屋地上，堆了几双凌乱的鞋子、没洗的袜子、塑料盆、纸箱子、烟盒、方便面袋子，随处可见的烟头，等等，几乎无处下脚。只见严福威穿个三角裤头，赤裸着上身，一副刚睡醒的样子，凌乱的床单和被子已看不出最初的颜色，小小的床头柜上摆满了吃剩的桶装方便面，盒里还扔了许多烟头，屋里唯一的电器就是角落处的一个落地扇，风罩上挂满了黑色的污垢，在那无力地摇摆，每一次摆动都会有一股热浪扑面而来，附带着发霉、发臭、发酸的混合味道，此时此刻，抽烟是净化空气最好的选择，邱铭雨掏出烟，三人各点了一支，烟草味暂时驱散了那些怪味。

子墨和邱铭雨吸着烟，严福威一边穿着衣服，一边听子墨说明来意，穿好衣服后，三人出了房门，来到一家小吃店，简单地吃了个晚饭，然后打车直奔那个小区，在快到小区门口的时候，提前下了车。子墨和邱铭雨在路边找了个树下坐了下来，严福威一人先是到报刊亭假意买了份晚报，又拿了瓶矿泉水，看报亭的是位大妈，严福威一边找零钱一边和大妈闲聊："大妈，下午警察来干嘛来了，有人打架了咋地？"大妈听完，想了想回答说："没见警察来呀，也没听说有打架的，你听谁说的？"严福威"啊"了一声接着说："可能是我听错了，没事，走了大妈。"然后拿着报纸和矿泉水朝着小区走去。过了二十多分钟，严福威出了小区，朝子墨和邱铭雨走了过来，严福威说防盗门是锁着的，他打开门进屋后地上有一堆绳子，床上也很整洁，屋里也没有被翻过的痕迹，走廊里也没什么异常，不像是警察来过的样子。三人又对细节进行了分析，最后得出结论：这哥们没报警，所以房子还能用，于是三人打车，先送严福威回住地，然后子墨去了医院，邱铭雨回了家⋯⋯

四、多行不义必自毙，且看苍天绕过谁。

次日上午九点多，子墨安顿好桑红后去了邱铭雨家，邱铭雨还没起床，见子墨来了，半裸着上身靠着枕头坐在床上，点了一支烟。只见他睡眼惺忪、声音沙哑、面色发黄，一脸疲惫，一边吸烟，一边对子墨说，昨晚在网吧上了一夜的网，天亮才回来，还没睡上三个小时，筛选了三位，感觉差不多，时间都约好了，定在今天中午十二点一个、下午两点一个、三点半一个。此刻子墨静静地坐在沙发上，只是听着，面无表情，也没有任何回应，眼神空洞地朝向窗外。此时娜娜已经洗漱完毕正在化妆，邱铭雨连吸了两支烟，然后起身去了卫生间。十点多的时候三人出了门，先是找了个包子铺吃了早饭，然后打车直奔出租屋，到了小区大门口，三人陆续走进小区，娜娜先走进单元门，过了几分钟子墨走了进去，邱铭雨是最后进去的。打开房门一切正常，子墨收起地上的绳子，娜娜整理了一下床单，邱铭雨在屋里转了一圈，然后锁好门，又分批次下楼，走到小区的凉亭处，此刻是中午十一点多。由于天气太热，小区基本没什么人，三人在凉亭坐了一会儿，看看时间差不多了，子墨和邱铭雨分别向小区外走去，依然在报刊亭后面等待，娜娜还是在之前的位置。时间一分一秒地过着，等了十多分钟，在这短短的时间里，子墨看了三次表，感觉时间是那样的漫长，在接近十二点的时候，娜娜的电话铃响了……

　　来者是个四十岁左右的人，骑了一辆捷安特山地车，衣着整洁，但款式有点老，用的是一部小灵通电话，子墨和邱铭雨观察了一会儿，彼此对视了一下，此刻对面的娜娜还在等待二人的指示，子墨说了句"够呛"，邱铭雨略微思索了一下，然后看向远处的娜娜，向她摇了摇头，娜娜立刻关闭了手机，再看这哥们，等了一会儿，然后开始打电话，一个接一个地打……当然，肯定是打不通，至于他打了多久，等了多久，子墨他们已不再关心。他们所期待的是两个小时后的下一位，接下来要找个地方休息一下，邱铭雨建议在附近找个网吧，一边等，一边上网接着寻找明天的目标，毕竟后两位怎么样还是个未知数！

在网吧，时间相对过得快一些，三人在两点以前都到了各自的位置，两点十分左右，"目标"出现了，是一位二十岁出头的小伙子，黄色的杀马特头型、半截袖、大肥的牛仔裤、白色的运动鞋，一脸的稚气，到了小区大门口打完电话后，就没稳当地站着或者坐着的时候，摇头晃脑、上蹿下跳，四处张望，仿佛身上的每一个关节都装了弹簧，子墨和邱铭雨这一次连对视的环节都没有，双双朝娜娜摇头。这次结束三人没去网吧，而是去了出租屋，娜娜坐在床边，子墨斜躺在床上，邱铭雨靠着床头吸烟，三人都没怎么说话，毕竟连着否定了两个聊了一夜又在期待中才盼来的目标，心中难免失落，尤其是邱铭雨，一个通宵几乎白忙活了，能把一个陌生人聊来也不是一件容易的事，而子墨担忧的是桑红的医药费还是没着落，相比之下，娜娜反倒有些轻松，每次目标到来，她都极度地紧张，而取消会面，她倒是如释重负！

三点多的时候，三人再次各就各位，子墨和邱铭雨仿佛都怀着一副没有底气的期望，那感觉似乎放弃了有点可惜，而继续下去好像又不会有结果！

时间刚好3点半，娜娜的电话再次响起，子墨和邱铭雨接到娜娜的信号后，开始向小区的大门口扫视，看了一圈儿，并没有发现目标人物。于是邱铭雨告诉娜娜五分钟后再打电话，就说你到了，让他到小区门口，与此同时子墨继续观望四周，发现路边停了一辆黑色奥迪A6，开着双闪，不一会儿，下来一位男的，手里拿个包，锁了车朝小区门口走去。此人中等身材，三十左右的年纪，上身穿暗蓝色 T 恤衫，下身穿深灰色休闲裤，棕色皮鞋，虽然年纪不算大，但走起路来步伐稳重，短短十几米的距离，他像是闲庭阔步、满面春风，双目炯炯有神，在小区大门的右侧站了下来，双臂交叉，拿着包的手背在后面，昂首观望四周，有一股指点江山的气势。邱铭雨示意娜娜再次拨打电话，以进一步确认目标，果然，这位的电话再次响起，子墨朝娜娜点了点头，随即娜娜朝小区门口走去，二人见面后简短地交谈了几句，双双朝出租屋走去。此刻，邱铭雨激动得面红耳赤，子墨也是热血沸腾，二人蹑手蹑脚地跟在后面，那情形好似猎人发现了羚羊，生怕惊动了猎物让其跑掉。眼看着他和娜娜进了单元门，子墨和邱铭雨稍稍地等了一会儿，进了楼道又静静地听了听，确定已经进屋，于是二人准备好刀具，用钥匙打开了房门，进屋后，见他和娜娜正坐在床上拉拉扯扯，还面带微笑，见子墨和邱铭雨拎着刀闯了进来，并没有显得特别慌张，先是放开了娜娜，然后缓缓站起身，一副不屑的表情，双手一摊，嘴里说道："请吧！"这时娜娜趁机溜到了屋外，关上了房门。邱铭雨提着砍刀、眯着眼，悠悠地说："你挺牛呗！"这哥们儿依然淡定地说："兄弟，咱不谈那些没用的，包里有四千多的现金，你们全部拿走，至于其他的东西都不值啥钱，我奉劝你们别动，事后咱们各走各的，我也绝不报警。"这时子墨拿过手包，打开一看，确实有一沓现金，还有几张银行卡，邱铭雨也用眼角余光扫了一眼包里的东西，接着子墨又拿出了车钥匙，看了一眼邱铭雨，然后朝门口走去，准备把车钥匙给娜娜，让她上车里看看，还没等子墨走到门口，这哥们无视提着刀的邱铭雨，朝着子墨就走了过来，嘴里还喊着："别动车，动了车你们的事儿就大了！"邱铭雨面对他这突如其来的举动，先是一愣，瞬间反应过来后，从侧面照着这哥们腰部就是一脚，嘴里还念叨着："我们就他妈不怕事儿大！"只见他先是一个趔趄，然后转过身朝着邱铭雨就是一拳，由于二人的距离太近，砍刀没能发挥作用，邱铭雨先是闪身躲开了那拳，然后右手挥刀由下向上撩，结果被对方用左手掐住了手腕，此时子墨正位于这哥们的右侧，见此情形，扔掉手中的包，迅速双手握住刀把高高举起，朝着他的脑袋就劈了下去，这哥们本能地抬起右手一挡，刀直接落在了右臂上，顿时皮肉翻开，露出雪白的骨头，刀刃和臂骨的撞击，震得子墨手臂微麻，瞬间鲜血喷涌而出，整个手臂上全是，同时他的左手也松开了邱铭雨的手腕，而双眼依然怒视着子墨，全然没有恐惧与退缩。此刻的子墨，砍下去的那一刀，似乎彻底冲开了他内心的枷锁，目露凶光，满脸煞气！犹如脱缰的野马，狂躁而暴烈，不停地挥舞着手中的砍刀。再看这哥们，刚刚那镇定自若的神情，一眨眼工夫就荡然无存，随之而来的是杀猪般的嚎叫和惊悚的面孔，眼球仿佛被固定住了一般一动不动，而瞳孔也好似失去了聚焦的功能，变得空洞无神，整个人像抽去了骨头一样顺着墙根瘫软在地，头部被邱铭雨砍了两道不是很深的口子，鲜血染红了他的左腮和颈部，而他的后背被子墨砍了十几刀，早已是血肉模糊，右臂也几乎被砍断！见对方不再挣扎，子墨也冷静了下来，收起手中的刀，此时再看这哥们，上半身已是伤痕累累，鲜血已浸透了满是刀口的衬衣，他所靠的墙壁也被染成了红色，也许是失血过多，也可能是惊吓过度，看着有些呆滞。邱铭雨点了一支烟塞到他嘴里，本想给他提提神，可烟到嘴里没一会儿，就被口腔里的血液糊住了过滤嘴，见此情形，子墨和邱铭雨有些慌了，子墨建议速战速决，邱铭雨捡起车钥匙推开门递给了娜娜，并让她快速到车里翻找一下，看看都有啥。此种情况，继续逼问银行卡密码是不可能了，因为拖太久容易出人命，毕竟只是想弄点钱，不是想杀人！车里已是他们唯一的希望！而就在刚刚屋里打斗的时候，还真被邻居听见了，来到门口问娜娜怎么了？好在娜娜一脸镇定地说："我哥和我老公，每次喝点酒都这样，没事！"邻居也就没再问什么转身离开了。

十几分钟后，娜娜打来了电话，邱铭雨一边接听，一边朝门厅走，子墨站在地中央看着墙角那哥们，只见他奄奄一息、有气无力地半睁着眼睛，胸脯微弱地起伏着……邱铭雨挂断电话后，看向子墨，头朝门的方向一摆，意思是撤退，子墨心领神会同时感觉邱铭雨的表情有些复杂，那样子好像受了惊吓、却又极力掩饰惊喜，疑惑中收拾好东西，二人走出了房门，临别时把那哥们的手机电池拆了下来，分别扔在了屋里不同的角落。

下楼梯时邱铭雨三步并作两步，几乎是跳跃式的，子墨也紧随其后，出了单元门后，邱铭雨的脚步依旧很快，情绪也有些激动，一边走一边声音颤抖地对子墨说："搞上了。"后备厢里有十万现金，咱们得快点，估计那哥们过一会儿缓过来就会报警了。二人一边说一边飞快地出了小区，朝奥迪车走去……子墨拉开副驾驶的车门坐了进去，邱铭雨见娜娜在后排，也拉开车门坐了进去，二人一边听娜娜说话，一边翻找，子墨在副驾驶的储物箱里又发现了一块"帝舵"手表和一条黄金链子，用手掂了掂，起码七八十克，邱铭雨在扶手箱里又翻出一千多现金，娜娜说后备厢里有一个黑色的袋子，里面有十捆现金。三人把翻到的东西塞进装刀的袋子里，同时打开车门迅速来到车尾，开启后备厢，里面的东西很整齐，有一箱五粮液、半箱茅台，还有两条半中华烟，最里面角落处有个黑色的袋子，娜娜当时看了一眼就放了回去没敢动，子墨直接拿过袋子，看都没看就紧紧地夹在了腋下，邱铭雨也顺势拿起那两条半中华烟，二人看了看酒，对视了一下，子墨说算了，太重了，邱铭雨嗯了一声，从娜娜手中拿过车钥匙扔进了后备厢，随手"咣"的一声关上了后备厢盖，然后三人迅速消失在马路上！

中途倒了三次出租车，还步行穿过了几条街道，最后也没有回家，而是来到邱铭雨家附近的一条小河边，河边种着一排排柳树，三人顺着河堤朝里走，一直走到深处。这条河水质不怎么好，每到夏天都散发出一股难闻的气味，所以河边没人来，比较隐蔽。三人找了一处茂密的树荫停了下来，娜娜用无名指堵着鼻子，靠在一棵树上站着，邱铭雨先天嗅觉不太灵敏，而子墨也只能克服一下，由于连着两天神经都处于紧绷的状态，此刻终于放松了下来，三人都感到浑身无力，四肢发软，所以干脆席地而坐，先是子墨打开了黑色的袋子，从里面拿出整整十捆现金，每捆一万元，当拿完最后一捆时，发现袋子底部有一张小纸条，上面有一行机打的字"7# 地块全标段、RY"，三人琢磨了半天也没明白什么意思，接着邱铭雨又从装刀的袋子里拿出手表、金链子和零散的五千六百元现金，只见他拿着手表爱不释手地欣赏，最后戴在了手上，然后又拿起了金链子在手里掂来掂去，过了片刻，抬起头对子墨说：哥们，你看医院那边大概还得多少钱，你拿够了，先把你媳妇的病看好了再说。子墨沉吟着回答说：分了吧，估计够了，万一不够我再管你借！邱铭雨接着说：也行，那就先分了，这块表做个价，算我的，我挺喜欢的。子墨直接跟了句：做啥价，喜欢就给你了。邱铭雨低着头，对着手表哈了口气，用大拇指擦着表盘，嘴里嘿嘿地笑着，随手把金链子扔给了子墨，并说道：那这表我留下，链子给你，如果宽裕你就自己戴着，赶上手头紧了，这玩意儿好变现。子墨伸手接过链子，嘴里说着：那行。于是剩下的钱每人三万五，几百的零头留作晚上吃饭，消费掉，当晚，三人吃了顿羊蝎子，又微醺了一下。子墨揣着那几沓钞票，内心并没有因为解决了医药费而变得轻松！

第十三章

一、邱铭雨告辞别，归家完婚。严福威设圈套，抓捕子墨。

　　子墨带着打包的饭菜回到医院，桑红的胃口也比之前好多了，在接下来的几天里，她的病情逐渐好转，终于有一天医生说可以出院了，听到这个消息，子墨好似卸下了千斤重担，一直以来悬着的心终于可以放下了。此时此刻，真想找一个没人的地方大吼几声，直到自己声嘶力竭，或者痛痛快快地大哭一场，把内心的苦闷肆意地宣泄出来……也许从今以后，再也无法坦荡做人了，只能算苟且偷生，生于天地间，却无法活在阳光下，是人生最大的悲哀，因为在他心里始终认为，只有那些拥有纯洁的内心、高尚的品德的人，才配得上这世间的繁华锦绣、万丈霞光！

　　桑红出院以后，又在家恢复了几天，子墨见她的病基本好了，于是把高翔和李文东的钱都还了，又续了房租，本以为一切都过去了，又可以像从前一样平静地生活，奈何是非善恶终有报，但看苍天饶过谁！

这天，绵绵细雨一直下个不停，子墨和邱铭雨坐在走廊里，靠墙摆了一张小桌子，每人沏了一杯茶，一边品味着茶香，一边欣赏着雨景，顺便享受着迎面而来的款款清风。视线之内，天空浓云压顶，好似苍穹尽在举头三尺，点点雨滴加上屋檐下的条条水线，在微风的侵袭下，纵横交错、飘飘洒洒，好似万丈珠帘从天而降，直达人间，势必要将苍生淹没！二人一边喝茶、一边聊天、一边观雨，从小到大虽经历了无数场雨，唯今日感觉格外悲凉！邱铭雨是来辞行的，娜娜刚刚查出已怀孕一个多月了，二人相恋多年，始终在外奋斗，早就有结婚的打算，但一直居无定所，微薄的收入捉襟见肘，更别谈积蓄，所以婚期一拖再拖。如今娜娜怀孕了，加上手头"宽裕"，所以决定回老家结婚，顺便看看能不能在家乡干点啥，毕竟双亲皓首、幼子将至，一日三餐，可温可饱，谁又想四海漂泊！

　　几日后，邱铭雨收拾好行囊带着娜娜，登上了回家的列车，子墨和桑红一直送他们到月台，望着缓缓开动的列车，看着渐行渐远的"战友"，子墨心中五味杂陈，也许日后还有再见之日，但不知是何年，也许就此别过，成为今生的过客。人生在世本就是聚散离合，谁又不是个过客呢！

　　就在邱铭雨和娜娜走的当晚，李文东来电话说有要紧的事，电话里说不方便，下班后见个面。挂了电话，子墨就开始琢磨，什么要紧的事呢，连电话里都不能说？带着疑问昏昏地睡去，深夜一点半左右，李文东再次打来电话说已经到楼下了，子墨没有惊动桑红，悄悄地穿好衣服下了楼，二人来到路边一处安静的地方，只见李文东眉头紧锁，先是点了一支烟吸了几口，见四下无人，才开口说："你们干的那一票，人家报警了，对方伤势挺严重，现在还躺在医院里，你和邱铭雨、娜娜的电脑合成图像已经张贴了，有几分像，熟人根据图像能认出来就是你们，警方悬赏两万元寻找线索，你赶紧躲躲吧！"子墨默默地听着，没有说话，心想：早料到会有这一天，该来的迟早都要来。二人沉默了一会儿，子墨表情凝重地对李文东说："从现在起，你不要联系我，我的手机号不会再用了，我会找机会和你联系的，你就当什么都不知道，别把你扯进来！"说完，子墨转身朝家走去，走了几步回过头，见李文东一直看着自己，二人对视了近一分钟，这对视看似无声，但彼此在心里已道别无数次，毕竟这一别，不知道还有没有机会再见！

　　在走回家这短短的时间内，子墨的脑子一片混乱，接下来的日子，"跑路"已成定局，如果带着桑红，那就太不负责任了，她的人生才刚刚开始，一切都应该是美好的，怎能让她卷入这遥遥无期的亡命生涯呢！可事到如今，这分别的话该怎样说呢？多么残忍、多么绝情，又是多么不舍！同时资金也是个问题，跑路是需要钱的，弄来的钱差不多都给桑红治病用了，眼下要把金链子处理掉。还要尽快通知邱铭雨，现在必须马上换个地方住，然后尽快离开北京，思来想去，突然想起前一阵一哥们回老家，托他有空去家里帮忙给花浇浇水，钥匙藏在门缝里，他家跟子墨家相隔两条街，结果因为桑红生病，一忙活儿把这事给忘了，眼下暂住他那里是比较安全的，这哥们是外围的，子墨周围的朋友和他都不认识。

　　推开家门，床头的灯有些昏暗，子墨坐在床边静静地看着熟睡中的桑红，雪白的脖颈儿、红扑扑的脸蛋，额角有微微的汗珠，偶尔还发出轻微的鼾声，看着她，子墨心中满是酸楚……就在这时，严福威打来电话，他从李文东那里得知子墨出事了，打电话问接下来怎么打算，子墨无奈地回答道：除了跑路还能咋办！二人聊了一会儿，言语中子墨表示资金紧张，要把"链子"卖了……挂断电话后，子墨叫醒了桑红，让她快点收拾东西，精简物品、轻装上阵，以携带方便为主，毕竟家里也没什么值钱的东西了。桑红迷迷糊糊的满是疑惑，子墨一边收拾，一边说稍后慢慢解释，眼下要尽快离开这里，桑红听完没再问什么，半个多小时后，桑红背着旅行包、子墨拉着拉杆箱，二人消失在夜色里，一边走一边电话告知李文东尽快把屋里剩下的东西拉走……

那哥们住的是间地下室，在当时，北京的地下室都住人，冬暖夏凉，房租便宜，是部分北漂的首选，当然弊端也不少，阴暗潮湿，常年没有阳光，空气浑浊，隔音也不好。由于一个多月家里没人住，到处都是灰尘，桑红简单地收拾了一下床铺，而子墨则开始浇花，满屋的绿萝爬满了每一根管道。此刻，桑红已经知道发生了什么，看着打水的子墨问道："都这会儿了，你还有心思浇花？"子墨看了她一眼，一边浇水一边说，受人之托，要忠人之事！更何况是举手之劳，而且此屋今日还是咱俩的栖身之所。忙活了一阵儿，已是凌晨四点多，二人上了床，由于床铺太潮，桑红穿着衣服，靠着子墨慢慢地睡去，而此刻，子墨的脑子里乱成一团，怎么也睡不着，关了灯，屋子里漆黑一片，没有一丝光亮，空气中弥漫着潮湿的霉味，连接各屋的通风管道不停地传来各种声音，关门声、冲水声、音乐声、吵闹声、女人叫床的呻吟声、高潮的喊叫声，这些声音混杂在一起，使得通风口像一个不停换台且信号不好的广播，时而喧杂、时而清澈、时而高亢、时而低沉……

八九点钟的时候，外面开始喧哗，走廊里进进出出的人，啪嗒啪嗒的拖鞋声，水房哗哗的流水声，厕所门叮咣的撞击声，上白班的人都起床洗漱了，混杂的声音将桑红吵醒，她看了看时间也起了床，见子墨没睡，出去给他买了点早点，这会儿，子墨拨打邱铭雨的电话，却怎么也打不通。外面一定是阳光明媚，可地下室依然是一片昏暗，不看表，根本无法分辨是黑夜还是白天，上班的人都出了家门，地下室安静了许多，一天一夜没怎么合眼的子墨沉沉地睡去，再一次进入梦魇，置身于无尽的黑暗之中，感觉四肢无法动弹，极速坠落带来的失重感让人无比的恐惧，想大声呼喊，可拼尽全身的力气却连嘴都张不开，呼吸也十分困难，耳边传来刺耳的铃声，猛然间醒来，身旁的桑红打开灯，只见子墨满头大汗地喘着粗气，电话是严福威打来的，说他一哥们想买条链子，出价比金店回收价高，子墨卖价又比金店便宜，双方都受益，子墨一听直接答应了，放下电话，子墨对桑红说，卖了链子，给她点钱，让她回家待一阵，等风声过了再联系她。桑红听完，顿时泪如雨下，目光坚定地看着子墨说道："你走到哪里我跟到哪里，就是死也要和你死一块儿，永远也不分开！"短短的几句话，听得子墨心潮澎湃，觉得一切的付出都是值得的！

下午一点多，正是烈日当空，似火的骄阳烘烤着大地，脚下的柏油路好似沙滩，滚烫而松软，随着车流驶过，一股股热浪扑面而来，桑红执意要和子墨一起去，生怕把她丢下，二人坐上出租来到约定地点，这一路上，子墨隐隐地有一种不祥的预感，心想：也许是最近事情太多了吧！到了小区附近，子墨让桑红去对面找个地方等着他，自己朝小区走去。一边走一边给严福威打电话，不一会儿，严福威出现在小区门口，小区的大门在两栋楼之间，进门的左手边是一排排居民楼，而右边只有一栋楼，里面是院子。二人见面，严福威先要过去链子，说是看看，子墨顺手就给了他，随后跟着他进了小区，直奔左手边的第三个单元门。到了单元门口，严福威告诉子墨在六楼，并让子墨在前面先走，子墨进了单元门刚踏上台阶，就听见有人喊：前面那两人站一下，子墨一回头，看见正对着单元门的方向停了一辆警车，有两名警察正朝自己走来，由于警车被楼挡着，所以进小区的时候没看见，子墨再看身后的严福威，只见他满脸通红，还没等子墨说话，他便声音颤抖地解释："子墨，不是我。"从他那心虚的表情和不敢直视的眼神中，子墨读懂了一切，随即从腰间抽出随身携带的卡簧匕首，准备冲向严福威。严福威本能地向后退，与此同时，警察也快到单元门口了，子墨见出口被堵死了，出于本能向楼上跑去，同时大脑也在迅速地运转：跑到顶楼之后呢？还是无路可逃！停下来拼了，没有胜算！一名警察都不好对付，更何况他们三人，即使严福威不出手，两名警察也对付不了！这时，子墨已经跑到了三楼和四楼之间的缓台上，而两名警察在前，严福威在后，也追到了三楼的转角处，已近在咫尺，就在这千钧一发之际，只见子墨双手一撑，向上一跃，爬上了楼道的窗户，此时三人也追到了子墨的脚下，只见子墨纵身一跃，朝着楼下一根粗粗的电缆就跳了下去，身体的重量再加上惯力，子墨根本抓不住电缆，但是缓冲了一下，然后双脚重重地落到了地上，只感到左脚钻心一样疼痛，子墨咬着牙站起来，朝着小区大门的方向跑去，远远地看见树荫下的桑红惊恐地看着自己，她亲眼看见子墨从楼上跳了下来。子墨朝她一挥手，意思是快走，然后向左前方马路对面跑去，那里有一排铁栅栏，就在子墨接近铁栅栏的时候，远远地看见严福威的老大 B 哥站在路边的树荫下，不用想了，肯定是这孙子做的局。子墨本想冲过去给他来个两刀四洞，但后方"追兵"将至，加上脚又受了伤，只能先放过他，继续朝着铁栅栏狂奔。栅栏上面带着尖，每两根竖铁筋之间都有上下两道横带，只见子墨两个助跑纵身一跃，没受伤的右脚蹬住上面的横带，一个 360度前空翻就到了栅栏内，平稳落地后继续狂奔，穿过小区，来到路边，刚好过来一辆公交车，子墨直接钻了进去，挤到后面靠窗户的位置，打开窗户随时准备跳车。而此刻警察已从楼梯跑下来，出了小区来到铁栅栏外，站在那里徘徊，也许在考虑是跳过去还是绕过去……

二、入绝境、跳高楼，摆脱追捕。提屠刀、返险地，快意恩仇。

　　子墨在公交车上一直观察后面，并没有发现有警车跟踪，于是过了两站地下车，随着人流随便换了一辆公交车，又坐了两站地，下车后直接拦了一辆出租车直奔五棵松，下了出租车一瘸一拐地爬上了301医院对面的过街天桥。天桥的东北角有一棵大树，枝叶茂密，人站在角落里，刚好被枝叶遮挡，很难被发现，而站在后面向下看又一清二楚。子墨拨打桑红的电话，接通后桑红就开始哭，子墨简短地安慰了几句，告诉她现在不是哭的时候，让她赶紧打车到五棵松，中途换几次车，注意后方别被跟踪。叮嘱完桑红后子墨关闭了手机，心里七上八下的，担心严福威他们发现桑红后悄悄地跟踪，顺藤摸瓜。子墨坐在天桥上靠着栏杆，将鞋子脱下，此时的脚已经肿得像是充了气，脱下的鞋子已经无法再穿上了。

子墨稍作喘息，一想到严福威，心中就是一阵剧痛，多年来的点点滴滴历历在目，平日里对他也是照顾有加，而今日的背叛，让子墨无法接受。心痛的同时，更多的是愤怒，即使将他碎尸万段也难解心头之恨，为了区区赏金，将哥们置于不顾，真是瞎了眼与小人为友多年，看来金钱真的是一块很好的试金石！

大概过了一个小时，子墨在天桥上看见桑红站在五棵松路口的东南角，在那里四下张望，观察了一会儿，拨通了她的电话，告诉她去301医院的大门口。由于下面人来人往的不好判断是否被跟踪，于是再次拨打桑红的电话，让她进院朝着住院部的方向走，那时301医院的新楼还没有盖，大门和住院部之间是一个空旷的院子，桑红一个人走在院子中间，一目了然。子墨一直观察着，确认没人跟踪后，才告诉了桑红自己的位置。桑红上了天桥四处张望，只见子墨左手拎着鞋，右手拿着电话，一瘸一拐地从树枝后面走了出来，桑红见状，强忍着哭声，但泪水却夺眶而出。子墨揣起手机，用手帮她擦拭眼泪，小声地说道："没事了，都过去了。"桑红搀扶着子墨下了天桥，打了一辆出租车直奔长途客车站，登上了去往石家庄的长途客车，到那后找了一家旅馆，桑红又去药店买了两瓶红花油，给子墨涂抹了数次。由于红花油里薄荷的作用，整只脚冒着凉气，减缓了一些疼痛，加上连着几天的折腾，子墨已是身心俱疲，昏昏地睡去……

次日清晨，疼痛使子墨醒来，再看左脚，已由昨天的红肿变成了紫黑色，把桑红吓哭了，于是扶着子墨在附近找了一家中医诊所。只见医生掐着脚尖摇了摇，说道：骨头没事，只是软组织挫伤，毛细血管破裂，如果当时用冰敷上，就不会是这个颜色了，医生建议针灸一个疗程，又开了一些外敷的和口服的药。回到旅馆，邱铭雨的电话依旧打不通，于是翻找笔记本，找到了他家的座机号码，拨通后是邱铭雨的母亲接的，说还没到，下午一点多能到家。到了下午一点多子墨再次拨打，依然没到家，大概三点多的时候，子墨又打，电话那头说还是没回来，话音刚落，只听那头又兴奋地喊道："回来了，回来了。"此时的邱铭雨刚刚踏进家门，片刻后，邱铭雨接过电话，子墨也没寒暄，让他记下自己的新电话号码（那个年代手机卡不需要实名），然后把他走以后发生的事说了一遍。电话那头的邱铭雨静静地听完，最后说了句："咱俩分开才四十多个小时，竟发生了这么多事！"此刻，难以想象，多年没回家的他，刚踏入家门，还没来得及高兴就接到这样的消息会是一种怎样的心情……

子墨这边每天上午，在桑红的搀扶下去针灸，回旅馆后按时吃药、敷药，大部分时间都是躺着静养，每天洗脚都不用水，直接用红花油。一个疗程的时间很快过去了，现在子墨可以独自行走了，虽然每次落脚还是隐隐作痛，但是在承受范围内。

这日清晨，桑红睁开眼睛，没看见子墨，扫视了一下，发现床头柜上有支笔，下面压着一张纸条，桑红拿起来一看，只见上面是子墨的留言，写道："红，我去北京有事处理，你安心在这里等待，倘若四天后我还没有回来，你便先回老家，日后我定会联系你。乖乖听话，勿念，墨。"

短短的几行字，桑红读得心如刀绞，霎时泪水模糊了双眼，也浸透了纸张，纸条无声地从颤抖的手中滑落。

连日来，子墨几乎每天都做噩梦，梦里多次喊着要杀了严福威！桑红心里明白，好友的出卖，让子墨无法接受，以他的性格，势必要报此仇。可想到他有伤在身，又被警方缉拿，心中无比担心，可眼下的形势又毫无办法。去找他，只会成为他的累赘，甚至暴露他的行踪，所以，等待是此刻对子墨最好的帮助！然而，在接下来的几天，对于桑红来说，每一分、每一秒都好似一个世纪那样漫长，那么煎熬……

这天凌晨，天还没亮，依稀还有点点星光，子墨见周围一片安静，悄悄地打开了邱铭雨家的房门，之所以房子没有退租，是因为当时不确定回不回来。子墨进屋后仔细观察，发现并没有人搜查过的痕迹，于是在床下找到了一把自制的砍刀。这是半年前邱铭雨用汽车的减震钢板加工的，刀长一米，近十斤重，拎在手里很有分量，普通的铁丝、铁链，一刀即可砍断，因为太重，所以平时没用过。子墨用床单将刀包裹好，又在衣柜里找了一顶黑色的鸭舌帽，趁着天还没有大亮，返回哥们的地下室。由于走的路有点多，脚上隐隐作痛，子墨躺在床上休息了一会儿。一个多小时后，子墨换了件衣裳，戴上鸭舌帽，出门吃了个早点，然后打车来到了一家摩托车修理部。这里的小排量踏板摩托车几百块钱一台，都是组装的，无法上牌，一旦被交警扣了，就别想要回来了的那种。子墨挑了一辆黑色的、三成新的小踏板，老板还送了满箱油，骑上摩托车，子墨又来到一家渔具店，买了一个一米多长的鱼竿包，背上鱼竿包，骑着踏板返回了地下室，一个人静静地躺在潮湿的床上闭目养神……

夜幕降临，子墨起身，穿了一身黑色的运动服，戴上黑色的鸭舌帽，斜挎黑色的鱼竿包（里面装的是砍刀），又放进去几根火腿肠，临出门前，又吃了几片去痛片，来到上面，骑上黑色的小踏板，冒着黑烟，直奔严福威的住所！大概夜间十点多，首都的街头灯火通明，道路上车水马龙，相比之下，严福威家附近安静了许多。停好摩托车，此刻，去痛片的药效刚好发挥作用。子墨身轻如燕、行走带风，悄无声息地来到严福威家的门前，只见房门紧锁，透过窗户看向屋内，一片漆黑，于是子墨退到院子的入口处，找了一处黑暗的角落坐了下来，一身黑衣黑帽，瞬间与黑夜融为一体。这一等，直到天明，火腿肠也吃光了，太阳已高高升起，子墨起身再次来到严福威家门口，在门锁上做了个隐蔽的记号，然后转身离开……

第二天，几乎是同样的时间、同样的环节、同样的步骤，唯独比昨天多带了一瓶花露水，又一次到了严福威家门前，门锁的记号犹在，同样的位置，又是一夜蹲守，依然没见严福威的踪影！第三天，子墨依旧蹲守，仇恨，让子墨变得执拗，变得充满耐心，此刻，子墨只有一个念头：发现严福威，直接抽刀往死里砍，不达目的，决不罢休！

在这几天里，桑红给邱铭雨打了一次电话，告诉他子墨在旅馆不辞而别，二人都猜到子墨此行的目的，纷纷表示极度担心！

第四天上午，连续三天的蹲守，子墨一无所获，很是郁闷，于是拨通了邱铭雨的电话，讲述了这三天的经过，邱铭雨听完，对子墨说："哥们，现在摆在面前的有两条路，第一，咱俩去冰城会合，然后一起出境去俄罗斯，我那边有个发小生意做得不错，我都联系了，咱俩过去跟着他挣几年钱，等风声过了再回来，正所谓君子报仇，十年不晚。第二，如果你执意不回来，那我就过去和你一起找严福威，你一个人我不放心，咱俩一起，胜算也大一些，至于报完仇以后的事，就听天由命吧！"

邱铭雨的话让子墨陷入了深深的思想斗争之中，回到地下室，一个人躺在潮湿的床上左思右想，本来抱着宁愿和严福威同归于尽，也绝不放过他的目的，如今却根本不见他的人影。如果自己的这份偏执把邱铭雨也牵扯进来，那就太对不起人家了，再想想心爱的桑红，无时无刻不在期盼着自己，转念又一想，君子报仇，十年不晚，更何况未必要等上十年，没准过个两三年就报了！想到这里，子墨起身简单地收拾一下，临出门时留下了一张纸条和摩托车钥匙，然后奔向长途客车站，途中又给李文东打了一次电话，得知最近一段日子，严福威搬了家，偶尔见个面，他身边也是前呼后拥的一帮人……

回到石家庄已是夜幕降临，推开旅馆的门，只见桑红蜷缩在床上，双手抱着双膝，秀发凌乱地盘着，双眼红肿、目光呆滞。见子墨进屋，先是一愣，随即便光着脚丫疯了一样扑向子墨，双手勾住子墨的脖子，双腿也顺势盘住子墨的腰，而子墨则不得不将受伤的左脚后撤半步作为支撑，以防止摔倒，同时随着后撤脚上的伤痛得子墨咬紧槽牙，双手紧抱着桑红，一时，浑身沸腾的血液又让他忘记任何伤痛！片刻的缠绵，桑红的泪水已打湿子墨的肩头，而子墨由于左脚有伤，不得不将身体的重心转移到右腿上，身体有些摇晃，这时桑红才意识到自己忘了子墨有伤，于是落下双脚，扶子墨坐到床上。连日来的奔波、蹲守，让子墨有些疲惫，一直靠去痛片克服的脚伤，又肿了起来，走路有些吃力，桑红坐在床边，满含深情地望着一脸憔悴的子墨。子墨问道："如果今晚我还不回来，你明天就回家了吗？"只见桑红目光坚定、一脸严肃地回答道："我哪儿都不去，就在这等着，我知道你一定会回来找我的！"

三、四人结伴海角天涯，法网恢恢难逃生天!

三天后，二人几经辗转来到冰城与邱铭雨和娜娜会合，虽然才分开半个多月，可一见面，却好像分别多年似的，那种亲切感无以言表！在邱铭雨的带领下，四人来到一家"砂锅坛肉馆"，因为已过了饭点，店里的顾客不多，四人找了一个靠窗户的角落坐下，子墨和邱铭雨彼此讲述着这段时间的经历，桑红和娜娜作为听众，当子墨提到"跳楼"的那一段儿时，只见娜娜屏住呼吸，当提到蹲守严福威的时候，邱铭雨恨得也是咬牙切齿，同时还惋惜他那把自制的"砍刀"！酒足饭饱后，子墨问邱铭雨什么时候去俄罗斯，邱铭雨点了一支烟，深吸了两口，一脸凝重地低声说道："还去啥俄罗斯，咱们现在根本无法出境，我当时要不这么说，就你那脾气，能回来吗? 若继续在北京，即使干掉了严福威，也得把自己搭进去，所以才把你骗回来，毕竟留得青山在，不怕没柴烧!"邱铭雨说完,子墨一脸的失落。结了账,四人出了饭店,桑红扶着一瘸一拐的子墨,跟着他们去了附近的一家旅馆,进屋后,子墨躺在床上一脸迷茫地望着天花板……

次日,子墨早早地起床,敲开了邱铭雨的房门,二人出去先是吃了个早点,然后找了一个小广场坐了下来,毕竟接下来该怎么办,需要好好地研究一下。邱铭雨想留在这里,因为大城市好找工作,好生存。子墨一想,留下来也行,城市大,流动人口多,也便于藏匿,于是四人下午一起出去找房子。

几人边走边玩,留意着路边的墙上、电线杆子上的招租广告,之所以没找中介,主要是想省钱,更何况那个年代招工、招租的广告贴得满大街都是。四人走着走着来到了一片平房区,眼前一片色彩斑斓的瓦砾、参差不齐的院墙、忽宽忽窄的羊肠小道,道路两边还停了好多破旧的自行车,堆积了好多残砖碎瓦、发朽的木材板皮,让本就不宽的小路更加蜿蜒曲折,路面也是凹凸不平,偶尔还有几个干枯的水坑,里面的土层布满龟纹,稍微深一点的坑还放了一块儿或者半块儿砖头。这景象充满了年代感,和四周的楼群形成了鲜明的对比。邱铭雨点了一支烟吸了几口,戏谑地说道:"生活在这里,都不好意思说自己住在省城。"子墨看了他一眼,说:"你等人家拆迁了,都不稀罕住在省城。"随之而来的是桑红和娜娜的笑声,四人边走边聊,发现路边有一栋七层高的楼,外墙是灰色的水泥,矗立在杂乱的平房区旁边,远远地望去,好似一座墓碑孤零零地立在那里,身后杂草丛生的平房区,像是年久失修的坟冢!

当四人来到楼房跟前时,看见破旧的单元门上贴着房屋出租的广告，看样子已贴了很久，字迹都有些看不清了。邱铭雨抱着试试看的态度拨通了房东的电话，半小时后，房东骑着自行车赶来了，是一位表情严肃的中年大叔。出租屋在五楼，娜娜因为妊娠反映身体不舒服，不想爬楼，桑红留下来陪她。子墨和邱铭雨跟随房东进了楼道，很快到了五楼，只见门框的角上挂满了蜘蛛网，应该是很久没打开过。房东转动钥匙，门锁发出涩涩的摩擦声，还好随着"咯吱"一声，防盗门打开了，随即一股灰尘扑面而来，屋内的光线很暗，是个暗厅，房东推上了门旁的电闸，打开了客厅的灯，本是个多灯头的吸顶灯，但现在只剩下一个暗黄色的灯泡微微地亮着。墙面是淡蓝色的涂料，从南北两扇卧室门透进来几缕有限的光，再加上暗黄色的灯光，折射到淡蓝色的墙面上，使客厅给人一种幽暗的、蓝瓦的、雾蒙蒙的、阴森森的感觉。房东站在门口说了句：你们慢慢看，我出去抽根烟，然后转身出去了，随后传来"啪"的一声打火机响。

邱铭雨四下看了看，然后推开了卫生间的门，漆黑一片，旁边的子墨按了一下墙上的开关，灯一亮，正对着门是一面镜子。邱铭雨猛地看见镜中的自己，吓了一跳，子墨打趣地说道："咋的，镜子里有鬼呀！"此话一出，只听"啪"的一声，防盗门关上了，又吓二人一跳，邱铭雨赶紧说道："瞎念叨，触犯神灵了吧！"二人转过身，又推开了南卧室的门，一个衣柜、一张床，还算宽敞，随后退了出来，又推开了北卧室的门，门一推开，客厅里的小黄灯就开始闪，二人还没来得及朝屋里看，突然感觉一阵风从背后吹过来，正三伏的天气，却让人起了一身鸡皮疙瘩，忽然北卧室墙上挂的铜钱风铃微微地动了一下，发出细微的、清脆的响声，子墨抬头一看，四面墙挂了四个，随口说道："挂这玩意儿是辟邪的吧？"邱铭雨说："铜钱是保平安发财的！"二人退出北卧室，刚刚转过身，耳边传来"呱"的一声，北卧室的门也自己关上了！子墨见状嘴里嘟囔说："门窗都关着，哪儿来的风呢！"一旁的邱铭雨说："老房子密封不好！"话音刚落，卫生间"哗啦"一下，传来马桶冲水的声音，顿时邱铭雨惊恐地看着子墨，同样惊恐的子墨故作镇定，说道："从专业的角度讲，马桶的阀门老化，关门的震动会导致皮塞松动漏水！"邱铭雨听后，点着头说道："合理！"这时，客厅的灯不知从什么时候开始不闪了！二人又看了看厨房、阳台，然后走了出去。

一边下楼房东说："家里房子多，这套没人住。"邱铭雨接着问道："房租还能便宜吗？"一旁的子墨听完心想，都这么便宜了还讲价，这不是找怼吗！可没想到房东却说："房子相中了，租金可以商量，但是最低一年起租。"看着房东远去的背影，子墨说道："大叔真实在！"一旁的娜娜问道："房子咋样？"子墨又说："装修挺好，打扫一下，应该不错。"邱铭雨接着说："租金确实吸引我，但是楼层有点高，你俩一个有伤，一个怀孕的，不方便，再看看吧，待定！"于是四人继续朝前走，来到一个老旧的小区，邱铭雨去门口的小卖部买烟，看见屋里的黑板上贴着房屋出租的告示，于是在店主大妈的带领下，来到出租屋。在一楼，是个两居室，家具还算齐全，房租也不算高，虽然装修不如刚才的那套，但是不需要爬楼梯，于是四人商量后，很快达成协议，以桑红的名义签了合同，小卖部老板收取一百块钱的佣金。闲聊中，邱铭雨提到刚刚还看了一套，也不错，就是楼层有点高，但是租金便宜，店老板问道："哪里有这么便宜的房子，我咋不知道？"子墨说："就离这儿不远有个灰楼。"老板听完，"唰"地一下把头抬起来，一脸严肃地盯着子墨问道："你是说平房区边上的那栋灰楼 501？"子墨一边疑惑老板为啥这种表情，一边点着头回答说："对呀。"老板看了看四人，端起肩膀、把头探过来，压低了声音说："那房子还敢住，闹鬼！"子墨听完差点笑出声来，邱铭雨也笑着说："哪来的鬼？"老板一本正经地继续说："小伙子，你俩还别不信，附近的人都知道，那房子都空了快三年了！"店老板望着屋顶的一个角落，一副思索的样子接着说："2002 年的时候，那里住了一对儿小两口，也是租户，男的爱喝酒，喝醉了回家就打媳妇。那年冬天快过年了，男的在外面喝完酒回家又打他媳妇，打完还撵到楼道里不让进屋，大冬天的，小媳妇光着脚，穿着单薄的秋衣在楼道里哭。对门的邻居是个四十多岁的男的，一个人住，看着小媳妇挺可怜，让进自己家吧又不合适，于是敲开了小媳妇家的门，劝她那喝醉的老公，可不但没劝好，还被她老公指着鼻子说他俩是奸夫淫妇，气得这位邻居大哥扭头回屋了。当晚，邻居说小媳妇被打了一夜，那哭声响彻整个楼道，听了都瘆得慌。可是天亮以后就没动静了，连着好多天都安安静静的。后来房东过来打开门一看，小两口都死了，男的死在北卧室的床上，女的死在客厅的沙发上，女的浑身淤青，地上还散落着一缕一缕的头发。后经警方鉴定，二人死于煤气中毒，死了好多天了，应该是小媳妇故意打开的煤气！在那之后又有过几个住户，都是住了几天就搬走了，都说半夜客厅里总有哭声，马桶还经常自己冲水，换了几次阀门都不管用！"

子墨和邱铭雨听完，又回忆刚才的情景，顿时头皮发麻，又起了一身鸡皮疙瘩……

　　当晚四人简单买了一些日用品、被褥等就入住了，真可谓是兵贵神速。住的问题解决了，接下来是就业问题，积蓄有限，不能坐吃山空，再说也吃不了多久。此时的娜娜妊娠反应已非常强烈，几乎闻不了油烟味，每天吐得厉害，加上头晕、浑身乏力，几乎是躺在床上都不出屋，邱铭雨看在眼里，痛在心头，却没有任何办法！而桑红的情绪这几日也有些反常，也许是刚换了城市不适应吧。这天，因为琐事和子墨吵了起来，子墨随口说了句：愿意待就待，不愿意待就走！桑红气呼呼地噘着嘴开始收拾自己的衣物，子墨见状直接打开了屋门，那意思是：慢走、不送。桑红收拾完，红着脸，眼睛狠狠地瞪着子墨，走出屋去，却没有拿收拾好的包裹，于是子墨拿起来用力一扔，直接扔到门外，桑红也没回头，继续朝前走，子墨紧跟了几步，走到包裹跟前，像踢足球一样，右脚用力一踢，直接踢到桑红面前，桑红还是没捡。就这样，子墨一脚、一脚、又一脚地一直把行李踢到马路上，拦了一辆出租车，二人都坐了上去，直奔火车站，子墨买了一张到桑红家的火车票递给她，然后头也不回地就走了。坐上出租车，子墨脑海里浮现的都是二人在一起的画面，近两年来的点点滴滴，仿佛都发生在昨天！子墨发现，原来自己是这样的不舍，于是让司机掉头回车站，下了车，子墨也不顾脚伤，疯了似的奔向候车室，找了一圈，没找到人，于是补了一张站台票，找到该次列车，顺着车窗疯狂地奔跑，列车员已经依次地收起踏板，关闭车门了。子墨一眼看见了车窗内的桑红，二人四目相对，桑红跑到车门口，央求列车员把门打开，开始列车员不同意，但是看见桑红满脸泪水，又看了看车厢外的子墨，此刻列车已缓缓开动。列车员对桑红说：下去可以，但是不能上来了，桑红听完一个劲地点头，桑红冲出车门后，和子墨紧紧地拥抱在一起，缠绵了好一会儿，二人来到检票口，桑红拿着票问检票员能退吗？检票员接过来一看说道："怎么没坐呀，白瞎了。"可当他抬起头就看见桑红哭红的双眼，又看了看她身后的子墨，说道："不坐就不坐吧，去售票处问问能不能退。"

二人手拉手压了一会儿马路，最后一起回了家，至于票，肯定是退不了了。桑红说她要把这张票留作纪念，保存起来！

两天后，子墨和邱铭雨坐在客厅研究干点啥，不能干待，出去打工风险太大，毕竟二人是在逃人员，桑红在一旁提出，她可以出去打工，挣钱养活大伙儿，邱铭雨说："你一个人挣钱，供不上咱们四个人花。"思来想去，觉得在能力范围内做点小生意还是比较稳妥的，也不求大富大贵，能糊口度日即可！又经过几日的考察和研究，最后决定在附近的服装城租个店铺卖男装，之所以选择男装，主要是因为没啥经验，男装的种类较少，款式更新也慢，万一哪天不干了，货品不至于积压太多，最后也好处理。至于选择这座服装城，一是离几人的住处较近，二是这里属于城乡交界处，周边的乡镇有一定的购买力，三是周边的学校也很多，学生也是一股不可小觑的消费群体。毕竟卖的也不是什么高档时装，都是子墨和邱铭雨起早去郊区的批发市场进的货。

经过几日的忙碌，子墨和邱铭雨亲自动手对店铺进行了粉刷和简单的装饰，二人为店铺起的名字是"金都爵士休闲男装"，桑红作为店里的首席销售员，虽然销售能力一般，但是靠颜值还是吸引了一些顾客的，生意还算过得去，毕竟当初的要求就不高，能解决温饱就知足了。子墨几乎每天和桑红一起看店，邱铭雨在家照顾娜娜，同时还负责做饭、送饭，一时间生活变得井然有序，四人曾奢侈地认为日子就这样一直下去挺好！但命运的波澜从未停止对他们的侵袭，更何况还是他们自己亲手掀起的风浪！生活就是这样，总不能让人安逸地活着，命运之神总会给你添几分色彩，以此来彰显它的艺术水平，只是它的作品时而流光溢彩、时而一片灰暗……

转眼间到了"十一"国庆节，节日期间，顾客比平时多了几倍，然而这突如其来的火爆，让刚入行的子墨和桑红手忙脚乱，最后，不得不全员出动，娜娜负责收款找零，桑红负责介绍衣服卖点进行销售，而子墨和邱铭雨负责翻找衣服的号码和整理试穿下来的衣物，一时间忙得不亦乐乎。就在几人沉浸在生意火爆的喜悦中时，邱铭雨接到了家里的一个电话，是他爸爸打来的，说一位在市局的老哥们问他，孩子是不是在北京犯什么事儿了，北京那边来人调查了。这个消息，好似一个晴天霹雳，几日来的兴奋劲瞬间消失，一个个呆若木鸡，而子墨毕竟和警察有过一次正面交锋，所以迅速地冷静下来，对邱铭雨说："这里不能待了，得换个城市，越快越好，你家亲戚有知道你在这儿的，所以很快就会查到这里，咱们去一个陌生的城市，谁都不要告诉，到了那里也谁都不要联系。"然后又对桑红和娜娜说："你俩收拾东西吧，明天去店里甩货，争取后天撤离！"

当晚几人把东西都收拾好了，第二天服装城一开门，子墨和邱铭雨就开始甩货，按进价的一半处理，不到中午，就被周边的同行抢购一空，店铺的押金和住房的押金也都不要了。次日天还没亮，四人便踏上了开往北方一个边陲小镇的绿皮车，继续他们的亡命生涯，奈何法网恢恢，已是插翅难逃，本以为能逃出生天，殊不知早已是笼中之鸟……

第十四章

一、国徽下认罪伏法，严福威当庭昏厥。

时间：2006 年 8 月

清晨，广播里莫文蔚的《电台情歌》再次响起"谁能够将天上月亮电源关掉……"起床的喧嚣充满了整个走廊，早饭结束后，又是此起彼伏的背诵监规的声音，子墨坐在铺上翻着书，突然广播里喊道："杨子墨，收拾一下准备开庭。"听到这个消息，子墨的心脏一阵狂跳，兴奋地跳起来对身旁的杨叔说："叔，终于盼到这一天了！"杨叔意味深长地回答说："万里长征的第一步终于要迈出去了！"子墨听了，心想：是呀，这只是漫长刑期的开始！

半小时后，管教过来打开铁门带走了子墨，到了监管区的闸门处，和法警进行交接，同时给他换上了法警黑色的手铐，并由前铐改成了背铐，在法警的押解下，来到了看守所灰色的大门旁，等在那里的还有邱铭雨。自从关押到这儿，二人还是第一次见面，只见邱铭雨的肤色儿比以前白了许多，也瘦了许多，法警见二人一直互相看着，便大声呵斥道："不准交头接耳、不准有肢体接触、都老实点儿！"于是二人在法警的要求下，保持一定的距离，低着头出了大门，瞬间感觉门外的风都不一样，虽然是同一片天空，只有一墙之隔，景色却截然不同，墙外的空气更加清新，墙外的云朵也更加洁白，墙外的阳光也格外刺眼……就是这片普通得不能再普通的天空，平常得不能再平常的骄阳，今日，却让子墨如痴如醉，心想：哪怕就这样一直站着，站到被太阳晒死、被风吹干，也是一个美好的归宿！可见人类一旦失去自由，都不如圈养的猪狗、家禽，它们从一出生就生活在固定的地点直到死去，不曾俯瞰过群山峻岭的壮丽，也从未驰骋过广袤无边的荒原，不知道除了院子中的水塘之外，还有浩瀚无边的大海，它们更不知道夜空不仅仅是头上那一块，周围还有更加璀璨的星河！而我们，看到过这些，了解过这些，也拥有过这些，却不曾珍惜这些，直到有一天，我们失去了这些，才明白，哪怕是做一粒拥有自由的尘埃，也是无比幸福的！

出大门不远处，停了一辆白色的江铃福特，法警打开尾门，示意二人上车，子墨在邱铭雨前面，当他抬起头准备上去的那一刻，瞬间停住了脚步，转而咬牙切齿、目露寒光！车内坐着的正是严福威（他于 2006 年 1 月份在安徽怀远县老家被捕），只见他面皮僵硬，卑陬失色，微微抽搐的双腮带动苍白干裂的双唇，想要说点什么，却不知从何说起，只能投来愧疚的目光，急促的呼吸使他不停地吞咽唾沫，导致喉结不断的滚动，瑟瑟发抖的双腿带动他裤脚也轻微晃动……随着法警的一声呵斥"快点"，子墨缓过神上了车，邱铭雨紧跟着也上来了，"咣"的一声关闭了尾门车厢内除三人之外，还有一名女犯罪嫌疑人，邱铭雨一脸杀气地盯着严福威，同时，身体试图让背铐的双手从臀后掏过来，此刻，子墨只需一个眼神儿，便可以展开一场血战！但是当他看到严福威那弃婴一般的目光时，心想：即使他不出卖我，我依然是今天的结局，更何况他也落得枷锁披身，既然如此，就让法律制裁他吧！此刻，邱铭雨在子墨的表情里读到了释怀！车厢里陷入死一般的沉静，只有发动机发出嘶吼般的轰鸣……

车开到了区级人民法院，几人下车后，在法警的押解下，子墨、邱铭雨、严福威上了庭，朝被告席走去，（娜娜最后另案处理了，所以没上庭）。在庄严的法庭、醒目的国徽下，一脸严肃的审判长、陪审员、书记员等，让人感受到了法律的神圣和不可侵犯，相比之下，个人是那样的渺小与卑微！当子墨转过身就要踏上被告席时，余光扫射到一张张熟悉的面孔，猛然间转头望去，心心念念的桑红也在旁听席上，坐在她旁边的还有李文东和他的女友。子墨刚想张口说话，就被身后的法警严厉地制止，不得不将头转回来，这一刻子墨既惊喜、又心酸，既欣慰、又愧疚，短短几个月的分别，恍如隔世！惊喜的是看见了桑红，悬着的心终于可以放下了，心酸的是从此和她命运殊途，欣慰的是桑红和李文东的到来，让子墨感到不枉相识一场、相交一回，愧疚的是和桑红的那份爱，善始却不能善终，心中百感交集！

庭审期间，子墨看见严福威的老父亲、姐姐和姐夫也坐在旁听席上，还给他请了律师。邱铭雨家里没有来人，他和子墨都没有请律师，原告也没有出席，而是由律师代理，当公诉人宣读完起诉书后，对于法官的所有问题，子墨和邱铭雨都一一作答，扛下了自己应承担的法律责任，只有严福威的律师在那里做着无力的狡辩。期间，原告的律师转达他当事人提出的民事赔偿，有医药费、误工费、护理费、精神损失费等，面对他提出的天文数字，法官秉着公平公正的态度当庭予以解答：医药费需出示住院期间的相应票据、误工费需出示任职单位的营业执照和年工资表等相关材料，至于护理费和精神损失费，国家都有一定的衡量标准，法律不同于买卖，不可以漫天喊价，具体的赔偿金额应由法院做最终裁决！法官讲完，宣布休庭。

休庭的时间不长，也就二十多分钟，再次开庭时，子墨一进入法庭，双眼便看向桑红，偶尔也看一下李文东，面对他们那关切的眼神，子墨尽量保持镇定的微笑，希望以此来宽慰他们的担心！直到踏上被告席，才不得不转过头面向法官。接下来，法官宣布开庭，原来刚刚休庭合议，是和被告人家属商讨赔偿问题，严福威及其家属认为，对原告所造成的伤害与他无关，所以拒绝赔偿，而子墨的"家属"不接受全额赔偿，只愿意赔偿三分之一，听到这里，子墨的脑袋"嗡"的一下，心想：三分之一也是个不小的数字，你们拿什么赔，更何况自己已经这样了，赔与不赔其结果不会有太大的差别，最关键的是不忍心拖累他们。正当子墨琢磨怎么阻止桑红和李文东去赔偿时，后面的李文东向法官提出了问题，只听李文东问道："我们赔偿三分之一的赔偿金，能少判几年？"法官听后，义正词严地回答说："民事赔偿、简单地说就是违法犯罪人员对侵害他人权利后，应承担的民事责任，而法院量刑是根据犯罪事实、案件性质，再结合犯罪人员的认罪态度等，在幅度内进行裁决，缴纳赔偿则是犯罪人员对应承担责任的一种态度表现，并不是你缴纳多少钱就能少判多少年，那样岂不成了买卖刑期了！"

法官解释完李文东的问题后，转而将目光投向子墨，厉声问道："被告人杨子墨，你有什么想说的吗？"只见子墨抬起头面向法官，目光沉静地说："首先，我对自己的行为给社会带来的不良影响表示深深的歉意，同时我也对家人、朋友表示无比的愧疚，而我最对不起的是受害人，我给他造成的心灵上、身体上的创伤，是无论我怎么做都无法弥补的，所以，我接受全部的赔偿，而我身后的朋友，他们的经济实力有限，收入不高，所以我不想给他们造成经济负担，我犯的错，我要自己负责，但是，我接下来很长的一段日子将是漫漫的刑期，所以短期内不具备偿还能力，我希望被害人能给我一个机会，等我刑满释放后加倍偿还！"

刚开始，法官和众人还在认真地听子墨说话，听着听着，感觉有点不对了，最后法官说："行了，你不用说了，你的意思就是不赔呗！"子墨回了句："不是不赔，是等我出去再赔。"只见法官一个手势，那意思是你闭嘴吧！随之又将目光转向邱铭雨，问道："关于赔偿，你有什么想表述的吗？"只见邱铭雨声音响亮地答道："我愿意接受一切赔偿，同时我要感谢法官和受害人给我这个弥补的机会。"紧接着法警就带邱铭雨出去打电话联系家里。子墨看着他的背影，已经猜到了答案，肯定是联系不上，最后还是无力偿还。不一会儿，邱铭雨在法警的押解下又回到了被告席，正如子墨所料，邱铭雨对法官说："家里人实在联系不上，想不出什么办法了，对此我深表歉意！"子墨看着他，心想：

要不要我把你家的座机号告诉法官。

　　法官再次宣布休庭，过了半个多小时又重新开庭，庭审结尾，由被告人做最后陈述，站在被告席上的子墨，站直了腰身，面向审判长，真诚地说道："我既然触犯了法律，愿意接受法律的一切制裁，我不敢奢求法官的从宽处理，更不配得到被害人的原谅，只希望能给我一个重新做人的机会。漫长的刑期，我会认罪悔过，用劳动的汗水洗刷我罪恶的灵魂，余下的岁月，我会好好做人，用实际行动去报答国家和人民对我的包容。最后，我要对受害人真诚地说声对不起，请谅解一个无知少年的鲁莽行为！"

　　最后由审判长宣读判决书：被告杨子墨因犯抢劫罪，判处有期徒刑十一年，剥夺政治权利两年，并处罚金人民币两万两千元！随着法官话音的落下，子墨心中的巨石也落下了，总算是尘埃落定了！邱铭雨和子墨的判决一样，看得出他也如释重负。当审判长宣读严福威判处有期徒刑七年的时候，只见被告席上的严福威一个趔趄，随口问了句："多少年？"只见审判长抬起头清晰地重复了两个字："七年！"顿时，严福威浑身瘫软、无法站立，两旁的法警迅速将他搀住。他无法接受这漫长的七年刑期，看着子墨和邱铭雨，心中既愤怒，又羞愧，此刻他真的是悔恨交加！正所谓多行不义必自毙，天道好轮回，苍天饶过谁！

　　严福威在接到判决通知书后提出上诉，他无论如何也想不到自己就从子墨手里"黑了"一根"金链子"，就被判了七年，自己充其量算是销赃，可居然也随他俩判了个抢劫的罪，这是他无论如何也接受不了的！

　　法律虽然赋予每个犯罪人员上诉的机会，以维护自身的合法利益，但绝不是让你洗脱罪名，逃避法律制裁的手段！二十天以后，中级人民法院开庭审理，其结果用八个大字概括"驳回上诉、维持原判"！

二、十一年尘埃落定，辞难友押赴深牢。

开庭后的第二天，桑红分别给子墨和邱铭雨存了钱和衣物，子墨收到后高兴的同时，更是陷入了无限的感伤，想到自己漫长的刑期，虽已决心要把桑红忘了，可剪不断理还乱的情丝在脑海里徘徊，让子墨彻夜难眠，一时间整个人憔悴了许多！

二审的判决书下达后，接下来便要调往"已决号"，然后送往"外地罪犯遣送处"。在这最后的几天里，子墨和杨叔几乎每天都彻夜长谈，杨叔叮嘱子墨，无论环境如何艰苦，都不要放弃学习，做人要有韧劲，保重身体，争取早日出狱，就这样一老一小，回忆着几个月以来的点点滴滴。二人在如此环境中建立起来的友谊，完全是本着情感的共鸣，不掺杂任何利益纠葛，同时，杨叔对子墨和邱铭雨那不畏艰险、风雨同行的兄弟情也深表敬佩，杨叔对子墨的教导，可以说改变了他的后半生！在临别的那个清晨，杨叔和"花臂"帮子墨整理好个人物品后，递给子墨一张纸，说道："昨夜填了一首词，作为临别的礼物送给你吧！"子墨看着杨叔那花白的头发和胡须以及充满血丝的眼球，知道他定是一夜没睡！念着纸上的词句，心中满是酸楚！

兄弟情、高义薄云天，梦中欢娱相携手，

醉里争雄共并肩，生死敢当先！

铁窗恨、情断天水间，心仪笙歌看星月，

身披镣铐羡云烟，愿友得平安！

——《忆江南·送别》

　　这时，走廊里传来管教的脚步声，子墨扛起行囊，出了铁门，平日里前呼后拥的人，此刻只是象征性地打了个招呼，看不出半点情谊，只有杨叔和"花臂"依依不舍地贴在铁门上，眼含不舍地看着子墨，恨不得将头伸出来。子墨向二人挥手道别，再看看里面其他的人，顿时让人感到一种人走茶凉的落寞！

　　到了"已决号"，这里的管理相对宽松一些，没有所谓的"头板"，都是由管教直接管理，毕竟，到这儿的都待不了几天。每天坐板的时候一个个东倒西歪、半倚半卧、半睡半醒，背监规的时候，十几人发出的声音，忽高忽低、时长时短，参差不齐、沸反盈天，好似一首四声部大合唱，到了晚上也不按时睡觉，有在床上翻滚打闹，有在地上来回游荡，当然，也免不了有在卫生间"抽小炮"的，至于烟从何来，只能说多种渠道、各凭本事吧！实在混乱时，也会招来喇叭里管教的叫骂，换来便是片刻的安宁！

　　转眼间到了"十一"国庆，节日与平日最大的区别就是不用坐板，起床后一直到晚上睡觉都是自由活动，还有一个好处就是账上有钱的可以订购一定数量的塑封食品，和一个酱香肘子。"里面"的肘子格外香，遗憾的是每人限购一只！大家抓着肘子啃的时候，几乎都是一个愿望：等出去了，先把这玩意儿吃个够、吃到吐为止！子墨此刻有幸把这个愿望实现了一半，虽然没有吃到吐，但是真的吃撑了，因为邱铭雨托"劳动号"（打扫走廊和院子里草坪的犯人）的人给子墨送来大半只肘子。子墨吃着肘子，心里热乎乎的，同时也有些愧疚，心想，自己怎么就没想着给他送半只呢，紧接着又自我安慰地想：谁让他比我大呢，当哥的就得有当哥的样儿！

等待的日子是一段痛苦的煎熬，在判决没有下达之前，虽然心里明白监禁的日子遥遥无期，但是免不了会心存幻想，虽明知自己的罪行是十年起，但是心中总是幻想发生点儿什么奇迹，比如说刑法改了，一切罪行从轻发落了，让自己少判个五年六年的，或者赶上什么政治因素，像古代一样大赦天下了，或者冥冥之中出现个大贵人将自己"捞"出去了，等等。虽然知道这些不可能发生，但依然心存想象，因为，无论在什么样的日子里，人们总会有美好的希望！

当接到判决书的那一刻，曾经的幻想在潜意识里慢慢地退却，随之而来的是对一个已知日期的期盼，而这段日子无论是长还是短，都让人备受煎熬，更何况对子墨这个年龄的人而言，这段岁月将是他的整个青春！"已决号"里就是这样一群等待、期盼的人，他们整日嘻嘻哈哈、苦中作乐，仨一堆儿、俩一块儿地吹着牛，讲述着自己曾经那半真半假的辉煌，描述着自己出狱后荒诞不经的未来。闲聊中，更多提到的是各自的案情（强奸罪除外），诈骗的吹嘘自己的手段多么高明，而被捕完全是疏忽大意，纯属意外。伤害罪的强调自己是多么英勇，或者多么无奈。盗窃的则称自己是技术型的犯罪，绝非偷鸡摸狗之徒。当讨论到自己的刑期时，有的自夸自己在法庭上是如何与法官周旋、雄辩，才判得这"满意"的刑期。有的夸赞自己的律师是如何的口若悬河、能言善辩，将自己的刑期争取到最少。也有的埋怨自己的律师，看似精明强干，实则志大才疏，到了庭上笨嘴拙舌，面对原告律师的伶牙俐齿，竟无还击之力。这时，一位改造了多次的老犯摆出一副运筹帷幄的姿态对他们说道："打官司、找律师，看的不仅仅是律师的个人能力，更要看他背后的关系渠道，因为法官对案件都是分类审理的，有专审经济案件的，有专审伤害案件的，有专审抢劫案件的，有专审盗窃案件的，等等。如果你犯的是伤害罪，你找的律师在法院的关系也是负责审理伤害案件的法官，那么你的刑期自然是理想的，相反，如果渠道不对，结局就未必如你所愿了！"众人听完半信半疑，然后继续着自己的讨论！

就这样，"十一"的假期已临近尾声，6号这天是一年一度的中秋节，看得出，大部分人都是强颜欢笑，肘子带来的快乐并没有彻底消除每个人心底的忧伤！当然，也有那么几个没心没肺的，彻底地融入了节日的氛围里。节后第一天上班，广播里就开始点名，收拾东西，去往"外地罪犯遣送处"，俗称"南大楼"。只见众人大包小裹地收拾着，子墨的东西不多，就是一些新的毛巾、内裤、袜子、秋衣秋裤和一些洗漱用品，别的都没拿，因为一名改造过的哥们告诉他，到了南大楼，很多个人物品都要没收。于是在8号的清晨，子墨扛起行囊，随众人来到院子集合，有近百人，每两人一组共同戴一个手铐，一个脚镣，腾出的手要拿自己的行李，走路还要控制好步伐，二人一同先迈戴脚镣的腿，保持动作一致，不然根本无法走路，如果配合不好，走几步，脚镣就会把脚脖子卡出血。和子墨一个铐子的哥们居然有两大包行李，只见他用那只没戴铐子的手拿两个行李，走起路来特别费劲，没走几步，就掉了，步伐也就乱了。没办法，子墨只好用戴铐子的手帮他拿一个，另一手拿自己的，就这样二人艰难地走到操场，集合完毕，上了大巴车，车队的前后都是武警的防暴车。临近中午的时候，到了南大楼，下车后，二人又一同上厕所，尽管子墨没有尿，然后还是一起拿行李去这边的操场集合，等待分配监区。足足在操场站了一个小时，中午的"秋老虎"，晒得大伙皮肤火辣辣的。二人分到了一个监区，然后一同坐在监区的大厅，等待分配中队，这时手铐和脚镣全部被打开了，人顿时觉得轻松了许多。等待分配的这段时间，众人已是饥肠辘辘，有负责的班长开始检查个人物品，那哥们的被子、褥子都是几床合在一起的，很厚，结果直接给他全都拆了，他包裹里印花的半袖也被没收了，还有一些杂七杂八的物品也统统被没收。到了子墨这里，被褥都是崭新的标准被褥，秋衣秋裤也都是纯色，只见负责检查的犯人挑选和衣服颜色对比鲜明的油漆，在上衣的后背，裤子的后屁股上画几道杠，稍微风干一下，然后打包入库，写上名字封存，等发回原籍的时候带走。大厅里检查完所有人后，统一坐好，开始发囚服，每人一套，外加一件浅蓝色半截袖，都带有斑马杠，换好囚服后，原来穿的便服统统被销毁。此时，已是下午一点多，每人发了一个面包、一根火腿肠，吃完后，由监区的各中队长来领人，直接带到生产车间，子墨被分到印刷车间，当时正在赶制一批挂历。新犯入监集训一周，每天早上七点准时到车间，晚六点收工，偶尔赶活加班到九点，而国家规定罪犯每周劳动六天，每天劳动八小时，平均每周劳动时间不超过四十八小时！

所有新犯被集中到车间的一个角落，排队站好，有犯人负责集训，上厕所喊报告，要凑够五个人，班长带着一起去，不可以单独去。车间的地面用油漆划分区域，黄色的实线代表墙，走路必须低头，碰到狱警必须停止行进，然后面向墙（黄线）站好，等狱警过去了再走，不准抬头看狱警，里面流传着一句话：不知道队长什么样，只知道队长的皮鞋亮不亮。当队长问话的时候，要立正站好，然后大声喊：报告警官，自述所在的监区、分监区、姓名、年龄、罪行、刑期，最后喊报告完毕。例如队长向子墨问话，子墨应迅速立正站好并大声喊："报告警官，十一监区、三分监区、服刑人员杨子墨、现年二十四岁，因犯抢劫罪判处有期徒刑十一年，报告完毕。"这是必须的，除非队长制止，毕竟他们都听烦了，接下来按队长的问话如实回答就好。当队长坐着问话的时候，要迅速军蹲，然后依然是那一段"报告警官……"。

每天集训基本就是面向墙站军姿，背后有人盯着，新犯之间不能交流，班长会时不时地看你的手臂夹得紧不紧，腿绷得直不直，稍稍一放松，身体一晃，就会突然被踢一脚，直接踹倒。站够一定的时间，就开始练嗓门，"报告、到、是"就这几个字，大声地喊，不停地喊，要喊到青筋暴起、喊到声嘶力竭，个人分别喊，集体喊。总之除了站着，就是各种喊，但是喊也有一定的规矩，刚开始的时候不懂，班长说："报告、到、是，喊五遍。"只听前排那哥们张嘴就喊："报告、到。"不等"是"喊出来，就被班长一脚踹倒，众人都不解，只听班长说道："无论让你干什么，你要先回答我'是'，然后再开始执行我的指令。"众人这才明白了。下午的时候，班长让喊"是"五遍，前排那哥们喊道：是、是、是、是、是，五遍结束，班长又是一脚，众人又不解，班长继续说道："让你喊五遍，你得喊六遍，其中有一遍是回答我的。"于是，众人又明白了，只是苦了前排那哥们，子墨心想，如果自己站在前面，也会犯同样的错误，再看那哥们，一整天阴沉着脸，本想安慰他几句，但是刚来，不敢冒险和他说话，就这样连着七天，喊得所有新犯都嗓子沙哑！

值得高兴的是，这里吃的和看守所大不相同，早上稀饭、鸡蛋、馒头，晚上馒头，菜虽然还是土豆白菜，但不是汤，是炒的，白菜和土豆都切成了片。午饭从周一到周五不重复，米饭、红烧肉、馒头、炒菜，包子、菜汤，饼、菜汤，肉龙、菜汤，分量也足，基本都能吃饱，虽然不能和法外相比，但是如此身份、如此境地，吃此等佳肴，也算是国家与人民的恩赐了，毕竟这个群体与人民是敌我矛盾！

白天站了一天，晚上回监舍，七点准时看新闻联播。所有人坐在大厅，都有自己的小塑料凳，然后还能看一会儿电视剧。各监区之间还可以在点歌台互相点歌，点歌需要花钱。九点前准时报数，然后电门关闭。六张上下铺，新人都睡上铺，走廊有值班的犯人，监舍的门是电动的，夜间上厕所要按铃。这里晚上也是长明灯，不同的是光线昏暗，不刺眼，是睡眠灯。这样的环境，因为刚来，和老犯又都不熟，加上站了一天腰酸背痛的，所以子墨很快就睡去，而且睡得很香！第二天起床，先是上厕所，一个班一个班地轮着来，洗漱也是一个班一个班的，交叉着去，到了厕所门口，有人发三节手纸，然后喊"报告"，进门后喊"是"。总之在这里，只要路过门，不管有没有狱警或班长，都要喊"报告、是"。五个蹲坑站齐了，班长喊蹲，所有人脱裤子蹲下，大概两分钟，班长喊擦，这时不管你完没完事，都要擦屁股，紧接着班长喊起，所有人站起来提裤子，走到门口接着喊：报告、是，然后换下五位。水房洗漱也是一样，几人一起排队进去，完事一起出来。等所有人洗漱完毕以后，回去收拾监舍，然后准备出工，去车间吃早饭。吃过早饭继续站着，子墨站得筋疲力尽的时候，总在想：杨叔可咋办，他那个年龄能受得了吗？

七天的集训结束了，正如一首歌的名字《七天七世纪》！车间的劳动不算累，子墨的工作是拉着一个被称之为"地牛"的工具，将成垛的半成品挂历推到指定的位置，再将成沓的纸张用手捻开，捻成扇子一样的形状进行清点。每天重复着这样的劳动，到点儿吃、到点儿睡、到点儿干活，只要服从管理，遵守纪律，几乎没人搭理你。那段日子子墨想：都说"下圈"有多苦，也不过如此！

白天劳动时，犯人之间不允许交头接耳，可这群人又有几个是守规矩的，如果是那样就不来这儿了。只见大伙儿低着头，手中的活不停，嘴也不闲着，子墨也不例外。相互之间小声地交谈，没有任何肢体接触，所以监控无法发现，班长也就睁一只眼、闭一只眼了。旁边的老犯对子墨说："兄弟，你再早来几天，还能赶上演唱会。中秋节那天，隔壁监区那位涉黑的摇滚大哥，邀请了不少明星过来演出，挺热闹的。"听着他念叨那些明星的名字，子墨当时想，如果早被捕几天，没准能早几天"下圈"，兴许就赶上了，但转念又一想，明星而已，他唱他的歌，我服我的刑，何必呢！

时间过去了二十多天，也就是 11 月初，子墨被通知收拾东西，准备回原籍，听到这个消息，子墨心想：离出狱又近了一步，只有早日回到原籍服刑，才能早日挣分减刑，看守所和遣送处只是不得不经历的过渡阶段。据说有在这里待几个月甚至更久的，原因是他们的原籍地广人稀，这里发走一批人，起码要凑够一车，人少，押送成本太高。当然，也有托关系留下来的，因为这里的改造环境要比地方好得多，在这里改造的犯人被称为"长留犯"，然后根据改造的年限和改造的表现分为不同的等级，每年根据等级还可以享受不同次数的"夫妻间团聚"，同时减刑政策也比地方好得多。"夫妻间团聚"据说早期北方的监狱也有，后来取消了，原因是一名犯人听说媳妇在家有了外遇，结果媳妇来看他时，在"夫妻间"直接被他掐死了。为了避免此事件再次发生，就把"夫妻间"团聚取消了！

三、昔日平常风景，今朝感慨万千。初到劳改农场，犹如梦魇成真！

这次的押运，由于路途遥远，所以都是单人单铐，两百多名男犯，还有几十名女犯，在武警真枪实弹的押解下，坐大巴车直奔火车站。犯人、狱警和武警，整整包了五节车厢，押运车走的都是专用车道。上火车坐好后，每人发了一瓶矿泉水，午饭是一个面包和一根火腿肠。座椅中间的过道放了几个塑料桶，想小便的喊报告，有拎桶的犯人把桶拎过来，隔壁的车厢就是女犯，几乎所有男犯撒尿的时候都在想：她们也用桶吗？

又是绿皮火车！一路号叫着奔向北方的大地，午后的斜阳格外强烈，却没有人拉上窗帘，火车的疾驰，让都市的高楼渐渐远去。11月的大地一片荒凉，偶尔路过一个村庄，看着烟囱上升起的袅袅炊烟与天边的云连成一片，让人想起儿时的场景，犯人们都看着窗外，他们看的不是荒山，也不是平原，更不是偶尔路过的河流，他们看的是那久违的自由！

夜幕降临，车窗外一片漆黑，偶尔路过城市，依稀可以看见万家灯火和街道的霓虹！咣当当、咣当当，火车继续前行，临近子夜，车窗外已布满繁星，一弯明月追逐着车厢，它不快也不慢，始终保持着和车厢一样的距离。车厢两端的狱警双目明亮，警惕地扫视着车厢里的每一名犯人。再看犯人们，有的靠着靠背似睡非睡，有的歪着脑袋一动不动地盯着窗外的那片漆黑，有的趴在桌子上。耳边不时地传来鼾声和手铐的哗啦声，车厢内弥漫着汗酸味、脚臭味、尿桶的骚味，还有那阵阵火腿肠的香精味！在这复杂的气味里，子墨昏昏地睡去，冥冥之中，又是那片浓厚的乌云，重重地压在火车上，压得车头的轮摆吃力地摆动，并发出声嘶力竭的呐喊，同时也压得子墨喘不过气，压得子墨手臂发麻。一个抖动，子墨醒了，双臂确实麻了，而且两个手腕被手铐硌出两个深深的印迹。再看窗外，已是黎明破晓，天边泛起鱼肚白，阳光即将普照大地、普照山川、普照河流、普照花草树木。太阳啊，世间的万物都将受到您的照耀，而犯人将无权肆意沐浴您的光辉！接下来的刑期，也许只剩下空气，还允许这些人尽情地吸吮了……

　　就是这样一个清晨，绿皮车开进了省城的车站，近三百名罪犯（其中女犯近一百人），穿着整齐的囚服依次而下。队伍占据了半个月台，后背上崭新的斑马杠在阳光的照耀下令人炫目，围观的群众指指点点。群众里也有罪犯的家属从北京开车一路追随而来的，只为在这一刻远远地看上一眼。

　　一名警官手拿花名册点名，点到自己的答"到"，依次蹲下，双手抱头，然后北京的狱警和地方的狱警进行交接。本省的各个监狱都有人来接，都是由省监狱管理局配发的，据传言说监狱都是按人头花钱买的，不同的年龄、不同的刑期，价格也不同。必定在未来的一段日子，这些人都将成为最廉价的劳动力，还有人说，身上有文身的价格也要低一些，所谓的"白猪"值钱，"花猪"便宜。子墨不明白为什么文身会影响身价，但是想想老邱肯定是个贱货了，不觉笑出了声。

　　随着各监狱负责人的点名，所有犯人都依次上了指定的大巴车，子墨看见邱铭雨和自己是同一辆车，他坐在前面，不时地回头看子墨，一名狱警喊道："看啥呢，坐好了。"然后站在前面对着这些犯人厉声喊："都听好了，不准说话，有事喊报告。"于是众人都低下头不敢说话了！看得出，来接人的监狱负责人都有着难以掩饰的喜悦，虽然对犯人很严厉，但是每一批新鲜血液的注入，对监狱，对他们个人，都将是一笔"丰厚的收益"！众人坐着大巴一路前行，谁也不知道目的地在哪儿，随着发动机的咆哮，渐渐地远离了城市的喧嚣。上午的阳光透过车窗，暖融融地照在每个人的脸上，人们既希望车开快点，早一点到达终点，又无比眷恋这最后的墙外之光!

　　大巴车在疾驰着,司机的每一次换档、加油,都好似大巴车的一次喘息。渐渐的车窗外越来越荒凉,偶尔路过的村庄,根本看不见红砖灰瓦,更别提亭台楼阁了。映入眼帘的都是土阶茅茨的草屋,崎岖不平的土路,让人想起杜甫的那句"八月秋高风怒号,卷我屋上三重茅",也不知这些破败的草屋还能抵御几级的狂风!随着车辆的驶过,后面不时地传来鸡鸣狗吠之声,车窗外的天空格外清澈,棉絮般的云朵似乎唾手可得,还不时地飞过一只鸟或一群鸟,很多人已经好多年没有见过这么自然的景色、这么蔚蓝的天空了!顿时一股原始的气息涌入心田,脑海里出现男耕女织的古老画面!

　　傍晚,疲惫的大巴终于停住了滚动的车轮,开进一座隶属于"九号"监狱的下属"劳改农场",据说这里是"文化大革命"时期关押政治犯的。颠簸了一天的犯人依次下车,眼前是一条宽阔但不平坦的水泥路,道路的两侧整齐地站着两排武警,手持"镐把",而且镐把的一端还刷上了红色的油漆,这阵仗和一路的真枪实弹相比,显然有些滑稽。众犯人依次下车,子墨和邱铭雨悄悄地往一块儿凑,所有人站成方队,有几人小声地低头嘀咕:"这是要把咱们的腿打断吗?"接着又是点名、报数,经过多次的分配,此时还剩八十来名犯人,所有人的手铐被打开,都拿着自己的行李,席地而坐,每二十人一排,等待着各监区来领人。子墨趁机观察周围的环境,这是一座充满了历史气息的建筑,不是高楼大厦,也没有现代建筑的华丽与简洁。最先映入眼帘的是一排二层楼,方方正正的建筑,没有任何花哨的装饰,整栋楼的外墙仅朴素地刷了白灰，楼的中间是两扇黑色的大门，与楼房的白墙形成鲜明的对比，远看像一个看不见底的黑洞！这是狱警的办公楼，也是整个监狱唯一和时代接轨的建筑。进大门后，便是一条直通内部的水泥路，路的左右两侧是宽广的草坪，生长着野草，品种不一、高低不等，残砖碎石遍地都是。劳改农场的四周是围墙，据说最初不到三米高，后经过修缮，才达到今天的高度，可以清晰地看见围墙上面的水泥拼接的痕迹。四圈的岗亭由武警站岗，围墙上的电网红灯闪烁，围墙下还有警戒线，警戒线和围墙之间还有地网（电网），而外面还有一道警戒线，放养着狼狗，可见，想翻墙而逃真的是难比登天！

　　沿着水泥路朝里走，路的两侧是一排排红砖红瓦的平房，它下沉的屋脊和墙体的裂痕，充分展示着它所经历的岁月与沧桑。房子和水泥路之间是用红砖砌成的镂空矮墙，上面摆满了胶鞋和拖布等杂物，房前的院子也用红砖铺设，四周满是干枯的青苔，院子的中央还有些许水坑。初见这场景，众人都小声议论，有人说这里可能是集训中心，有人说这应该是库房，还有人说这里更像是饲养牲畜的圈舍，殊不知，这里将是他们未来几年生活和居住的监舍！

　　周围的人都分了监区，就剩最后二十人了，其中有子墨和邱铭雨。二人偶尔对视一下，心里琢磨着，同案犯是不允许在一个监区的，但是能在一个监狱也挺好，互相有个照应。就在这时，远处昂首挺胸走过来一名狱警，只见他深蓝色的警服已经有些发白，后裤脚沾满了泥土，只有那双劣质的皮鞋擦得锃亮，瘦削的脸颊上满是岁月的"沟痕"，看这面相，应该过了退休的年龄了。

只见他和看押人员打了招呼，然后点名，双方签字，交接完毕后，就带着这最后二十名犯人朝那红砖红瓦的"监舍"走去。过了两排房子，拐进了左侧的院子，院子中央的还有一名狱警，众人站好队，又是点名报数。于是，这名年老的狱警开始讲话，确切地说是训话，他说："首先，欢迎你们来到九号监狱，劳改农场，七监区一分监区，我是本中队的指导员关耀阳，大家可以叫我关指导，我身边的这位是于波于队长。来到本监狱，安心改造是你们唯一的出路。这里流传着一句话'南有台湾、北有九监'，所以说，在今后的日子里，不要跟我讲法律法规、国家政策，要懂得入乡随俗，我不管你们是南京来的还是北京来的，也无论你过去多么牛掰，在我眼里你们就是个劳改犯，是龙你给我盘着，是虎你也给我卧着，忘了自己的身份是一种危险。我关某人，十八岁参加工作，从事监管改造工作二十八年，在我手底下改造过的犯人比你们见过的都多，所以不要跟我玩'小路弯弯'。你们记住我说的话，你'立棍'（充当老大之意）我就撅你，你冒头，我就把你打烂，总之，这儿的规矩就是规矩！"讲话过程中，关某人的表情略有几分狰狞，目光犀利，还附带着咬牙切齿，好似和在场的人都有不共戴天之仇！关指导讲完，又问旁边的于队长有没有什么要说的，于队长摆了摆手，关指导对于队长说"带回吧"，然后自己朝水泥路走去。关指导的话确实震慑了部分人，但也有表示不屑的！于队长发口令：全体立正，向右转，齐步走……

众人向监舍走去，一排长长的平房，中间是门，进去后对面是狱警值班室，左右两侧分别是两个中队的监舍。推开监舍油漆斑驳的木门，再一次让众人耳目一新，长长的筒子屋，没有隔墙，屋子的南侧是一条从东到西的大通铺，北侧也是从东到西的大通铺，不同的是北侧是上下铺。再看铺面上，褥子五颜六色，被子高低不平，铺的下面塞满了各式各样的木箱、纸箱、塑料箱、大盆、小盆、塑料桶，棉鞋、雨鞋、帆布鞋等各种杂物，这场面好似小时候爷爷口中的大车店。屋子的尽头是一个没有门扇的门框，里面是水房，远远地看见有一排水泥瓷砖搭建的水池，白色的瓷砖脱落得所剩无几，布满了黑色的污垢。整个屋子的棚顶全是密密麻麻的黑点，应该是苍蝇的粪便和蚊子的尸体，还有部分蛾子的卵，几乎覆盖了白色的屋顶。地面是白色的地砖，擦得还算干净，反而显得和这屋子的整体"风格"有些格格不入。如果铺上红砖也许会更搭，哪怕垫上夯实的黄土，也比白色的地砖协调得多！这环境，好像和现代化文明监狱没有任何关系。

众人被安排在上铺的一个角落，三人一排，盘腿坐好，经过一番折腾，已经是晚上九点多了，新犯都静静地在上铺坐着。听完关指导的一番话，部分人被吓得连话都不敢说，一些胆大的小声嘀咕着。子墨和邱铭雨挨着坐，子墨低声说："这环境不咋地。"邱铭雨回道："不是不咋地，是太不咋地。"这时，只听外面人声嘈杂，不一会儿，只见一群"老犯"嘴里报着数，一个一个地走了进来。子墨朝下望去，只见他们有的穿着皮衣皮裤，有的穿着单衣单裤，面色黝黑，没有光泽，有戴着帽子的，报数的时候全都摘掉，清一色的光头，时不时地抬头向上看，像看动物园里的动物一样看着新犯，子墨心想：还能穿皮衣，看来此地管理不算严格。

足足一百一十多人，靠着床站成了三排，南面一排，北面两排，都站好后关指导走进屋来，看着众人，厉声喊道："来新犯了，都别瞎搭话，该说的不该说的都轮不到你们说，管好自己的嘴！"讲完，用那双阴沉的眼睛扫视了一周，又抬头看了看上铺的新犯，喊道："报数。"众人又报了一遍。子墨看这情景心想：短短十几分钟，报两遍数，难以理解！又看了看关某人那张饱经沧桑的面孔，心里算着：十八岁参加工作，工龄二十八年，也就是四十六岁，怎么看着像六十四岁似的，长得这么着急吗！

　　接连几日的奔波，众人已是疲惫不堪，监门关闭后，便可以休息了，本想着早点睡，但是这群老犯和遣送处的截然不同，他们抽烟的、聊天的、打闹的，搞得整个屋子乌烟瘴气、喧声如雷。有个人用眼睛看着新犯，问一名小个子犯人："哪分来的？"小个子犯人说道："京犯。"又过来一名犯人对小个子说道："给我整套衣服。"小个子点了一下头。其他人聊什么的有，基本都提到什么任务任务的。快十点的时候，一个大个子犯人，长得很有棱角，身高在一米八以上，站在屋中央大声喊道，就寝了，都上铺，赶紧的。话音一落，众人纷纷朝自己的床铺走去，只留下几个人收拾卫生。

　　二十名新犯，你看看我，我看看你，一路走来期盼着早日入监改造，可没想到监狱居然是这个样子！

　　在班长的安排下，新犯们早早地躺下，子墨和邱铭雨挨着睡，二人很高兴，邱铭雨还在子墨耳边低语道："别让他们发现咱俩是同案，知道了该调走一个了。"子墨也小声说："嗯，咱俩假装不认识。"这时睡在新犯旁边的一名老犯爬上了铺，脱下了衣服裤子甩在脚边。此刻，子墨才近距离地看清了他的那套"皮衣皮裤"，原来只是一套普通的囚服，只是不知经历了多少岁月的沧桑，冬去春来，饱食人间烟火，在主人"精心呵护"下，从不沾水，最后包浆了而已，经灯光这么一照，发出油腻腻的光！子墨心想：难道洗衣服加刑吗？

次日凌晨四点左右，值夜班的班长喊所有人起床，就是昨晚那个小个子，众犯迷迷糊糊地穿着衣服，整理着内务，然而接下来的一幕再一次刷新了子墨等新犯的三观。只见老犯有的卷起铺面上的褥子，摆好碗筷，有的拉出铺底下的木箱子，箱子几乎和铺一样长，短的也有一米多，宽窄不一，最宽的近一米，窄的也有五六十厘米，下面是用轴承做的轱辘，很轻松就能从铺下拉出来。箱体基本分为两个区域，前半段较短，盖子有合页，掀开后，里面装满了盆盆碗碗，拿出餐具后，盖上盖子，直接当桌子用。箱体的后半段，盖子掀开，里面放一些多余的被褥、衣物等生活用品。他们称这东西为"下箱"，而在子墨看来，这东西既是橱柜，也是衣柜，还是餐桌，简直就是多功能改造箱。当然，这种高级的设备也并不是人人都有，一部分人只是用纸箱装杂物。那些崭新木板的宽大下箱，基本都在铺的四角放着，很明显是等级高的群体，而中间的那些小的下箱，基本都是一些破板木条拼接的，至于那部分纸箱，基本已不堪入目！一个瘦高个新犯说道："咱们也得弄一个这玩意。"他身边的矮胖子说："弄个大的。"他后面的新犯说："好像棺材！"

众人都准备得差不多了，这时去伙房打饭的犯人在班长的带领下也回来了，而此刻，新犯们的三观简直被颠覆了，只见两名犯人一前一后，肩头扛一根木杠，杠子下面吊着一个白色的塑料桶，虽然桶的颜色已经变得黑黄，但它曾经应该是白色，桶里满满的菜汤。后面两名犯人，也是一前一后，中间抬着一个木斗，长一米多，宽六十多厘米，高四十厘米左右，四个角有木把手，二人晃晃悠悠地进屋，将木斗放在地上，里面装着馒头。那木斗的木板好似刚出土的棺木，被岁月腐蚀得布满沟槽，而里面馒头的颜色好似巧克力，边上还放了一盆萝卜条咸菜。子墨拿着碗排队，有专人给打汤，打完汤又去领了一个沉甸甸的馒头、十几根咸菜条。所有新犯因为都住上铺，所以没地方吃饭，没办法，大家找个角落，蹲在地上围个圈。打好了饭菜，都互相看着，不敢下口，几乎都不相信这是给人吃的，瘦高个最先说："好像猪食。"边上的人说："不如猪食，给猪吃这个能长膘吗？"一个膀大腰圆、虎头虎脑的哥们儿，低声说道："哥几个，我先打个样。"说完，端起碗，拿出一饮而尽的气势，结果刚喝了一口就喷了出来。子墨见状，也端起汤闻了闻，一股油烟中夹杂着三分酸、二分腥、一分泥土的味道涌入鼻腔，确实难以下咽！放下碗，子墨又拿起沉甸甸、硬邦邦的馒头，如果没人说它是馒头，单看这外表，无论如何也无法和馒头联系到一起，双手用力一掰，里面有好多小面疙瘩、小面球散落，又闻了闻，有一股霉味中夹杂着酸菜缸和下水道的味道直达脑仁儿！众人看这情景，都没再动筷，那个早晨，二十名新犯都没吃饭，只有"吴有德"那哥们喝了一口汤还吐了出来！

　　但是老犯们吃得很香，当然也有一部分喝的是白开水，条件好的冲点奶粉。但是接下来发生的也让人难以接受，只见老犯们吃完饭，将擦碗的卫生纸、扒下来的馒头皮，榨菜的袋子，碗底的残汤等统统倒进了装菜的桶里。天呐，这是菜桶还是垃圾桶？所有新犯都将目光看向干呕的吴有德！无奈，众人入乡随俗，也将没喝的菜汤倒进桶内，子墨朝水房走去，准备刷碗。如果说之前的一幕颠覆了三观，那么接下来的一幕可以称之为灵异事件了，因为它是正常人难以想象出来的！子墨拿着碗进了水房，迎面是一个残破的水池，偌大的水池，居然只有一个水管在那咕嘟咕嘟地冒着水，还没有水龙头，关闭水的阀门在远处的墙角上。子墨刷完抬起头，就在他的右前方，靠墙放了一个塑料桶，和菜桶同款的那种，而桶被置放在一个铁架子下方，铁架子前方有两步台阶，上面有个方形的口，刚好对着下面的桶口，有一名犯人高高地蹲在上面拉着大便，而坐在屋内水房门口吃饭的人，只要一抬头，那角度，刚好可以看见蹲着那人的裆部全貌，还有后面顺着肛门丝滑地排入桶中的粪便，和他那撒了一地的尿。这期间，还经常有人进来撒尿，解开裤子，对着墙就呲，浑黄的尿液在地上流淌，流向远处的下水口，地砖上已经结满了一层厚厚黄黄的尿碱，整个水房那浑浊的气味，如果用臊臭来形容，那简直是对它最高的赞美！

出来后，子墨面色沉重，邱铭雨问他怎么了，子墨没有说话，当然，他并没有被那浑浊的气味熏晕头脑，而是一想到未来的若干年将要在这样的环境里生活，简直生不如死！可是，他又哪里知道，一切才刚刚开始，环境的折磨不算什么，精神的折磨才是致命的，如果说现在这点景象就生不如死了，那以后的日子将是九死一生！

早餐速度很快，从起床到老犯们报着数走出监门，用了不到半小时，外面依然是暗夜星空，子墨心想：这可是真真切切的披星戴月呀！坐在上铺，看着他们一个个穿着油腻腻的囚服走出监门，走在最后的还是刚刚抬菜桶的那两位，他们二人的肩头依然扛着一根杠子，所不同的是这次抬的不是菜桶，而是水房铁架子下那个沾满了粪便的粪桶。在惯力的作用下，里面的"金汁"不时地拍打着桶壁，溅起高高的粪花，并发出"噼啪"的响声！这一幕几乎让所有人屏住了呼吸！

老犯走后，屋内一片狼藉，昨晚那个小个子，原来是个班长，此人名叫"鞑格尔强"，是少数民族，老犯都叫他"大个强"，长得小鼻子、小眼睛、大嘴巴，穿了一双厚底布鞋，据说还垫了两副鞋垫，身高大概一米五五。虽然个子不高，但是身体很是强壮，用北方的话叫"车轴汉子"，这种身材的人适合摔跤，因为轻易不会倒，即便倒了，也会很轻松地起来。他点名叫出两名新犯打扫卫生，吴有德和孙辉。只见他俩一人拿着扫把，一人推着一米宽的拖布，在地上来回地走，擦完屋地又让他俩清理水房。吴有德一副不满的表情站在那里看着大个强，大个强见状，仰着头问道："啥意思？"别看他个子小，声音很洪亮。吴有德的气势马上就下来了，但是见所有人都看着，于是硬着头皮问道，还是我俩呀？不能换换吗？只见大个强气势汹汹地喊道：你咋那么多话呢，让你干啥你就干啥得了。此时吴有德不装了，彻底怂了，小声地说道："没说不干，就是问问。"二人收拾完水房回来已是满头大汗。都收拾完以后，"大个强"让所有新犯站军姿。天渐渐地亮了起来，这时走进来一名狱警，只见大个强恭敬地喊"李管教"，然后到监门口值班室那里，用暖水瓶往洗脸盆里倒水，调好水温，牙刷牙膏也都摆放好。李管教开始刷牙洗脸，洗漱完毕，站到了新犯队伍前面。只见此人不到三十岁，身高不足一米七，小寸头，戴一副无边框的近视镜，从镜子侧面折射出的圈判断，在四百度左右，圆圆的大脸红彤彤的，大家都以为他喝酒了，但是观察发现并没有，只见他面对众新犯讲道："我是你们的管教，我姓李，在今后的日子里，我不管你是刑期长的还是刑期短的，首先要牢记自己的身份，遵守监规纪律，出轨越格的事想都不要想，不要挑战红线，国家对你们的政策是教育、感化、挽救，但是，听好了，这里的政策是教育感化就是锹把镐把，感化不了那就火化！"众人听着这些新鲜的名词，一个个你看看我，我看看你，李管教讲完，用那双眯成了一条缝的小眼睛扫视了一周，然后带着众人去院子里集训，走队列……

四、遇见不平再出手，险遭诬告把刑加。

众人报着数朝院子里走，一个挺壮的哥们说："一个比一个狠，直接给咱们火化了。"另一个戴眼镜的接着说："这儿的警察队伍普遍素质不高嘛。"又一个接着说："这地方的警察谈什么素质，有素质的谁上这儿来。"这时一个改造过一次的新犯说："别听他们瞎咋呼，真弄出点事捅到省里，他们全懵。"众人边小声议论边走到了院子中央，在李管教的指挥下，按大小个四人一排，绕着院子迈方步，李管教扯着嗓子喊着一二一、一二一、一、二、三、四，大家也跟着喊一二三四，只见李管教红红的脸，这么扯脖子一喊，连脖子也跟着通红，还不时地喊道：都没吃饭咋的，大点声。然后接着喊"一、二、三、四。"于是众人也运足了气大声地跟着喊。子墨心想：确实没吃饭呀！绕着院子走了两圈，队伍很凌乱，于是李管教要求一排一排地走，这下问题突显出来了，有跟不上口号的，有顺拐的，有控制不好步速的，等等，最后发现有两人是真的不行，两人都有点瘸，一个是李凤刚，一条腿有点细，是小儿麻痹，另一个孙辉，说是受过伤。于是李管教让二人出列，不用跟队伍练了，二人听了很高兴。

见这情景，瘦高个王长青对旁边的李云涛小声说道："赶紧把我腿打断。"李云涛也低声回复道："你先打折我的。"接着李管教命令站好队继续走队列，退下来的二人正高兴，只见李管教指着院子角落的阴凉处说道："你俩去那立正站好，走不行，站着总会吧。"于是二人一瘸一拐地朝房山头的阴凉处走去。众人又练习了十几圈，李管教有些累了，命令全体原地休息，又走到李凤刚和孙辉面前厉声说道："立正站好，别他妈晃来晃去的，再站不好让你俩撅着。"二人听完赶紧地立正站着。上午的气温虽然不算冷，但是毕竟也11月份了，长期处于阴凉处，再加上过堂风吹着，二人已经开始打哆嗦了！邱铭雨小声地说道："他们办法真多。"王长青接着说："人家是专业治咱们的。"

李管教接着喊着口号带领众人继续列队，可是走着走着发现有两人又跟不上节奏了，于是让二人出列，黄龙和闫维安，二人的个子比大个强高不了多少，李管教喊道："你俩能不能好好走。"只见黄龙对李管教说道："报告李管教，我左腿有滑膜炎，不能走太快。"李管教听完又看向闫维安问道："你也有滑膜炎咋的？"闫维安回答说："报告管教，我腿受过伤。"李管教听完，点着头说道："行，都有毛病，出列吧。"此时太阳正当空，院子里几乎没什么阴凉处了，如果这会儿能站在角落里晒太阳，应该是一件很惬意的事，二人低垂的脸上有一丝难以掩饰的喜悦！只见李管教向角落里的孙辉和李凤刚招手，二人过来后，李管教说道："你们四个跟我来，其他人原地休息。"于是四人跟随李管教进了监舍，不一会儿，四人抬着早上装馒头的那个木斗出来了，只见李管教对四人说道："既然你们走队列跟不上，那就换个走法，你们四个抬着它绕着院子走，快点、慢点都行，也不用听口令，就一条，我不喊停，不准停！"四人抬着少说也有几十斤的木斗绕着院子走了起来，开始他们四人都瘸得很明显，有抬腿往左倾斜的，有伸脚往右倾斜的，有上下窜的，还有个脚跟不沾地的。他们四个一圈一圈地绕着，剩下的十六人继续走着队列，喊着响亮的"一二三四"。走了好一阵，李管教累了，命令原地休息，他们四个也往这边看，李管教喊道："你们别停，继续。"只见他们四个抬着木斗继续一圈一圈地走着，众人坐在地上看着他们，奇怪的是开始瘸得都挺严重的，这会儿都不瘸了，一个个汗流浃背地在那慢悠悠绕着圈。邱铭雨说道："还不如走队列呢。"王长青接着说："黄龙以为这会儿不冷了，站一会儿挺好，结果失算了。"李云涛说："看来治咱们，人家办法多的是。"子墨最后笑着说："抬着这玩意还治病呀，走了几圈都不瘸了。"众人低声笑着……

　　临近中午的时候，大个强来请示李管教说派几个人去打饭，李管教指着绕圈的四人说道："就他们四个去吧。"于是四人又跟着大个强去伙房打饭，其他人回监舍休息。走了一上午队列，都有些疲乏，众人爬上铺，躺着伸伸腰，有个叫王发的胖子说道："看来不能耍小聪明，走走队列，就当减肥了。"王长青接着说："就这环境，天天躺着也胖不了，还用减肥。"邱铭雨说："胖子，下午你也装瘸，然后和他们抬箱子绕圈，那个比走队列减肥快。"子墨说："箱子四个角，没地方了。"李云涛在一旁说："让胖子坐箱子里，他们四个抬着。"众人听完哈哈大笑！只听铺的最东头传来声音，喊道："都他妈小点声，拿这当家了吧！"这时众人才发现那边还睡了一个人，子墨小声说："他应该是昨晚值班的班长。"

午饭来了，四人抬着木斗，里面放着馒头和一盆菜汤。众人开始吃饭，仍然是围在地上坐着，馒头依然是早上那款。这回没人不吃了，毕竟早上就没吃饭，又训练了一上午，此时都饥肠辘辘的。大家把馒头外面的皮扒掉，掰开，把里面的面疙瘩挑出来，然后一口一口地吃了起来，尽管难以下咽，但总比饿着强。菜汤不是早上那款了，基本是清水煮的圆白菜，大家嚼着馒头，喝着菜汤，心想：集训不过如此，挺过去就好了。可他们不知道，这将是他们改造生涯里最舒服的日子！只听李云涛一脸坏笑地问黄龙："你们下午还绕圈呗？"黄龙哭丧着脸说道："本以为中午了，也不凉了，下午站着晒晒太阳也挺好，哎，没玩过人家呀！"众人低声地笑着，孙辉说："我们去车间了，那帮老犯干的都是手工编织的活，编的是啥我在门外没看清。"王长青问："车间在哪？"闫维安说："最北面，我们几个打完饭送到车间，然后又把咱们的抬回来。"这时从不说话的李凤刚说："我看见伙房墙上的菜谱写着今天中午猪肉炖土豆，晚上白菜豆腐。"胖子激动地问道："咱们的肉是不是被老犯克扣了？"黄龙在一旁插嘴说："克扣啥，老犯和咱们吃的一样，都是瞎写的。"这时李管教推开门喊道："快点吃，吃完赶紧收拾，准备走队列。"众人一边收拾一边小声地发着牢骚！

落日的余晖铺满了大地，集训了一天的新犯都疲惫不堪，尤其是抬木斗的"四大跛豪"，手掌都磨出了水泡。晚饭过后，大个强和中午在上铺睡觉骂人的那个大个子班长，是值夜班的，只见二人一个身高不足一米六，一个接近一米九，巨大的身高差，让大个强看起来萌萌的。大个强要求所有新犯拿出自己的物品。美其名曰"排查违禁品"，目的是搜刮新犯们的"北京服"等物品，遣送处发的囚服质量要比这里的好得多，版型得体，布料光滑，而这里发的囚服布料起球，裁剪得也不好。虽然身处监狱，但是爱美之心人皆有之，同时和那些穿着油腻腻的囚犯相比，穿着整洁得体的囚服，更能凸显自己的地位，这绝不仅仅是虚荣心的问题，更是等级划分的标志。就好比在遣送处，犯人都穿着白边布鞋，如果鞋子的白边始终都是白的，那基本都是关系犯，不干活的主儿。

只见大个强他们甩给每名新犯一套半新的囚服，说道："都换一下。"所有人都一声不吭地解着扣子，只有子墨站着不动。这一路走来，子墨对监狱里的改造生活已有耳闻，所以对老犯的吃、拿、卡、要也就见怪不怪了，心中早就做了打算，改造靠自己，不拖累家里，关键是没脸面对父亲，所以几次让填入监通知单，子墨都没填写。面对如此环境，子墨只有一个念头：宁可站着死、绝不跪着活！这里的人都是试探性进攻的，从小事开始踩你，如果你不反抗，他们就会得寸进尺，不断地挑战着你的底线，所以子墨要把他们对自己的压迫直接扼杀在摇篮里！

大个子班长走过来，蔑视地看着子墨，问道："小孩，啥意思？"子墨仰着头不屑地看了他一眼，随口说道："没啥意思，不想换！"这时大个强走过来，指着他扔过来的那套囚服说："这个比你的那套厚实，冬天穿暖和。"子墨看了他一眼，说道："厚你就自己留着吧！"大个强似乎还要说什么，只见大个子班长用手拉了他一下让他走，然后自己也转身走了，没走两步，又回过头指着子墨说道："等着啊！"所有的新犯都看着子墨，邱铭雨更是满脸的担心，子墨身旁的胖子王发小声地说："一套衣服，给他算了，好汉不吃眼前亏。"子墨没有看胖子，而是目光镇定地看着前方，说道："这不是衣服的问题，这是尊严的问题。面对警徽，我可以认罪服法，但面对和自己一样的犯人，我们必须捍卫主权，眼前的亏要是吃下了，那你整个刑期将有吃不完的亏！"胖子看了看子墨，嘟囔了一句："没人管你，你自己多加小心吧！"

此刻的子墨回想着大个子班长回头时的眼神，自己在新犯面前让他颜面尽失，他绝不会善罢甘休。但接下来会发生什么，他无法预料，脑海里浮现着电影《监狱风云》中的画面，心中默默地告诫自己：既然宣战了，那就提高警惕，随时应战，自己不会主动挑衅，但面对来犯之敌，也决不退缩！

午夜，子墨迷迷糊糊地爬下铺去上厕所，值夜班的大个强和大个子都坐在椅子上打着盹。按照监规纪律的，值班人员要巡视监舍，预防隐患，并详细记录夜间犯人的一切活动。但是值夜班的人员免不了要打盹，有的干脆就二人轮着睡，早上交班的时候，在值班记录上随便填写几个起夜人员的名字和时间，即使哪天有点儿背，睡觉被夜巡的防暴队抓住了，无非就是几盒烟的事。但是今晚，子墨在水房撒完尿，眼睛半睁不睁地刚走到水房门口，就被大个子挡住了，问道："你干啥去了？"子墨揉揉眼睛回答说："撒尿。"大个子继续问："你报告了吗？"子墨回道："见你俩都睡了，就没打扰你俩。"这时门外的大个强喊道："你哪只眼睛看见我们睡觉了。"这会儿，子墨不再迷糊了，心里想着，他俩这是在找茬儿，于是大脑开始飞快地运转，并用眼角的余光扫视周围寻找有利位置应战。此刻，子墨的正面是堵在门口的大个子，身后一米多是水池。只见大个子班长狡黠地看着子墨说："我俩现在严重怀疑你有越狱倾向。"子墨听完，轻蔑地笑了一下，指着自己身上仅有的一件内裤说道："有穿成这样越狱的吗？"此时，只见大个子伸出左手，搭在了子墨的右肩与脖颈儿的夹角处，嘴里说着"来、来、来"，并用力地勾着子墨。子墨用力地抬起右臂想拨开大个子的手臂，同时身体向后撤，怎奈大个子的手掌像铁钳一样死死地掐住了自己的脖子。这时，大个子挥起右拳朝子墨的面门打来，由于被掐住了脖子，无法大幅度地躲闪，连着两拳，一拳落在了子墨的左眼眶上，一拳打在了子墨的鼻子上，顿时感到两股热流顺着鼻孔流出。情急之下，子墨快速做出了反应，既然无法后撤，那就向前一步，几乎贴在了大个子的胸前，双手迅速地抓住了大个子的衣领，紧接着抬起右膝顶了一下大个子的肚子，大个子本能地向后弓了一下腰。子墨趁机将自己的身体用力向后一仰，用了一个"千斤坠"，双手死死地拽着大个子的衣领。二人瞬间倾倒，由于速度太快，大个子来不及调整重心，他的面前，也就是子墨的身后就是水池，二人近二十厘米的身高差，子墨尽力地缩着脖子、歪着脑袋，完美地避开了水池的边沿，而大个子的额头则重重地磕在了水池上，顿时血流满面。子墨趁机一个翻滚起身，跑进监舍，直奔监门，大喊"报告、报告"！大个强在屋内还没反应过来怎么回事，只见大个子满脸是血地倒在地上，新犯朝监门跑去，本以为这么瘦小的新犯，大个子打他绰绰有余，可眼前的这一幕完全超出了他的预料！

报告声吵醒了所有熟睡中的犯人，他们睁开惺忪的双眼，一脸迷惑地看着鼻血滴满了前胸的子墨拍打着监门喊报告，又看见大个强搀扶着满脸是血的大个子从水房走了出来。有人问大个强怎么了？大个强只是一脸严肃地摇一下头，嘴里说没事。子墨一边拍打着监门，一边迅速地思考接下来的对策。早在遣送处，子墨就读了一些新犯入监须知、监规纪律和服刑人员奖惩制度等一些书籍，他知道新犯入监不满一个月，不参与评分考核，所以趁这段时间可以折腾，但是要掌握好度，对周围的群体起到震慑作用的同时，又不影响日后的改造。

今晚的事件，从子墨用了"千斤坠"的那一刻起，之后的每一步都是有计划的：首先，大个子受伤是意料之中，但是从监控中看，他动手打子墨在先，而子墨还手在后。二人扭打途中摔倒，致使大个子受伤，合情合理。接下来喊报告，就是让所有人都知道新犯被打了，所有人看见新犯只穿了一件内裤去上厕所，并非逃跑。同时，报告声必会引来在院里巡逻的防暴队，大个强他俩会说子墨企图越狱，这个事件就会上报到狱侦科。如果等天亮了，监区内部处理，值夜班的人员都是关系犯，他们和本监区的狱警早就沆瀣一气、警匪一窝了，那对子墨是不利的！而如果防暴队当晚就对事件做了详细的调查并上报到科里，那么大个强他们给子墨扣的"企图越狱"的罪名将证据不足，无法成立，科里最多是给子墨关押禁闭，因为狱里轻易不会使事件上升到给犯人加刑的程度，那样要通过省监狱管理局和法院，对监狱将会造成负面影响。后来发生的事和子墨预想的一样，大个子给予当月免评处理，此时他再有几个月就释放了，免评对他不造成任何影响，而子墨将要面对的是七天禁闭！

五、生产车间如炼狱，凶神恶煞显獠牙！

次日中午，还没来得及吃午饭，子墨便被戴上了手铐，关押到禁闭室了。禁闭室是一间不足十平方米的屋子，南开门，北面的窗子很高、很小，导致屋里的光线很暗，四周的墙壁污秽不堪，隐隐约约还能看见干涸已久的血迹。进门后，东侧的屋顶垂下来两根铁链，下面是两个吊环，东北角放了一张铁板床，床的四个角也有铁环，据说是把那些绝食、自杀的犯人固定在上面，然后下胃管，灌流食用的，西侧有两个铁环镶嵌在地上。子墨被推进去后，待遇还算优厚，没有挂吊环，而是将手铐打开，穿入地下的一个铁环内，重新铐上，又加了一副脚链。这时整个人的四肢都被固定在地环上，铁链又很短，所以只能像大虾一样弓着腰，躺在冰冷的水泥地上，身旁放着一个尿桶和一条与水泥地一样颜色的褥子。

刚躺下时，还不算太痛苦，像大虾一样弓腰躺着，躺累了就翻个身，这场景，让子墨想起小时候农村抓猪，将猪的四个蹄子绑在一起扔在地上，任凭它扭动着肥胖的躯体也无法站立，只能张着大嘴发出刺耳的哀号！

晚饭的时候，看管送来了一碗粥，与其说是粥，倒不如说是米汤，可谓是汤清可见底，米寥寥无几！由于手脚被固定，躺着没法喝，坐又坐不起来，只能用胳膊肘着地将上半身撑起来，然后双手捧着碗，再将头凑到碗边一口一口地喝。简单的晚餐很快结束了，夜幕已经降临，子墨本想享受一下这很久以来难得的独处时光，但萧瑟的晚风通过南北的铁窗来回穿梭，吹得他瑟瑟发抖。他手脚并用地将褥子摊开，随之而来的是一股扑鼻的骚臭，那味道好似风干的大便再一次被尿液浸透后放在嘴边的感觉，让人干呕！而里面的棉花早已经解体，大部分区域就是两层布，解体后的棉花好似土块儿一般硬，躺在上面，好似躺在沙盘上一样高低不平，再加上褥子脏得已经包浆了，子墨心想：如果把这东西放到潘家园，说它是秦桧当年服刑用过的都有人信！

过堂风呼呼地吹着，后半夜的每一分、每一秒都是痛苦的煎熬，腹中难忍的饥饿、腿长时间蜷着伸不直、腰长时间弓着展不开，水泥地的寒气冰得身体又有些发麻。这时传来一股尿意，由于身体不能站立，子墨只能双膝跪在地上，撅着屁股，前半身用头顶着地，腰向前拱，靠近双手，解开裤子，然后拉过尿桶。这姿势好似牲口又不如牲口，由于尿桶过高，只能将它倾斜着放到腹下，用双手扶着，滚烫的尿液流出，一股温热的尿骚味扑面而来，感到一丝暖意，只一瞬间便被过堂风吹走，随之而来的是褥子那难以用言辞来形容的味道！挪动尿桶时，由于它是倾斜的，又洒了一些，余温尚存的尿液洒在了那个"前朝"的褥子上，顷刻间就被干硬的棉花吸收了。子墨苦笑了一下，心想：是谁发明了这地环呢？真想感谢他八辈祖宗！

黑夜的风始终陪伴着子墨，他似睡非睡地直到一丝细微的曙光照射进屋子，只是这一丝丝的光线都让他倍感亲切。随着"咣当"一声，铁门被推开，一碗清澈的米汤放到面前。子墨用麻木的手臂撑起半僵的身体，将冰凉的米汤一饮而尽，然后便无力地躺了下去。墙上的那丝阳光虽近在咫尺，然而枷锁的束缚却使子墨无法享受到它的温暖！太阳慢慢地升起，黑暗的禁闭室虽看不见它的万丈芒光，但是空气中开始弥漫阳光的味道，温暖的气流慢慢裹挟了子墨的全身，让他感受到作为活人的基本快乐！

铁门再次被推开，李管教走了进来，他先是用右手推了推眼镜，顺势又用食指堵住了自己的鼻孔。他的脸还是那么红，由于刚进屋，他的瞳孔还没有适应屋内的光线，双眼没有焦点地扫来扫去，过了几分钟，才将目光锁定了子墨。只见子墨无力地抬了抬脑袋，微弱地说了句："李管教好。"李管教盯着子墨，片刻过后，厉声说道："刚来就给我惹事，我看你是不想出去了。这七天你好好反思一下以后应该怎么改造，七天反思不明白我就再给你加七天，还是不明白那就再加，直接加够两个月，我看你这一百多斤能不能挺住！"说完转身离去。他的声音并不高，但是语气中充满了逼人的寒气，顷刻间驱散了屋内那一丝仅有的暖流！

那丝光线慢慢地变短，直到消失。傍晚过后，又一碗清凉的米汤涌入子墨的胃肠，不一会儿，便如黄河之水那样奔流而下，最后变成一股暖流排出体外。黑夜再次降临，还有那凄凉的秋风，在禁闭室的每一个夜晚都好似千年万年……七天的时间终于熬过去了，当子墨的手铐、脚链被打开，弯曲已久的身体突然得到伸展时，关节处钻心的疼痛，再加上身体过于虚弱，子墨一时间竟无法站立。狱警太了解这个了，来的时候就带了两名犯人，他们一左一右搀扶着子墨。乍一来到室外，强烈的光芒瞬间就刺痛了子墨的双眼，慢慢地、慢慢地，当子墨再次睁开双目，眼前的一切都那么的明亮。子墨不知道这七天自己瘦了多少，只感到每向上转一次眼球，都能清晰地看见自己的眼眶和眉毛！

子墨被带到了车间，此时新犯的集训早已结束，都已分配到车间参加劳动了，干的活是手工编织地毯。车间里有一排排的铁架子，每个铁架子都有上下两个铁磙子，中间横着一根拉经线的丝杠。地毯的经线两端分别缠绕在上下的铁磙子上，一端的铁磙子转动，将经线扯紧，然后从下面开始，看着模版上的花形，一层一层地编织。头顶的横梁上挂着各种颜色的毛线，每编完一层，过一次纬线。然后用一把由多层铁片制成的耙子把编好的部分砸一遍，找平，再用剪子修剪整齐，每人还配备了一把小刀用来割毛线，铁架子宽的有四米多，窄的一米左右，不同宽度的架子编织不同宽度的地毯，不同宽度的地毯配备的人数也不同。子墨被分配到一个两米多宽的地毯上学习编织，由一名老犯人带着。刚开始子墨叫他师傅，听别人都叫他军哥，子墨也叫他军哥。这位军哥四十多岁，干净利索，几天下来，和子墨聊得很投缘。军哥是盗窃罪，这次判了三年，还有几个月就释放了。他告诉子墨说大个子班长头部缝了好几针，他还问子墨在小号里待得怎么样，刑期那么长，劝他以后遇事不要冲动。当时，子墨咬牙切齿地说："七天小号遭的罪，都是拜大个子所赐，这事儿肯定没完。眼下刚出小号，有点虚弱，等缓一缓，找机会还干他，争取把他干残，加几年刑也认了，反正还有十年多，不差三年两年的!"但是子墨不知道，军哥和大个子关系还不错，他把子墨的话转述给了大个子。大个子得知子墨的想法后，也许是快回家了不想惹事，也许是怕了子墨这个愣头青，晚上收工后，他主动叫子墨："小孩，来一下。"子墨身边的邱铭雨直接跳了起来，以为又要打架，子墨按住了他，小声说道："稳住，先看看叫我干啥。"子墨迈着沉稳的步子朝大个子走去，只见大个子盘着腿坐在铺上，见子墨过来，先是笑了笑，然后递给子墨一根烟，子墨说不会，大个子自己点着了，吸了一口，说道："小孩，这几天没少吃苦吧，咱哥们也算是不打不相识。你呢，遭了七天罪，我呢也挂了彩，这事呢过去了，以后有事吱声。"子墨听完，说道："咱俩远日无怨、近日无仇，这点小事，既然你不计较了，我这儿也翻篇了，咱们来日方长。"说完转身走了。周围的老犯儿们都小声议论，有的说，新来的小孩是个硬茬，有的说，小孩挺有刚，还挺仗义! 子墨朝邱铭雨走去，此时，邱铭雨松开了攥紧的拳头。

子墨回到邱铭雨身旁，刚要说话，又听见有人喊自己，抬头一看，是组长柳延旭。他负责犯人出工到车间后，统计每名犯人的劳动量，上报给狱警，同时也维护车间的劳动秩序，在本监区的犯人里，他算是上层犯人里的一位。监狱里的犯人分三六九等，派系分明，首先从睡觉的位置就能看出来。南北铺和上铺，共有六个靠墙的位置，睡在这六个位置的人，俗称把"角（读 jia 三声）"子，和子墨打架的大个子，是四名值班人员中的组长，收工、锁监门后，监舍由他管理。他睡在上铺的东北角，连着四个铺位，睡着他们四名值班人员。他的正下铺，是车间的技术员，负责犯人手工活的质量检验和技术指导。睡在东南角的是一位四十多岁的犯人，大家都叫他"矿长"，他每天就是穿着干净的囚服，背着手在车间里晃来晃去，晃累了就找地儿睡觉、休息，从不劳动。上铺的西北角睡着一位涉黑的社会大哥，大家都叫他"九叔"，五十多岁的年纪，平时很少和大家伙说话，也不见他去车间，基本上就是在院子里遛弯，偶尔去狱警办公室喝喝茶。九叔一个人足足占了两个人的铺位，而普通犯人的铺位还不足六十厘米宽，九叔的正下方睡的是他的"厨师"，绰号"肥龙"，肥头大耳的，据说在外面还是特级厨师，因为一个餐厅的女领班和人打架进来的。九叔不吃监狱里的饭菜，他有自己的锅具，有狱警每天给他往里带菜。而睡在西南角的就是刚刚叫子墨的柳延旭。他把子墨叫到跟前，问了子墨的年龄，又问了子墨的家乡，聊了一会儿，最后语重心长地对子墨说："改造多挣点分，争取早点减刑，你还年轻，出去后啥都不晚，以后遇事别那么冲动，有需要老哥帮忙的尽管开口。"子墨被他说得一头雾水，但还是表示出万分感谢，告辞了柳延旭，回到自己的铺位后，和邱铭雨叙述着刚才的谈话，二人都百思不得其解……

　　三天后，所有新犯的学习期结束了，开始和老犯们一样，每天上报劳动量。之前，新犯们每天看狱警把没完成任务的老犯打得死去活来，时而电棍，时而嘴巴，时而拳脚相加，如今轮到他们了。刚开始，给新犯们定的任务都不高，大多数人都勉强能完成，只有一小部分干不完，这小部分人里就包括"四大跛豪"。晚上收工前，组长柳延旭统计完劳动量，那些没完成任务的被叫到车间外，新犯加老犯二十多人站成一排。关某人拿着电棍，只听一阵噼啪的响声，电得犯人哭爹喊娘，中途电棍没电了，换了一根接着电。收工回到监舍后，子墨看见"四大跛豪"的脖子都被电得起泡了。到了第二天一早，刚到车间，昨天没完成任务的就又被叫了出去。监区的狱警是两班倒，上一天一夜，休一天一夜，刚接班的狱警上班的第一件事就是把昨天没完成任务的犯人收拾一遍，下班的最后一件事是把今天没完成任务的犯人收拾一遍，两班狱警配合得很默契，生怕遗漏对没完成任务的犯人的"教育"！

今天上班的狱警是中队长阎斌和于波于队长。阎斌，绰号"三阎王"是狱警里被犯人称为"四大杀手"的其中一位，另外三位分别是七监区，也就是子墨所在的监区的监区长苟伟，绰号"狗黑子"。听说早年在基层的时候打起犯人来也是心狠手辣，如今当了监区长，七监区永远是所有监区里出工最早、收工最晚的，还经常加班加点，把犯人当牲口一样对待，当然，监区的创收也一直排在第一位，所以连一些警察都叫他"狗黑子"。下一位，是七监区二队的中队长吴刚，绰号"红手套"，他打犯人的时候，先戴上一副白手套，什么时候白手套被犯人的血染红了什么时候停手。最后一位是六监区的中队长华国强，绰号"画家"，他打犯人的时候，习惯把犯人叫到车间外的山墙边上，然后摘下手表，挽起衣袖，对着犯人一顿组合拳。久而久之，白色的山墙上染满了犯人的斑斑血迹，远远地看去，好似一幅山水画，因此他得名"画家"。

监狱里的"四大杀手",七监区一个区长,两个中队长,占了三位。当初刚入监的时候,老犯们就对子墨他们说,本省那么多监狱,能分到"九监",只能说是你们的不幸,分到了九监又被分到七监区,那只能说是你们不幸中的不幸,可是分到了七监区,还被分到三阎王的中队,可以说这将是你们一生中最大的不幸!当时众新犯都不太理解,大家私下里还嘀咕:能有多不幸,已经成为阶下囚了,咱们又没犯死罪,还能怎么样。

只见中队长三阎王早上刚踏进车间,便喊柳延旭,让他把昨天没完成任务的犯人叫到外面。不一会儿,昨晚挨电棍那二十几个人又在外面站成了一排,三阎王面色铁青、横眉立目,满嘴的脏话先是把这二十几人一顿臭骂,然后从第一个开始拳打脚踢,犯人们的鼻子、嘴角,都淌着血沫。遇见个子高的犯人,三阎王就跳起来打,有一名老犯,五十多岁的样子,被三阎王一脚踹倒了,双手捂着肚子站不起来,躺在地上小声地呻吟,只见三阎王用脚踩着他的脸紧紧地贴在地上,又解下外衣上的警用皮带,朝着犯人的脖子、后脑勺、面门,往死里抽打,边打边咬牙切齿地骂,这情形,好似每名没完成任务的犯人都和他有杀父之仇、夺妻之恨。老犯们说,有一次,三阎王把两名犯人打得一个吐血,一个胸疼得不敢直腰,事后,这两名犯人被转到了"病监(专关押病号的监区)",结果不到一个月,就都死了。狱里上报说是自然死亡,三阎王的绰号也是那时候得来的!

一整天,犯人们的心中都战战兢兢,尤其是"四大跛豪",从昨晚到现在,连着被打了两次,被打得晕头转向。其他新犯的心情也是无比的沉重，每天天还没亮就来到车间，上午集体上一次厕所，吸烟的趁机能吸半根烟，午饭也是风卷残云般快速吃完，然后马上干活。下午集体再上一次厕所，如果赶上拉肚子想单独请假，是一件很艰难的事情，起码要被狱警骂几句。到了晚饭的时间，依然是囫囵吞枣，吃完继续抢任务，毕竟谁也不想被点名！车间里除了耙子敲打地毯和过纬线摇丝杠的声音，还不时地传来电棍的噼啪声。收工前，任务统计完以后，对一部分犯人来说，又是一个恐怖的傍晚！回到监舍，别人洗漱，那几个没完成任务的还要坐在地上学习。众人收拾完上铺休息以后，他们还要打扫卫生，最后才轮到自己洗漱，直到深夜，才能拖着疲惫的身躯爬上铺休息，而睁开眼睛，又将是一个恐怖的清晨！就是这样，今天重复着昨天，而明天又是今天的翻版。唯一不同的是他们脸上淤青、红肿经常变换位置！

六、警界蛀虫横行霸道，子墨抗拒遍体鳞伤。

慢慢地，犯人们几乎都忘了白天的监舍是什么样子。每天凌晨天还没亮，就迷迷糊糊地踏着夜色来到车间，机械般地劳动一天，晚上再披着繁星回到监舍，累得连脱衣服的力气都没有。子墨心想：难怪老犯们都不怎么洗衣服，那么多穿"皮夹克"的。有一部分犯人一年到头都不怎么刷牙洗脸，更别提换洗衣服了。这里的"虱子"泛滥成灾，多到几乎随处可见，根本不需要脱衣服翻找。老犯们说，屋里没有蚂蚁，是因为蚂蚁军团早被虱子大军歼灭了。

犯人的劳动任务每天都在上涨，几乎都是咬着牙才勉强完成的，刚刚熟练了一点，还没喘口气，又涨了。狱警给每人量身定制的任务，永远是你竭尽所能才勉强接近的数量。老犯们说：这个两千多人的小农场，一年下来，累死的、病死的、间接被打死的，最多时达三十多人。子墨听着，想着自己这漫长的刑期，再看看这环境，真不知道能否活着出去，一时间对自由几乎不抱任何希望！

　　越来越多的新犯开始完不成任务了，每天经历着恐怖的清晨和恐怖的傍晚。新犯们普遍年轻，手脚灵活，体质也比摧残多年的老犯们好，所以狱警给定的任务普遍比老犯高。狱警们绞尽脑汁地挖掘犯人们的潜力，尽可能地压榨犯人的劳动力，因为监区的创收额直接关系到每名狱警的提成和年终奖，超额完成创收额所带来的荣誉又间接影响每名狱警的仕途，还有最为关键的一点：长期的高压管理，很多犯人受不了，便会花钱托关系，寻求照顾，一来免受皮肉之苦，二来可以轻松地挣分减刑。有的犯人知道自身的家庭状况，起初选择自己犯的罪自己扛着，但是日复一日、年复一年的精神和身体上的暴力摧残，身边的人一个个倒下，恐惧长期占据着内心，求生的本能越来越强烈，最后不顾一切地恳求家里，哪怕是卖房子卖地，也要花钱托关系，帮助自己改造！而狱警则会让你看到金钱的力量在这里被展现得淋漓尽致！从以上视角来说：这里的犯人，既是狱警的衣食父母，也是为他们获取金钱和权利的奴隶！

　　严峻的形势让所有新犯都惶惶不安，大部分新犯都挨过几次打了。这天邱铭雨和子墨编织的地毯缺毛线，需要去前面的库房拿，此时，在旭哥的帮助下二人调到一个地毯上干活了，但是犯人是不可以在狱内独自行走的，出了车间，必须由警察带领。这会儿，刚好本监区的刘副教导员出去，组长旭哥让邱铭雨跟着刘教一起走。监区的三位领导，监区长也被称为教导员，两个副区长也就是副教导员，中队的管教称为"管教员"。犯人们习惯在监区长的姓后面加一个"教"字，比如苟区长，犯人都称之为"苟教"，刘副区长则被称为"刘教"。只见邱铭雨一路小跑，边跑边喊："刘管教、刘管教，等等我，我去拿毛线。"刘教听到喊声后站住了，转过身，刚好邱铭雨也到了跟前，刚站好，还没来得及说话，刘教的大嘴巴就打了过来，连着打了二十几个，边打还边说："你他妈管谁叫刘管教呢！"打得邱铭雨眼冒金星，刘教打累了，骂了句："滚回去。"子墨见他这么快回来，毛线也没拿，脸颊又红又肿，问道："怎么了？"邱铭雨说："我追着刘管教，刚到跟前他就打我。"子墨问："为啥打你？"邱铭雨想了一会说："想不出来啥原因。"子墨说："不可能连个原因都没有就打人吧？"邱铭雨嘟囔着说："这里没啥原因挨打的还少吗？"子墨想了一会儿说："你管刘教叫刘管教，是不是因为这个？"邱铭雨听完，义正词严地对子墨说："管教、管教，就是管理教育，是狱警的统称，就好比部队从军长到连长都可以叫首长是一个道理。"子墨听完，说道："有道理，但我还是不相信什么理由都没有就打人。"这时，刚好旭哥走了过来，问毛线怎么没拿。子墨说：旭哥，问你个事，然后就把刚才邱铭雨挨打的经过说了一遍，旭哥听完说："人家熬了半辈子才熬到'副教'的位置，你管人家叫'管教'，一下子回到解放前了，不打你打谁。估计他今天心情不错，要是赶上心情不好，不打你个半死才怪呢！"听了旭哥的话，邱铭雨垂下了脑袋，子墨心想：这劳改犯真不是人当的，这也算个事儿，居然被一顿打，和电视剧里演的完全不同！

当晚，统计任务的时候，子墨和邱铭雨因为整个下午情绪都不好，所以任务差了一点，没完成。旭哥到二人跟前说："报数。"子墨对旭哥说："今天差点儿，把邱铭雨的任务交够了，剩下的算我的。"邱铭雨听了，也对旭哥说："把他的交够了，剩下的给我。"子墨对邱铭雨说："你今天都挨一次打了，晚上让我体验一下吧。"邱铭雨说："反正都挨了一次了，不差第二次，可着我今天祸祸吧！"旭哥在一旁看着，说道："你俩有完没完，差多少？"子墨说："就差一点儿。"旭哥说："那行了，你俩别争着挨揍了，今天差的我给你俩补上了。"说完大笔一挥，拍了拍子墨的脑袋就走了，子墨看着旭哥的背影，心中升起一股暖流！

今天是关某人和李管教值班，晚上统计完任务后，没完成的都被叫了出去。这段日子，曾经的"四大跋豪"已经有两位出圈了，只剩下黄龙和李凤刚还总是完不成任务。只见关某人拎着刚刚充满电的电棍，从左边开始一个一个地"教育"，他问第一个："你因为啥完不成任务？"只见这名头发花白的老犯一脸无奈地说："关指导，我今天降压药没了，下午血压上来了，一直迷糊，所以没完成。"关某人提起电棍说："啊，血压上来了，来，我给你降降压。"说着，拿起电棍在老犯的脖子上、脸上、耳朵上电了起来，电棍发出清脆的噼啪声，还冒着火花。关某人一边电着，一边还问着："怎么样，血压下没下来。"老犯一边小幅度地躲闪，一边喊着"下来了、下来了"，关某人继续一边电一边问："明天能不能完成了？"老犯赶紧说"能、能、能、能……"然后关某人提着电棍又指向下一位，问道："你为啥没完成，你血压也高咋的？"只见这哥们一米八的身高，此刻弓着腰，缩着脖子，满脸赔笑地说道："关指导，我今天家里来人，接见去了，耽误了一会儿，给个机会，我明天紧紧手赶回来。"关某人听完，说道："啊，接见耽误了，那好办，告诉你家人，以后不用来了，从今天开始，你的接见取消了。"这哥们一脸苦相地说："关指导，别取消，我明天一定赶回来。"关某人看了他一眼继续说："明天能赶回来？"这哥们坚定地回答说"能"。只见关某人诡异地笑了一下，说："今天差的，明天还能赶回来，说明你还有潜力嘛，看来你是有劲不使，给自己留一手呀。"突然面色一变，严厉地说："你拿监狱当菜市场呢，还今天差的明天补，明天涨任务了，能补回来吗？"话音未落，电棍就"噼啪"地响了起来！接连几个犯人，虽然都有各种各样的理由，但是关某人一个都没有放过，哪怕你的理由确实合情合理。关某人来到李凤刚面前，李凤刚小心翼翼地低声说："我的刀不快了，割线总是割不断，又没找到磨石，所以今天干得慢。"关某人骂道："你他妈的刀不快也是理由，在水泥地上蹭几下也能对付一阵儿呀，我他妈看你就是少揍了。"接下来又是一顿电棍。最后一个是黄龙，他一直在琢磨，前边那几个说的各种理由，不但没减轻处罚，关某人听完好像还更生气了，我不能学他们，我要反其道而行之。只见关某人提着电棍问黄龙："你咋回事？"黄龙说："我没完成任务。"关某人喊道："我知道你没完成任务，完成了能把你叫出来吗，我现在问你为啥没完成？"黄龙接着说："没啥原因，就是干不出来，一天也没闲着，应该是能力问题吧。"关某人听完，先是愣了一下，然后说道："啊，你没理由，就是完不成，我看你是抗改、抗劳、藐视监管。"说完，直接把电棍从黄龙的领口伸进去，按着开关不停地电着，一边电还一边骂着："我他妈今天电糊你，给你充满电，提高一下你的能力。"不一会儿，电棍没电了，关某人喊道："柳延旭，再给我拿一根电棍来。"于是第二根电棍又插进了黄龙的衣领，又是一刻不停火地电着，近二十多分钟后，直到电棍没电了才结束！此刻，黄龙的肠子都悔青了，本以为换个说辞，结果会不同，结果真的不同了，两根电棍都干没电了……

随着新犯们和老犯渐渐熟悉起来，认识了一些所谓的有点"面子"的犯人，他们自称改造时间久了，和某某狱警有交情，只要新犯肯花点钱，他可以帮忙给办个"关系犯"，以后既不会挨打，还能挣高分，早点减刑。你若和他细聊，他还会根据你的刑期给你的整个改造生活做一个规划，哪年减第一次刑，第二次什么时候减，每个月不能低于多少分，想找哪个级别的狱警，各需要多少钱，犯人把这种行为叫"开方子"。刚开始子墨和邱铭雨还有点半信半疑，后来认识的这种老犯越来越多，都自称能和狱警说上话，能办事。直到有一天，一名叫刘光的老犯，和子墨说他和阎斌中队长关系好，有交情，想托关系的，他能说上话。结果有一天，他自己没完成任务，被三阎王打得鼻口蹿血，三阎王边打还边骂："我他妈是不是太久没打你了，你忘了挨打的滋味了吧！"看着这一幕，子墨对邱铭雨说："三阎王真狠，关系好还打这样，那关系不好的就得抬出去。"邱铭雨说："一点没看出来三阎王和他好，都是他自己吹的……"

犯人的劳动任务每两天涨一次，人的体能几乎已经达到了极限，越来越多的人加入恐怖的清晨和恐怖的傍晚行列中，而且监区还经常加班加点地抢任务。老犯们说：之所以这么加班，是因为年底了，元旦前，监区全年的劳务创收额，直接影响监区每一位狱警的年终奖，同时也因为来了这批新犯，想用超强的劳动力和超高的精神压力，来挖掘新犯们的身体潜能和家庭经济潜能，以此来增加狱警们的灰色收入。毕竟年底了，都想趁着年关走动一下，副科级的想办法转正，已经是正科的想办法调动个油水更大的岗位，对狱警来说，这些都是不小的开销！

厄运再一次向子墨招手！此时的任务量已经涨得几乎没人能完成了，这天晚上旭哥拿着本子挨个统计数量，而三阎王就背着手跟在他后面，到了子墨跟前，子墨如实地上报了任务量，旭哥问怎么分？子墨指了指邱铭雨对旭哥说："把他的交够了，剩下是我的。"邱铭雨刚想争辩，看见三阎王在后面，也就没说什么。旭哥对子墨说了句："你没完成啊！"然后继续朝前走去，三阎王走过来看了看子墨。当任务全部统计完以后，由于近期完不成的人数众多，去掉"关系犯"和一些老弱病残，剩下的几乎都在其列。如果还像以前一样都叫到外面去，那几乎是全员出动，就会影响生产，所以改为去"大队部"逐一处理。大队部也就是狱警在车间的办公室，位于车间的尽头，办公室的地面高于车间四层台阶，站在里面，透过玻璃墙可以俯瞰整个车间。

三阎王坐在里面的皮椅上，按着名单，一个一个点名上去，队部里不时地传来哭爹喊娘的叫声和电棍的"噼啪"声，还有三阎王那低俗的叫骂声，尤其是胖子王发上去后，他的叫声格外惨烈。王发平日里言语比较高调，也是新犯里第一个家里来接见的，因此，他优越的家庭条件已是众所周知，狱警们对他都虎视眈眈。别人上去，无非是挨几个嘴巴、几拳、几脚，或者几下电棍，毕竟人数众多，时间又有限，又要"雨露均沾"，狱警也要一切从简。但是王发不同，狱警叫他脱下衣裤，光着身子，把他的双手铐在暖气管子上，再用冷水泼在他的身上和地下，然后四根电棍同时开火。只需将电棍对着地上的积水，王发就已经像猴子一样嚎叫着蹦来蹦去了，手铐的束缚又使他无法逃离水域，队部里传来他惨叫的同时还有三阎王那阴森的笑声……

　　旭哥来到子墨身边，说："小孩，阎中队叫你。"子墨放下手中的工具，站起身朝队部走去，旭哥在后面紧跟了几步，小声说："少说话，别顶嘴，该认错就认错，他也就打你几下就完事了，千万别犟嘴。"子墨回头对旭哥说："没事，我心里有数。"说完，大步踏上了队部的台阶，只见三阎王坐靠在皮椅上，双腿搭在办公桌上，仰着脸，见子墨上来，先是冷笑了一下，然后说："你好像还没挨过我打吧，说说吧，完不成任务，差在哪了？"子墨笔直地站在三阎王面前，不亢不卑地说："我已经尽力了。"三阎王说："我定的任务，有能干完的，你年纪轻轻的，没理由完不成呀。"子墨接着说："我也想完成，多挣点分减刑，但是每个人的能力有限，体力也不同，所以人跟人没法比，更何况改造减刑是自己的事，也没必要跟别人比。"此时的三阎王已经从椅子上站了起来，双目发着寒光，"啪"的一个大嘴巴，重重地打在子墨的脸上，然后骂道："×××的，你挺能叭叭呀，我说一句你说两句，谁他妈给你的勇气敢这么和我说话！"紧接着大嘴巴就像风扇叶一样一个接一个地打了过来，子墨的嘴角已经流出了血。三阎王边打边骂："我定的任务你敢完不成，还他妈能力不同、体力不同，今天我就给你打相同了。"打了一会儿，三阎王应该是累了，开始摆弄地下的电棍，结果都没电了，于是喊负责给队部烧水打杂的犯人，一个绰号叫"毛驴子"的说："去，给我找几根竹条子来。"只见毛驴子一路小跑，不一会儿，拿来四根大拇指粗的竹条子递给了三阎王。三阎王拿起一根朝着子墨的光头就狠狠地抽了下去，"啪"的一声，竹子断了一节，掉在地上，而子墨纹丝没动。于是三阎王拿着剩下的半截继续恶狠狠地抽打子墨的头和脖子，啪、啪、啪，几分钟后，竹条只剩下手里攥着的一节了，而且碎得像刷子一样，一丝一丝的，再看子墨，依然稳稳地站在那里，纹丝不动，也不喊不叫，双目死死地盯着三阎王的眼睛。三阎王更加生气了，随手又拿起一根竹条，继续抽打子墨的头部，打累了，就换换手臂接着打，不一会儿，竹条又打得像刷子一样了。此时，子墨头上的血已经流满了面颊，流到了脖颈儿处，但是他依然纹丝不动，不喊也不叫，充满杀气的双目仍旧死死地盯着三阎王。三阎王看到这一幕，瞬间像疯了一样，又拿起第三根竹条、第四根竹条，直到所有的竹条都打成了刷子，鲜血浸透了子墨的衣领，但子墨还是一动不动笔直地站着，只有当竹条打到面部的时候，才会眨一下眼。此时的三阎王气得好似一只竞技场上的公牛，他扔掉手中残存的竹条，解下警用皮带，让子墨脱掉上衣，然后开始疯狂地抽打子墨瘦弱的身躯，子墨依然不动，不喊，也不叫，红肿的面颊上，那双充满杀气的双眸始终盯着三阁王。不知过了多久，三阁王累得实在打不动了，大口大口地喘着粗气重新坐到皮椅上，"咕咚咕咚"地喝着水，上气不接下气地说："明天能不能完成？"子墨轻蔑地看着他，轻声地说："肯定完不成，如果能，何必被你打一顿呢！"三阁王缓了一会儿，又喝了几口水，看了看子墨，说道："没看出来，你还是个滚刀肉，你要知道，我打你，是为了你好，为了你改造。"子墨看了看三阁王说道："我改造是为自己，又不是为别人，所以不用别人约束。"三阁王笑了笑，说道："你先回去吧，你就记住一条就行了，从今天开始，只要是我的班，我就拿你热身。"子墨挑着眼皮看了一眼三阁王，拎着衣服转身下了队部，此时旭哥就站在下面，迎上来小声说："我让你少说话，你就是不听。"子墨一声不吭地走着，光着上半身，光头上血肉模糊，只能看见无数个包，好似菠萝的皮，脸上、身上都是血，已分不清哪些是头上流下来的，哪些是身上淌出来的了，前胸和后背布满了伤痕，上半身好似爬满了藤条，只是颜色不一，有青色、有紫色、有红色。每路过一个机架子，犯人们都会停下手中的活，看着子墨。有人只是看看，有人想说什么却欲言又止，然后赶紧干活。有几个关系好一点的新犯关切地问道："子墨，没事吧？"子墨云淡风轻地说："没事，三阁王不过如此。"

回到自己的机位后，邱铭雨早已站在那里了，他接过子墨手中拎着的衣服，试图给子墨披上，但是衣服刚接触到子墨的身体，子墨立刻抽搐了一下。子墨皱着眉轻轻地摇了摇头，然后坐了下去，邱铭雨站着，双眼不停地在子墨布满伤痕的身体上游移，眼里闪着泪光。子墨静静地坐了几分钟后，站起身，走到机架子后面的空地上，拿了两捆毛线扔在地上，又将衣服铺在上面，慢慢地躺了下去。由于前后都是伤，子墨只能侧身躺着，因为只有胳膊上的伤相对少一些，然后对邱铭雨说："收工喊我，如果警察来了，就说我困了。"说完，用拳头垫在耳朵处枕着，因为其他地方都是伤，所以脑袋只能悬空！

晚上收工后，所有人出来站好了队，此时子墨的伤口在衣服的摩擦下，再加上精神一放松，感觉火辣辣地疼。三阎王站在队伍前开始讲话了，他说："监狱是什么地方，监狱就是暴力机关，对你们谈人道主义，和你们讲人性化，你们配吗？谁要是不服，可以站出来试试，看看是你们那身灰皮能耐，还是我这身蓝衣服牛逼，我不弄你个半死，我'阎'字都倒过来写，尤其是那些刑期长的，都他妈自己掂量掂量，想减刑的自己好好琢磨琢磨。总之，你们是活着出去还是死在里面，我都上我的班，最后我再警告一下某人，你要是有胆儿豁出命，看我能不能弄死你！"三阎王讲到最后时，有一些人看向子墨，子墨心里知道，这些话是说给自己听的，不由得哼了一声，心想：身为公务员，这讲话水平，真是难登大雅之堂呀！

回到监舍以后，很多平时关系还可以的，现在都有意地远离子墨，只剩下邱铭雨在身边，还有旭哥。他对子墨说，等阎中队气消了，他去说说情，然后过去认个错，子墨没说话。躺在铺上，剧痛使得子墨不敢翻身，旁边的邱铭雨小声地说："这帮人真现实，话都不和你说。"子墨说："这正常，在这种环境里，自保是每个人的本能，再说和咱又没交情，所以能理解！"

第二天清晨，子墨艰难地爬了起来，到了车间后，象征性地干了一会儿活，就去机架子后面继续躺着，子墨心里明白，只要多少干点活儿，就不算抗拒改造。这天是关某人的班，他路过子墨的机架子，看见子墨在地上躺着，问道："你怎么了?"子墨连眼都没睁，躺着说："浑身疼，不敢动。"然后关某人便转身离开了，接着他把旭哥叫了过去，询问子墨怎么了，旭哥讲述了昨晚的经过。整整一天，子墨除了吃饭、上厕所，剩下的时间就是躺着。邱铭雨看子墨这状态，担心地问："你要干啥呀，咱们干不过警察，赶紧起来干活吧。"子墨回答说："你别管了，山人自有妙计。"邱铭雨听他这话，又看着子墨那张红肿淤青的面孔上强挤出来的笑容，无奈地叹了一口气。子墨又安慰邱铭雨说："不用担心，他们不敢弄死我，再说我对抗的不是政府，咱们犯罪了，我接受改造，也尊重司法，但是他们的所作所为不配代表法律，他们就是一群败类，一群司法界的蛀虫!"

到了晚上统计任务的时候，子墨只是上报了一点任务，然后便振作精神，准备迎接接下来的腥风血雨，说是腥风血雨，其实就是装出高姿态去挨揍而已。队部里电棍的"噼啪"声不绝于耳，奇怪的是直到收工也没叫自己。回到监舍后，几十人上了学习名单，只见"大个强"张牙舞爪地念着名单，维持着学习的秩序，但是这名单里依然没有子墨……

次日清晨，又轮到三阎王值班了，此时的子墨脑袋上布满了血痂，但是身上已经不那么疼了，只能说年轻人恢复得就是快。子墨再一次提起精神，准备着和三阎王抗衡。早上的名单里依旧没有子墨，子墨又像昨天一样，干一会儿活，然后继续躺着，一直到晚上收工，三阎王也没找子墨"热身"。回到监舍以后，学习人员的名单里念到了子墨的名字，子墨听见了，但是躺在铺上没动，大个强见状，走了过来，喊道："杨子墨，喊你学习没听见咋的，赶紧起来坐地上学习去。"大个强的态度很强硬，因为他传达的是狱警的"旨意"，所以摆出一副狗仗人势的样子，子墨躺在那儿连眼睛都没睁，问道："谁让我学习的？"大个强高声喊道："阎中队让的呗。"子墨"噌"的一下坐了起来，大声地说："爱他妈谁谁，我就不学。"然后指着大个强说："你去告诉阎中队，想让我杨子墨学习，先把我打死，然后把尸体摆那儿，如果弄不死我，就让他滚一边去。"子墨话音一落，喧闹的监舍霎时间鸦雀无声，几乎所有人都看向子墨，大个强也愣在那里，只见子墨慢悠悠地躺了下去，继续他的假寐。过了一会儿，众人再次沸腾起来，只听见有的老犯在那嘀咕："这哥们疯了吧。"另一个接着说："完了，这小孩算废了，三阎王不可能让他活着出去！"

　　连着四天，几乎都是同样的情况，唯一不同的是后来几天大个强拿着名单叫子墨的时候，都是小心翼翼地轻声说："杨子墨，阎中队让你学习呢。"而子墨几乎是连眼睛都不睁，也不搭理他，大个强在那站了一会儿，便默默地离开了。如果换作其他人，几个值班人员早就动手了，他们每次传达警察命令的时候，都是一副趾高气扬的姿态，把鹰犬的模样演绎得淋漓尽致，但是面对子墨，都心存忌惮，必定，大个子班长头上的伤还没有完全愈合！

　　这天，三阎王值班，午饭过后，他喊来子墨，好似变了一个人一样，问了子墨的年龄，问了子墨的家庭，又问了子墨以前的职业，等等，最后说："只可惜你这种改造态度，每个月挣一分，整个刑期都别想减刑了，什么时候到日子什么时候回家吧。"然后又嘲讽地笑了笑，继续说："不过也没事，出去还不到四十岁，但愿你别得啥病吧！"

回来后，子墨坐在机位上，跟邱铭雨说了自己和三阎王的谈话内容，邱铭雨听完，劝迫："他也不打你了，差不多行了，赶紧好好干活挣分吧，等咱们这批来的都减刑回家了，最后剩你自己了，到时候后悔都来不及了！"子墨听着，没说什么，坐在那里看着邱铭雨干活，就在邱铭雨用耙子的时候，砸着砸着，砸断了一块铁片下来，大概十厘米长，子墨顺手就捡了起来，跑到机架子后面，把铁片按在水泥地上就磨了起来，磨完又找了一块布，把不带尖的一端缠了一下，邱铭雨见状问道："你弄他干啥？"子墨压低了声音说："既然减不了刑了，能不能活着出去也说不准，干脆找机会弄死个警察，到时候毙了也够本了。"邱铭雨听完，小眼睛睁得老大，使出最大的力气，发着最小的声音对子墨说："你疯了你，啥都说！"

当晚收工的时候，收工具比平时仔细了很多，而且每个人还清了身，尤其是子墨，关某人把他从上到下摸了两遍。当然，子墨不可能把铁片带在身上，他知道搜出来是什么后果，只是心里想：消息传得真快呀，看来警察的眼线不少呀！两天后，监区又对工具的管理进行了改革，每天不再收工具了，而是把工具用细钢丝绳固定在机架子上，钢丝绳的一端带一个铁环，机架子上安装一根贯穿的铁筋，铁环套在上面像滑道一样，既不影响来回移动着使用，又无法拿开。每天收工的时候，每人的三样工具挂在上面，一目了然。

这天中午，关某人吃完饭，坐在劳动区的椅子上，仰着头闭目养神，子墨从他旁边走过，他眯着眼睛看了一下，见是子墨，"噌"的一下坐了起来，一副惊慌的样子，此时的子墨已被列入抗改、抗劳的反改造行列中，是警察的重点监管对象！这一刻，关某人即使从业二十八年也判断不准子墨能不能趁他不注意，掏出铁片杀他！

第十五章

一、九监农场乌烟瘴气，邱铭雨当爹喜又悲。

元旦将至，犯人们都挺高兴，虽然没有假期，但是元旦那天能吃上一顿米饭和一个比较稠的菜，而且那天不用加班，对于这些，犯人们已经非常知足了。之前，监区长苟教，曾经讲话说元旦前，大家抢抢任务，争取监区年终的劳务排名第一。新犯们想，元旦一过，应该就不用加班加点了，老犯们却说："你们想多了！"果然元旦刚过，苟教又讲话了，说："新的一年开始了，前半年咱们把任务往前抢，做到先紧后松。"接下来的日子依然是加班加点，每天看着大院里别的监区早早地收工，出工也比自己晚，七监区的犯人们羡慕不已！看来，苟教的话都不如放屁。

新犯们陆续地都接见了，有几个接见完没多久就调往别的监区了。胖子王发，听说家里给找了一个科长的关系，虽然不怎么挨打了，但是老话说得好，县官不如现管，三阎王等中队狱警经常当着众人的面找茬儿骂他，骂得他无地自容，关某人还经常说：“我又没拿你的钱，没必要惯着你，你的钱给哪个爹了，有事你就找哪个爹去。”又过了一段时间，警察们不再骂他了，而且三阎王时常还关切地和他聊几句，众人一看自然明白是怎么回事了。

　　新犯们已逐渐地适应了环境，随着年关的接近，越来越多的犯人家属来探监，就是所谓的接见。这天和子墨一起入监的王长青下午接见了，家里拿了很多吃的、用的，从接见室回来，把东西放到监舍后，兴冲冲地回到车间，看见子墨和邱铭雨还低声地道：“晚上吃烧鸡、猪头肉。”大家都替他开心，尤其是他说的给哥几个“开荤”。王长青自从被捕后，还是第一次看见家人，兴奋得难以言表！收工后回到监舍，大个强对他说他的东西在狱警值班室，这里的规矩是外来物品在前楼接见室检查完，拿回来还要检查一遍。王长青兴奋地敲了值班室的门，很快拎着一个袋子出来了，哥几个都围了上去，当他打开袋子，众人一看，烧鸡只剩下鸡头、鸡屁股、小部分鸡肋和两个干巴巴的爪子，而猪头肉的猪拱嘴也没了，就剩下拳头大小的一块肥膘，众人都知道怎么回事，毕竟，狱警也是人嘛，他们也需要吃饭。哥几个蹲在地上围成个圈，王长青拿起冰凉的猪头肉啃了一口，然后传给下一位，啃了一口又往下传，就这样，虽然肥膘很油腻，但是哥几个吃得很香，轮了两圈便不见了踪影！王长青有些郁闷，惦记了一下午的烧鸡，结果一块肉没吃着。看到这里，读者可能觉得犯人们真没出息，几口肉而已！当一个人常年吃着发酸的馒头，喝着没有油的菜汤的时候，突然有一天，眼前放了一碗肉，那种感觉，只有经历过的人才懂！

一名老犯李春江走了过来，他见长青不高兴，便坐过来对哥几个说："你们就知足吧，十年前我入监那会儿，家里接见拿来的东西，直接顺着大墙就扔了，或者干脆就留在接见室了。"众人都听着，王长青问，那是为啥？李春江说，那会儿这里从上到下比现在"黑"多了，狱警基本都是临时工，都是周围村里的村民，没什么文化，素质也不高。现在好多老警察，像关指导他们那一茬，开始都是临时工，后来转正了，他们没上过司法学校，管理也跟不上。犯人们接见，家里拿的东西，他们看着自己能吃或者能用的，直接就拿走了。偶尔剩下点，你要是拿回来，这里面的"大哥"那么多，如果人人都给，东西不够，要是把谁落下了，那可就把他得罪了，有的过后找机会整你。众人听完，突然觉得眼下的环境还不错。子墨说了句："看来这里的风气是历史遗留问题呀，不把所有的狱警来个大换血是没办法改良了！"

这会儿，又过来一名老犯，名叫王利，此人一直和子墨、邱铭雨套近乎，时不时地给二人拿点咸菜、大酱什么的，还会说一些里面的事，一些人际关系等。刚开始，子墨还生怕和邱铭雨是同案的关系被发现，也是他对二人说，这种地方，管理不正规，没人管你这些，你们的同案关系警察一看档案就知道。他之所以和二人套近乎，因为很多老犯们见新犯来了，都会观察，挑几个条件好的，新犯入啥都缺，初期给予一些帮助，给点小恩小惠，建立感情。等集训期过了，新犯家里来人了，有的托了关系，管事了，起码也会存钱、送东西，这时候就到了他们收获的时候了！王利就是把宝押在了子墨和邱铭雨身上了。他是 2001 年入监的，是本监狱第一批北京转过来的犯人。他说他入监那会儿，家里来接见给存钱，拿出红色的第五套百元大钞，前楼负责收钱的警察说，对不起，我们这不收外币。众人听了哈哈大笑。他接着又说，有的家里给拿的水果，什么香蕉、苹果、猕猴桃、橘子等，接待室的狱警不认识猕猴桃，还笑着说，这家属真逗，大老远地过来拿这么多土豆，说完还顺手掰了一根香蕉，皮都没扒就直接咬了一口，一边吃一边说："这香蕉也不好吃呀！"众人听了又是一阵大笑。王利接着说，有一次一哥们家里拿了好多东西，其中有一个松仁小肚，还有两条烟，一条苏烟，一条红塔山。接见室一名女狱警见着松仁小肚说，这家属怎么还拿皮球呀，正好我拿回去给我儿子玩。这哥们回来后把苏烟给了中队长，红塔山留下自己抽，结果当天被中队长一顿毒打，一边打还一边骂，你有红塔山不给我，给我一条杂牌烟，打得那哥们有苦难言，众人听了又是一阵笑声。有的新犯笑了一会儿说不信有这事。王利起誓说："你们可以问问别的老犯，我要是撒谎都出不去这个院！"

这里还流传着一句顺口溜叫"九监农场四大怪，光膀子扎领带、胶皮靴子脚下踹、自行车没瓦盖、晚上下雨白天晒"。因为这里地理位置的因素，到了雨季，几乎天天晚上阴雨绵绵，到了白天就晴空万里。狱警都是临时工，家家都有地，每天早起都会先到地里干一会儿庄稼活。因为晚上常下雨，地里都是泥，所以他们都穿着高筒的胶皮靴子，挽起警服的裤管，加上天气热，都只穿一件警服的外套，里面啥都没有。但是警风警貌又要求扎领带，所以他们干农活的时候，怕把警服弄脏，就把衣服和领带挂在树上，光着膀子。等快到上班的时间了，直接把领带一套，警服一披，穿着靴子往 20 世纪的二八大杠上一跨。自行车由于年代久远，刹车等一些小零件早就没有了，他们便把前瓦盖卸掉，一是需要停车的时候，可以直接用脚死死地蹬住前轮充当刹车，二是地里的路都是泥，如果有瓦盖，一会儿泥就塞满了。于是便流传下来这九监农场四大怪，也算是对九监狱警们的一个描述吧！

每天的生活千篇一律，清晨和傍晚的电棍"噼啪"声从未间断，改造的日子几乎没有快乐可言。偶尔收工稍早一些，十几名新犯便聚集在水房，将水池放满水，众人脱光衣服，水房没有暖气，寒冬腊月里，一盆冰凉刺骨的水从头顶浇下来，顿时牙齿打颤，浑身发抖，鸡皮疙瘩凸起。当几盆冷水浇下去后，每个人的身体都冒着热气，那靠的真是一个血气方刚。那一刻，大家身上没有灰色的囚服，一盆盆凉水仿佛冲掉了身上的枷锁。他们嬉笑着，打闹着，用水互相泼来泼去。有那么一瞬间，他们好似重拾了久违的自由，发出由衷的笑声……

这一天，邱铭雨接见了，晚上回到监舍，王利第一个冲上来表示祝贺，询问邱铭雨家里的情况，因为他知道，他收获的季节到来了，邱铭雨给了他一条烟，他开心地收下了，邱铭雨家里拿了很多日用品，那些平日里有过往来的都送了一些，晚上躺下以后，邱铭雨对子墨说："一年多的时间，父亲老了许多，头发几乎全白了，面容也很憔悴，娜娜在家里住着，早就生了，是个儿子，很健康，因为孩子太小，天又冷，所以没来。"说着说着，邱铭雨的眼角流下了几颗泪，最后他擦拭了一下腮边的泪痕，强挤出一丝笑容，对子墨说："你不是愿意看书吗？我让老头下次来给你带几本名著啥的……"

那一夜过后，邱铭雨一下子成熟了许多，也许是因为自己当爹了，也许是看见了父亲的苍老，他变得沉稳、变得冷静，遇事不再冲动！曾几何时，身为人子，父母是自己的靠山，家永远是自己避风的港湾。如今，曾经的靠山老了，老得需要有人为他去遮风挡雨，而自己又新为人父，一个幼小的生命需要自己的陪伴和呵护，身在狱中的自己，面对这一切却无能为力。想想家中的情景，父母没有儿子在身边，儿子又没有父亲的陪伴，媳妇又没有丈夫守护，此刻的邱铭雨悔恨交加，一个人犯下的错，却要全家上下去承担！

九监农场辖内有着万亩良田，据说早期在这儿改造的犯人，都是下地干农活。随着时代的发展，农业走向机械化，节约了大量的劳动力，监狱开始转型做手工业。但是每年的春耕秋收期间，仍会有部分服刑期快满的犯人出外工干农活，而眼下，又把一些服刑期在一年以内的犯人，派到附近的粮库去扛麻袋为监狱创收。刚开始的时候，新犯们都很羡慕，不管干啥，只要可以走出高墙，就是一件想想都兴奋的事，可几天下来，眼看着出外工的，回来后一个个都叫苦不迭。据他们说，两百斤的麻袋，粮库的工人直接往你肩上一扔，有的直接被砸趴下了。那些出外工的都是一些快回家的老犯，改造多年，长期营养不良，他们的身体都很虚弱，突然间重体力劳动，难免吃不消，唯一的好处就是每天可以带回一点稻子。他们每天外出穿两条外裤，把里面的裤子的裤脚扎上，再把两条裤子的裤兜里子剪开。白天干活的时候，有机会就抓一把稻子揣进里面裤兜，稻子直接掉进裤管里，在外面看几乎看不出来，收工清身的时候，警察也是睁一只眼闭一只眼。晚上回到监舍，用塑料鞋底一搓，稻壳就下来了，然后抓一把放进暖水瓶。水瓶里放大半瓶开水，盖好瓶塞，早上起来的时候，倒出来就是米香四溢、晶莹剔透的大米粥了。很快这活就结束了，犯人们又回到了之前的状态。

二、年三十抬死尸，浴室洗澡，洗脚盆盛米饭，年味十足。

时间：2007 年 2 月 17 日，除夕

虽然日子很艰难，但历史的车轮不会因为任何人、任何事而停止前进！大年三十的清晨，犯人们像往常一样在启明星的照耀下去车间，像往常一样劳动，庆幸的是今日的清晨没有电棍的噼啪声，由此可见，狱警也并非毫无人性！临近中午的时候，所有人开始收拾工具，打扫卫生，清点物料，又在车间的门上贴了一副对联，最后锁门收工。

犯人们太久没在白天的时候回监舍了，这一回来，突然发现，每天睡在这里的监舍是那样的宽敞明亮，再想想接下来的七天假期，瞬间，幸福指数爆满！接下来准备洗澡，院里有集体浴室，平时不用，每当过年的时候，所有监区组织犯人洗一次澡。今天排到了七监区，其他的监区昨天就洗完了。所有人拿着洗漱用品到外面排好队，奔向浴房，到了浴房的门前，于队长叫四名老犯先进去，众人在外面等着。不一会儿抬出来一副担架，上面一具尸体蒙着白布，四人将尸体放到路边。新犯们看到这一幕，满脸疑问，然后于队长命令进屋，所有人报着数进入浴房。刚进去就觉得阴森森的，总感觉有一阵风从耳边吹过，很多人的身上起了

鸡皮疙瘩。浴房有二百平方米左右，分换衣区和淋浴区，换衣区有几排长条椅，靠墙放了一排没门的格子柜。进了淋浴区，整个屋顶布满了喷头，喷头打开后，好似下着倾盆大雨，慢慢地热气弥漫了全屋，阴风逐渐退去。犯人们进去不用抢喷头，随便站个地方都有水，浴室里雾霭弥漫，热气腾腾。洗了几个月的凉水澡，如今面对这热水，皮肤反倒有些不适应，总是觉得烫，但是又没办法调，这里是集体管控。这时，听见老犯李春江在给王发解释为什么这里有尸体：监狱里是有停尸房的，有一年冬天死了几个犯人，尸体放在了停尸房里。几天后家属来领，结果抬尸的人员打开库房一看，有具尸体的鼻子、耳朵、眼睛都被耗子吃掉了，于是急忙上报到狱里。现在的狱长当时还是副狱长，听说这事，先到财务拿了五万块钱，并对财务说再准备点，万一家属闹起来，对监狱影响太不好，拿钱封口吧！结果和家属一谈，家属开始哭得挺凶，看得出就是朴实的农民，谈了一个回合，结果是狱方在报销所有丧葬费的基础上，再赔付家属五千块钱。自那以后，尸体改为放在浴房里，这里的封闭性相对好一些，耗子进不来。众人听完都替家属抱不平，本来可以拿到一大笔赔偿，结果五千元就被打发了。这时人群突然骚动起来，都挤向角落，就在刚刚，大家都在讨论尸体的时候，老犯查强建把另一名老犯宫子良按在墙角给鸡奸了，事后，二人像什么都没发生一样继续洗澡。这一幕新犯们都被惊呆了，在众目睽睽之下，堂而皇之地干这个，真是毁三观呀。李春江那边又说，你们刚来，慢慢就知道了，宫子良就是个"屁眼哨子（监狱里用肛门从事性交易的人员）"，咱们监区还有好几个呢，他们就靠这个改造。就那么一会儿，起码给一箱方便面，查强建和宫子良他俩都多少年了。刚入监那会儿，他俩几乎天天干，老查家每次接见拿点儿好吃的自己舍不得吃，都给宫子良。宫子良和别人走得近一点，老查还吃醋，有几次还把宫子良打了，两个人就像夫妻一样，所以刚才那种事儿，老犯们早就见怪不怪了。老查刚入监的时候也能折腾，就像子墨一样怎么打就是不服。当时的犯人都出外工，老查不干活，警察让犯人把他的手脚捆起来，插一根杠子抬出去，到了地里，把杠子横着一担，把他整个人泡在水线里（灌溉土地的小水渠），一泡就是一天。撒尿就在水里直接尿，只有吃午饭的时候抬上来，吃完接着泡。春天的水很凉，头几年还没啥事，近几年老查的关节都变形了，腰也直不起来了，一身病，都是那时候水里泡的。众人听完，开始觉得好笑，后来觉得可悲！

从浴房回来，这突如其来的热水澡，让每个人都感觉很解乏，人们开始收拾床铺，摆弄窗外的冻货，只见窗外的铁护栏上挂满了各种各样的吃的，有的是家里接见时拿的，有的是拿钱找警察买的。提到钱，在监狱里，犯人是不允许持有现金的，每个人都有一张内部的卡，家人可以通过监狱把钱存到里面，犯人拿着卡在里面的超市购物。但是九监农场比较落后，有那么一间房子，说是超市，但是从来没营业过，据老犯说曾经营业过一段时间，后来不知为啥就停了，所以也就没人往自己的卡上存钱。九监农场没有亲情电话，唯一与家人联络的方式就是写信，但是信件都要被检查，所以很多话又不能说，即使是普通的信，管教也不按时给邮寄。犯人想要用钱只能通过警察往里带，犯人先用警察的电话通知家里（此行为要私下交易），交代好所需款项。警察的电话每使用一次一百元，警察下班后会联系犯人提供的联系人，将汇款的账号告诉他，收到钱后，警察会扣除百分之十到二十的手续费，扣除电话费，然后把剩余的钱偷偷地交给犯人。由于犯人私藏现金属于违纪行为，加上武警经常清监，藏钱成了一件很麻烦的事，所以有的犯人干脆就把钱放到警察那里，需要什么让警察代买，一般都是一些烟呀，熟食呀，还有一些日用品等。警察帮忙买东西还要加价百分之五十左右，比如一百元一条的香烟，交到犯人手上算一百五，所以，犯人家里汇来的钱到了这里，扣除一系列费用，购买力不及外面的一半。如果犯人选择钱到了以后自己保管，那么狱警还有可能派眼线观察你，判断你藏现金的位置，然后清监，一旦清出来，原则上是要关押禁闭，然后审问现金的入监途径，但每次清出来只是没收就了事了。

　　年三十的下午，当大家洗完澡回到监舍，大个强早已带人把面和饺子馅都抬回来了，众人都自己找器皿领面、领饺子馅，饺子馅就是酸菜剁碎了，里面隐约地能看见几个芝麻大的肉星。然后分鱼，油炸的白鲢两人一条，至于谁要鱼头谁要鱼尾，自己回去商量。分完这些打饭的又走了，说是还有几个菜，一下子这么丰盛，所有人的餐具明显不够用了，只见老犯们把平时洗脸的盆子都拿了出来装饺子馅。李春江拿着一个塑料盆在那和面，他和黄龙、王发三人在一起吃饭，在里面，一起吃饭的称为"一个槽子"。几个有钱的凑到一起的叫"大槽子"，几个盲流子（家里不管的人员的别称）凑到一起的叫"小槽子"，每个大槽子都有一个"伺候槽子"的人，就是和人家一块吃，一块用，自己什么都不用拿，只负责洗洗涮涮等琐事，照顾几人的生活起居。王发和黄龙两人的条件都挺好，刑期也接近，都判了四年，前后脚出狱，所以走得比较近，他俩和李春江三人一个槽子。李春江年纪虽大，但是很勤快，给他俩伺候槽子。只见黄龙指着李春江和面的塑料盆说："这盆不是洗脸的吗？怎么拿来和面了？"李春江说："没事，以水为净，年年过年不够用都这样。"一旁的吴有德也在那和面，指着自己的盆笑着说："我这盆昨天还洗过脚呢。"李春江看了看说："咱这算啥。"然后仰起头用下巴指了指远处斜对面也在和面的宫子良说："宫子良那盆不仅洗脸、洗脚，还洗屁眼子呢。"众人听了哈哈大笑……

　　子墨平日里吃饭就和邱铭雨两人，但是过年了，图个热闹，临时和王长青、李云涛凑到一起，四人都是新犯，第一次在这里过年，很多事都不懂。李云涛和着面，子墨也拿了一个洗脸盆在水房洗了又洗，然后去领饺子馅。王长青用筷子在饺子馅里搅动了几下，骂了句："这他妈酸菜里也没啥肉呀。"邱铭雨说："我看老犯都往里加肉馅、肠和油啥的，再加点调料重新拌一下。"和面的李云涛说："咱们有火腿肠，剁碎了加里吧。"王长青说道："也行，起码比都是酸菜强。"这时，听见旭哥喊子墨，子墨放下手中的盆就走了过去，旭哥见子墨过来，对着给他们伺候槽子的人说："把肉馅给他拿一点，再给他拿只鸭子。"子墨连声说："不要不要。"旭哥生气地说："快点拿着吧，第一个年，肯定啥都缺。"子墨拎着鸭子和肉馅，其他三人见了乐得合不拢嘴。酸菜里加了肉馅，子墨搅拌起来也更有劲了。李云涛看着肉馅，和着面，心里美滋滋的，结果用力过猛，塑料盆直接按裂个口子。王长青和邱铭雨二人，一会儿拿回来点十三香，一会儿又要了点鸡精粉，一会儿又把盆端走去别人那儿倒点油，拿回来后子墨用力地搅拌着，一边搅拌一边说："嗯，这味道明显不一样了。"王长青又把鼻子凑到盆里闻了闻，露出一副陶醉的表情！邱铭雨拿回来一条上面写着"尿素"的蛇皮袋子，说道：给我拿盒烟，李云涛问：老邱，你拿它干啥？邱铭雨略带些得意地说："不懂了吧，煮饺子的时候用它装起来，伙房有绳子，扎好后往锅里一扔，每人手里攥着自己的绳子，煮好后往外一拽，不这样煮，饺子岂不都掺和在一起了，咱们的肉馅和调料不就白放了吗。"李云涛又问："那水能渗进去吗？"邱铭雨说："所以我要烟，把袋子上烫满小洞，水就进去了。"子墨又问："你洗干净了吗？"邱铭雨说："我都洗六七遍了。"这时王长青拿着烟对邱铭雨说："走，咱俩烫眼儿去。"二人来到水房，各点支烟烫眼儿，见很多老犯也在烫，一回头，看见毛驴子拿着一个用窗纱缝制成的袋子在水池子里洗，王长青看了看说："你这个好啊。"毛驴子看了他一眼，甩了甩窗纱上的水走进屋去。

整个下午，大家都在包饺子、拌菜等准备着"年夜饭"，所谓的拌菜就是把一些家里寄来的干菜，什么木耳呀，豆皮等，用水泡好了，用调料一拌。晚饭的时候三个炒菜一个汤，每人一碗圆葱炒鸡蛋、一碗蒜苔炒肉、一碗菜椒炒肉、一小盆很干的茄子汤，里面还有肉，就在大伙儿排队打茄子的时候，有几个人和打菜的老犯吵了起来。这名负责打菜的老犯姓朱名飞，大家都把他的名字倒过来叫他"肥猪（飞朱）"，此人五十多岁的年纪，很胖，圆圆的大肚子，裤腰提得老高。此人极其势利，他打菜的时候，看似不抬头，实则用余光把拿盆的人看得清清楚楚，而且常年打饭，大多数的饭盆他都知道是谁的。普通犯人的盆，他就把勺子探到菜桶的中部，一勺上来，有什么算什么；那些和他关系好的，平时经常给他递烟的，或者那些给大哥们伺候槽子的，这些盆伸过来，他就把勺子探到底，慢慢地向上提，又干又稠的上尖一勺子菜，里面还保证有肉，第二勺还在上面撒点油，如果勺子里的肉掉了，他一个回勺就给捞回来，而普通的犯人，眼看着肉在勺子里，结果他一个猛提勺，肉冒出去了，如果提勺时肉没掉，倒菜的时候手一抖，肉必然掉下去。关于打菜，里面流传着一句话叫"轻捞慢起、勺子沉底，上打油、下打稠，中间打水饮老牛"。只见一名老犯把盆伸了过去，眼看着一块肉，结果肥猪一抖，掉桶里了，就一勺汤倒在了盆里，那名老犯直接把那盆汤泼在了"肥猪"的脸上。肥猪举起勺子就要还手，结果被一旁的几个犯人死死地拉住了，还一边劝说大过年的算了吧，拉他的都是普通犯人。那位泼菜汤的上来又是一脚，还指着他的鼻子喊"你把肉给你爹留着咋的。"众人又对泼菜汤的犯人说："算了吧。"但是没人伸手拉他，那哥们自己打了一勺菜，转身走了。众人松开了肥猪，肥猪气呼呼地继续打菜。轮到子墨打菜时，子墨把盆伸过去，肥猪看了一眼，只见他把勺子沉底，又慢慢捞起，又在上面撒了一层油，还特意捞了几块肉。子墨虽然是新犯，但是肥猪心里明白，这哥们不好惹，三阎王都镇不住，旭哥和几个班长都给他点面儿，自己也就别找麻烦了！

饺子包好以后，都拿到外面冻上，院子里铺了几块塑料布，上面摆着一堆一堆的饺子，每堆饺子中间都有张纸条，上面写着名字。晚饭过后，大个强开始组织人去伙房送鱼，每两条鱼一盆，只见平日里洗脸盆、洗脚盆、洗屁股的盆这会儿里面都装着鱼。此时的饺子也冻好了，大家都用自己的袋子把饺子装好，等待伙房的通知。子墨看了一圈，发现老犯的鱼盆里都放了好多调料，什么酱油、辣椒油等，而他们四人的鱼盆里啥都没放，因为听老犯说蒸好了以后伙房有汤汁，所以就没放，李云涛说："算了吧，对付吃吧，再说咱们调料也不全。"子墨想了一下，直接走到大个强面前说："一会儿蒸鱼我和邱铭雨也去。"大个强说："人员都定好了。"子墨看着他，目光里带着一丝杀气，大个强接着又说："愿意去就去吧！"终于，值班的狱警接到伙房的通知去煮饺子、蒸鱼了，于是，几十人抬着大家的饺子和鱼朝伙房走去。到了伙房在外面排好队，分批进去，子墨趁机把早就看好了的鱼盆里的汤料倒进自己的鱼盆里，连着挑了几盆。这般操作，既不会影响别人鱼的味道，又丰富了自己鱼的滋味。邱铭雨看着这一幕，笑了笑，他明白子墨为啥要来送鱼了。

进了伙房，只见一排直径一米半的大锅，上面的蒸屉摞得有一人多高，所有人把鱼盆放下，然后出去等待。再看煮饺子的锅，是一排超大的蒸汽锅，子墨第一次见这种锅，不用烧火，也没有煤气，盖子上有两个管子，一个输蒸汽，一个是水管，锅的角度还可以调节，锅旁边的地上有一堆绳子，去煮饺子的都用绳子把装饺子的袋子系好。子墨对邱铭雨说，抓紧咱们的绳子，别弄混了，邱铭雨笑着说："放心吧，我把咱们的绳子绑手上，锅没了饺子都没不了。"嘱咐完邱铭雨，子墨就帮其他人煮饺子去了，只听伙房的犯人一声令下，众人像往河里撒网一样，把一袋袋饺子扔向锅里，每个人手里都攥着一把绳子，十多分钟以后，伙房的犯人又是一声令下，所有人又像收网一样往回拽自己手中的绳子，这会儿，鱼也蒸好了，所有人抬着饺子又去端鱼，然后队伍浩浩荡荡地走回监区！

大年三十儿，一百三十多个大老爷们在一起过年，铺面上摆着各种吃的，还有热气腾腾的饺子和刚刚蒸好的鱼，三个一堆，五个一伙地聊着天，吃着菜，看着墙上的 21 英寸电视。虽然看不清演员的脸，也听不清里面说什么，但是依然高兴地看着，脑海里回忆着从小到大的春晚。每年的年三十儿，一家人其乐融融的景象在脑海里回荡，此刻，家人也一定在电视机前，就当陪家人一起看吧！

王长青说："咱们的鱼真香。"邱铭雨说："嗯，还是子墨有办法。"李云涛说："咱们的饺子也好吃。"王长青说："这也多亏子墨弄来的肉馅。"李云涛端起一瓶饮料说："敬子墨一个。"于是四人共同举起饮料，四人吃得很开心，王长青说："可惜没有酒。"子墨说："此一时彼一时吧，有人连饮料都没有……"

新年的钟声过后，有的在铺上看着春晚就睡着了，有的在水房一根接一根地抽烟，有的在地上走来走去，说是熬岁，有的嗑着瓜子在看春晚的重播。外面隐约地传来爆竹声，监舍里不再喧闹，只是几个在铺角打牌的人偶尔发出争吵声和喝彩声。躺在铺上的子墨翻来覆去地睡不着，他想念着姑姑、父亲、母亲，还有桑红……趴在铺上朝下看着走动的人，看见旭哥一根接一根地抽着烟。子墨一直盯着旭哥看，看着这个一直照顾自己的老大哥，刚好旭哥抬头也看见了子墨。四目相对，旭哥一个眼神，子墨穿好衣服下了铺，旭哥也穿好衣服，二人来到水房，旭哥给子墨一支烟，子墨说进来就戒了，旭哥问："烟还能戒？"子墨说，这里总闹"烟荒"，自己不打算和家里联系，总管别人要，因为一根烟，有失尊严，所以就戒了。旭哥听完说道："我就看你和别的小孩不一样，今天例外，就当陪我抽一根。"子墨笑了笑，接了过来……

三、听旭哥讲往事，义愤填膺。劳改场方圆地，奇事连连。

　　旭哥深深地吸了几口烟，浓浓的烟雾在二人的头顶缭绕，子墨由于长时间不吸烟，只是一小口一小口地吸，不怎么过肺，旭哥问子墨："小孩，知道我为啥对你好吗？"子墨满脸疑惑地摇着头。旭哥接着说："你和我刚进来的时候特别像，那会儿这里的环境比现在还差。我当时的余刑接近十四年，一看这环境，想想自己的刑期，再看看狱警一个个那德行，我当时就想，他们要是弄我，我就跟他们拼了，反正也够呛能活着出去了，然后我也被列入抗改抗劳的名单中。后来我妈来看我，老太太哭着说，儿子，好好改造，早点出来，妈等着你出来给我养老呢！我妈几句话说完，我眼泪就下来了。从接见室回来，我就告诉自己，我要赶紧挣分减刑，早点回去，我妈还等着我呢！"说到这里，旭哥已经满眼泪花。他拿出烟又递给子墨一支，二人点着，旭哥接着说："我妈前几天来接见，给我拿了一包东西，在接见室隔着玻璃对我说，儿子，妈没给你拿太多东西，来回倒车，扛不动了！当时我听完心里一阵酸楚，强忍着眼泪对我妈说，下回来别拿了，现在里面啥都不缺，再有一年多我就回去了。"说到这里旭哥又停了停，眼圈仍然湿润着，吸了几口烟，继续说："我妈转身的时候，我看到她的背都驼了，瞬间我就感觉我妈老了很多。刚入监的时候，我妈每次来看我，给我拿的那些东西，我从前楼扛到监舍，中间得歇两次。我当时就想，我妈那么瘦小的一个女人，从我家到监狱得倒六次车，还得步行一段距离，她一个人咋拿来的呢？我当时可心疼我妈了！"旭哥又停了停，他的声音有些颤抖，缓了一会儿接着说："这次给我拿的鞋，一只42号，一只40号，还顺拐了，我妈平时是一个非常细心的人，她买啥东西都精挑细选的，当时我看着鞋，眼泪差点又掉下来，我妈真的老了！"子墨在一旁只是默默地听着，看着眼圈湿润、声音颤抖的旭哥和平日里的硬汉判若两人，心想，也许是每逢佳节倍思亲吧，让他把憋在心里的话统统都说出来，此时此刻，什么安慰的话语也比不上静静地做他的倾听者！

　　二人说累了，就找个角落坐了下来，一边抽着烟一边聊，窗外的烟花偶尔照亮夜空，满地的烟头有的还带着火星伴着一丝青烟直上屋顶。旭哥向子墨讲述着自己的前半生，旭哥生于20世纪70年代初，母亲是典型的家庭妇女，父亲是第一批南下做生意的。童年时期的旭哥家庭条件很优越，周围的小朋友都很羡慕他。渐渐地，父亲回家的次数越来越少，开始是几个月回来一次，后来是逢年过节回来，到最后干脆就不回来了，电话也不打，钱也不汇，人们都说爸爸外面有新的家庭了。开始的时候旭哥的妈妈整日以泪洗面，每当这时，幼小的旭哥总是陪在妈妈身边，还安慰她说："妈妈不哭，你还有我。"懂事的旭哥让妈妈变得坚强，很快就振作了起来，从未工作过的旭哥妈妈推着小车在旭哥学校的大门口卖起了茶鸡蛋、花生、瓜子等，夏天还卖冰棍，这样一来，既有了收入，每天还可以看见旭哥，加上前几年旭哥爸爸给家里的钱，妈妈都省吃俭用地攒了起来，所以生活还算过得去，此时，旭哥是妈妈唯一的精神支柱！但是好景不长，家里先是接到了旭哥爸爸因车祸意外死亡的噩耗，虽然旭哥和妈妈非常恨他，但如今已是阴阳两隔，曾经的恨意化为乌有，绵绵的悲痛占据着母子二人的心。就在母子二人还没从悲痛中走出来的时候，父亲的债主找上门来，白纸黑字的借条，上面还有旭哥父亲的签字画押，善良的母亲倾其所有也没能凑够债务的一半，债主见孤儿寡母，也知道旭哥爸爸在世时的所作所为，拿上钱，撕了借条，转身离开。自此之后，旭哥和妈妈的生活变得十分拮据，此时的旭哥已上初中。不久后，旭哥妈妈从卖茶叶蛋改为卖早点小吃，每天骑着三轮车卖鸡蛋灌饼、肉夹馍等，生活能够维持，无论刮风下雨，冬去春来，旭哥妈妈从不间断出摊，即使感冒发烧，也不休息。母子多年来相依为命，旭哥看在眼里，痛在心头，妈妈那瘦小的身躯总是站得那么直，目光总是那么坚毅。初中刚毕业，旭哥决定退学出去打工，不让妈妈这么辛苦。妈妈听到旭哥的想法后，上去就是一个嘴巴，这是旭哥长这么大，妈妈第一次打他。真是打在儿身痛在娘心，妈妈的泪水好似决堤的洪流肆意地在她的脸上狂奔，妈妈的言语不多，颤抖的声音透着果决，她说，人生，该做什么的年纪就去做什么，一旦错过了就是一生，你现在的年纪就是读书，妈不管你最终能否金榜题名，只希望你全力以赴，在人生的岁月里有一个无悔的青春！后来，旭哥以优异的成绩考上了一所不错的大学，那个年代的大学生是可以光宗耀祖的，母亲拿着旭哥的大学录取通知书，站在旭哥父亲的坟前，泣不成声地说，我没有靠任何人，也把儿子供上了大学，我无愧于你们柳家了！

　　大学四年里，旭哥省吃俭用，每逢假期还勤工俭学，面对心仪的女生也从不敢靠前，多少次鼓起勇气想表白，但是一想到每约会一次，一束花的钱，可能就是母亲一天的收入，一顿饭的钱，可能是母亲几天的收入，旭哥就退缩了。直到毕业前夕，即将和心中的女神天各一方，可想想自身的条件，强烈的自卑感，让旭哥再一次错过！本来可以留在省城工作，但是想想母亲，旭哥选择回到家乡，他想，曾经妈妈伴我长大，今后的人生，我要陪她慢慢变老！

　　旭哥被分配到市粮食局工作，收入虽不算高，但好歹是正式单位，铁饭碗，母亲对此很是欣慰。后又经人介绍，认识了女友桂枝，一个眉清目秀的女孩子，家庭条件一般，和旭哥也算是门当户对，二人相恋多年，迟迟没有结婚，女友桂枝想拥有一套属于自己的婚房，而旭哥刚参加工作，收入不多，也没啥积蓄。母亲看在眼里急在心头，听说国家推行买房按揭贷款政策，可一打听，自己倾尽所有也凑不够首付，急火攻心，大病了一场。出院后，母亲再次来到旭哥父亲坟前，泪眼婆娑地说：老柳啊，你们柳家三代单传，他爷爷给咱儿子起名延旭，有延续香火之意。可如今延旭快三十了，我连婚房都买不起啊！母亲悲伤的哭声响彻云霄……后来，旭哥向桂枝提出了分手，还安慰母亲说："不要房的姑娘多的是，咱慢慢遇。"

　　旭哥的母亲常年风里来雨里去的，见母亲太辛苦，旭哥决定租个店铺，再雇上一名服务员，这样母亲可以少受一点罪。经多日寻找，最后在一个街头的转角处看好一间门店，该位置很适合做小吃，旭哥便租了下来，又雇了一名朴实的农村姑娘做帮手。生意还算过得去，刨去开销，起码比以前收入多了，还不遭罪。旭哥看着母亲每天笑呵呵地忙碌着，心里很是高兴，收入虽不高，但是比上不足比下有余，母子二人都很知足。

但是好景不长，这天，房东带来一个女人，是街道派出所所长的夫人，她把这间门店买下了。所长夫人对旭哥妈妈说："大姐，别的啥都不变，你还是接着干你的，合同正常延续，就是告诉你一声换房东了。"说着拿出一份新合同和旭哥妈妈重新签了，临走的时候原房东还开玩笑地说，以后房租钱交给她，别再给我了，说完笑着离开了。几个月之后，马路正对面的废旧厂区拆了，改为农贸市场。从建筑公司进驻开始，旭哥妈妈的生意开始火爆了起来，每天的流水也比以前多了，旭哥每天下班早早地就过来帮忙，一时间母子二人感觉像做梦一样。但是生意火爆没几天，所长夫人来了，她要求房租涨三倍。旭哥妈妈吓了一跳，坚决不同意，她对所长夫人哀求地说自己这是小本生意，房租那么高都得赔钱。所长夫人见状，斩钉截铁地说："给你三天时间，同意就交钱，不同意就搬走！"晚上旭哥下班后得知此事，先是找原房东，想让他给个说法，只听电话那头也叫苦地说："早知道对面开发，打死也不卖呀，这下可亏大了！"原来所长夫人的姐夫是市规划局主任，姐姐是市招商办的领导，人家第一时间得到了内部消息，价都没讲就把房子买了。

三天后，所长夫人带着两个跟班过来了，只见那跟班满身的刺青，人高马大、凶神恶煞一般往店门口一站，一看就是社会人！

所长夫人问旭哥的妈妈，是搬走还是交钱，旭哥妈妈直接拿出租房合同说："我的合同签了五年，还没到期，我要按合同办事。"所长夫人一把夺过合同，几下就撕了个粉碎，扔在旭哥妈妈的脸上，问道，还有合同吗？当时旭哥刚好回来，见状上前和她理论，说她不讲理。所长夫人霸气地说，在这一片儿，我说的话就是理！旭哥听了气得还要说些什么，结果被两个社会人直接架着就拖出了屋子，旭哥妈妈见儿子被拖了出去，疯了一样扑向两名社会人，人家轻轻一推，旭哥妈妈就摔倒在地上了。这时，所长夫人走过去，用她那紫红色的高跟鞋踢了踢倒在地上的旭哥妈妈，说道，今天你就是同意涨房租，老娘我也不租给你了，因为你惹我不开心了！然后对两名跟班说："屋里的东西给我往外扔。"两名跟班像狗一样顺从，他们先是把消毒柜扔了出来，然后是桌子，椅子……围观的人越来越多，人们都看着，面对所长夫人的暴行，所有人都敢怒不敢言。旭哥跑过来扶起妈妈，然后冲进屋，试图阻止两人往外扔东西，结果被两人按在地一顿踹。旭哥妈妈一看，儿子又被打，就朝屋里跑去，经过所长夫人身边的时候，只见她一把抓住旭哥妈妈的头发用力一甩，旭哥妈妈重重地摔倒在地上，脑袋撞在了台阶上，顿时血流出来了。妈妈一动不动，围观的人群七嘴八舌地说：完了，老嫂子好像死了！所长夫人面对此情景竟毫无惧色，转身怒视围观的群众，喧哗之声戛然而止。旭哥见妈妈躺在血泊之中，顿时怒火中烧，站起身跑到厨房，一手拎一把菜刀冲了出来，指着所长夫人吼道："你打我妈。"所长夫人面不改色地说道："拎着菜刀你还敢砍我吗？用不用我再给你把枪。"她的话音还没落，旭哥一个箭步过去，菜刀已经落在了她的脸上，大半张脸皮带着肉，还有鼻子都翻了过来，还随风摆动了几下，只听所长夫人"啊"的一声便倒了下去。这个动作快得另两名跟班当时没反应过来。这时再看旭哥双眼红得好似充了血，手上拎着血淋淋的菜刀，地上躺着两个女的不知是死是活，二人对视了一眼便跑进人群中溜了。旭哥扔下菜刀抱起母亲，此时的母亲已苏醒，刚才那一下只是嗑晕了，母子俩泣不成声，几分钟后，警察赶到了现场……

事后鉴定，旭哥妈妈只是皮外伤，不构成伤害罪，而所长夫人属于重度毁容，旭哥被捕后在看守所受尽折磨，最后以故意杀人罪判处有期徒刑十五年。旭哥妈妈难以接受，找律师上诉，一位好心的律师劝慰道："阿姨，别上诉了，你斗不过人家，不管给你儿子安个什么罪名，都得想办法判他这些年……"

听旭哥讲完他那尘封的往事，已是天色微明，二人各自回铺休息。子墨刚睡着，打早饭的就回来了，然后所有人下地开始报数，早饭是每人一个鸡蛋，一碗粥，一点萝卜咸菜。简单地吃了几口，子墨又上铺睡觉了，大概睡了两小时，警察又让报数。子墨本以为放假了能睡个够，没想到一会儿一报数，随口嘟囔了一句："这数报起来还没完了。"身旁的老犯说："现在都好多了，就白天报报数，晚上没啥事，以前大墙没加高那会儿，晚上风刮过去一个塑料袋，武警都通知各监区清点人数，经常大半夜折腾。"子墨问："那是为啥？"另一个老犯说："黑天看不清，怕跑人，加上有的站岗的也坏，折腾劳改犯。"报完数，大个强组织每四人出一个盆，送伙房蒸米饭，正在地上溜达的王长青顺手把昨天李云涛和面的盆就交了上去。临近中午的时候，大个强又组织昨天煮饺子的那些人员去伙房往回端饭、抬菜，王长青和李云涛对子墨说：昨天你和老邱去的，今天让我俩去伙房看看呗，于是打饭的时候王长青和李云涛跟着队伍浩浩荡荡地去了，半个多小时后，队伍又浩浩荡荡地回来了，远远地看见王长青和李云涛哭丧着脸，到了跟前，邱铭雨问："怎么了？"李云涛端着饭盆说："昨天我和面把这个盆弄坏了，早上长青拿的时候他也不知道，伙房蒸饭的时候加的水都漏没了，结果咱们的米饭夹生了，咱们下面的米饭都成粥了。"子墨接过盆尝了一口说："嗯，是夹生了。"随后把盆放下说："昨天剩的饺子还够吃，先吃吧。"于是四人摆好饭菜，今天是一碗豆角炖肉、干豆腐土豆片、一个凉菜、一个鸡架子炖土豆汤，四人狼吞虎咽地吃着。再看看旁边的犯人们，碗中的米饭颜色各异，可以说是姹紫嫣红，绿色的塑料盆，蒸出的米饭就是绿色的，蓝色的盆里米饭就是蓝色的，赶上多色盆，蒸出的米饭也五颜六色的，总之什么颜色的盆就蒸什么颜色的饭，就中间一点是白色的。四人看着这一幕，反倒觉得庆幸，自己的米饭虽然夹生，但起码还是白的。云涛问："咱的米饭咋办？"子墨说："一会儿我去旭哥那借个暖壶，把米饭分成小份放外面冻上，每次拿一块放暖壶里加上水，咱们改吃大米粥。"三人一听齐声叫好。

王长青一边嚼着饺子，一边夹起一块肉，只见薄薄的肉片中间有个眼儿，仔细一看眼儿还豁了，他举起来问子墨和邱铭雨："你俩看看这片肉有什么特点？"邱铭雨说："太肥了。"长青摇摇头说："不对。"子墨看了一眼说："太薄了。"长青说："也不对。"一旁的李云涛说："你就告诉他俩吧，他俩肯定猜不出来。"王长青略显神秘地对子墨和邱铭雨说："今天我去伙房帮他们抬菜，我进去刚好伙房的犯人掀锅盖，只见菜的上面漂了一层肉，我当时想，今天的肉看来能可劲儿吃，只见那哥们拿了一个长把的勺子一挑，我一看，真他妈长见识了。"这时，子墨和邱铭雨同时问："咋的了？"王长青吃了口菜，接着说："他们把肉都用绳串上了，用勺子一挑，全都放他们的盆里了，然后才开始给咱们打菜，咱们碗里的这几片肉，都是太薄，眼儿豁了掉下来的。"李云涛说："真他妈黑呀！"邱铭雨说："怪不得这菜吃着挺香就是见不到肉呢，原来都他妈克扣了。"

　　午饭过后，犯人们几乎都睡了一觉，起来后集体在院子里放风。大年初一的午后，阳光很充足，照射着房顶的皑皑白雪，显得格外明亮。这时，见有些老犯一个个地端着铝盆或铁盆往监舍西头的厕所里走，王长青好奇，也跟了进去。过了几分钟，他朝子墨三人招手，于是子墨、邱铭雨、李云涛也朝厕所走去。只见那帮老犯在厕所的墙角放了三块砖头，然后把端来的盆架到上面，盆里放着一些干菜、豆皮、粉丝、火腿肠等，加满了水，盆下面放一只点燃的破胶鞋，冒着浓浓的黑烟。不一会儿，开锅了，咕嘟咕嘟地冒着气，蹲在茅坑上大便的犯人便喊："开锅了，赶紧收了，一会儿糊锅了。"听到喊声，过来一名老犯戴着手套把盆端走了，边走边喊："火还挺旺，还能炖一锅。"只见一旁撒尿的犯人一边提着裤子一边跑，赶忙把自己的盆放了上去，长青问老犯："咋不在外面炖呢？"老犯说："武警看见冒烟不让，该往狱里上报了，在厕所里都不能超过三个灶，烟太大也不行。"四人看着，邱铭雨说："下次咱也让家里多拿点干菜啥的。"云涛说："我回头让家里拿一个大铁盆。"长青说："最好是带盖的大铁盆。"子墨最后说："盆太大不行，没等炖好就收监了，时间不够用。"三人听了一同点头。

几人在茅坑上站成一排一起撒尿，长青抬着脑袋四处张望，一边看还一边说："这厕所盖的，你们看这水泥顶，七高八低的。"云涛看了一眼也说："嗯，中间都沉下来了，好像要塌。"子墨说："典型的豆腐渣工程。"一旁的邱铭雨抖了抖下面，然后提上裤子，打趣地说："这你们就不懂了吧，这叫造型，这是艺术。"这会儿，一直在旁边卷着旱烟的老犯，先是把烟头的纸捻揪了下去，然后叼着旱烟点着，"嘘"地一下吹出一口烟，慢悠悠地说："你们知道啥，当初我入监那会儿，根本就没有厕所，这边就是一片空地，长着荒草。犯人们上厕所自己找地方随便蹲，一不小心就踩到屎雷，好不容易找个地儿往下一蹲，那草都扎屁股。夏天蹲时间长了，屁股上全是包，这里的蚊子还大呢。"老犯停了停，抽了几口烟，由于旱烟太辣，呛得他直眯眼睛，然后接着说："后来有一年快过年了，省监狱管理局新调来的领导要来检查，狱长怕给新领导的印象不好，于是，大冬天的组织犯人盖厕所，要求三天三夜盖好。"这时子墨问："冬天怎么施工，水泥、混凝土不冻吗？"老犯抽了口旱烟接着说："咋不冻呢，但是警察有办法，他们拉来几车木头，在厕所的周围点火，犯人在里面施工，那烟把人呛得就别提了，都淌着眼泪干活。后来封顶的时候，都是用的铁板钢管支的模，然后在厕所里面点火，外面也点火，赶在检查来之前，各监区的厕所都盖好了。"李云涛插话说："真厉害。"老犯看了他一眼，这时他手中的旱烟已经抽完了，王长青递了一根，并给他点着了，老犯吸了一口，看着李云涛笑着说："厉害啥呀，开春了，天一暖和，水泥顶基本全塌了，有个厕所好悬没把犯人砸死里面，咱们这个厕所四周没咋的，就是顶中间塌了一部分，重新修完就现在这样了！"四人听老犯说完，互相你看看我，我看看他，心想：这儿的新鲜事真他妈多……

四、三阎王软硬兼施劝改造，杨子墨就坡下驴猛挣分。

七天的假期，仿佛一眨眼就接近了尾声，新犯们都没来得及享受它的过程。回忆这七天的时光，好似一个甜美的梦境，真实而又短暂，没有电棍的噼啪声、没有狱警那粗鄙的叫骂声，不用争分夺秒地抢任务，也无须谨小慎微地请假上厕所。在这七天里，所有的犯人重新感受到自己还是一个人！

正月初七，黎明破晓，犯人们排着懒散的队伍稀稀拉拉地再次奔向那地狱般的车间。晨风刺骨、晚霞如火，一切照旧，狱警们依旧每天问候着犯人们的祖宗十八代，而电棍的噼啪声仍然是车间的主旋律。

这天，子墨在过道上倒背着手，闲庭阔步一般地晃悠，旭哥过来在背后拍了一下他说道："阎中队叫你呢。"子墨回头看了旭哥一眼，旭哥还想说点什么，子墨已大步流星地朝着队部走去，三阎王仍旧坐在那张皮椅上跷着二郎腿，见子墨上来，表情似笑非笑地问："年过得挺好呗。"子墨表情平静地回答："犯人的年节，就那么回事吧。"三阎王继续说："就这么耗到日子回家，不准备减刑了呗？"子墨回答说："哪个犯人不想好好改造，早日减刑回家，但是减刑是一个综合因素，不是我们自己说了算的。"三阎王深深地叹了口气，将目光看向窗外，过了一会儿说："你的年龄和你的刑期，减个三年左右没啥问题，最多再待七年就能回去，到时候三十出头，啥都不耽误。我呢最近没找你，并不是我不敢打你，而是因为你的性格，我不想毁了你，我就是一天打你三遍你也得挺着。你有想杀我的心，我信，但是你没有杀我的机会。如果我们那么好杀，监狱里的警察早死光了。你问问下面的劳改犯，哪个不想杀我们。咱俩呢，先抛开身份不谈，你我无冤无仇，你犯的是国法，而我作为监管者，看你是条汉子，不想踩你，如果你能好好改造，我保证你的活干到哪，我的分就给到哪，遇到困难说句话，能抬抬手的绝不难为你。"说到这儿，三阎王看了看子墨，接着又说："我言尽于此，你回去琢磨琢磨吧！"

下了队部，子墨开始琢磨三阎王的话，真诚的部分不能说没有，但中心思想无非是想让自己好好干活，毕竟哪个中队也不想多一个刺头，再回想放假期间旭哥、黄龙、长青他们也都劝自己见好就收，别耽误改造。邱铭雨更是天天唠叨，再说自己也不是真的不想活着出去了，今天三阎王也算给自己台阶了，那就就坡下驴吧！于是从这天开始，子墨好似加满了油的发动机，每天动力十足，浑身散发着激情，完全变了一个人。结果当月考核，被评为 6 分，而其他的新犯都在 1—3 分之间。

在这里，给读者讲解一下服刑人员的奖惩制度，以便于对后面的故事了解得更深，每个监狱的奖惩制度都有所不同，以下的制度仅限于本书中的"九监"。

首先九监对每名服刑人员的综合表现会做一个评分考核，分为 1—6，最低 1 分，最高 6 分（有的监狱最高 5.5 分）。如有违纪现象则给予 0 分或记过处分，6 分的名额占在押人员的百分之五，5 分占百分之十，4 分占百分之十五，3 分占百分之二十，2 分占百分之二十五，1 分占百分之二十五，而每个月的综合表现评比又分思想改造表现和劳动改造表现，其中思想改造占比百分之六十，劳动改造占比百分之四十。由此可见，国家更注重服刑人员的思想本质上的改过自新，但是"九监"的评比只看个人的劳动产量。

　　服刑人员原判刑期在十五年以上的（含十五年），每次减刑最高申报两年，须累计得分 160 分以上。

　　原判刑期在十五年以下，十年以上的（含十年），每次减刑最高申报一年六个月，须累计得分 120 分以上。

　　原判刑期在十年以下的，每次减刑最高申报一年，需累计得分 80 分以上。

　　而判为死刑缓期两年执行的，须在两年之内改判无期徒刑，再由无期徒刑改为有期徒刑，方可享有减刑资格。

　　原判无期徒刑的须改为有期徒刑后，方可申报减刑。

　　申报减刑的服刑人员需入监满两年，自卷宗申报之日起，上返 12 个月，累计分数不得低于 36 分，每月分数不得低于 1 分。

　　由于监狱的减刑名额受限于在押人员比例，所以申报减刑的服刑人员，在满足以上条件和基础分数的同时，还需附加分。

　　例如：监狱的减刑名额是三十人，申报减刑的有五十人，此时则选取累计分数排名在前三十位的给予申报减刑。

服刑人员每申报减刑一次，其得分随之清零，自申报日期之后，重新开始计算得分。

监狱还评比"省级服刑人员改造积极分子"和"监狱级服刑人员改造积极分子"，以下简称"省级"和"监狱级"。参加评选的服刑人员需全年无违纪现象，并累计得分在 36 分以上，还需全体服刑人员投票表决，而"九监"的"省级"和"监狱级"的评选方式在满足以上"表面形式"的同时，最终以价格决定，其价格根据当年所需人数的需求量以暗箱拍卖的方式为最终评选结果。

"监狱级"可顶分数使用，最高 14 分，需在评选当年使用，过期无效。

获得"省级"的服刑人员，可多申报减刑六个月的刑期。例如，申报减刑一年六个月的，拥有"省级"可申报两年，而基础申报减刑两年的则不能增加申报减刑期限，因为服刑人员申报减刑的累计期限不得高于两年。

服刑人员当次申报减刑中的奖励政策，不可累积使用，只能选一个。

而原判刑期低于十年的（不含十年），则无资格参与评比"省级"。

服刑人员二次申报减刑的，其申报之日与上次减刑卷宗回执之日，所间隔的天数不得少于上次所减刑期的总天数。

法院会根据服刑人员改造期间的表现来裁定申报减刑的期限，如有不良表现，则根据申报的期限适当减少或退回申报材料。

例如，申报减刑一年六个月，法院有权根据表现最终裁定减刑一年四个月或更少。

如服刑人员原判决书有罚金未缴纳的,法院将在最后一次减刑申报上适当减免申报刑期。例如,申报减刑九个月,如已缴纳罚金,法院裁定减刑九个月,如未缴纳罚金,法院裁定减刑七个月或更少。

同时,服刑人员在服刑期间如身患重大疾病还可以享受"保外就医"政策,或改造期间做出杰出贡献等,还可以申报"重大立功"表现,此两项不受以上条件的限制,但由于"九监"监狱的级别等多种因素,申报此两项需通过多个部门审批,操作起来难度之大、涉及面之广,所需资金也非一般服刑人员所能承受的,因此,"九监"很少操作。

以上便是"九监"服刑人员的基本奖惩制度。

第十六章

一、李凤刚吞针寻死，吴有德自断手筋。

冬去春来，子墨渐渐习惯了披星戴月的改造生活，每天晚上收工时，都会有犯人念叨一句"日落西山、又过一天"，然后扳着手指细数着自己余下的刑期……

长期的高压环境，让有些犯人难以承受，时刻处于崩溃的边缘！这天晚饭过后，突然喊收工，犯人们简直不敢相信自己的耳朵，子墨对邱铭雨说："今天不加班了。"邱铭雨淡淡地说："太阳打西边出来了。"当所有犯人踏进监舍时，看见大个强手拿着一捆韭菜站在李凤刚身旁，再看李凤刚，双手被铐在上下铺的立柱上，众犯经过时都不解地看着这一幕。报完数后，三阎王走到李凤刚跟前骂道："×××的，这地方是你想死就死得了的吗？"紧接着又将目光转向旁边的大个强，看了一眼他手中的韭菜，问道："他吃了吗？"大个强回答说："吃了，吃挺多呢。"然后三阎王慢悠悠地走到屋中央，扫视了一周，声音犀利地说："命是你们自己的，你们自己不珍惜，和我没有任何关系。我想告诉你们的是，死你一个、两个的，我照样当我的中队长，就算院里的劳改犯都死光了，监狱也黄不了，中国不缺劳改犯。"说完，又将目光看向大个强，厉声说道："把他看好了。"最后目光又落在李凤刚的脸上，看了一会儿，然后气势汹汹地离开了。

锁上监门后，很多人问大个强，李凤刚怎么了？原来李凤刚天天完不成任务总挨打，最后承受不了身体上的处罚和精神上的压力，吞了三根修地毯用的钩针想自杀，结果被一起干活的犯人发现了，并及时上报，最后狱医说生吃韭菜，能把针裹出来。李凤刚回来后因自伤自残，就被加戴戒具铐在了那里。

要说这李凤刚，刚入监那会儿，被称为"四大跛豪"之一。如今早就不瘸了，据说他有"精神分裂症"史，所犯的罪行也能说明问题。他捕前是一名洗浴中心的保安，四十出头了仍单身一人。打工多年，存了几万块钱的积蓄，后来和本单位的一名小姐相识，李凤刚单方面对小姐很是喜欢，最后以嫖客的身份和该小姐发生了肉体关系。接连几次的交欢之后，小姐得知李凤刚有些许积蓄，便以处对象的名义和李凤刚交往。其间，该小姐老家多次发生突发事件急需用钱，李凤刚每次都解囊相助。很快，李凤刚那点微薄的积蓄便荡然无存了，紧接着该小姐便提出与李凤刚结束关系，李凤刚觉得自己被骗了，再加上对该小姐肉体上的痴迷和心灵上的慰藉使得他难以割舍，而该小姐的态度又十分决绝，一时间让李凤刚陷入深深的痛苦漩涡之中，最后李凤刚苦苦哀求该小姐再和他行一次鱼水之欢，来作为二人情感上最后的终结，毕竟，该小姐也非铁石心肠，她想想几万元的钞票流入自己的囊中，给予一些福利和赠送也实属情理之内，便答应了李凤刚的哀求。二人来到李凤刚的房中，该小姐面对李凤刚这最后的疯狂，也是咬紧牙关勉强应付，直到李凤刚的肉欲消磨殆尽，殊不知他的兽欲又渐渐地暴露了出来。这时，只见李凤刚目露邪光、五官移位，那表情好似冥界的魔王，他从床下拿出事先准备好的剪刀，该小姐见状大惊失色，想要逃跑，可自己疲惫的身躯被李凤刚死死地骑住，于是该小姐开口大喊救命。刚喊了一声，便被李凤刚掐住了脖子无法继续发声，紧接着，李凤刚的拳头又像山体滑坡滚落的石头一样，一下下地落在了该小姐的头上，直到她昏厥过去。不知过了多久，该小姐醒来发现自己的四肢被李凤刚用胶带固定在床上，身体呈一个大字形仰面躺着。这时，耳边传来李凤刚那幽灵般的笑声，和一副阴森恐怖的面孔，他手里拿着剪刀，面对该小姐的惊恐他无动于衷。李凤刚的双目在该小姐那一丝不挂的躯体上游移，时而面色贪婪，时而目带怜惜，时而淫光闪烁，时而五官狰狞。该小姐声音颤抖地哀求说："你放了我吧，我把钱还给你，"李凤刚听到后将目光看向该小姐的脸颊和耳畔，冷冷地说："我要钱干什么，我只要你。"说完，伸出手轻柔地抚摸着该小姐的耳唇，表情瞬间又变得好似大人抚摸心爱的孩子一般，该小姐见他这变幻莫测的状态，继续苦苦地哀求说："你放了我吧，我不和你分手了还不行吗？"李凤刚对她的哀求没做回答，而是将目光看向剪刀，过了一会儿又动作缓慢地转动着脖子，将目光看向该小姐，声音怪异地说："放了你，你还会和我分开的。"紧接着又露出一副哀求的面孔，像个孩子一样对该小姐说："我们一起死好不好，那样就永远也不会分开了。"该小姐彻底崩溃了，呜呜地哭着，一边哭一边哽咽地说："我不想死，求求你放了我吧，我错了……"李凤刚坐在该小姐身边，左手托着下巴，右手拿着剪刀，目光空洞地看着该小姐的双腿间，什么也不说，好似"沉思者"一样在思考着什么问题。不知过了多久，该小姐已经哭得声音沙哑、双目无泪，只有那对颤抖的双胸说明她在剧烈地抽搐。沉思的李凤刚直起腰，目光平静地说："爱是包容，爱是尊重，爱更是舍得。你的欺骗我不计较了，因为爱是包容，你想分手，不想和我一起死，我也成全你，因为爱是尊重，我只要你送我点礼物就好！"该小姐听见这话激动地说："你要什么尽管说，我买给你，我借钱也买给你。"李凤刚继续平静地说："不用你买，就在你身上，既然你的人不再属于我了，那就给我留点念想吧！该小姐听得满头雾水，继续用哀求的口气说："你说吧，能给的我都给你，只求你别杀我"，说完又哭了起来……李凤刚缓缓地站起身，回来时手里拿个盘子，他慢慢地将盘子放在床头……

不知过了多久，一股股扎心般的剧痛让该小姐醒来，她看见自己的前胸和床单上满是鲜血，而下体传来的阵阵疼痛更是疼得她浑身发抖，这时，李凤刚端着一个盘子朝该小姐走来，盘子的底部覆盖着一层紫红色凝固的血液，李凤刚站在该小姐头顶，指着盘子说："相处一场，这些就当给我留个纪念吧。"说完便端着盘子朝屋外走去……

事后有人报了警，该小姐被解救，经法医鉴定，该小姐双乳的乳头、阴部双侧的阴唇全部被剪掉，该小姐终身丧失哺乳功能。李凤刚于当天晚上被捕，最后以伤害罪被判处有期徒刑十二年。

从入监到现在，中队里已经有三名犯人被转到病监了，其中有两名已经死亡，子墨甚至都想不起他们的样子！李凤刚的行为也没有引起什么波澜，犯人们依旧和往常一样加班加点地出工收工，依然是抢不完的任务挨不完的电棍……

又过了一段时间，新犯吴有德也彻底扛不住了，虽然他只是偶尔完不成任务，打骂、电棍自是避免不了。但是每天大伙上铺后，打扫地面卫生和收拾水房的人员名单里总有他。早晨起来先是打饭，最后抬粪桶的也有他。他每天都要忙到十二点以后才能上铺休息，早上又起得最早，慢慢地，他变得有些神情恍惚，还经常看见他干活的时候在那自言自语，而和他说话，他又总是前言不搭后语的。这天晚上收工前，吴有德难得完成了任务，所以没挨打，他的心情放松了许多，显得格外高兴。他编织的地毯机位，在车间门口附近，冬天的时候呼呼的冷风冻得他双手僵硬，这也是他完不成任务的主要原因，但是眼下一天比一天暖和了，所以干活的时候，他的手脚变得灵活，能完成任务就意味着不会挨打、挨电。他一边低声哼着小曲一边干着活，正在这时，只听"咣"的一声，车间的铁门被重重地踢开，三阎王带着几分醉意走了进来，虽然狱警上班期间明令禁止饮酒，但是"九监"这地方，狱警们常说纪律就是用来违反的。只见三阎王站在屋中央，环视四周，所有的犯人都不作声，更没人敢抬头，大家都在认真地干着活。突然，三阎王毫无征兆地朝着他身边的吴有德就是一脚，当时吴有德正在全神贯注地干活，被这突如其来的一脚踢得晕头转向。三阎王一边拳打脚踢还一边骂骂咧咧，最后打得吴有德满地打滚，痛苦地哀嚎……谁也不知道他为什么被打。

十几分钟后，三阎王累了，气喘吁吁地朝队部走去，再看吴有德从地上爬起来，五官都变了形，如果没人提醒，都看不出他是谁。第二天，听到狱警们聊天才知道，原来当晚，三阎王在家和媳妇吵架了，心情不好喝了几杯，到了车间想找个出气筒，结果没完成任务的犯人都挨完打了，刚好吴有德在身边，干脆，近水楼台先得月吧……这也是九监狱警们的常态。

吴有德听到这些，先是恍然大悟，因为终于搞明白自己挨打的原因了，但是接下来就越想越憋屈，整整一天，他眉头紧锁，一句话也不说，目光也显得有些呆滞。到了晚上，他又没完成任务，当狱警拿着"挨打人员"的名单喊到他的名字的时候，他右手拿起割毛线的刀，朝着自己左手手腕一刀扎了进去，用力一挑，手筋被挑断了，鲜红的血液蹿了出来，染红了白色的地毯，身旁的犯人大叫一声，随后叫来了警察，众人赶忙用布缠住了他的手腕。此刻，吴有德额头的青筋暴起、面目狰狞，几名犯人赶紧架起他，在狱警的带领下，朝犯医所走去……

收工后，吴有德从犯医所回来，他的手腕缠满了纱布、打着吊带，关某人铁青着脸站在监舍的门口，面向所有犯人，良久，义正词严地说："我关某人十八岁参加工作，从事监管改造工作……"说到这儿，长青小声地说"二十八年"，旁边的李云涛也小声地纠正道："去年从事监管改造工作二十八年，今年该二十九年了。"关某人仍在说着："什么样的犯人我没见过，你割个手筋吓唬谁呢？你自伤自残，伤害的是你自己的身体。老话说得好，身体发肤，受之父母，你的行为对得起你爹你妈吗？挺大个老爷们，这么点苦受不了，当初犯罪的时候想啥了？我告诉你们，我不管你是吞针的，还是割手筋的，在这里，只要你还喘气，就得改造。不到日子，谁都别想出去，除非横着被抬出去！"

二、李春江突发疾病，半身瘫痪。监狱长公物私用，一手遮天。

又到了酷暑时节，车间里没有任何制冷设备，由于人口密集，空气又不流通，所以异常闷热。犯人们的劳动强度大，加上长期的营养不良，体质普遍虚弱，所以每到夏天，中暑，以及高温引起的各种疾病比比皆是。当然，面对这种局面，狱警们自有他们的一套处理方案。首先，让犯人每天中午打几大桶深井凉水，里面加上糖精和小苏打，然后发给车间的犯人喝。赶上气温特别高的时候，伙房也会熬绿豆汤，而各监区还会自备一些藿香正气水。以上措施会起到一定的防范作用，但还是有大批的犯人倒下，而监区的预防措施则是仅限于此，犯人的生死只能听天由命了！

这天下午，天气异常闷热，犯人们都光着膀子汗流浃背地干着活，有的犯人困得直扇自己的嘴巴，邱铭雨见状说道："自己扇多累呀，别完成任务，晚上关指导亲自给你扇。"说完周围的犯人哈哈大笑。还有一部分老犯常年吃"去痛片"，由于改造多年，身体虚弱，到了下午就浑身酸痛，再加上天气闷热犯迷糊，吃上几片去痛片，顿时就不疼了，也不困了，眼睛发亮，精力充沛，干起活来也是双臂生风！所以，九监里面有三大紧俏物资，相当于流通的货币，第一是"烟"，上到狱警，下到犯人，几乎都离不开它，有点小违纪涉及考核的，给管教员送一条，事情就解决了；逢年过节给狱警拿几条，平时也能照顾照顾，少挨几次打。

第二是"方便面"，条件好的犯人偶尔会让狱警帮忙买吃的，但是谁也不能天天买，而监狱里的饭菜一是难以下咽，二是也吃不饱，所以方便面成了每个"槽子"必备的主食。由于基本都是靠家里接见购买，所以经常断货，如果找狱警代买，体积太大，实在是不太方便，毕竟狱警也要象征性地避一下嫌嘛。第三就是"去痛片"，大部分犯人都吃，尤其是老犯，上午一次，下午一次，每次都三四片地吃，而且他们还把"去痛片"按药厂进行排名，不同的生产厂家，药劲儿也有所不同，作为流通物资，不同的等级产生的物资兑换力自然也不同。

午饭过后，给黄龙和王发伺候槽子的李春江就说自己有点迷糊，还有点儿恶心，手脚发麻，关某人给了他一瓶藿香正气水，还告诉他一会凉水打回来多喝点，别耽误生产。因为在狱警眼里，犯人们都是小病大养，无病呻吟，当然，这样的犯人确实存在，他们几乎常年在病间养病，回到监区就犯病，犯人们把这种行为叫"泡病号子"。但这毕竟是个别现象，参加劳动、挣分减刑才是犯人的思想主流，而从狱警的视角看待问题，那就是装病躲避劳动，除非是肉眼可见的病情，比如高烧、吐血或肢体出现明显异常等。

整整一个下午，李春江都靠在机架子上，面色苍白，头晕恶心，到了晚上统计任务的时候，他自然没完成，结果被关某人打了几个嘴巴，并警告说："明天你再装病，看我咋收拾你！"当晚回到监区，李春江连饭都没吃，早早地就躺下了，结果第二天早上，李春江半个身子不听使唤，说话也不利索。警察让几名犯人把他抬到犯医所，因病情严重，犯医所无法治疗，又转到了狱直属医院。经过一段时间的治疗，勉强可以站立、行走，但是右臂弯曲不能支配性摆动，右腿只能作为支撑，行进时随身体拖拽前行。从狱直属医院回来后，因彻底无法参加劳动，便被转入病监。黄龙和王发去看望他，他依然口齿不清。见了两人，他眼含泪水，嘴角淌着哈喇子。病监的犯人说，他就是因为天气太热血压升高，引发了脑出血。黄龙看着半身不遂的李春江，心中满是感慨，曾经的车轴汉子，十几年都熬过来了，马上要回家了，结果一夜之间瘫了，连话都说不利索了。过年的时候他家里来接见，离婚多年的前妻也来了，说是等他出狱后复婚，李春江当时听了高兴得不得了，结果这一病，前妻也杳无音讯了……

　　黄龙和王发也是重情重义的人，他俩给犯医所的"犯护"塞了点钱，因为李春江并没有完全康复，还需打点滴继续巩固治疗。狱直属医院是为了节约费用才提前把他踢回监狱的，狱里的犯医所相当于监狱内部的一个小诊所，负责治疗狱内犯人的一些小毛病，头疼脑热、感冒发烧等，还负责病监犯人的看护治疗。犯医所的医生只有几名警察，也不知道是科班出身，还是自学的医术，剩下的都是一些因医疗事故而判刑的犯人，和托关系调到病监的，他们被称为"犯护"，那些之前不懂医术的，在犯人身上不断练习后，简单的打针、包扎也都学得差不多了。总之少数的"犯护"还是懂医术的，他们的专业技术在监狱里也属于稀缺资源，入监后，花点钱再运作一下，就在里面重操旧业了。也许是出于职业习惯，犯人们来看病也要送红包，一百块钱能打三天点滴，诊断结果还会根据病情尽量写得严重一些。相反，如果不送红包，诊断结果上轻描淡写，基本都是不影响劳动的症状，最后开一些花花绿绿的药片，至于吃了能否治好病，只能看造化了！

　　当然，这个夏天也并非一无是处，值得开心的小事还是有的，监狱组织各监区余刑在一年以内的犯人出外工，给监狱下属各农场的耕地修水渠，狱内有一个监区的犯人每天起早贪黑地打水泥板，然后监狱用车拉到狱外的指定位置，由外工人员进行铺设。水渠贯穿周围的土地，水泥板就是在原水渠的基础上，将水渠的底部、两个立面和上盖进行铺设。这样一来，减少了大量的水，因渗透而产生的流失，水渠的沿途都有闸口，还能有效地控制对土地的灌溉。水渠上面加了盖子，又避免了阳光蒸发，而且盖子上还可以走人，下地也不用再走田间那泥泞的路了。这一工程既节约了水源，又节约了大量的人力、电力的消耗，同时也是对传统耕地的一次基础性提升。

　　由于监狱辖区内有大量的土地，所以整个夏天都在修水渠，至于开心的小事，就是外工人员每天回来可以带吃的。因为外工人员干的是重体力劳动，所以在外面，饮食方面管理得相对宽松，更何况都是一些马上刑满释放的人员，看见他们拿钱买熟食等，狱警也是睁一只眼闭一只眼。武警见狱警如此态度，也就不加干涉，最关键的是买回来的美食，狱警也跟着一起吃，甚至还点菜，最后比犯人吃得还多。于是，监内的犯人们但凡有点钱的，都托关系不错的外工人员往回带吃的，解解馋，开开荤！

　　这天，邱铭雨托"四大跛豪"之一的孙辉带了两只烤鸭，晚上叫着长青和云涛一起开荤。孙辉是交通肇事罪，判了三年，在看守所待了一年多，如今余刑不到一年，所以也加入了外工的队伍。五人坐下，不到两分钟，一只鸭子就没了，先是长青过来，还没坐稳，便伸手扯了一只鸭腿还带着一大片肉，云涛紧跟着扯了半扇鸭胸连着鸭翅，几乎是同一时间邱铭雨扯了另一只鸭腿递给了子墨，孙辉拿走剩下的半扇鸭子，等邱铭雨回过头，第一只鸭子就剩下鸭头连着脖子了，几人哈哈大笑。邱铭雨笑着说："靠，你们几个别噎死，我还得担责任。"长青满嘴冒着油，嚼着鸭子，嘴里含糊不清地说："噎死也比饿死强，你买的鸭子，鸭头必须留给你，大补。"一旁的云涛由于下口太大，嘴里倒不过来，顺手把鸭屁股揪下来扔给了邱铭雨，支支吾吾地说："屁股给你，这叫有头有尾。"紧接着孙辉扯下个鸭翅尖也扔给了邱铭雨，说道："他们那个不行，我给你这个，祝你展翅高飞。"话音刚落，几个人同时愣了一下，看了看四周，邱铭雨小声说："还展翅高飞，让警察听见，咱们几个就废了。"哥几个看了看，低声笑着继续吃。

到了第二只鸭子的时候，吃速明显慢了许多，孙辉低声说："你们知道今天修的水渠是谁家的吗？"云涛说："不都是监狱的地吗？"孙辉继续低声说："最近几天修的都是大狱长家的地。"邱铭雨听了问道："狱长家还有地？"孙辉看了一眼邱铭雨继续说："何止有地，还多呢，而且全都是一等地，老犯们说这次修水渠主要就是修狱长家的，只是借监狱的名头而已。"此时长青睁大了眼睛"哦"了一声。孙辉接着说："大狱长家的地，每年的种子、化肥，春天种地，秋天收割，期间的人工、设备，这些全是监狱出的。"一旁的长青把已经睁大的眼睛又瞪大了一些，又发出"啊"（上发音）的一声。这时，一直没说话的子墨吃得差不多了，也听得差不多了，擦了擦嘴角上的油低声说道："监狱的水泥、监狱的车、监狱的设备和人工，监狱的种子、监狱的肥，和着大狱长就出了一片地，剩下的啥也不用管了，即使赶上天灾颗粒不收，他也一点损失都没有，大不了不赚而已，这真是一本万利呀！"几人听了面面相觑，继续吃着鸭子，而此时，盆里只剩下残骨和鸭油了！

三、杜维三装疯卖傻免刑罚，邱铭雨中秋节见老父亲。

瑟瑟的秋风裹挟着落叶漫天飞舞，金黄的叶片时而被风带到墙外，时而又被吹进墙内。表面上看，落叶可以自由飘飞，甚至飞得更高、飞得更远，而实际上命运却掌握在风的手中，随着风的心情，任由风的摆布。相比之下，犯人更加悲凉，在这无法跨越的高墙之内，除了呼吸，没有任何自由可言，这也是犯罪应有的代价！

人们都说秋天是丰收的季节，而对犯人而言，秋天是个丰富的季节，这里的丰富指的是食物。在九监，春天、夏天、冬天，吃的基本就是萝卜、土豆、白菜，唯有秋天的种类相对多一些，在保留以上三样的同时，还增加了茄子、黄瓜、豆角。由于监狱的直属农场较多，有很多蔬菜大棚，到了秋季，经常产量过剩无法消耗，不得不给犯人吃。但是这些蔬菜又有所不同，那茄子的皮可以说坚硬如铁，茄子里面的黑籽比西瓜籽小不了多少。每当吃茄子，邱铭雨都笑着说："这茄子再晚摘几天都成精了。"再说黄瓜，犯人们吃的黄瓜是真正的黄瓜，又粗又长，金黄色的外皮还带着米黄色的花纹，吃起来酸溜溜的，无比顺滑。而豆角，其外表看着没有明显的区别，只是吃到嘴里，任凭你铁齿钢牙也难以将它嚼碎，最后只得像嚼过的槟榔一样吐掉。犯人们对监狱里的蔬菜也做了一个总结：萝卜"干"吃，土豆"泥"吃，茄子"老"吃，黄瓜"种（三声）"吃，豆角"柴"吃，白菜炖得给猪都不吃！

这天中午，犯人们排好队站在菜桶旁打菜，"肥猪"拿着勺子一个一个地打着，依然是那轻捞慢起的娴熟手法。子墨因为出来得晚，排在了队伍最后面，先出来的长青和云涛他们打完菜此刻都吃上了。他俩蹲在墙根，将方便面的盐包放进茄子汤里，嚼着馒头、喝着汤，风卷残云般就吃完了。二人起身看见还在排队的子墨，长青笑着说："今天的茄子不错，就是皮有点硬。"云涛也把脸伸到子墨面前，指着自己的嘴角说："你看，茄子皮把嘴割坏了。"子墨看了哈哈大笑，正在这时，前面一阵骚乱，子墨和长青等人以为又因为打菜吵起来了，子墨还说："又不是啥好菜，吵个啥劲呀！"说着几人也往前凑，只见宫子良端着菜盆，大家伙都围着看，原来刚才打菜的时候，轮到宫子良了，他伸着盆对"肥猪"说："桶里那个'大茄子'打给我呗。"肥猪听了，抬头一看是"屁眼哨子"宫子良，于是一脸坏笑地说："给你行，晚上得去我被窝。"旁边的犯人听了也跟着起哄："一个茄子就进被窝了，我也有个茄子，但是得进被窝才能给你。"说完引来一片笑声，又有一名犯人接话说："茄子有啥好吃的，我给你一箱方便面，晚上去我那。"又是一片笑声，"肥猪"也一边笑一边打菜，顺手就把那个"茄子"打给了宫子良。宫子良低头一看，喊道："这他妈哪是茄子呀，这是一只大耗子。"话音刚落，周围的人就围了上来，只见盆里有一只大耗子，黑黑的毛，尾巴长长的好似茄子秧。后面排队的犯人也都往前挤着看热闹，子墨一看这菜也不打了，而长青和云涛见状，顿时干呕起来，还有很多先吃完饭的都扶着墙根吐了起来。邱铭雨和子墨干噎着馒头，邱铭雨说："这食品安全太他妈没保障了。"子墨说："请把'安全'两个字去掉，这里能有'食品'就不错了！"这时关某人走了过来，问明了情况，宫子良还把煮熟的耗子给他看了看，关某人又看了看远处墙根呕吐的犯人，喊道："行了，都他妈别吐了，赶紧干活，伙房给你们加肉，一个个的还不知足。"

晚上收工，犯人们报着数走进监门，都报完以后，发现多了一个，众人以为报错了要重报，结果关某人转身走了。谁也没注意角落里站了一位新面孔，五十多岁的年纪，有些老犯认识，他叫杜维三，五监区的班长，也是关系犯。按理说关系犯轻易不会调到别的监区，即使调动也是在本监区的中队之间，毕竟监区的领导拿了人家的钱，自然要留在监区照顾。接下来的日子，这个杜维三始终也没跟着大伙儿去过车间，而是和值班班长在监舍，偶尔跟着打打饭，后来听说他精神有问题，不适合去车间。原来，这个杜维三已经改造多年了，在五监区时犯人们都叫他三哥，入监没多久家里就给他托了关系，在中队当值班班长，三哥为人很憨厚，不像大个强他们整天咋咋呼呼、呜呜轩轩的，一副小人得志的样子。这天白天，三哥在监舍睡醒了没事干，端着茶缸子在地上晃来晃去，另一名和他一起值班的也起来了，二人聊着天，三哥提起了曾经在法外，他是怎么花天酒地，每天怎么洗澡按摩。另一名班长顺口说："三哥，我昨晚好像着凉了，浑身疼,你给我按按背呗。"三哥一听,热情地说:"没问题,我这手法相当专业了,在洗浴,我都是有专职按摩师给我按摩的高级会员,时间长了自己也就会按了。"说着,三哥让那名班长趴到铺上,三哥上了铺说:"我先给你踩踩,这玩意儿才解乏呢。"说着,一只43号的大脚就踏上了那名班长的后背,踩了一会儿三哥问:"咋样,那名班长说没啥感觉。"三哥继续说:"一只脚没力度,但是两只脚怕你受不了。"那名班长说:"没事,你就来吧。"于是三哥一手扶着墙,另一只手仍端着茶缸子,两只大脚同时在那名班长的后背上踩了起来,过了一会儿,那名班长说:"嗯,挺舒服,看来你在外面没少去按摩。"三哥一听夸奖顿时来了精神,一激动,脚上开始用力了,只见三哥双脚站在那名班长的后腰上,双手捧着茶缸子也不扶墙了,美滋滋地"嗯"了一声,身体顺势向下一蹦,只听"嘎嘣儿"一声,紧接着那名班长"啊"地一声大叫,把另外两名在上铺睡觉的班长也惊醒了,三哥也吓了一跳,茶缸子连同半缸茶水掉到了那名班长的头上,还好水不怎么热,三哥忙问:"怎么了?"那名班长说:"腰不敢动,好像是断了。"这时,醒来的另外两名班长也过来了,忙问怎么了,那名班长说下半身不能动,好像没知觉了,这话可把三哥吓坏了,于是通知了狱警,大伙把那名班长抬到了犯医所。到了犯医所一看,医生说没设备,无法诊断,建议赶紧去直属医院,接着办理手续便转到了狱直属医院。

回来后三哥有些忐忑,几个关系不错的弟兄帮着分析对三哥说:"如果真的瘫痪了,你这够加刑了。"三哥一听,更是惊恐,结果当晚就疯了,满地地跑,嗷嗷直叫,用手拍门,拍窗户,谁都不认识，谁拽他他就骂谁，连狱警也骂。大伙一看，三哥是真疯了，狱警见状，为防止他伤人，便给他戴上了刑具。三个月后，受伤的那名班长痊愈了，啥事没有，又可以正常值班了，三哥见状，也不说胡话了，等打开刑具，"疯"病也好了。在之后的日子里，三哥是否犯病，完全看心情，心情不顺了，或者警察一骂他，立马犯病。后来传言三哥就是装疯，那名班长也是装病，无非是想去狱直属医院舒舒服服地躺几个月而已，当然，这些也无法证实。三哥疯了以后，就不再给监区领导送钱了，结果就被踢到了号称魔鬼训练营的七监区。在九监，得罪狱警的下场就是被踢到七监区。七监区的犯人，得罪狱警的下场是，即使你花钱托关系，也别想调走！

临近中秋节，邱铭雨他爸来探监了，拿了很多吃的、用的，还拿了三本书说没事和子墨一起看，结果关某人检查物品的时候，把书没收了两本，一本《金瓶梅》，一本《封神演义》，就剩下一本《水浒传》。邱铭雨问关某人书也是违禁品吗？关某人一本正经地说，色情和神话不可以看，然后就把书拿走了，弄得邱铭雨整个下午都很郁闷。子墨说："不是说四大名著吗？咋还把《金瓶梅》拿来了。"接着又安慰地说，"《金瓶梅》和《封神演义》都看过电视剧了，没收就没收吧。"这会儿，旭哥刚好也在旁边坐着，最近一段时间他总说腰疼，浑身关节也疼，去犯医所看，说是改造年头多了，缺钙，吃点钙片就好了。旭哥见邱铭雨郁闷，说晚上他找关指导，把书给要回来，然后又对邱铭雨说，老爷子真懂你，还给你拿本《金瓶梅》，几人听了都会意地笑了。晚上收工的时候，旭哥和子墨说他找关指导要了，结果老关说他想看看《金瓶梅》，等他看完了就给邱铭雨。子墨嘟囔了一句："想看就他妈直说，非拿违禁品说事，违禁的东西他还少往里带了！"

中秋节当天，监狱放了半天假，下午早早地收了工，子墨给旭哥送了点干菜，二人聊了一会儿，其间旭哥一直躺着，说是腰最近有点严重，子墨问吃钙片了吗？旭哥说不但吃钙片，每天还要吃去痛片，子墨鼓励他说：过完年就回家了，到时候吃它几个月牛羊肉，缺啥都补回来了。旭哥听了哈哈大笑，然后叫给他伺候槽子的毛驴子说："把那吃的多弄点，每样都给子墨带点。"子墨客气地推辞着，毛驴子答应了一声便拿着盆朝水房走去。

要说这毛驴子，这么多年一直给旭哥伺候槽子，他大名叫毛长山，刚入监时还有个绰号叫"九连环"，后来因为脾气倔，大伙儿又管他叫毛驴子，有个别老犯还叫他九连环。毛驴子是因为抢劫罪进来的，判了十三年。他二十多岁的时候，不务正业，整天游手好闲，经常混得吃了上顿没下顿。那年秋天，毛驴子身无分文，一天没吃东西了，一个人在街上闲逛，刚好赶上下了一场凉凉的秋雨，他便就近躲到一个破旧小区的楼道里避雨。此时已是天色渐晚，楼道里的灯又不好使，一个女的走了进来。毛驴子饿得已是前胸贴后背，三根肠子闲了两根半；见四下无人，周围又漆黑一片，便心生歹意，顺手掏出随身携带的水果刀跟了上去。这女的感觉后面有人，便越走越快，眼看要到顶层六楼了。毛驴子一看，再不动手人家进屋了，但毕竟是第一次，难免有些紧张，经过一番思想斗争，最后几个箭步窜了上去，用水果刀顶住了那女人的腰。那女的瞬间吓傻了，哆哆嗦嗦地说："大哥，我都四十多了，饶了我吧。"毛驴子一听喊道："你想啥呢，有没有钱给我点。"这女的一听，原来是劫财，并非劫色，遂松了口气，掏出了身上的二百五十块钱。毛驴子接过来在楼道窗户边上看了一眼，喊道："你骂人呢，还有没有了？"这女的吓得都快哭了，哪还敢有所保留呀，诚恳地说："真没了，都给你了，一分都没留。"毛驴子一想，速战速决，二百五就二百五吧，起码能吃几天饱饭，于是放开了那女的，转身飞奔下楼。过了不到一周，毛驴子又没钱了，有了上次的经验，毛驴子开始寻找小区。一连考察了几个都不理想，普遍人太多，不好下手，思来想去，又朝着之前那个小区走去。此时又是华灯初上，刚进楼道，一根烟还没抽完，就进来一个女的。此时楼道里还不算太黑，二人一见面都有一种似曾相识的感觉，毕竟上次也是黑天，又赶上阴天，一时间都没想起来。思索中毛驴子又掏出了水果刀顶住了那女人的肚子，这时，那女的想起来了，声音颤抖地说："大兄弟，你不记得姐了，上次你过来，也是姐。"毛驴子一听，感觉声音是有点熟悉，也想起来了，顺口说道："二百五。"那女的连忙点头说："对对对。"毛驴子又说："有没有钱了，再给我点儿。"那女的翻了翻兜，掏出九十五块钱，说道："兄弟，就这些了。"毛驴子接过钱看都没看，转身飞奔下楼。又过了三天，毛驴子又没钱了，天黑的时候又进了楼道，直接上到五楼和六楼之间的缓台等那个大姐。他知道大姐住六楼，其间听见别的楼层有动静，毛驴子也没下去，大概过了一个多小时，大姐回来了，二人见面，大姐先是愣了一下，随口说了句："过来了。"毛驴子也回答道："下班这么晚呢。"大姐接着说："单位有点事儿。"毛驴子继续说："没钱了，拿点钱。"大姐从兜里掏出一百块钱递给了毛驴子，毛驴子接过来还是连看都不看，转身飞奔下楼。在接下来的一个多月里，毛驴子每隔几天就来一次，大姐每次都给个百八十的，直到第九次，这天，毛驴子又没钱了，在楼道里等了很久。晚上十点多，大姐回来了，这次毛驴子先主动打招呼，说："回来了姐。"大姐抬头看了看毛驴子，有气无力地回答说："这么晚了你还过来，等半天了吧。"毛驴子客气地说："也没等多长时间。"看着大姐一副疲惫的样子走到了六楼家门口，开门前回头说了句："进屋喝口水吧。"毛驴子说不喝了，大姐接着说："家里没别人。"毛驴子说："不了，下次吧，我没钱了，先给我拿点钱吧。"大姐说："我妈病了，我刚从医院回来，最近我也缺钱，你自己想想别的办法吧。"毛驴子一听没钱，心想，我等了半宿，一句没钱把我打发了，随口骂了句："别给脸不要脸，赶紧拿钱。"大姐一听也火了，怒道："以前哪次让你空手走了，你倒好，没钱就找我，我又不是你妈。"毛驴子一听这话，顿时也急了，心想，你太不尊重我的职业了，上去就强行在大姐的身上搜，大姐也强烈地抵抗着，但是一个中年妇女怎么能是二十多岁小伙子的对手，最后毛驴子在大姐外衣的里怀兜里摸到了一沓钱，毛驴子一把就拽出来了，掐着钱恶狠狠地说道："没有钱这是啥？"大姐气喘吁吁地说："这是给我妈看病的三千块钱，不能给你。"毛驴子生气地说："我这是管你要吗，我是抢。"说完转身就要下楼，大姐突然扑过来就往回抢，一边抢还一边说："这是救命钱，不能给你。"毛驴子一看这架势，薅着大姐的头发用力往墙上一抢，只听"咣"的一声，大姐就晕过去了，毛驴子趁机飞奔下楼。事后，大姐报了警。九天后，毛驴子在该楼道被潜伏了九天的警察抓获，因此，在看守所羁押的时候，别人给他起了个绰号叫"九连环"。

　　毛驴子端着盆从水房回来，把拌好的菜分给子墨一些，此时，邱铭雨和杜维三也前后从水房出来，犯人们准备开饭了，子墨摆好碗筷，看见对面的长青和云涛招了招手，示意他俩过来一起吃，他俩一起身，就看见杜维三也在摆弄吃的，长青说："呦，三哥，拌菜呢？"杜维三热情地递过去一双筷子，说道："尝尝，筷子拌菜使的，没人用过。"长青接过筷子夹了一口，一边吃一边竖大拇指，说："三哥拌的菜就是地道。"接着云涛也接过筷子尝了一口，也说好吃，都夸三哥拌菜有一手，说笑着朝子墨、邱铭雨这边走来，邱铭雨看着他二人就笑，而且笑得很诡异，二人见状问道："老邱，你笑啥呢？"子墨也不解地看着邱铭雨问："对呀，你笑啥呢？"邱铭雨强忍着笑声，说了句："没啥，先吃饭，吃完饭慢慢说。"四人有说有笑地吃着饭，席间，长青还说三哥的菜拌得也不错，邱铭雨听了差点把嘴里的饭喷出来，三人都奇怪地看着他，云涛说："老邱你没事吧？"邱铭雨呛得红着脸，摆着手说道："没事没事。"很快，几人都吃得差不多了，邱铭雨问道："都吃好了？"三人异口同声地"嗯"了一声，邱铭雨将目光转向长青和云涛，问道："三哥那菜拌得好吃？"长青说："拌得不错，咋的了？"邱铭雨又笑了起来，三人都感到奇怪，云涛不耐烦地说："老邱，到底咋的了，赶紧地，说。"邱铭雨止住了笑声，然后低声说："刚才我在水房洗菜，不一会儿三哥也端着盆进去了，还管毛驴子要了点香油，三哥剥完蒜，本想借个'瓶子'（剥好的蒜放进瓶子用力摔，蒜就成泥了）啥的摔蒜泥，看了一圈都没瓶子。当时三哥左手端着盆，右手捧着蒜，站在那左看看、右看看，只见三哥右手一扬，一把蒜直接全塞进嘴里，用他那满口不到十颗的黄牙嚼了一会儿，辣得脸通红，直淌眼泪，给毛驴子我俩都看蒙了。三哥嚼了几下，然后把嘴里的蒜吐到盆里，此刻的蒜已成蒜泥了……过了一会儿我一进屋，就看你俩在那品尝。"听到这儿长青开始干呕，云涛抓着邱铭雨就是捶打，长青一边干呕一边说："老邱你太不够意思了。"

四、旭哥骨瘦如柴无多日，子墨眼含泪水道永别。

刺骨的寒风无情地侵袭着犯人们孱弱的身体，寒风在院里肆意地左冲右撞，仿佛它也被这高高的围墙牢牢地困住了，难道它也犯了哪一项天条被囚禁于此了吗？细数春秋，入监已经一年多了，多少个清晨在朦胧中醒来，出工的路上，仰望着天空只有无尽的黑暗，那一刻真的有些说不准自己身在人间还是地狱！此时的他们中有多少人在懊悔着曾经犯下的罪，因果循环，这是法律也是老天降下的惩罚！四季的变换，对于犯人而言，似乎只有温差，其他的几乎是千篇一律，狱警殴打犯人永远是英姿飒爽、精力十足，那一瞬间，或许他们感觉自己天下无敌，电棍的"噼啪"声永远是那样的清脆悦耳，狱警的叫骂声永远是那么粗鄙不堪，而犯人则永远是面如死灰、目光黯淡……狱警残忍吗？毋庸置疑！但这些犯人中又有多少良善之辈！

临近年关，是犯人们接见最为频繁的时候，邱铭雨的老父亲又来了，千里迢迢地背了很多东西来。邱铭雨眼圈湿润地对子墨说，父亲一脸的疲惫，看上去是一种和实际年龄很不相符的苍老，隔着玻璃，望着父亲那怜惜的目光，他心如刀绞！

　　旭哥也接见了，他年迈的母亲是在堂姐的陪同下来的，临去接见室时，旭哥吃了一把去痛片，他不想让母亲看见他的病态。此时的旭哥浑身的关节疼起来几乎难以忍受，他借着药劲，强打着精神去见母亲。自己近十一年的改造，母亲的愁容已经深深地刻画在脸上，多少次接见时，母亲那期盼的目光，如今已变得昏花，只有那泪水在每次接见时都流淌个不停，好似母亲心中的苦水一样源源不断。每当此时，旭哥都会将一只手贴到玻璃上，而母亲总是满脸慈祥地隔着玻璃抚摸着儿子的手。此刻，母子虽近在咫尺，却无法为彼此擦拭脸上的泪痕，旭哥真想打碎玻璃跳过去，双臂抱住母亲的双膝，跪在母亲的身前，像几十年前那样纵情地哭泣。临别时，母亲虽眼含泪水，却面带微笑说："儿呀，这是妈最后一次来这儿看你了，再有几个月你就刑满释放了，妈在家等你！"看着母亲那蹒跚的步伐和不再挺拔的背影，旭哥无论如何也想不到，母亲的那句"最后一次"竟一语成谶，这一别，竟成了母子今生的永诀！

　　春节的假期和去年没有什么两样，每天依然是没完没了地报数，饺子依然是用烫了眼儿的袋子煮，洗脸和洗脚的盆子依然是装饭又装鱼，而子墨等人这次准备了足够的不锈钢盆，再也不用吃五颜六色的米饭了！

　　旭哥已病得卧床不起，坚持过了春节的假期，节后一上班便转到了病监，不久后传来消息说旭哥得的是"骨癌"。二月二的时候，子墨弄了两包奶粉和糖，求于队长带着自己去看看旭哥，此时的旭哥已是骨瘦如柴，子墨见了心酸不已，他宽松的囚服里面好似空无一物，半睁的双目毫无生气，见子墨来看自己，他眼皮抽搐、嘴唇颤抖，手臂缓慢而艰难地从上衣兜里拿出一支钢笔，递到子墨的手中。子墨紧紧地握住了他那双冰凉的手一度哽咽，旭哥声音微弱，强挤出一丝微笑说："留个念想，下辈子外面见吧！"子墨再也忍不住眼中的泪水，双手更加用力地握住旭哥那双冰凉而苍白的手，和旭哥四目相对，旭哥的面孔真如书中所讲的那样：面似黄钱纸、唇似靛叶青，一时间，子墨竟不知道该用什么样的言语来安慰眼前这位即将永别的老大哥。沉默良久，子墨止住了泪水，看着旭哥，一字一句地说："真有下辈子，咱说啥也别犯法了！"接着又问，"有啥心愿我能帮你办的？"旭哥将目光看向窗外，眼里瞬间闪过一丝光，淡淡地说道："只要能活着走出这大门，哪怕只看一眼外面的天，只吸一口外面的空气，也就无憾了！"子墨听完沉默不语！这时，远处的于队长不耐烦地喊道："差不多行了，两个大老爷们别没完没了的了。"

　　不久后，狱里通知旭哥的堂姐说，以旭哥目前的情况，完全符合保外就医的条件，家属只需交纳五万块钱即可申请办理。堂姐听了不知该如何是好，对旭哥妈妈来说，五万块钱简直就是天文数字。更何况多年来，旭哥妈妈一直体弱多病，是心中对儿子的那份期盼才让她支撑到今天，如今让她知道即将白发人送黑发人，还真说不好娘俩儿谁先走，如果隐瞒不报，又实在不忍心让母子二人连最后的一面都见不到，一时间，堂姐陷入深深的无法抉择的痛苦之中。又过了几天，狱方再一次通知旭哥堂姐，人已死亡，家属来收尸吧！

　　那是一个清晨，耀眼的阳光照射着碧蓝的天空，显得格外清澈，旭哥的尸体上盖着一层白布被抬了出去，没有哀乐、没有告别，十一年的深牢大狱让旭哥的心中布满了阴霾，含恨而去，然而苍天并非无眼，在他最后一程，为他送上了晴空万里和明媚的春光。旭哥的离去，在犯人们的心中没有引起什么波澜，因为他们知道，只要死的不是自己，改造就要继续！子墨望着大门的方向，心中默念：旭哥，一路走好，你的灵魂终于自由了，这份自由比你预期的提前了两个月！

第十七章

一、大迁徙，众犯换新监。活畜生，强占亲生女。

五一劳动节前夕，犯人们一直讨论着两个话题：一是五一劳动节当天是否会放个一天半天的假，二是传播已久的老话题，当下所在的这个"九监下属农场"要取消了，犯人们将转移到"九监"去服刑。此话题已经流传多年了，每年都说得有鼻子有眼的，结果日复一日、年复一年的，劳改农场依然是犯人们的劳改农场，没有任何改变，即便如此，每年仍会出现一个讨论该话题的高峰期。大部分犯人都希望能离开这里，换个地方改造，子墨也在其中。只有那些改造过多次的老犯不希望农场取消，他们说，只有这样的环境，方方面面才会宽松，比如弄点现金买点什么，狱警会大大方方地帮你拿进来，平时有点违纪行为，花点小钱就过去了，逢年过节可以架起个火灶炖个菜，等等。总之，在这种环境下改造，只要把活干出来，别的都不是事儿。相反，如果监狱各方面都正规，管理肯定严格，以上这些宽松条件都不会存在，劳动产量也不会少，别的不说，就一个内务，就会令很多人头疼。总之，关于这个话题意见不一、众说纷纭，但是谁也没想到，这个流传了多年的话题，今年却实现了。

这天上午，犯人们像往常一样干着活，监区突然喊收工，谁也不知道发生了什么事，有人猜测说可能又有人自伤自残了，因为每次发生自伤自残事件都会早收工一会儿，但一想，不对呀，午饭还没吃就收工了，如果真是有人自伤自残，也就早收一个点半个点的，这次这么早，估计是把脑袋都割下来了，而且还不止一个。

犯人们进了监舍，报完数，关某人站在队伍一端正式地说："快速收拾好个人物品，等候通知，准备转监。"话音一落，犯人们你看看我，我看看你，都不敢相信自己的耳朵。片刻间，监舍内一片哗然，有的激动得都跳起来了，虽然只是换个环境改造，但是犯人们好像刚刚被大赦了一样。兴奋过后，大伙开始收拾东西，正收拾着，只听"啪的一声"，有人把洗脸洗脚又蒸饭的塑料盆摔了。众人先是愣了一下，紧接着又是"啪的"一声，两声，接连不断的"啪啪"声……越来越多的犯人把塑料盆摔得粉碎，小小的塑料盆，犯人们却表情凝重地使出浑身的力量去摔它。这时有人拉出来一个"下箱"，"咣"地踹了一脚，旁边的人见状又补上了一脚。瞬间，拥上去一帮人，接着便是喊哩咔嚓木板断裂的声音，又有人拉出第二个、第三个下箱，所有犯人都像疯了一样疯狂地连踢带踹。顷刻间，监舍一片狼藉，五颜六色的塑料盆碎片满地都是，下箱的残骸堆积得像一座小山。这是犯人们自入监以来，第一次宣泄，平日里，恨不得连呼吸都控制好速度，说话都要掌握好音量，做幅度如此大的动作连想都不敢想。犯人们内心的那股压抑许久的怒气终于被释放了，尽管不知道明天将会面对一个什么样的改造环境，但是此刻，他们仿佛找到了久违的自由！

两千多名犯人转监，并不是一件简单的事，狱警也是今天才接到通知，保密程度可见一斑！依然是武警押运，依然是两人一副手铐，依然是一辆接一辆的大巴车，劳改农场与九监距离不算远，下午早早地就到达了终点。九监是一座戒备森严的现代化监狱，之前的劳改农场与之相比，好似随便圈了一块地，聚拢了两千多人，开了个厂子，管理模式比较黑暗而已！

一入九监，只见高高的办公楼拔地而起，威严而庄重，整齐的院落，高墙电网，给人一种插翅难逃的感觉。即使是晴空万里，但是，只要你站在九监的院内，头顶仿佛永远笼罩着一层乌云，给人一种十足的压迫感！

犯人们的居住环境有了明显的改善，监舍大楼很漂亮，每层关押两个中队。中队之间依然是狱警值班室，左右两边是铁门，门内各有一条悠长的走廊，走廊的两侧是隔间，每间摆放十几张上下铺。监舍内整洁干净，宽敞明亮，还设有独立的储物间，存放犯人们的个人物品。每名犯人还配发一个整理箱，出工后，每个铺位下面只允许摆放两个统一颜色的洗脸盆，里面叠得整齐的毛巾和牙具，走廊的中部是水房和卫生间，也打扫得干干净净。每天晚上七点钟以后，在不加班的情况下，犯人统一坐着小板凳看新闻联播，朗读《监狱服刑人员行为规范》。车间的环境变化不大，只是在生活区和劳动区之间设了一道墙，进行了区域分割，还有一片操场，四周是跑道。

全新的环境给犯人们带来的喜悦只是短暂的，车间里依然是电棍闪烁的火花和狱警那打在脸上的巴掌，发出雷鸣般的声响，犯人们称之为"电闪雷鸣"。居住的环境虽然也有所改善，但是管理相对也严格得多，尤其是卫生，要求"木见本色铁见光"，铺面要干净整洁，被子要叠得有棱有角，铺下的地面也要做到一尘不染，甚至连一根毛发都不可以有。而恰恰监舍里各种脱落的毛屑又无处不在，小部分人会因此而扣分，当然，扣分真正的原因并不在其"毛"。武警隔三差五地来清监，每次清监过后，都是一片狼藉，那场面好似刚刚经历了扫荡，叠好的被褥被掀翻在地，储藏室的整理箱底面朝天，所有人的物品散乱地堆放在一起。更不知是谁把牙膏、洗发水和吃的大酱，统统挤出来，挤到一个盆里，然后又把刮胡刀放进去，可见此人既有闲心又非常阴损。犯人们在堆积如山的物品中寻找自己的，每当这时，都会有人争吵，有的是物品极为相似，导致错拿，有的因完全一样而无法分辨，还有干脆趁乱觊觎他人的物品，而狱警对争吵者的处理方式既简单又粗暴，先是将双方各打五十大板，然后将导致争执的物品销毁或没收。而劳动车间也不能幸免，清监过程同样粗暴，工具箱的物品被翻得凌乱不堪，毛线扔得满地都是。还有一次，一块儿接近收尾的地毯，居然把"经线"割断了四十多根，导致几万块的地毯直接报废。此事惊动了狱领导，听说找武警支队的领导谈话了，之后的清监稍有收敛，但是效果不太明显，只能说是大千世界，芸芸众生，善中有恶，恶中有善！

对于子墨和邱铭雨而言，最大的变化就是二人不在一个中队了。因为二人是同案关系，不允许在一个中队服刑，所以监区把邱铭雨调到了二队，但是出工时，还是一个车间，只是劳动不在一起了，晚上收工也只能透过铁门遥遥相望。毕竟逆旅求生，能有一个相识多年的好友相伴，是一份莫大的心理安慰！

新的环境，人员也发生了一些变化，有刑满释放的，有各监区互调的，等等。先是"四大跛豪"的孙辉刑满释放，释放前几天，他主动去找管教员，要求蹲几天小号（禁闭室）。他说，改造一回，不蹲一次小号不完整，他要求体验全套经历。管教员听完他的要求，惊讶地看了他一会儿，那表情仿佛是说，若不是你要回家了，我先揍你一顿，然后把你扔进去半个月再说，但毕竟是即将刑满释放的人员，还是不要节外生枝了，于是说道："如果刚入监你提这种要求，我肯定满足你，但是现在就算了吧，踏踏实实待几天准备回家吧，如果有下次，我一定满足你。"

接下来的几天，从别的监区调来了两名犯人：穆少白和秦生。先调过来的是穆少白，短刑三年，盗窃摩托车。调来的当天，狱警找他谈话，他说自己有病，无法参加劳动，只能干一些简单的活。关某人问他："你什么毛病？"穆少白说："我半个身子不听使唤。"关某人又问："怎么个不听使唤？"穆少白说："上身发麻，下身发木。"关某人继续问："到底是麻还是木？"穆少白说："时而发麻、时而发木。"关某人听完，"哦"了一声，过了一会说道："麻木呀。"打这以后，犯人们便称穆少白为"麻木"，只见他每天迈着小碎步像提线的木偶一样，倒是有几分搞笑。

另一位叫秦生，强奸罪，判了十五年。在之前的监区，有的犯人叫他"禽兽"，有的叫他"牲口"，之所以这么叫，并不是因为他叫秦生，而是他的罪行，他强奸的是自己的亲生女儿！

秦生，五十多岁，身材高大，只是面相和年龄不太相符，远看像褶皱的大肠，布满了岁月留下的沟壑，近看像盘玩了多年的核桃，坑坑洼洼又油油腻腻。入监近十年了，也是劳改农场转过来的，听说在之前的监区抬了近十年的粪桶，还要求他每天必须把粪桶刷得干干净净，刷好的粪桶装满清水，他必须用来洗漱和饮用。入监的前几年，几乎每天都被狱警和犯人们打得遍体鳞伤，如今转到了九监，已经没有粪桶可抬了，每天只能让他打扫打扫厕所。关于秦生的案情，曾经有一名老犯和他是同乡，对他的身世十分清楚，如今那名老犯虽早已释放，但是秦生的案情已广为流传，犯人们讲起来也是绘声绘色，时而让人热泪盈眶，时而让人咬牙切齿，时而惋惜长叹，时而破口大骂！

秦生，少年时家境贫寒，没念过什么书，十六岁那年，父母先后离世，剩下年少的他，一个人守着几亩薄田艰难度日。到了二十多岁的时候，他身体强壮，加上任劳任怨，日子略见好转。同村有位盲女和他年龄相仿，因幼年时患上眼疾成为盲人，经人介绍和秦生结为夫妻。婚后育有三女，皆聪明伶俐，而盲妻则因生产而变得体弱多病，数年后甚至卧床不起，生活难以自理，幸有三女渐渐长大，轮流在母亲榻前照顾，日子得以维持。

时光荏苒、岁月如梭，转眼间，长女已年满十四岁，初显风韵，楚楚动人，更是十分懂事。由于家里的条件，她早早便辍学，照顾常年卧床的母亲和两个年幼的妹妹，还有父亲的饮食起居。在她的眼里，家境虽然不好，但是一家人一起努力，生活总会越过越好，自己打理好家中的一切，让父亲没有后顾之忧，随着妹妹们慢慢地长大，生活可以说充满阳光，可年少的她哪里懂得，真正的噩梦才刚刚开始！

这天夜里，窗外下着瓢泼大雨，雨滴拍打着玻璃"啪啪"作响，作为十四岁的少女，和父母同住一屋多有不便，所以她独自一人住在内屋的一张小床上。朦胧中，感觉有一个庞大的身躯压在了自己的身上，几乎压得自己喘不过气来，睁开眼睛一看，虽然是伸手不见五指的黑夜，但是通过呼吸声和身体朦胧的轮廓，可以判断是父亲。年少的她不谙世事，一时间不明白父亲此举是要做什么，想张口说话，却被一只大手紧紧地捂住了嘴，发不出一点声音。这时窗外划过一道闪电，瞬间的光亮照射在父亲那恶魔般的脸上，与平日的慈祥判若两人。她娇小的身体挣扎着、反抗着，但是在父亲那健硕的身体面前，显得是那样的无济于事。她那痛苦的呻吟声被无情地淹没在狂风暴雨里，父亲没有一丝怜惜，她已经用尽了最后的力气，却没能改变父亲那禽兽不如的行为……

过了一会儿，父亲起身离去，留下她独自躺在小床上，仿佛一具失去了灵魂的躯壳，泪水顺着脸颊不停地流淌，她已是万念俱灰，曾经那对未来的憧憬、对美好生活的向往，从这一刻起便荡然无存。从此，生命就好似这窗外的雨夜一样，不再有任何光明……

她的脸上再没出现过笑容，柔弱的身躯依然操持着家务，她变得少言寡语，然而秦生对女儿的变化视而不见，每隔几天就要像畜生一样对她进行蹂躏。慢慢地，病榻上的母亲觉察到家中的异常，经过百般追问，女儿说了实情。母女二人抱头痛哭，但是面对秦生的淫威，母女二人却没有任何办法，毕竟，一家人的生活全要靠他。病榻上的盲妻曾劝过秦生，让他放过女儿，然而换来的却是一顿毒打，打完以后还恶狠狠地说一句："想活着就不要多管闲事。"想想女儿的遭遇，她整日以泪洗面，心中的苦却无处诉说，曾有过报警的念头，但转念一想，秦生若被抓了，自己又是一个瘫痪的瞎子，带着三个未成年的孩子，根本无法生活。然而，母女的容忍换来的却是秦生的肆无忌惮，他干脆搬到了内屋去住，从此，这个家便笼罩在阴霾里！

一年后，在母亲的努力下，大女儿嫁给了邻村的一户人家，在农村，未到法定年龄结婚是常有的事。原以为大女儿脱离了魔爪，还没来得及欣慰，秦生又将魔爪伸向了十三岁的二女儿。不敢想象的是十三岁的二女儿，那初成人形的身体是如何承受秦生那禽兽般的摧残的。自此之后，曾经那活泼可爱的二女儿变得行尸走肉一般，整日活在恐惧之中，小小的年纪却满面愁容，本应该像花一样的年纪，却承受着地狱般的煎熬！

两年后，又是一个风雨交加的夜晚，秦生像牲口一样一丝不挂地倚靠在内屋的小床上，二女儿则衣衫不整地跪在地上，眼含泪水地哀求秦生说："爸，我求你别再祸祸我了，我还得嫁人呢！"秦生听了，满脸淫笑地说："没事，没人要，爸要！"

这天，两个女儿被母亲叫到身边，商议着早点让二女儿也嫁人，好脱离这地狱般的家。就在母女三人商议间，十二岁的三女儿蹦蹦跳跳地放学回来了，进屋后，扔下书包，亲热地跟两位姐姐打了招呼，母女三人同时看向三女儿那刚刚发育的身体，顿时不寒而栗，大女儿首先说："咱们已经这样了，无论如何也不能让他再祸害老三了。"二女儿接着问道："那咋办？要不我不嫁人了，在家守着小妹。"此时，一旁的母亲那无光的双眼流下了两颗晶莹的泪滴，淡淡地说："守得了一时、守不了一世呀，那么大个活人，看得住吗！"三人沉默了一会儿，最后，二女儿说："我们和他谈谈吧，直截了当地说让他别碰小妹。"大女儿听了也表示赞同。

当晚，秦生干活回来后，母女三人将小妹支开，和秦生展开了谈判，二妹先说："爸，我要出去打工，我挣了钱都给家里，但是就一个要求，你别碰我小妹。"秦生一听，立刻不满地说："你大姐嫁人了，你再出去打工，那我咋办？"大女儿听了低着头，一字一句地说："我每个月回来住一天。"秦生说："不行，一个月一天，憋那么长时间，我受不了。"这时，大女儿猛地抬起头，此刻她已经泪流满面，恶狠狠地对秦生喊道："爸，我已经嫁人了，这事要是让我婆家知道了，我还有脸活吗！"秦生继续不耐烦地说："我不管，反正一个月一天不行！"这时，一旁的二女儿坚定地说："我打工就在县城，每个月也回来住一天，我和大姐已经这样了，只求你别祸害我小妹了！"秦生想了想，勉强地说："那咱们可说好，你俩每个月各回来一天，若是不回来，可别怪我无情！"当晚，秦生又强行留下了大女儿和二女儿一起过夜！

三个月后的一天，在县城打工的二女儿回家履行"每月一天"的约定，进屋后见母亲泪流满面地躺在床上，又看见三妹双手抱膝地蜷缩在角落里，目光呆滞地看向窗外。见姐姐回来，没有任何反应，而往日里见了两个姐姐都是兴奋地扑上来。瞬间，二女儿明白，最害怕的事情还是发生了，于是拨通了大姐的电话，经商议，母女三人决定报警。二女儿对母亲说把他送进去，我来养家，大女儿也恨恨地说还有我，咋的也饿不死！

报警后，秦生被捕，后来判了十五年，一年半以后，秦生从看守所转到监狱。他的二女儿去看他，在接见室里，只见二女儿在大女儿的陪同下，怀里还抱了一个婴儿，姐妹俩用冰冷和仇恨的眼神看着秦生。二女儿说："爸，这是咱俩的孩子，你被抓时我已经怀孕了。当时不知道，等我知道的时候，医生说胎儿太大了，加上我身体的因素，无法做人流了，所以不得不生下来。"这时，一旁的大女儿也冷冷地说："爸，我是该恭喜你有儿子了呢，还是该遗憾他不是个女儿无法供你享乐呢！"此时，秦生面如死灰！

当天，从接见室回来，连见多识广的狱警也感到震惊，一路上踹了他好几脚，后来犯人们得知此事，也都非常气愤，也就是从那天开始，监区的粪桶就归他了……

但是在接下来的几天里，犯人们又因他起了争执，话题是秦生和他女儿生的孩子，该叫他姥爷还是叫他爸爸，有的犯人说，从血缘上讲，秦生播的种，应该叫他爸爸，还有人说："不对，女儿也是他亲生的，所以这个孩子该叫他姥爷。"双方争论不休，后来，一名博学多才的老犯喊道："都别争了，人家这是亲上加亲，任何一个单一的称呼都不够准确，我觉得应该叫'姥爷爹'比较合适。"众人一听，姥爷爹，纷纷拍手叫好，从此以后，秦生的绰号就被确定为"姥爷爹"。

过年的时候，秦生的老婆托人给他寄了一个包裹，狱警发放的时候，秦生非常兴奋，能寄包裹，说明家里原谅他了，只见秦生先是摸了摸，软软的感觉是旱烟，可打开后，里面装的全是碎草，秦生以为邮的是易碎物品，结果翻了半天，除了碎草别无他物，秦生疑惑地看着狱警，问道："里面咋啥都没有？"只见狱警阴沉着脸，嘲讽地看着他，说道："作为牲口，给你邮一包草料还不行吗，你还想要啥！"秦生听了，默默地低下了头！

二、文四哥为情四次伏法，痴情种自毁大好年华。

到了九监后，犯人们都被编排成"五人联保"，每个联保的组成中都有老犯和新犯，或者四名改造积极分子夹带一名危险分子。这五人，睡觉的铺位挨着，到车间的劳动机位也挨着，站队也是一排或前后排，总之就是时时刻刻起到互相监督的作用。发现联保内人员有问题，及时上报，如一人有违纪现象发生，受到处分，其他四人也要受牵连，这一措施也能让狱警及时了解犯人们的思想动态。子墨的五人联保有王长青、李云涛、闫维安，还有一名老犯文锋（改造五年以上才算是老犯）。文锋，绰号"文四哥"，要说这文四哥，也是个情种，是因为"爱"进来的，关于他的爱情，还有一段佳话。

话说当年，文锋年方二十，血气方刚、初露锋芒，一个人，一把斧头单挑一条街的混混，靠稳、准、狠和不要命的精神，名震县城，江湖人称"文疯子"。县城里的几场黑帮血战，文疯子都是首当其冲的人物，每场战役下来都伤痕累累，同时也战功赫赫。一时间，文疯子的名号，令县城的江湖人士闻风丧胆，谈虎色变，与此同时，也在县公安局挂了号。就是这样一位英雄人物，也没能逃过一句老话，正所谓"英雄难过美人关"，文疯子也不例外。

这天晚上，刚刚打完仗的文疯子带着几个兄弟来到纺织厂门前的一家烧烤店吃烧烤，一坐下，文疯子就让店老板拿了一瓶高度白酒。只见文疯子拿起酒瓶对着自己手臂上的几处伤口就倒了上去，经过清洗之后，可以清晰地看见伤口的线条和皮开肉绽后里面的纹理。手底下的兄弟见状也纷纷效仿，拿着酒想要清洗，但白酒刚滴到伤口上，马上就哇哇大叫，眼泪都疼出来了。而文疯子，一边清洗，一边抽烟，面不改色，依然谈笑风生，周围的人见了，无不佩服，心想：文疯子的称号果然不是浪得虚名！

酒过三巡，哥几个起身准备撤，刚好赶上纺织厂的女工下班，文疯子只是朝众女工扫了一眼，就在人群中看见了自己的小学同学李华，殊不知这一眼便误了自己的一生！只能说缘分这东西真的是老天早就安排好的。文疯子跑上前叫住了李华，李华一愣，只见文疯子胳膊和肩膀上都是文身，还带着伤挂着彩，一时间没认出来，文疯子说："李华，你不认识我了？我是文锋呀。"李华"哦"了一声，冷冷地问道："有事吗？"而此时在县城叱咤风云的文疯子却羞涩地说："没事，就是看见你了，过来打个招呼。"李华听罢，转过身，头也不回地走了。

在之后的日子里，文疯子几乎每天都在厂门口等李华下班，而李华每次都是冷冰冰的，十分高冷，几乎视文疯子如空气。那是一个月黑风高的夜晚，喝了酒的文疯子像往常一样去找李华。只见李华昂首挺胸地在前面走，文疯子跟在后面，二人走到一条偏僻的小路上，此时已是深夜，文疯子快走几步，拉住李华的胳膊问道："跟哥处对象，行不行？"李华没好气地说："别癞蛤蟆想吃天鹅肉了，我又不瞎，能找你这样的。"这几句话可把文疯子给激怒了，他大声喝道："我这样的怎么了？我今天还就要定你了，我这只癞蛤蟆还真就想尝尝你这只天鹅肉。"于是，盛怒之下的文疯子加上酒精的作用，一把将李华搂入怀中，李华拼了命地挣扎，在文疯子怀里又是抓又是咬的。文疯子此时已被荷尔蒙控制，他扯过李华的头发，"啪、啪、啪、啪"，四个重重的大嘴巴，霎时间，李华就不挣扎了。刚好路边有块空地，文疯子拖过李华将其按倒在地，扒其衣、解其裤，掏出不祥之物，插入不妥之处，事毕扬长而去，临走时边提裤子边说："软的不行，非得他妈来硬的！"

　　结果，李华事后报了警，天刚亮，文疯子就在家中被抓了。在那个年代，流氓凌辱女工是常有的事，因为害怕名誉受损，女工很少报警，可万万没想到李华却如此刚烈，完全超出文疯子的预料。就这样，文疯子因强奸罪被判了三年。出狱后，文疯子心有不甘，经打探得知，自打那件事以后，李华便转到了塑料厂上班。又是一个月黑风高的夜晚，文疯子踩了七八天的点儿，明确了李华下夜班的回家路线，在一处偏僻的巷子将李华拦截。李华先是一愣，见是文疯子，很快镇定了下来，问道："你还想干什么，你敢碰我，我还报警。"文疯子二话没说，上去依然是四个大嘴巴，然后又一次将李华按倒在草坪上。事后，文疯子没有回家，躲了几天，感觉没事了。他以为李华这次不会报警了，上次是她的第一次，由女孩变成女人的突变，让她难以接受，报警也在情理之中。可文疯子又想错了，七天后，文疯子又被抓了，这次判了七年，文疯子在里面减了一年刑，于六年后再次出狱。出来后，文疯子仍心有不甘，托人打探，得知李华又转到了肉联厂上班。此时的李华已经结婚了，有个六岁的男孩。文疯子一算日子，感觉孩子应该是自己的，于是，又是一个月黑风高的夜晚，又是一段偏僻的小路，截住了李华。文疯子直接问道："孩子是不是我的？"此时的李华已没有前两次那么惊慌了，镇定地说："孩子和你没有任何关系，就你这样的人不配有孩子。"这句话再一次激怒了文疯子，上去又是四个大嘴巴，接下来的事可想而知。事后李华报警，一个月后，文疯子被捕。这次判了十年，减了两次刑，八年后，文疯子出狱又是一番寻找，李华已经转到了酒厂。还是月黑风高的夜晚，偏僻的小巷，和前三次一样，没啥新鲜的，文疯子第四次截住了李华。此时的李华已是中年妇女，但风韵犹存，文疯子也不再青春年少。二人见面后，都有一种老友重逢的感觉，李华淡淡地说："出来了。"文疯子说："我再问你一遍，孩子到底是不是我的？"李华说："问几遍也不是，孩子跟你没任何关系，还是那句话，你这样的人，不配当爹！"文疯子听了此话，依旧有些愠怒，上去又是四个嘴巴，但是与前三次不同的是没那么用力，只是轻轻地拍了四下，也可以说是摸了四下，接着文疯子扯过李华，突然，李华厉声喝道："等会儿。"只见李华慢慢地脱掉风衣，铺在了松软的草坪上，缓缓地躺了下去，将脑袋一歪便一动不动，任凭文疯子给她宽衣解带。事后，文疯子起身，又帮李华穿好衣服，然后问道："你还报警吗？"李华一边整理衣服一边说："当然报。"二人各自离去，五天后文疯子被抓，这次判了十三年！

如今的文疯子已年近半百，他依然坚信李华的孩子就是他的，作为强奸犯，每当别人问起他的案情，他从不羞涩，长青问他还睡过别的女人吗？他说没有，就孩子他妈一个。云涛说："等于说你这大半辈子就睡过四次女人呗，四次还是同一个？"文四哥毫不掩饰地回答说："嗯，就四次。第一次时，李华我俩都是初次。"长青又问："出去还找她吗？"文四哥毫不犹豫地说："必须找她。"这时，子墨在一旁说道："那下次就得叫你'文五哥'了。"几人听了，都苦涩地笑了起来。

别人都觉得文四哥为了一个女人耗费了一生，太不值得，可文四哥最大的愿望就是出去再睡李华一次……

三、机关单位迎检查，弄虚作假。监狱长中饱私囊，偷天换日。

九监，号称现代化文明监狱，狱领导又一直在申请创建部级文明监狱，于是，省里和市里的各相关部门频繁地来九监检查。而每次检查，最受累的就是犯人，首先就是卫生，无论车间还是监舍，都要做到卫生无死角，尤其是车间，水泥地都用水刷得见光，机器擦得油漆都快脱落了。监舍内每名犯人发一套纯白的床单被罩，做到整齐划一，等检查人员走了，床单被罩又被收回，可以说虚假到一定程度。

在频繁检查的前期，还专门开了一场大会，加强犯人们的思想教育，中心思想无非是当检查人员提问题的时候，不要乱说话。在会上，狱长讲话说："这次部级文明监狱的创建，关系到你们每名犯人的切身利益，尤其是饮食方面，如果评级成功，今后犯人每天都有牛奶和鸡蛋，如果因为某个人影响了评级，首先受到影响的是犯人们的集体利益，所以我在此奉劝你们一句：检查人员，工作结束就走了，但是你走不了！"狱长的话不多，但可以说就是赤裸裸的威胁！

每次检查的当天，又把一些危险分子藏起来，等于说检查，就是一场完美的形式主义。狱警们说，检查就是走个过场，即使有犯人胡说，也不会对评级产生任何影响，狱里对检查事宜的上下打点都是精准到位的，可以说是万无一失，志在必得！说到这里，狱警又指向墙外的别墅区说道，看那里，此刻正歌舞升平、推杯换盏，一片祥和的气氛，检查怎么可能不过关呢！

提到别墅区，当年也是组织犯人们修建的，里面的园林绿化等，现在也是犯人在打理。修建的原因，据说是因为监狱远离县城，每次上级领导来视察，附近没有像样的招待所和宾馆，所以修建了别墅区，主要用来接待上级领导。同时别墅区的一号楼也是狱长的宿舍，犯人们每天出工，经常能看见大狱长穿着睡衣站在露台上，观望监狱的大院，也时常看见一些"警花"站在一号楼的露台上嬉笑地指着犯人们说着什么。她们穿着天蓝色的修身警衬，领口的扣子解开了三颗，导致酥胸半露、呼之欲出，她们的裙子比常规的警裙短了一大截，透过露台的围栏，隐约地可以看见她们那葱段一般修长的玉腿，随着微风的吹拂，仿佛闻到了她们那粉黛的芬芳。狱警说她们都是司法警官学校毕业刚参加工作的，暂时负责给狱长寝室打扫卫生，照顾狱长的生活起居，由此可见，监狱对警容队伍建设要求之严格，连保洁人员都如此的精挑细选！

在狱领导的不懈努力下，九监最终被评为部级文明监狱，随着监狱等级的提高，部分狱领导的职位也有所改变。当然，狱长说的牛奶、鸡蛋也确实发了一段时间，刚开始鸡蛋每天一个，发了没多久，变成隔一天发一个，犯人们还开玩笑地说：这鸡是上一天休一天，到后来每周发一个，再后来一个月也发不了几回。至于牛奶每天一杯从未改变，只是纯度越来越低，开始奶味和颜色都挺浓，渐渐地越来越清澈，到最后，一大桶牛奶，清可见底。有的犯人在伙房有熟人儿，一问才知道，满大院几千人，就两桶纯牛奶，到了伙房还要被克扣一些，听说他们用来洗脸和洗脚，剩下的也就一桶多，全靠加水。得知这一情况之后，几乎就没人再喝牛奶了，因为那就是白开水。后来听狱警们说，养鸡场和奶牛场都是狱领导家开的，犯人们吃多少不重要，但是狱里上报的可是犯人每人每天一个鸡蛋、一杯纯牛奶，一年 365 天，从不间断！

　　随着监狱级别的提升，基础设施也有所改变，先是再次开通了闲置多年的亲情电话室。之前的电话室只有几部电话作为摆设，如今增加了足够的电话机，犯人们花钱办卡，每月定期申请拨打。有的老犯都十几年没打过电话了，拿起话筒，神情紧张，呼吸急促，十一位的号码，抖动的手指不知拨了多少遍，总是按错，接通后，激动的声音异常高亢，他们生怕电话那端的家人听不见自己说什么！

　　狱内的超市也开放了，每月定期定量组织犯人购物，超市的商品普遍价格偏高，假货居多。每当有上级部门来检查，架上商品全部下架，换上真货摆放好。等检查部门一走，立刻换回来，真货储存，留着下次检查继续使用。即使这样，门口也总是排着长长的队伍，犯人们你争我抢，排在最后的总是空手而归，可见生意之火爆！子墨偶尔也去买一些日用品，和家里没联系，自然没人给存钱，好在监狱每个月给每名服刑人员八元钱（各监狱的补贴金额不等）的劳动补贴，购买普通的牙膏、香皂、洗衣粉等日用品，还是勉强够用的。至于吃不饱的问题，邱铭雨经常托人给子墨拿一些方便面等食品，所以还过得去。

一转眼到了秋天，监狱召开秋季运动会，犯人们很高兴，不图别的，起码放假一天。比赛都是一些常规项目，狱警和犯人分开比，都有各自独立的奖品，狱警们的奖品非常丰厚，几百块的电饭煲、大彩电、洗衣机等，犯人们的奖品相对简单，都是一些牙膏、香皂、洗衣粉、毛巾、洗发水等。犯人们不在乎奖品，当他们奔跑在跑道上、跳跃在沙坑上时，尽管虚弱的体质达不到理想的成绩，但是那一瞬间，仿佛又找到了活着的快乐！一些新犯们看着狱警们丰厚的奖品，感叹此次运动会监狱是真舍得，而在多所监狱改造过的惯犯们却说："你们这就不懂了吧，开一次运动会，上报的费用是实际花费的十几倍，监狱巴不得天天开运动会呢！"众犯听了，无不愕然！

四、马中队嫖娼遗落警服。新狱长治腐英年早逝。

狱里的人事调动基本三年一次，三阎王担任了三年中队长，因打犯人出手狠辣而闻名，手底下的犯人，但凡能拿出钱的，都给他上过供，三年下来可以说收入颇丰。只因此地山高皇帝远，属于司法的触角无法触及的末梢，提拔科级、副科级的干部，全是狱长说了算，都是明码标价，只要年限够了，资金到位，立刻走马上任。三阎王被提拔为狱侦科科长，接替他的人是省城下派过来的，姓马，叫马彦军。马中队，据说是降级下派，具体原因不详。

正所谓新官上任三把火，马彦军接任中队长后，第一项整治的就是队列行进。多年来，狱警只看重劳务生产，其他的都不怎么重视，每天出工、收工，队列散漫，叼着烟的，嬉笑打闹的，毫无纪律可言。马中队说：出工、收工的队列，关乎一个中队的综合素质，犯人的精神面貌也是改造的重中之重。于是在接下来的日子，子墨所在的中队，每天早出工一小时训练队列，晚上收工后再训练一小时。马中队还说：如果一周内没效果，早晚就再加一小时，什么时候练好什么时候恢复正常。那段日子，犯人们仿佛回到了新犯人监集训的日子！

第二项就是找那些自伤自残的和抗拒改造的犯人谈话，吴有德和李凤刚也在其中。马中队言简意赅地对他们说："你们为什么会改造成今天这种局面我不想探讨，但是你们自己要反思。我今天找你们来，想对你们说的是，从现在开始，你们要从思想上和行为上投入改造当中去，只要你们有个端正的改造态度，我会一视同仁，还会尽我所能地为你们争取减刑的机会！"短短的几句话，听得"各路大神"热血沸腾，在接下来的日子里，纷纷投入积极改造当中。

第三项，严厉打击关系犯。马中队在中队全体会议上说："我不管你是谁的关系，也不管你的关系有多硬，在我这儿，统统一视同仁，也不要试图让你的关系找我过话。我刚调过来，跟谁都不熟，所以，关系犯在我这儿只有两条路，要么想办法调走，要么端正改造态度，积极改造！"一席话听得关系犯们感觉眼前一片黑暗，而那些任劳任怨积极改造的犯人仿佛看见了光明！

在接下来的几个月里，七监区一队的犯人整体的精神面貌焕然一新，每天出工、收工都迈着整齐的步伐，喊着响亮的口号。车间里的犯人们干起活来也是热火朝天，但凡具备一点儿劳动能力的犯人，都积极投入劳动当中去。中队的整体劳务产量明显上升，犯人们的违纪率也逐渐减少，一时间，犯人们的改造态度空前高涨！

马中队在大会上还多次提到："男人，犯了错误并不可怕，只要懂得知错就改就是好样的，经历了惨痛的代价之后，更要懂得珍惜来之不易的美好生活，千万不要一错再错，尤其是犯了那些让人憎恨的错误，那些欺负妇女、儿童的，这是无法原谅的错误。妇女儿童，为弱势群体，她们是需要社会的呵护和帮助的，不是用来凌辱的！"马中队的几句话，说得那些"为了爱"而进来的犯人们无地自容，尤其是"姥爷爹"。

犯人们私下议论说："还得是省城派下来的狱警，就是不一样，一身正气，办的事儿让人心服口服！"又过了一段日子，连着几天马中队没来上班，犯人们以为他休假了，后来听狱警们议论才得知，原来，马中队下班后，喝了点酒，微醺过后难以自持，便找了家洗浴，嫖了个娼，刚好赶上派出所突击检查。还得说马中队体制内经过训练的狱警就是不一样，当时，正在包间里和小姐翻云覆雨的他突然听到走廊里一阵骚乱后，迅速结束了床帏之事，然后翻身下床来个就地十八滚，顺手还拿起自己的裤子滚到窗边，手扶窗台看准落脚点，他所在的是二楼，直接跳到一楼底商的楼盖上，又从楼盖上跳到地面，健步如飞，消失在视野中，整个动作快如闪电。这突如其来的一幕，小姐还没搞清楚怎么回事，嫖客没了，警察破门而入，派出所的民警朝房间里一扫，发现衣架上挂了一件警服，根据上面的警号很轻松地就找到了监狱……

几天后，马中队又上班了，只是整个人消沉了许多，失去了昔日的锋芒！犯人们见状，私底下又议论说："还得是省城派下来的狱警，就是不一样，要是没点背景，这次肯定下岗，而且你看看人家对待妇女，多呵护，帮助得多到位！"

又过了一段日子，进入了初冬，瑞雪绵绵下个不停，犯人们出工、收工，不仅要披星戴月，还要踏雪而行。这天早上，天还没亮，又下着雪，大院里漆黑一片，犯人们像往常一样走在出工的路上。快到车间的时候，迎面又过来六监区的一个中队，由于天黑、下雪、视线不清，双方队伍发生碰撞，产生争执，互不相让，大战一触即发。这时，六监区的带队狱警迅速上前，一边吆喝制止，一边站到双方的队伍中间，试图阻止事态升级，而在队伍后面的马中队几步走到队伍的中间，见对方犯人毫无避让之意，盛怒之下，振臂一呼，大声喝道："给我上！"犯人们一听这命令，顿时热血沸腾，改造这么多年，第一次听见这样的指令，既然狱警让上，还犹豫个啥，一百多人呼啦一下就冲上去了。六监区一看这阵势，不可能站着挨打呀，一百多人也迎了上去，双方加起来两百五十多人的群殴事件就这样发生了。黑暗中，六监区的带队狱警不知被哪方的犯人给打倒了，接下来便是无数条腿朝他踢了过去，犯人们越踢越兴奋。毕竟，作为服刑人员，能打狱警的机会实在是不多，心中压抑多年的愤怒、屈辱、不公、平日里受到的虐待，在这一瞬间彻底爆发了。既然赶上了，先出口恶气再说，法不责众，即使把狱警踢死，也不会让某个人去承担，大不了集体受到处分！此时的马中队意识到了事态的严重性，但是已无法控制了，即使他能管住本监区的犯人，对方监区的犯人不会听他的，他更不敢上前，因为如此混乱的局面，对方肯定也不会惯着他。好在防暴队很快赶来了，及时制止了群殴事件，两百多人全体下蹲，双手抱头。此时，六监区的带队狱警已被打得面目全非，倒地不起，事后经检查，在混乱中该狱警的腿和肋骨多处骨折。此事件引起了狱领导的高度重视，马中队的那句"给我上"属于流氓土匪行为，严重影响了警风警纪和狱警的相关规章制度，态度十分恶劣，影响极其严重！同时，双方监区各有多名犯人受到严厉处分，直接影响减刑，自那件事之后，大院里再没见过马中队的身影……

　　元旦前夕，监狱外调过来一名改造副狱长，他的到来，可以说使监狱发生了一个质的改变。首先是各监区在未经允许的情况下，不准加班，到点必须准时收工，犯人按法定节假日正常休息，每周两次伙食改善，一次包子，一次米饭加炒菜。同时在狱警全体大会上，一再强调严格执行《监狱警察行为规范》，严禁打骂、体罚、侮辱、虐待或指使他人打骂、体罚、侮辱、虐待服刑人员，将法律法规落到实处，严格执行国家对监管改造工作提出的政策方针。一时间，犯人们感觉直接从地狱升到了天堂！

　　很快，来到了 2009 年的春节，九监的条件要比之前的劳改农场好得多，起码不用自己拿盆了，伙房都配有标准的餐具，只是伙食标准和之前差别不大，但是对于新狱长这一系列的改革，犯人们已经非常知足了。然而，正月初七，节后出工第一天，却发生了一个爆炸性的新闻，新狱长突检垃圾运输车，在车里发现了几扇猪肉，于是带着武警对伙房进行突击检查，结果在伙房旁边的雪堆里发现了白条鸡八百多只，猪肉三千多斤，还有少量的鱼、粉条等。后来的处理结果是生活监区从监区长到小队长全部记过处分，并将原生活监区的狱警全体调换，犯人也全部更换，等于说对监狱的生活监区来了一次大换血，此举可谓是大快人心。查获出来的鸡、鱼、肉等食品，都是过年期间克扣出来的，狱警偷卖一部分，剩下的准备做小灶用。各监区有条件的犯人，托关系偷偷给伙房每月六百块钱，保证每天中午一荤两素，每周五次米饭、两次包子，打饭的时候，只需将写好名字的保温饭盒让打饭人员交给伙房就可以了。结果被查抄以后，这些查出来的食品整整从初七吃到十五，对犯人而言，那真是一个迟来的新年！

　　接下来的日子，从狱警们聊天的只言片语中听到，新狱长作为外调过来的干部，对监狱大刀阔斧的改革措施，导致他在狱常委里受到严重的排挤，因为他的行为严重侵犯了本地派的利益！国家对服刑人员的衣食住行都有一定的标准，尤其是部级文明监狱，而监狱实际花费在犯人身上的，连十分之一都没有，其余的都被狱领导中饱私囊了。而且，国家也视监狱为非营利单位，作为刑罚执行机关，更看重的是社会效益，所以，国家三令五申禁止将服刑人员的劳务生产和狱警的奖励奖金挂钩，二者一旦有关联，将促使狱警逼迫服刑人员超负荷劳动创收，久而久之，将无法达到对服刑人员的教育、感化、挽救和改过自新的改造目的，刑满释放后，或许会对人民群众造成二次伤害！

犯人们对新狱长的改革都心存感激，虽然这些都是服刑人员的基本权益，新狱长的所作所为，让服刑人员看到了国家对他们这些犯罪分子的良苦用心，让犯人们感觉到，自己并没有被祖国母亲所抛弃！新狱长为了维护国家制度，为了贯彻国家对改造犯罪人员的方针政策，不惜侵犯整个监狱警察的利益，凭一己之力对抗狱常委，他的勇敢、他对法规的坚守，值得人们敬重，然而，就是这样一位优秀的人民公仆，却因为一场意外的车祸永远地离开了！都说苍天有眼，可此刻它又在看向何方？真是错勘贤愚枉做天！

又是春风吹拂着大地，又是归来的候鸟划过长空，随着新狱长的离去，他生前所推行的一系列改革也都恢复如初，犯人们又一下子跌回到人间的炼狱。也许是多行不义必自毙吧，毕竟劳改犯这个群体普遍罪孽深重，罪没赎完，老天爷怎会让他们过得轻松！

子墨、邱铭雨等同期入监的，已满两年，有些已经挣够了分，即将迎来第一次减刑，监区的干事负责整理申报减刑人员的卷宗，卷宗内有判决书，还有入监以来的表现和各级领导、狱警对该犯的评价，违纪的记录和申报减刑的年限等。监狱有那么一些犯人，常年给狱警代笔书写各种材料，平日里，每名狱警都有分包的犯人，要定期了解其思想动态，做谈话笔录，这些也是由犯人代写。当然，具体内容完全靠编，甚至个别狱警的入党申请书也找犯人代写。由于要求笔迹一致，而之前代写的犯人已刑满释放，狱警便把以前交上去的申请书想办法找回来，然后由一个人的笔迹统统重新写一遍。

　　子墨由于字迹工整，也被列为写卷（书写卷宗）人员，申报减刑，上半年和下半年各一次，都是固定的时间统一"报卷"。写卷期间无须参加劳动，只管安心书写，当月的考核分数也有保障，甚至还能提一等。用一周左右的时间，所有申报减刑人员的卷宗就全部写完了，接下来将由监区整理好逐级上报，从卷宗上报之日起，到法院来监狱宣读减刑裁决书，这个过程要三个月左右。在这期间，申报减刑人员不能有任何违纪行为发生，否则卷宗退回申报单位。那些平日里有过节的犯人们，趁着这段时间会找茬儿打架，甚至使用其他陷害手段，以让其违纪，而那些申报减刑的只能忍气吞声，夹起尾巴做人，心中默念"谁都有减刑的时候，咱们来日方长"！

　　三个月的时间很是煎熬，并不是因为要忍气吞声，因为忍气吞声对犯人而言，都已习以为常，甚至还要低三下四、苟延残喘……煎熬的是心中的那份期盼，尽管知道结果，但还是无法控制对已知事物未落实前的那份担忧！

　　三个月漫长的等待，终于等来了那一纸裁决，子墨申报减刑一年六个月，回执裁决一年五个月，几乎多数裁决都如此。犯人们拿着减刑裁决书激动不已，有的双手颤抖，有的眼圈泛红，只有那些经历过减刑的老犯毫无波澜。但是，即使裁决在手，依然不能放松，接到裁决两个月内，如果出现违纪现象，法院依然有权撤回裁决，减刑无效！这就是监狱一环扣一环的制约。

第十八章

一、杨子墨转车间，学新技能。扫文盲发证书，欺下瞒上。

时间：2011 年初春

受南方监狱的启发，监区顺应现代化文明监狱之潮流，决定引进服装生产加工项目，服装加工生产线的试点设在六监区。之前六监区的劳动生产项目是宝石打磨加工，随着服装生产线设备的引进，长达多年的宝石加工项目彻底退出了监狱。监狱对服装加工非常重视，要求各监区全力配合，首先将六监区的服刑人员进行精简整合，要求年龄在四十岁以下，余刑在三年以上，改造态度积极。不符合以上条件的全部调离，各监区还要根据以上条件选拔，对六监区的服刑人员进行扩充。面对监狱的要求，各个监区也都有自己的小算盘，改造积极分子，直接起到带动监区劳务产量的作用，关乎监区狱警的切身利益，所以不可能调走。于是各监区几乎都是选本监区的"刺头"，只要符合年龄和刑期的硬性规定，至于改造态度嘛，只能说没有过于明显的抗改迹象，而子墨也在外调人员之列。中队的狱警也都有自己的小九九，子墨的劳动能力没问题，但是一等分名额有限，其他挣一等分的犯人，即使不送大礼，逢年过节的也会送烟、送点小钱啥的。而子墨全年满贯七十二分，全监狱独一份，可是狱警们连一根烟都没抽过他的，如果不给他一等分，又不想监区多一名危险分子，所以本着干活再好也不差他一个的原则，趁机将他踢走。

而子墨，此时正处于第二次减刑的冲刺阶段，再有几个月就要"报卷"了，在这期间，分越多越好，毕竟附加分是个未知数。与此同时，监狱又从南方监狱调入一批犯人，他们是服装生产线上的熟练工，调过来主要起到传授技术的作用，一时间，六监区成了改造精英劳动能手的聚集地。面对如此形势，子墨不免有些担忧，凭劳动短期内挣六分没有可能，经过思考，决定找机会和中队长谈谈。于是在调到六监区的三天后，子墨找到中队长，详细地阐述了自己的情况，首先表明自己不是靠花钱改造的，同时说明本年度首次"报卷"减刑，如果报不上，将会少减几个月的刑期，所以，眼下需要高分。令子墨没想到的是，中队长沉吟了片刻，便声音洪亮地对子墨说："只要你的改造态度是积极的，遇到困难，政府一定会给予帮助。我会按照本月起上溯十二个月，综合出你的平均分数，以此为基准考核你未来两个月的积分。至于两个月以后，只能靠你自己了。"听到这里，子墨放心了，因为自己全年七十二分。这时他也想起了刚入监的那句话：来到七监区又分配到一队，将是你一生中最大的不幸！原来别的监区真的不同！

在接下来的日子里，子墨刻苦钻研服装加工技术，面对南方调来的熟练工犯人，子墨虚心学习，不懂就问，受尽白眼，看着他们那一张张高傲又不可一世的嘴脸，即使心中有万般不愿，也虚心求教。对厂家派来的师傅，更是满脸赔笑，认真学习。只是厂家的师傅就一名，多数时间是集体施教，很少单独指点。不过很快，子墨的服装加工技术在新手中就脱颖而出了，两个月后，已成为服装生产线上的技术骨干。加工上衣，子墨负责装领子、袖子，加工裤子，子墨负责装裤腰、前门襟，这些都是服装生产难度系数较大的工序，涉及服装整体弧线的顺畅和容位的均匀等。

新的监区，新的领域，子墨凭自己的努力，成为技术劳动的佼佼者，靠的就是心中的信念"早日出狱、重新做人"！

春天就要结束了，夏天即将到来，子墨成功地减了第二次刑，接下来的日子又要为第三次减刑做最后的挣扎！此时的子墨骨瘦如柴，面孔苍白，只有那双眼睛仍是那么炯炯有神，无时无刻不透露着那种百折不挠、永不退缩的坚毅！

服装生产并不是一件轻松的劳动，换句话说，无论什么活儿，拿到监狱里来干，轻松也会变得不轻松，这里会榨干犯人的最后一滴血汗，将犯人的潜能毫不保留地全部榨干。六监区的监区长是院里比较年轻的科级干部，曾经也以出手狠毒、灭绝人性而闻名，其威慑力不亚于"画家"和"红手套"，他常说的一句话：压力形成动力、习惯形成自然，劳改犯的潜力是无穷的，只要不死，他们的力量就不会枯竭！闻其言而辨其人，可见此人绝非善类。自从他当上了六监区的监区长以后，六监区的劳务创收一直名列前茅。

夏季的车间异常闷热，这天晚上，监区抢制一批服装加班到深夜，由于窗户上没有窗纱，一旦打开，无数的蚊虫、飞蛾就会涌进灯火通明的车间。狱警倒不担心犯人被蚊虫叮咬，他们担心的是飞蛾扑向那洁白的面料，对做好的服装造成污染。车间里紧闭着门窗，几百台缝纫机"嗡嗡"作响，每台电机都散发着不敢触碰的热量，犯人们光着膀子挥汗如雨，车间的地面一层厚厚的水气，仿佛刚刚用水清洗过一样，窗户的玻璃上流淌着水珠，整个车间好似一个桑拿房，那感觉，真叫一个水深火热！

随着服装生产技术日渐成熟，加班已成为常态，刚开始，只是偶尔有一批着急赶制的服装，渐渐地，似乎每一批服装，厂家都十分迫切的需要，于是，服装监区成了大院里最苦、最累、加班最多的监区。子墨暗想：人生最大的不幸，不仅是分到了七监区，而是从七监区又转到了如今的六监区！

当然，也不是全年加班，每赶制完一批服装也会缓冲几天，毕竟，天天加班狱警也吃不消，狱警也是人嘛！但是监狱又给各监区下派了手工制品的活，第一个是编一种装酒瓶的小筐，第二个是将牙签的一端粘上花纸，据说销往各大高级会所用在果盘上。于是，每天收工后吃完晚饭，每名犯人领取固定的辅料，都定有任务。完成了休息，有人负责验收计数，完不成任务的依然是电棍伺候，长期完不成任务的，将直接影响积分考核。自此之后，犯人们反倒希望加班，因为不加班就得干手工活，反倒睡得更晚！狱里的说法是犯人们一旦吃饱了，就容易惹是生非，只有让他们精疲力尽，才能确保平安无事、不出乱子。由此可见，监狱为了给犯人们提供一个良好的改造环境也是煞费苦心！

无论多么艰苦的岁月，只要用心细细地去品味，总能找到快乐。来到六监区，子墨结识了两名狱友、张英东和尚海潮。张英东年长于子墨，此人才华横溢，吟诗作赋、书法绘画，样样精通，子墨尊称他为老师。在他的指点下，子墨的书法水平有所提高，稍有空闲，子墨便和老师畅谈，讨论书法、谈论诗词，古今中外、名人轶事，每每受益匪浅。

　　尚海潮小子墨三岁，好似个憨厚的弟弟，此人重情重义，每当子墨疲惫地回到监舍时，尚海潮的眼里满是关心，艰苦的岁月里，总能让子墨感到一丝温暖。子墨常想：如此境地，幸遇一师一友，当属无憾，改造之艰难不过如此！

　　这年的"十一"假期，第一天上午，尚海潮说肚子疼，子墨找了个塑料瓶灌满热水，让他放在肚子上，这是里面治疗肚子着凉的一贯办法，很有效。过了一阵儿，子墨问："海潮，好点了吗？"只见尚海潮表情痛苦地回答说更疼了，子墨见状，赶紧把他扶下床，找值班队长，去了犯医所，结果一看是急性阑尾炎，于是办理了手续，去直属医院手术，直属医院离监狱不远，大概一站地的路程。很快，尚海潮戴着手铐在狱警的押解下来到了狱直属医院，刚好赶上午休，又是放假，医院没什么人。于是，值班护士拨打了院长的电话，不一会儿，一名彪形大汉，满脸通红，一身酒气地朝尚海潮和狱警走来，此大汉便是院长，只见他远远地就喊道："真会挑时候，放个假都不消停！"走近之后，一看尚海潮的表情，对身旁的护士说："都谁值班？"护士说："王姐值班。"院长继续说："把她叫过来。"不一会儿，一名三十来岁的少妇走了过来，只见她妖里妖气地一步三扭，身上的白大褂穿得凹凸有致、一波三折，嗲声嗲气地说："院长你叫我？"此时院长的眼睛色眯眯地盯着她的胸脯，笑嘻嘻地说："这有个急性阑尾炎，得马上手术，我喝多了，做不了，你能不能做？"少妇一听，立马摆出一副扭捏的姿态，还带着几分撒娇地说道："我没做过。"院长一听，立马正色道："我问你能不能做，没问你做没做过。"少妇听了，会意地笑了，立马乖巧地回答说："我试试吧。"院长又和蔼地说："没事，我就在旁边看着！"少妇转身去做准备，院长张着大嘴，眼睛色眯眯地看着她那圆润而丰盈的臀部，一扭一扭地消失在走廊里。事后，尚海潮说："我当初杀完人都没害怕，那个女大夫一句我试试吧，把我吓坏了！"

　　手术时间不算太长，结束后，院长对狱警说："还好送得及时，都穿孔了，手术很成功，犯人回院里按时打几天消炎针就好了。"海潮出了手术室，狱警问："伤口疼不疼？"海潮说："麻药劲儿还没过呢，现在不感觉疼。"狱警高兴地说："那赶紧走，趁着药劲儿没过，咱俩走回去，省得打车了。"尚海潮听完一愣，与此同时，狱警已把手铐戴在了他的手上，接着说："快走。"于是二人走出了医院的大门……

　　七天后伤口拆线，伤口的长度是常规手术的三倍，狱友们见状，打趣地说：海潮，你这是阑尾炎手术还是剖宫产手术呀，众人听了哈哈大笑。

　　又过了一段时间，监狱响应上级政策，首先是扫除文盲，收工后，每人发一张试卷，照着答案填写，抄完以后上交到教改科，不会写字的找人代写，每个月都抄一张，美其名曰"扫盲"，还出售大学毕业证书，非强制性售卖，全凭自愿。紧接着又推出职业技能证书，上面还带有相关部门的钢印，据说在社会上具有权威性，此证书是强制要求办理的，要求每名服刑人员上交四十元钱。报名的时候，每人发一张表格，上面有美容美发、汽车修理、电器修理、烹饪、烘焙、服装设计、装修设计等各种技能供服刑人员选择，选好后上交。一个月以后，整个监狱，几千名服刑人员，人人手持带有权威部门钢印的技能证书，九监对外界宣称：本监狱响应国家号召，本着对服刑人员的改造事业有始有终的态度，促进两劳释放人员的再就业，做到服刑期间扫除文盲，出监后拥有一技之长。同时，部分服刑人员在狱内通过自学的方式，还获得了"高等教育自学考试"的毕业证书，我狱将全面落实上级的各项政策，打造部级文明监狱的新高度。

真是个天大的讽刺，国家投入那么多的人力、物力、财力，普及九年义务教育，加强职业技能院校的建设，扫除文盲，提高全民就业率，可以说此项工程任重而道远，但是，就这么繁杂而艰辛的一项事业，只需来九监改造一下，就全部解决了！

一名犯人，手里拿着技能证书，别人问："你报的啥专业？"这名犯人说："不知道，当初随便画了个勾。"别人又问："你证书写的是啥技术？"这名犯人打开看了一眼说："这几个字不认识！"

二、忆童年苦不堪，颠沛流离无定所，北风吹雪花飘，
没妈孩子真可怜。

2013 年 6 月，子墨和邱铭雨同时接到了第三次减刑裁决书，子墨将于 2013 年 9 月 8 日刑满释放，减刑三年三个月，实际服刑七年九个月。邱铭雨因缴纳了罚金，于同年 7 月 8 日刑满释放，临别时他对子墨说："两个月后，我来接你！"

接下来两个月里的每一天，子墨都思绪万千，被捕时二十出头，如今已年过而立，家中的父亲、母亲、姑姑，也不知他们都怎么样了，桑红应该早就嫁人了吧，外面的世界如今变成什么样了，自己接下来该何去何从呢！子墨看着窗外渐渐变黄的树叶，想起了张英东老师的一首词：

> 枫红菊黄露已寒，
>
> 小雁练翅欲行南，
>
> 离人相思唱水调，
>
> 游子乡愁吟萨蛮，
>
> 醉无酒，梦不眠，
>
> 有泪怕嘲暗自弹，
>
> 纵将烟云写满纸，
>
> 想解心结也是难。
>
> ——《鹧鸪天·秋思》

那一夜，子墨久久不能入睡，过往并非云烟，好似纵横交错的小河在他的脑海里流淌，他找不到源头，更不知它流向何方，只感到它时而波涛汹涌，时而又波澜不惊，令子墨思绪烦乱，朦胧中仿佛回到了小时候……

那是北方的一个县城附近，有一个住着几百户人家的村庄，那里住的都是朴实的农民，祖祖辈辈们过着面朝黄土背朝天的日子。阳春三月，一个风和日丽的上午，一个普通的小院里传来了婴儿的啼哭声，那哭声清澈而嘹亮，向世人宣告他的到来，他就是子墨。在 20 世纪 80 年代，都不太拿孩子当回事儿，虽然国家实施计划生育，要求"只生一个好"，但是大多数的家庭还是两个、三个孩子，甚至更多，超生的无非是罚款或者不给落户口，因为在农村，多子多孙的观念已根深蒂固！

　　子墨的降生并没有给他的家庭带来多少欢乐，他的父母都是二婚重组的家庭。母亲的家乡在一个偏远的山村，因落实工作问题嫁给了县城的一个青年，婚后育有一女、一子，看似完美的四口之家，实则暗藏波涛。母亲那不屈的性格经常被家暴得遍体鳞伤，加上二人的结合没什么感情基础，婚后的磨合又完全是暴力与抗争，最后的结局只能是离婚，扔下两个孩子由爷爷奶奶抚养。子墨的父亲和前妻属于包办婚姻，婚后育有一女，父亲读过书，做过民办教师，而他的前妻没文化，性格上的差异和认知不同，婚后的生活又缺乏同频的沟通，最后也走向了离婚！而子墨的父母，按理说是两个经受过失败婚姻的教训和痛苦折磨的人，重组了家庭应该懂得珍惜，彼此包容，互助互爱。然而，子墨的幼年却饱受战火的侵袭，父亲的性格过于偏执，母亲的倔强里也带着几分宁折不弯，二人的脾气一上来，一个好似排山倒海的巨浪，另一个如同积聚了多年喷发的火山，注定无法相融。二人经常争吵、厮打，幼小的子墨则常在惊恐中哭得声嘶力竭，尽管如此，也未能使双方退让半步，终于在子墨还不满五周岁的时候，这段不堪的婚姻走向了终点！

　　由于子墨太小，法院将他判给了母亲，父亲出抚养费。母亲带着年幼的子墨来到一个小镇，租了一间民宅，花九十块钱买了一台九成新的天津蜜蜂牌缝纫机，靠接一些拆拆改改旧衣服的零活艰难度日。母亲经常忙到深夜，比锅台高不了多少的子墨吃完饭总是站到锅台上去刷锅刷碗。天冷的时候，子墨总是早早地将母亲的被子铺好，然后先躺进母亲的被窝，等到被窝捂热乎了，让母亲休息，再回到自己的被窝。古人说，东汉的黄香九岁替父温席，而此时的子墨才五岁，年幼的子墨还想不明白母亲为什么整日愁容满面，但是他对这段没有争吵的生活感到很开心，然而，母子二人的平静还没过多久，就被打破了。母亲的前夫带着两个孩子，还有他的父母，撮合母亲重新回到他家，经多次劝说，母亲动摇了，想着给两个孩子一个完整的家，试图和前夫破镜重圆，殊不知破镜难圆已是注定！

来到了新的家庭，幼小的子墨知道自己有了姐姐和哥哥，只是不太明白为什么姐姐和哥哥的姓和自己不一样。那是一个皓月当空的夜晚，喝了酒的继父对母亲大打出手，姐姐和哥哥吓得用被子蒙住了头，而子墨则踏着夜色跑到了继父的父母家，敲开了爷爷的家门，告知情况。爷爷火速赶到，制止了继父的暴行，而此时的母亲满脸泪痕、凌乱的头发，嘴角还带着未干的血迹，接下来日子，争吵与打骂又一次笼罩着幼小的子墨！

又是一个深夜，醉酒的继父又开始打母亲，还没等子墨起身去爷爷家报信，继父便恶狠狠地拿着菜刀，对着子墨面前，厉声喊道："小崽子，再敢通风报信，我就剁了你！"顿时吓得子墨连哭都不会了。那个充满杀气的眼神、那把寒光闪闪的菜刀、那个恐怖的夜晚，已成为子墨心中的阴影，时至今日还时常在脑海里出现！

自那天以后，幼小的子墨变得小心翼翼，对家人察言观色，生怕惹谁不高兴，子墨觉得这个家根本不属于自己。本该是天真无邪的童年，却每天背负着沉重的思想包袱！

　　母亲身上总是旧伤未愈又添新伤，终于有一天，母亲写了一张纸条，让他交给爷爷。爷爷看完纸条后，来到了"子墨的家"，此时，母亲早已离开，她在纸条里拜托爷爷把子墨送到他爸爸那里，爷爷只是深深地叹了口气，幼小的子墨不明白发生了什么。第二天，爷爷按照妈妈提供的地址，把子墨送到了他的亲爷爷奶奶家，此时，子墨的父亲去省城干活了，而子墨的亲爷爷奶奶在乡下的叔叔家，而叔叔婶婶和子墨父亲的关系并不好，所以拒绝收留子墨。无奈，子墨的继爷爷又把他送到了县城的姑姑家，继爷爷对姑姑说："你如果再不要，我只能送到派出所了！"于是姑姑收留了子墨，而姑父和子墨父亲的关系也不好，所以对于子墨并不欢迎，姑姑含着泪对姑父说："他爸又没死，暂时待几天吧，他爸回来就领走了！"姑姑家有两个姐姐，大子墨很多岁，短短几天发生这一系列的事，子墨一头雾水，只感到身边的亲人换来换去。子墨仍然小心翼翼地生活，因为他知道，这里也不是自己的家。不久后，子墨的双腮肿胀，得了痄腮（腮腺炎），姑姑家是双职工家庭，都很忙，于是托二叔家的大姐定期带子墨去看病，此时的子墨双腮贴了两大片膏药。两个月后，父亲从省城回来了，来到姑姑家，推开门，见到了子墨。父亲愣在了那里，小孩子变化太快，父亲一时没认出来，而子墨也看着眼前这个大人发呆，毕竟离开父亲时太小，不太记事。当晚，父亲带着子墨离开了姑姑家，住进了旅馆，幼小的子墨已经习惯了生活的动荡，心想：接下来身边的亲人可能又要换一拨儿了！

清晨，父亲带着子墨回到了他出生的那个村庄，这个家族生活了几代人的地方，村里有几百户都是同宗。父子二人推开了一间久不住人的茅草屋，父亲生了火，屋里浓烟滚滚，呛得子墨双眼流泪跑到了屋外。那一夜，阵阵的秋风透过窗户的缝隙吹进屋内，发出哨子一样的声音。父亲辗转反侧，接下来该怎么办令他烦恼，一个男人带个孩子怎么工作呢？思索中，想起前一阵别人给他介绍的邻村的一个女人，父亲本不同意，只是还没回绝，而眼下的形势组建个家庭，有助于接下来的生活，于是便同意了婚事。很快，阿姨住进了子墨家，还带了一个十几岁的男孩。父亲会木工，每天骑车五公里去县城干活，阿姨在家做家务，照顾两个孩子，新组成的家里，子墨又有了一个不同姓的哥哥，只是好景不长，哥哥和子墨总是打架。子墨虽年幼，但是性格上既遗传了父亲的几分偏执，又继承了母亲的倔强，虽然总是挨揍，每战都必败无疑，却从不服输，有一种"但凡有三寸气在，决不罢休"的气势。父亲看在眼里，却毫无办法，他和阿姨因为两个孩子吵过几次，最后，这段在特殊环境下组成的家庭不欢而散。

　　接下来的日子，父亲每天早上做够一天的饭菜，然后去县城工作，留下子墨一人在家，饿了就吃冰冷的饭菜。父亲经常告诫子墨"大丈夫不食嗟来之食"，幼小的子墨肯定听不懂，但是他记住了父亲的解释，就是不能去任何人家蹭饭，包括爷爷奶奶家。如果有人问子墨吃饭了吗，子墨的回答永远是"吃完了"，即使他当时饥肠辘辘！父亲看着子墨跟着自己太遭罪，决定还是将他送到他妈妈那里。于是父亲带着子墨几经辗转来到了妈妈的故乡，结果刚下火车，子墨就起了"水痘子"，父亲赶紧把子墨送到了医院，经过几天的治疗，病情得到了控制，其间父亲用纱布绑住了子墨的双手，生怕他抓破脸上的水痘留下疤痕。最后母亲也没找到，父亲又带着子墨回到了他们的茅草屋！

那年冬天，呼呼的北风夹着雪花，不到七岁的子墨和一群孩子嬉笑打闹在乡间的路边。到了中午，各家的大人都喊自己的孩子回家吃饭，最后只剩下子墨一个人孤零零地站在风中。他的棉衣扣子坏了，敞着怀，他的棉裤也撕开了裤裆，露着半个冻得通红的屁股蛋。他的小脸也被风吹得通红，比同龄孩子瘦很多的他，笑起来，太阳穴两侧的青筋暴起。子墨一个人徘徊在路边，陪伴他的只有风和雪。他渴了，就抓起一把路边洁白的雪塞进嘴里，因为家里的水缸已经结了一层厚厚的冰。他饿了，就去仓房拿一个冻得硬邦邦的黏豆包啃着吃。他冷了，就找一个阳光充足的山墙晒会太阳，因为家里没人生火，屋里比外面还冷！年幼的子墨以为生活就是这样，和别的小朋友相比，区别只在于爸爸不在家，没人叫自己回家而已！他一个人顶着雪、迎着风继续奔跑着，不敢停下太久，因为站久了冻脚！

那天傍晚，父亲下班回家，推开屋门，见子墨躺在冰冷的土炕上，连叫了几声都没反应，走近一看，小脸通红，伸手一摸，额头发烫。父亲找出体温计一测，39.7度，赶紧骑上自行车到村里的诊所。又赶上大夫出诊，情急之下，拿了药和注射器，回到家自己给子墨打了针。几个小时后，子墨又活蹦乱跳了起来，只是一瘸一拐的，也许是针头扎得太深了，父亲之前经常给猪打针，给人还是第一次！后来，父亲每天去县城干活都带着子墨，父亲在一个家具厂干活，子墨就在屋里玩，屋子的正中央有个炉子，红彤彤的炉火一直烧着，家具厂有烧不完的废木料。子墨饿了就去小卖部，想吃什么就买什么，在那个年代，无非就是"儿童乐饼干"、面包、夹心饼干、长白糕等，不像现在琳琅满目的食品摆满了货架。那段日子，子墨最大的愿望就是父亲能给他做顿饭吃！有时，子墨玩着玩着困了就躺在地上厚厚的木材刨花上睡，父亲会给他盖个羊皮袄。每一次，子墨都睡得香甜无比、浑身冒汗！

漫长的冬天终于结束了，春日的暖阳照耀着大地，万物开始复苏。这天，父亲的一位发小，按辈分子墨该叫姑父，他对父亲说："你一个人又要干活，又要带孩子，太难了。把孩子放我这吧，无非家里加双碗筷的事。"父亲很感动，并承诺钱照常给，能帮他带就已经很感激了，于是七岁的子墨来到了这个"姑父"家，父亲又去省城了。又是新的环境，新的面孔，子墨又感到寄人篱下，但又无可奈何，只能继续小心翼翼地察言观色。

这天上午，一帮和子墨年龄相仿的孩子结伴去邻村，其中一个同宗的弟弟朝子墨喊道："子墨，走哇，报名上学去。"子墨一听也跟着人群一起跑去，学校在三里外的邻村，是一所村办小学，报完名回家，子墨找姑父说："老师让准备书包、本子、笔，还有学费。"姑父一一办齐，从此，子墨便天天背着书包开始上学了。开始的是半学期的学前教育，连着上了一个多月，子墨连拼音的声调符号都弄不懂，老师让子墨回家后找人辅导，同宗的弟弟对老师说："他没人管，他妈和他爸离婚了，他爸不在家。"那一刻，子墨觉得自己和同学比矮人一头。

又过了一段日子，新的问题出现了，农忙的季节到了，姑父家开始种地了，他们每天天还不亮就下地干活了，等子墨醒来，家里已空无一人，他吃几口剩饭剩菜便匆匆上学了。中午回来吃饭的时候，发现姑父家大门紧锁，由于早上起得太早，所以午饭吃得也早，和学校的饭口对不上，子墨见状也不以为然，一个人在路边玩耍，等别的孩子吃完饭了，再和他们结伴去往学校，整个农忙季节都是如此。

这一天，近两个月没回来过的父亲从省城回来了，刚好中午，他来到姑父家见大门紧锁，于是问路边的孩子："我家子墨呢？"孩子回答说："子墨中午不回来。"父亲又问："他怎么不回来吃饭呢？"孩子回答说："你家子墨中午不吃饭，他姑父家没人。"瞬间，父亲明白了，他的泪水顺着眼角流了下来，他买了一包"炉果"（烘焙食品）让孩子带给子墨。当晚，父亲发现子墨的衣服上爬满了虱子，问道："你多久没换衣服了？"子墨说："还是上次你回来的时候换的。"父亲的眼圈又湿润了，儿子近两个月没换过衣服了，身上的虱子密密麻麻的，难怪他站在那里总是不老实，双手不停地抠抠这，挠挠那的。父亲在灯光下给子墨捉虱子，可是太多了，根本捉不完，索性燃起火把衣服都烧了。只见燃起的火焰"噼啪"作响，父亲盯着火焰，嘴里念叨："烧死你们，让你们咬我儿子！"

暑假时，父亲从省城回来了，在县城干活，子墨也不去姑父家了。子墨在父亲的指点下，会用电饭锅焖米饭，会用电炒勺做菜，固定量的菜，固定量的汤，固定的油盐，子墨基本掌握，每天父亲下班，子墨都把饭菜做好。有一次，子墨煮了挂面，自己吃完后，剩下的怕父亲回来凉了，就留在了锅里，盖好了锅盖，等父亲下班时，挂面几乎和糨糊一个模样，但是父亲却眼角含着泪花把它吃完了！

　　子墨还学会了钉扣子，缝衣服，虽然缝的样子有些难看，但是起码不会露屁股了。父子俩就这样相依为命地过着，此时，子墨还不满八岁！

三、见姐姐心中难舍，数年后伤断肝肠。

　　这年秋天，父亲带着子墨来到一所大学的校园，说是去看姐姐。父亲和他的前妻离婚后，姐姐就和她妈妈走了，从未回来过，其间一直和父亲保持通信。父亲带着子墨来到姐姐的宿舍外时已是傍晚，只见一个身材高挑、样貌俊俏的姑娘走了出来，她看见父亲喊了一声："爸"。父亲微笑地看着她，随后低下头看了一眼子墨，对她说："这是你弟弟子墨。"姐姐看向子墨，子墨也仰着脑袋看着姐姐，姐姐的表情很严肃，眼神里透露出一种说不出的复杂，姐姐问子墨："你吃饭了吗?"子墨看向父亲，他要根据父亲的指令才知道如何回答姐姐，父亲看了看子墨，笑着对姐姐说："我俩下车就过来了，你弟弟肯定是饿了。"于是姐姐说："我去食堂给你俩打饭。"父亲连忙说："给你弟弟打点就行，我不饿。"于是姐姐回到宿舍拿了餐具走向食堂。剩下父子二人时，父亲对子墨说："这个就是你亲姐。"子墨听了，似懂非懂地点点头，因为这几年来，经历了太多的哥哥姐姐了。今天这个姐姐和自己是同一个父亲的，和妈妈生活时的姐姐和哥哥，和自己是同一个母亲的，和阿姨生活时还有个哥哥，既不是同一个母亲，也不是同一个父亲，但是只有今天这个姐姐和自己同一个姓。一时间，子墨的小脑袋有些凌乱，他实在是挦不明白自己怎么这么多哥哥姐姐。就在这时，姐姐端着一碗蛋花汤和一个酥饼走过来，递给子墨，然后她对父亲说："太晚了，食堂没啥吃的了。"父亲依然笑着说："这就够他吃了。"接下来，子墨只顾着吃酥饼和蛋花汤了，父亲和姐姐一直在谈着什么他没在意。临别时，姐姐送给子墨一块手绢，白色的面带着紫色的小碎花。子墨视若珍宝，担心把手绢弄脏了，还把父亲烟盒外面的塑料皮拿下来，把手绢装在里面！在之后的日子里，子墨一直将手绢带在身上，但是从不使用，后来还特意在衣服的里怀缝了一个兜，专门装手绢，那感觉就好像姐姐在身边一样。但最后手绢还是丢了，子墨难过了很久，每次想起来都责怪自己没保管好手绢！

　　那是子墨和姐姐唯一的一次见面，后来听说姐姐毕业后去了日本深造，再后来姐姐结婚了，没有通知父亲！子墨不明白这是为什么，直到多年后的一天，子墨在父亲的柜子里无意间发现了一沓信，都是姐姐写给父亲的。姐姐在信中说希望父亲和她的妈妈重新生活到一起，重圆她们曾经的那个三口之家，只是她和她的妈妈无法接受子墨！父亲的回信内容，子墨不得而知，但可以肯定的是，父亲拒绝了她们母女的要求，因为在另一封信中，姐姐说，是子墨夺去了她全部的父爱，她恨子墨，她说和子墨有不共戴天之仇！姐姐的话深深地刺痛了子墨，他无论如何也想不到，心心念念的姐姐居然和自己不共戴天，如此看来今生也就是那一面之缘了！

第十九章

一、新继母坏心肠，父亲盛怒把家分。与奶奶度光阴，

悲惨童年一束光。

从姐姐的学校离开后，父亲带子墨去了一个偏远的小镇。那里是林区，盛产木材，父亲在那儿开了一个小型的木材加工厂，又组建了一个新的家庭。阿姨是当地人，带了三个孩子，两个大女儿都陆续出嫁了，还有一个十四岁的男孩，此时子墨八岁。重组的家庭，双方各带个男孩，应该是个不错的组合，可万万没想到的是，看上去朴实、贤惠的阿姨，却把"后妈"的叵测居心、蛇蝎心肠演绎得淋漓尽致！

继母家的哥哥和子墨在同一所小学，哥哥读六年级，子墨上一年级。每当课间休息的时候，子墨经常看见哥哥嘴里要么嚼着"鱼皮花生"（也称皮豆），要么叼着冰棍，每当碰到子墨的时候，他都会说是同学给的。整个夏天，子墨天天看见哥哥吃冰棍，而自己一根都没吃过。那时候，子墨很羡慕哥哥有那么多好同学！

吃饭的时候，每顿饭基本就一个菜，在那个年代，顿顿有豆腐吃，偶尔再吃个肉改善一下，就是很不错的生活了。继母经常炖豆腐，吃饭的时候分成两大碗盛出来，子墨和爸爸一碗，哥哥和继母一碗，而每次继母都会把上面一层豆腐的菜碗推给子墨和父亲，而她和哥哥的那碗上面都是土豆，但是奇怪的是，当拨开上面的土豆，下面全是豆腐，而子墨和爸爸的菜碗里，吃完上面的几块豆腐，下面清一色的全是土豆。有一次，继母做了土豆炖肉，吃饭的时候，依然是盛两碗，继母按惯例把上面有几块肉的菜碗推到子墨面前，她和哥哥的菜碗上面还是只有土豆。父亲见状，笑着说，把肉给你们娘俩吃吧，子墨爱吃土豆，说着把两个碗的位置换了一下。结果那顿饭，子墨吃肉吃得都顶住了，就想吃几块土豆，可是土豆太少了，被父亲吃了。再看哥哥，他的旋风筷子都快把碗底戳漏了，也没找到几块儿肉，可见继母的良苦用心！事后，父亲和继母谈了一次，打那以后，继母不在菜上做文章了。

家里的房子很大，哥哥住东屋，靠着厨房，然后是个走廊，连着父亲和继母的大卧室，子墨的房间靠最西侧。每当逢年过节，家里会买一些水果，尤其是八月十五，还会买各种馅的月饼，每次继母都会当着父亲的面，给子墨和哥哥发食品，每人一块月饼、一个苹果、一个橘子、一个香蕉等，而且发给子墨的苹果总是最大的，继母会说，两天发一次，自己吃自己的，还会对哥哥说，不许抢弟弟的。然后两天过去了，四天、八天……再也没发过，子墨眼看着剩了那么多好吃的，都锁进了哥哥屋里的柜子，继母把钥匙拿走了。每当子墨路过那个柜子的时候都会想：里面一定攒了好多吃的，直到临近春节，子墨还惦记着八月十五的月饼，继母是不是忘记发了……

后来父亲发现了端倪，春节的时候，父亲看着继母给两个孩子发完好吃的，正准备将剩下的锁进柜子的时候，父亲说："等会儿，按家里的人头，一次性把东西发完，让他们自己保存，自己的那一份可以任意支配。"继母说："都发了，小孩子不懂得控制，没几天就吃完了。"父亲继续说："都发完，省得他们惦记，至于吃几天就随他们自己吧！"自此之后，子墨总能吃到两份，父亲几乎一口都不吃。

有一天，继母带着哥哥回娘家串门，家里就剩下子墨和父亲。浑身是汗的子墨跑回家，对父亲说自己饿了，父亲在橱柜里给子墨找吃的，发现吊橱最上面有个盆盖着盖子，盆里有一块烀熟的肉。父亲扯了一小块塞到子墨嘴里，然后又把肉放回原处盖好盖子。晚饭的时候，继母做的是白菜土豆，没见肉，第二天是豆腐，也没见肉，连着几天都没肉……

继母生活很节俭，属于勤俭持家型，而且很干净，每隔几天，都会把换洗的衣服放在子墨的床头，子墨总是穿得干干净净。那天下午，班里的几个同学浑身是土，一身的汗味，上课的时候，老师批评了他们不讲个人卫生，同时又指着子墨说："你们看看杨子墨同学，虽然穿得不好，但是永远干干净净。"老师的话音一落，全班的同学都看向子墨，虽然受到了老师的表扬，但子墨的脸火辣辣的，感觉无地自容，因为他穿了一件浅绿色的上衣，青色的裤子，脚蹬绿色农田鞋，而最令子墨难为情的是上衣的领子和下摆还带有波浪式的花边，中间还有收腰，很明显是女式的衣服，浅绿色的衣服，胳膊肘还有两块深蓝色的补丁，青色裤子的膝盖，是两块卡其色的补丁！全校的学生都没有穿带补丁的衣服，而农田鞋，全班也就子墨穿了一双。那会儿，子墨已经上三年级了，虽然在那个年代，孩子们穿衣服几乎都捡剩（哥哥姐姐穿不了的，传给弟弟妹妹），但是男女的款式还是要区分的，即使款式忽略不计，都20世纪90年代了，补丁就有点过分了，就算补丁勉强接受，但是起码找一块颜色接近的布料吧！最可气的是子墨每天放学，都看见哥哥穿着崭新的夹克衫，小西裤，黑皮鞋。对此，继母的说法是哥哥长得高，所以没剩可捡！

那个时代，刚刚兴起双肩书包，看见同学们都背，子墨羡慕不已，但是自己的书包永远是哥哥传下来的军挎，曾经的绿色，此时已经发白，四个角补了又补，尤其是挎带，断了缝，缝了断，还经常处于似断非断的状态。而这一切，子墨埋藏在心里，从小到大，自己想吃的、想穿的、想玩的都藏在心里只是想想，不想给父亲增添麻烦。上街也从不开口要什么，父亲给买，就接在手里，父亲不提，自己只是偷偷地看看，夏天的冰激凌，冬天的冰糖葫芦，都曾让子墨咽了无数的口水！

子墨和哥哥虽然经常吵架，但是哥哥从没打过子墨，当初刚刚组建家庭的时候，父亲曾严厉地对继母和哥哥说："子墨小，不懂事，他有什么出格的事，告诉我，我绝不包庇，该打就打，该罚就罚，但是，别人打不行。"说到这里，父亲将目光看向哥哥，继续说："我可以把他打个半死，别人碰一个指头都不行！"之后的日子，子墨犯错，只要继母和哥哥一告状，都免不了父亲的一顿毒打。尽管有时子墨是冤枉的，毕竟，哥哥比子墨大六岁，以他的年龄，想收拾一个小不点儿，靠计谋完全够用了，所以子墨经常吃哑巴亏，而自己却毫不知情！

这天放学，子墨回到自己的小屋准备写作业，刚拿出本子，就发现书桌边上放了一个筷子那么粗、比小拇指长一些的"炮仗"。子墨拿起来看了看，没发现炮捻，于是子墨想给它扒开，把里面的火药弄出来，然后再点"呲花"，但是扒了一会儿，发现这个"炮仗"比过年时点的炮仗硬得多，就想用锤子和钉子把它撬开。子墨走出小屋找工具，很快，锤子和钉子都找到了。就当子墨准备开砸的时候，刚好父亲回来了，见子墨拿个锤子，问了句："砸啥呢？"子墨顺手把"炮仗"拿给父亲看，说道："我把它砸开，把火药弄出来，晚上点'呲花'。"父亲接过"炮仗"一看，顿时脸色变得铁青，急忙问道："哪来的？"子墨见父亲的表情，以为这东西有用，有些害怕地说："就在我书桌上放着的，我以为没啥用，所以就……"只见父亲神色紧张地看着那个"炮仗"，似乎在思索什么，过了一会儿说："这个不能砸，这是雷管。"子墨不解地问："雷管是啥？"父亲想了想说："相当于炸药！"子墨"哦"了一声，转身回屋写作业了，心想，既然不让砸，"呲花"也玩不成了，还是赶紧写作业吧。而父亲依然惊魂未定地站在那里，看着子墨弱小的身影！

几天后，父亲带着子墨背上行囊离开了那个家，留下继母独自在屋里悲伤地哭泣……

由于子墨要上学，不可能跟着父亲东奔西走的，于是，父亲找了一家招收中学生的家庭宿舍。那里住的都是一些乡下来镇里上中学的学生，按月给钱，周一到周五，每天早晚两顿大锅饭、大锅菜，中午几乎都在学校买着吃，周末学生基本都回家。而子墨是小学三年级的小学生，人家嫌年龄太小，太操心，所以不收，父亲好说歹说，最后承诺多给点钱，人家才勉强答应，安顿好子墨以后，父亲又回到了县城工作。十岁的子墨和一群初中生、高中生在一起，被欺负是必然的，但是子墨生来就在各种繁杂的关系中求生，如今面对一群学生，还是能应付的！通过一段时间的观察，子墨发现这帮学生中，有两名首脑人物，一个是高中生强哥，另一个是初中生宇哥，二人颇具港台片中的大哥风范，可以说侠肝义胆。子墨先是利用自己弱小的优势，博得二位大哥的同情，然后逐渐成为他俩的小跟班，为其跑腿买烟、买零食啥的。通过接触，子墨又发现强哥在追女生宿舍的丽姐，但是女生宿舍不允许男生进入，而子墨则不同，他可以随便出入，因为他是个孩子。于是，子墨又成为二人的信使，传达二人的约会时间地点和二人的信件。在子墨看来，这都是高度机密的事情，操作起来，有一种神圣的使命感。很快，子墨和二位大哥建立了深厚的友谊，二位大哥对子墨有着强烈的保护欲，子墨睡觉也从冰冷的炕梢（土炕，烧火的一端为炕头，末端为炕梢）挪到了温暖的前半段，至于被欺负，那都是过去式了……

但是问题还是存在的，冬季，学校午休时间短，同学们都带饭，教室中央搭建一个炉子，由学生从家里带柴烧，每周的值日生负责起早来班级生火。学生们的饭盒都是铝的，直接放在炉子盖上，这样一来，炉子既能取暖，又能热饭。而子墨所在的宿舍，早上吃的都是汤和稀饭什么的，饭盒根本没法装，父亲又不在，无奈，只能又回到中午不吃饭的日子了！几个要好的同学看在眼里，也都了解子墨的情况，于是，他们几个统统换成了大号的饭盒，又给子墨准备了一个小饭盒。每天中午吃饭的时候，哥几个围到一张桌子上，每人把自己的菜全都拨到饭盒盖子里，再分别给子墨拨点饭，然后大家在一起吃，这样一来，子墨每顿饭都有几个菜，吃得又香又饱，面对同学的关怀，感动之情，子墨难以言表！

一转眼，子墨上四年级了，由于父亲要去很远的地方工作，于是在学校附近租了一间民房，把奶奶接了过来照顾子墨。那是一个温暖的黄昏，如血的残阳格外美丽，子墨背着书包，回到租住的家中，推开门，看见奶奶盘着腿坐在炕上，身体微微地晃动，脸上带着慈祥的微笑。她看着子墨，子墨扔下书包扑向奶奶，就是从那一刻起，子墨才知道，原来生活是这样的，也是从那一刻起，子墨才知道，什么是快乐！

每天清晨，奶奶做好早饭，准时叫子墨起床，如果子墨不起，奶奶就会伸出一只湿漉漉的、冰凉的手抓子墨的胳肢窝，每当此时，子墨都会睡意全无。冬季的时候，奶奶就把子墨的棉衣棉裤放在褥子下面，早起拿出来总是热乎乎的。前一天脱下的因出汗而湿漉漉的棉鞋，奶奶都会放到炉门口处，早起往脚上一蹬，又是一股暖流。白天撕扯坏的衣服，早起都已缝好。每天放学回家，总是能远远地看见奶奶手搭凉棚，站在路口，朝着自己看。每当此时，子墨总是扑向奶奶，尽管奶奶是近七十岁的老人，有时被子墨扑得身体摇晃，但是在子墨的心里，奶奶是巨人，奶奶是他的天！

有一次学校组织去文化宫演出，子墨表演快板，结果演出前一天，学校要求演出的同学要穿白衬衫、白裤子，裤子的两侧还要各带两条红杠的那种款式，而那种裤子只有鼓号队的同学才有，子墨只有不带红杠的白裤子，现借也来不及了！放学后，子墨垂头丧气地回到家里，奶奶忙问怎么了，子墨将事情的原委诉说了一遍。晚饭后，子墨见奶奶拿了一块儿红布，将它裁剪成小条，又找来薄纸壳，将它剪成一厘米左右宽度的纸壳条，然后将布条沾水后拧干，让布条处于潮湿状态，将布条包裹在纸壳条上，两侧的毛边内折，再找一个装满热水的搪瓷缸子，代替熨斗，将红布条按纸壳条的宽度熨烫平整，就这样，一条条的红杠就做好了。然后奶奶一针一线地将红布杠往白裤子上缝，整整缝了一夜。天亮的时候，子墨起床，奶奶已经做好了早饭。缝好的白裤子，鲜艳的红杠十分醒目，就在子墨的枕旁。子墨高兴得手舞足蹈，而奶奶那疲倦的脸上也满是笑容。

就是这样普通的日子，每天放学回家，桌上摆好热气腾腾的饭菜，祖孙俩无须小心翼翼，无须察言观色，整日嘻嘻哈哈，吃得饱、穿得暖，在别的孩子眼中普通得不能再普通的日子，却是子墨十一年来最快乐的时光！

二、新家庭难融入，放弃学业悔不该，不承想遭变故，
瘦小身躯把家扛。

美好的生活对子墨而言总是短暂的，老天给予子墨的快乐总是那么吝啬！

子墨在奶奶的照料下快乐地生活着，如今已上了五年级，此

时的父亲在县城定居了，又认识了一位阿姨。阿姨没有孩子，父亲让子墨和奶奶来县城过寒假，顺便办理转学。由于子墨的成长环境特殊，他也养成了独特的性格，再加上骨子里对"后妈"的抵触，导致子墨和新阿姨相处得并不融洽，家里的气氛十分压抑！

继母的态度很鲜明，她的原则就是"嫁汉嫁汉，穿衣吃饭"，她每月要收固定的零用钱，只负责洗衣做饭，其他概不负责。也许是和奶奶在一起的一年多太舒心了，对突然而来的这个新家难以接受，同时子墨感觉父亲也变了，于是提出去妈妈那里过个寒假，父亲表示同意，并对子墨说："如果可以，留在妈妈那里也行。"几经辗转，到了妈妈的家，母子二人六年多没见了，见面后相互看了很久，子墨全力搜索童年的记忆，回想母亲的轮廓，最后吐出一个心中无比熟悉却又十分陌生的字"妈"，而母亲面对子墨的出现，并没有预想的那么激动，她平淡地答应着，然后带子墨进屋，此时的母亲也组建了家庭，并且又生了一个妹妹。整个寒假，子墨几乎都在给母亲带孩子，两岁的妹妹很黏子墨，而一直当弟弟的子墨，突然变成了哥哥，对妹妹自然也是百般呵护。继父对子墨的到来，既未表示出欢迎，也没有明显的排斥，这个家让子墨感觉自己就是个客人。他曾暗示母亲，自己想留下，母亲则隐晦地表示拒绝。春节过后，子墨又回到了父亲那里，他突然觉得自己在这个世界上是多余的，父亲和母亲的家，都让子墨没有归属感，而奶奶也回到了叔叔家，那一刻，子墨的内心无比的孤独！

临近开学的时候，县城的学校不愿意接收乡镇转来的学生，说是乡镇教学质量差，怕影响班级成绩，拖班级的后腿，即使留下来，也只能做个旁听生，不参加考试！这个要求是子墨无法接受的，曾经在镇上的学校，子墨考过全学年第一，如今让他当旁听生，还不能参加考试，简直就是奇耻大辱，冲动之下，子墨做了一个一生中最错误的决定——辍学！然而，对于子墨的决定，父亲只是寥寥几句，最后让子墨自己考虑好！

对于一个未成年的孩子，父母的放纵就是对其最大的伤害，为人父母，一定要在子女人生道路的关键时刻，做一盏明灯，为他们指引方向，更要做一个强而有力的舵手，为他们保驾护航！

这一切对子墨而言是悲哀的，也许，单亲家庭的孩子，本身就是一场悲剧！辍学后的子墨，只有十二岁，刚开始的时候，父亲做木工活，子墨跟着打打下手，渐渐地，子墨开始拿着工具跟同宗的哥哥们去干活挣钱。有了收入的子墨，迫不及待地脱离了父亲的家，开始了独立的生活。最开始，还经常带朋友回家看看，可每次在家吃饭时，继母都露出一副嫌弃的表情，极不情愿地做着饭菜。事后，父亲也训斥子墨结交的都是一些狐朋狗友，面对这样的家，子墨干脆就不回去了！

直到十六岁那年正月，子墨和一帮朋友还沉浸在过年的氛围里，晚饭过后，父亲邻居家的大爷找到了子墨，说父亲骑车摔倒了，把脚扭了。子墨听了，火速赶回家，当他推开许久没回来过的家门，看见父亲面色苍白地躺在炕上。父亲是一个坚强的人，他的表情告诉子墨，并不是扭了脚那么简单，送到医院一查，胯骨骨折，医生说："家属做好心理准备，治好了也有可能落下残疾！"医生的话犹如晴天霹雳，让子墨猝不及防。生活的突变告诉子墨，父亲倒下了，自己要承担起这个家！

子墨在朋友的介绍下，找了一个装修队，带薪学徒，第一年月薪三百元，第二年月薪四百五，第三年月薪六百元。子墨的学习能力很强，只干了两个月，便超越了干了几年的师兄弟，于是找师傅说明家中情况，要求涨工资。师傅经过再三考虑，为了留住子墨，将工资涨到六百元。整整一年，子墨一天假没请过，每月将六百元交到父亲手中，就是这区区六百元，让父亲安心地在家养了一年！第二年春节过后，父亲已经完全康复了，而且没留下任何残疾，可以说是不幸中的万幸！接下来，子墨没有了家庭的压力，于是辞去了这个装修队的工作，找了另一个装修队，工头已经邀请子墨好几次了，按大工，每月一千二的月薪，子墨干了大半年。在这期间，和很多业主关系处得都不错，加上自己娴熟的技术也得到了业主们的认可，到了秋天的时候，陆陆续续地开始有人给子墨介绍活了。于是，十七岁的子墨雇了几个工人，又找了几名曾经的师兄弟，还收了两名徒弟，组建了一个装修队，成了县城最小的包工头，还给自己印了名片，起名"旭日装修队"，寓意自己的事业好比刚刚升起的太阳！

转过年，十八岁的子墨又接了县城里一个稍具规模的酒店的装修工程，队伍扩充到三十多人。一时间，在县城的装修行业小有名气，提到杨子墨的名字可能没人知道，但说到一个十几岁的小工头，行内无人不晓！那一年，子墨受到行内人士和亲朋好友的各种夸赞，少年得志的子墨开始有些飘飘然了，挣了钱以后，先是花近万元买了一台太子125摩托车，又买了一部"三星600型"手机，摩托罗拉"智囊"传呼机，在那个年代，这些配置可以说是天花板级别的。一时间在小小的县城稍领风骚、崭露锋芒！子墨开始变得目中无人，年少的轻狂冲昏了子墨的头脑，让他忘记了曾经的艰苦岁月！与一帮朋友前呼后拥，整日花天酒地，过起了醉生梦死的生活，其间经历了一些温柔乡，也成就了几段绕指柔，然而青春年少，终是难成正果！

人一旦沉迷于酒色，失败几乎是定局，年少的辉煌，注定是昙花一现！有了微薄的知名度之后，工程量也随之增加，年轻人气盛，本着多多益善、来者不拒的态度，接了大量的装修工程，由于年少贪玩，又疏于管理，导致工程的质量和速度双双下滑。很快，辛辛苦苦几年搏来的那份虚名荡然无存，随之而来的是臭名远扬，大批的工程尾款因各种原因结不出来。短短两年多的时间，子墨便负债累累，面对前来讨债的工人，子墨将重金买下的各种设备，作价抵扣，先后又卖了摩托车和手机，还清了欠款，瞬间，又变得一无所有。他一个人躺在出租屋，内心无比的迷茫，想想两年来发生的一切，有如电光石火，匆匆而过，曾经人见人夸的有为青年，眨眼间变得声名狼藉，臭名昭著！强大的落差让子墨极度自卑，没有勇气面对当下的一切，整日不出门，一个人呆呆地躺在家里。很多天后，子墨突然想通了，正所谓人挪活、树挪死，与其在这天天地纠结得失对错，整日的愁眉不展，何不到外面广阔的天地中施展拳脚，创一番轰轰烈烈的事业，功成名就之后，再卷土重来，一雪前耻！同时也告诉自己，装修说什么也不再干了！

下定决心之后，简单地收拾好行囊，回到家中向父亲告别。混到如此境地，父亲免不了责备和唠叨，子墨没说几句话，恨不得马上离开，殊不知，那竟是父子今生的最后一面！多年以后，再回忆起那一幕，竟想不起父亲当时的样子……

三、出监门重获新生，此余生不负韶华！

2013年9月8日清晨，子墨起床后，被狱警带往出监队。按要求，服刑人员释放前一到三个月调往出监队，首先是开始留头发，然后接受出监教育，便于更好地适应社会，但是九监的各监区为了生产量，能多干一天就多留一天，所以都不予调往！在释放的当天再调往出监队，由出监队刑满释放，程序上合情合理。

早上八点多，狱警上班，办理出监人员的手续，释放证明，准备出监，子墨连日来的焦虑，到了这一刻，反而变得平静！子墨想起在劳改农场的时候，犯人释放的当天，上午还要参加劳动，下午才办理释放手续，家属都是早早地站在大门外等待着，还有个别的犯人得罪了狱警，狱警会在释放当天夜里的11点59分，将犯人推出门外，还有一些花钱托了关系的，狱警提前办理好释放手续，在释放当天的深夜12点01分释放，二者可谓是天壤之别！

子墨走在通往监狱大门的路上，来往的狱警都是一张张新面孔。年初时，大量司法警官学校的毕业生分配到九监，他们一脸正气，稚嫩的眼神还带着几分柔情，他们不打骂犯人，也拒绝犯人送的财物。而曾经的那些"四大杀手"等一些老狱警，如今已消失得无影无踪，有的被开除了警察队伍，有的被依法判刑，在别的监狱服刑……

再看大院里一栋栋全新的宿舍楼，一排排整齐的现代化生产车间，已经很久没有听到电棍的噼啪声、狱警的叫骂声和犯人的哀号声了！新上任的狱长，带领新的狱领导班子，一再强调"对于服刑人员，一定要本着教育、感化的方针政策，从而达到挽救的目的"。

子墨看着这一片全新的景象，心想：这里的天空将不再黑暗，祖国并不会放弃对每一寸土地的治理，哪怕是塞外边疆。司法的利刃更不容许任何不法分子的践踏，尤其是知法犯法更要罪加一等，烈日下面的乌云怎么可能长久的了呢！

监狱的大门被缓缓打开，远远地看见邱铭雨站在那里，子墨朝他走去，不再回头，二人凝视了片刻，短短的两个月却恍如隔世！只有一墙之隔的空气和天空，却完全不同，那是一股全新的空气迎面吹来，子墨告诉自己：新的生命开始了，余生绝不再负韶华！子墨和邱铭雨来了一个男人之间的拥抱，邱铭雨递给子墨一部智能手机，并教他如何使用，子墨迫不及待地拨通了姑姑家的座机，嘟……嘟……每一声忙音都无比漫长，终于电话那头传来了一个熟悉而亲切的声音："谁呀？"子墨颤抖地说："姑，是我，子墨。"电话那头沉默了片刻，声音有些激动地说："这些年你去哪了？咋才往家打电话呢？"子墨有些哽咽地说："姑，我坐牢了，刚出来。"电话那头的姑姑好像哭了，颤抖地说："出来就好，回家吧，都惦记着你呢。"子墨接着问道："我爸呢，他还好吧？"姑姑沉吟了片刻说道："回家吧，回来再说。"子墨继续问："我爸在家吗？他怎么样了？"姑姑的回答依然是："回家吧，都惦记你呢，回来再说。"此刻，子墨有一种不祥的预感，继续追问姑姑:"我爸到底咋样了?"电话那头又是沉默,过了一会儿,姑姑哭着说:"你爸呀,早在三年前就过世了!"子墨听完,眼前一黑,瘫坐在地下……

子墨的小半生,在当今社会,应该算是不幸的,父母对婚姻的草率,原生家庭的残缺,是他悲剧的起点,长期生活在缺爱的环境中,使他的心门紧闭,从而变得一意孤行。在人生的关键时刻,没人为他指明方向,在他经历挫折和打击的时候,更没人给予他鼓励和支持!面对错误的道路,无人引导他迷途知返,让他越走越远,直到迷失了方向!他就像一个天外来客初到地球,在这个陌生的坏境里,一切都是未知,只能靠自己小心翼翼地去探索,一路走来,沿途没有界标,更没有指引。他蒙对了,前方便是坦途,他走错了,就会撞得头破血流、摔得遍体鳞伤……

人们几乎都在追求生活的幸福和婚姻的美满,作为一个自由的人,我们也拥有追求这些的权利。但是对待婚姻,我们还是要慎之又慎,也许有的人从一开始就准备好了接受婚姻破败的后果,但孩子是无辜的,他来到这个世上,并没有机会做任何准备,更无法做任何选择。草率的婚姻所产生的不良后果,作为孩子,只能全盘接收!所以,作为一个凡人,我们谁也做不到保证未来的万无一失,但是,请您在当下三思而后行!

2023 年 7 月 7 日凌晨